KB167315

브루스터플레이스의 여자들

The Women of Brewster Place

THE WOMEN OF BREWSTER PLACE
by Gloria Naylor

세계문학전집 207

브루스터플레이스의 여자들

The Women of Brewster Place

글로리아 네일러

이소영 옮김

민음사

나에게 꿈을 심어 준 마샤,

그 꿈을 믿어 준 로렌,

그 꿈이 자라날 수 있도록 자양분을 제공해 준 릭,

마음속으로 가장 크게 박수 쳐 준 조지에게

이 책을 바칩니다.

유예된 꿈, 그것은 어찌되는가?

땡볕 아래 건포도처럼
그것은 말라비틀어지는가?
아니면 오래된 상처처럼
곪아 터지는가?
썩은 고기처럼 악취를 풍기는가?
아니면 시럽을 끼얹은 사탕처럼
딱딱하고도 달콤한가?

어쩌면 그건 단지 무거운 짐짝처럼
축 늘어져 버릴까.

아니면 그건 폭발해 버릴까?

— 랭스턴 휴스(1902~1967)

차례

일러두기

1. 외국어 고유 명사의 한글 표기는 개정된 외래어 표기법에 따르는 것을 원칙으로 하되, 일부 예외를 두었다.
2. 흑인 특유의 말투는 우리말 사투리로 표현했다.

새벽

　　브루스터플레이스는 제6지구 시 의원과 유니코 부동산 회사의 전무 이사가 여러 차례 은밀하게 만나면서 만들어 낸 사생아 같은 동네였다. 제6지구 경찰 서장은 어찌나 청렴결백한지 뇌물이라곤 한 푼도 받지 않는 데다 유니코 부동산 회사의 전무 이사가 소유한 도박장을 계속 단속했다. 그래서 전무 이사는 무슨 수를 써서라도 경찰 서장을 쫓아내려고 했다. 때마침 시 의원이 부동산 회사에서 이 지역 북쪽에 있는 사촌의 땅에다 쇼핑센터를 새로 지어 주었으면 하는 소망을 은근히 내비쳤다. 두 사람은 수시로 만나 서로 조건을 제시하면서 흥정했고 마침내 거래가 성사되었다. 그 후 그들은 각자 바라던 바를 서서히 충족해 나갔다. 이런저런 궁리 끝에 두 사람은 몹시 혼잡한 지역에 있어 별로 쓸모가 없는 자투리땅에다 아파트 네 채를 세우기로 합의를 보았다. 이렇게 하면 경찰 서장을 내쫓는 일을 놓고 혹시 아일랜드계 주민들이 항의를 해 오더라도 무마할 수 있으리라 예측할 수 있었다. 게다가 자치구에서 아파트 네 채를 건축할 때 드는 비용을 전액 부담할 것이었다. 그렇게만 되면 시 의원도 다음 선거에서 시장에 출마할 때 그 사실을 이용하여 주민들의 지지를 얻을 수 있기 때문에 일거양득이었다. 브루스터플레이스는 이런 식으로 음침하고 담배 연기 자욱한 방에서 잉태되었다.

그로부터 3개월 후 브루스터플레이스가 시 의회에서 탄생했다. 그곳을 탄생시킨 주인공들이 누군지 도통 알 길이 없었으므로 2년 후 브루스터플레이스의 탄생을 축하하는 자리에는 지역 주민 반 정도가 나타났다. 얼굴 가득 미소를 머금은 시 의원이 아파트 건물 한 모퉁이를 향해 샴페인을 터뜨릴 때 주민들은 아낌없이 박수갈채를 보냈다. 시 의원은 눈물을 글썽이며 주민들에게 제1차 세계대전에 참전하고 돌아온 애국 청년들이 편하게 지낼 공간을 마련해 주기 위해 자신이 할 수 있었던 일은 고작 이것뿐이었다고 이야기했다. 그러자 그 말에 감동한 주민들이 귀청이 터져라 환호성을 지르며 박수갈채를 보내는 바람에 시 의원이 하는 말은 들리지도 않을 지경이었다.

브루스터플레이스를 처음 지었을 때 지금의 회색 벽돌은 연한 은백색이었다. 비록 도로는 포장되어 있지 않았지만(폭우가 쏟아진 다음에는 발목까지 물이 차 올라와 어기적거리며 집으로 걸어가야 했다.) 그 당시에는 거리에 생동감이 있었다. 새로 개발된 지역은 발전하며 번성하고 있었다. 거리 바로 북쪽으로 큰 도로가 새롭게 뚫릴 계획이었으므로 브루스터플레이스는 그 지역 주요 동맥으로 편입될 듯싶었다.

새로 뚫린 큰 도로 주위로 주요 상업 지구가 형성되었다. 그러나 교통 통제를 위하여 일부 간선도로는 벽을 쌓아 막아야만 했다. 시 의회에서 조그만 거리의 대표들이 격렬한 싸움을 벌였다. 자신이 속한 지역 사회가 죽느냐 사느냐 하는 심각한 문제가 그들 앞에 놓여 있음을 잘 알고 있었기 때문이다. 그러나 브루스터플레이스를 위해 싸우는 사람은 한 사람도 없었다. 이제 이 구역에는 아무리 눈을 씻고 봐도 정치적 영향력이 조금이라도 있는 사람은 없었다. 거리에서는 검은 머리에 보드랍고 기름진 피부를 지닌 지중해 연안 출신 사람들이 입술을 둥글게 하고 후두음으로 대화를 나누었고 동네 가게에서는 색다른 음식을 팔았다. 예전부터 이곳에 살던 터줏대감들은 동네 상점에 매달려 있는 훈제 고기나 치즈에서 나는 자극적인 냄새를 별로 좋아하지 않았다. 이런 이유로 담벼락이 생겨났고 브루스터플레이스는 꿈도 희망도 없는 막다른 골목이 되었다. 새벽 3시에 콜리건 부인의 아들이 술에 잔뜩 취해 비틀거리며 집으로 오다가 담장이 생겨났다는 사실을 까맣게 잊고는 그만 담장에 부딪쳐 코가 깨지는 사고를 당했다. 그러나 피를 줄줄 흘리면서 새롭게 쌓은 벽돌 담벼락에 기대어 토악질하던 이 피의 세례식을 목격한 사람은 한 명도 없었다.

중년에 이른 브루스터플레이스는 제2세대 자녀들에게 제공할 것이 한층 더 줄어들었지만 그래도 나름대로의 역할을 수행해 냈다. 마침내 거리는 공공사업 촉진국의 개발 프로그램 덕택에 포장되었고 새로운 부동산 회사가 아파트 건물에 저당권을 설정했다. 이 거리는 자치구의 핵심 활동들과는 무관하게 그 나름의 분위기를 띠기 시작했다. 주민들은 그들만의 언어와 음악, 생활 법도가 있었다. 그들은 푸엘리 부인의 상점이 이 도시에서 유일하게 이탈리아 음식인 조개와 시금치 페투치네를 취급한다는 사실에 자부심을 느꼈다. 하지만 푸엘리 부인은 아들이 전쟁터에서 돌아와 브루스터플레이스에 정착하지 않았기 때문에 마음이 찢어질 듯 아팠다. 그렇지만 같이 살지 않기는 사촌의 아들이나 이웃 주민의 아들도 마찬가지였고 전쟁터에서 결코 돌아오지 못한 아들들도 많았다. 브루스터플레이스도 그들의 어머니와 함께 슬퍼했다. 왜냐하면 이곳 역시 자식들을 좀 더 편안한 지역에다 빼앗겼기 때문이다. 한때 낯설게만 느껴지던 지중해 연안 출신 주민들이 이제는 이곳의 주인이 되어 있었다. 브루스터플레이스는 푸엘리 부인과 함께, 그리고 떠나기를 거부했거나 떠날 수가 없었던 소수의 다른 주민들과 함께 나이 들어 갔다.

브라운 대 토페카 교육 위원회의 법정 싸움에서 미국 연방 대법원이 내린 판결이 미국 전역을 재편성하기 1년 전에 브루스터플레이스에서는 벌써 아파트 건물의 관리인이자 잡역부로 고용된 자그마한 키에 갈색 피부의 흑인 남자 덕분에 인종차별 폐지가 이루어졌다. 그는 312호 지하실로 이사해 들어왔고 이름을 물을라치면 "그저 벤이라고 부르세요."라고 대답하곤 했다. 그래서 그 남자가 죽는 날까지 그에 대해서 알려진 것은 그것이 전부였다. 그 사람은 어느 누구도 절대로 괴롭히지 않는 괜찮은 흑인 남자라는 소문이 돌았기 때문에 그가 그곳에 사는 것에 대해 항의가 들어온 적은 거의 없었다. 게다가 집주인은 또 다른 도시에 생활 터전을 두고 있어서 볼 수도 만날 수도 없는 터였다. 라디에이터가 새고 싱크대에서 물이 역류하거나 관절염 때문에 빗자루로 집 앞 계단을 쓸어 낼 수 없을 때에는 그런 자질구레한 일들을 돌봐 줄 사람이 주변에 있다는 것이 무척 편리했다. 심지어 그가 눈에 익숙지 않은 머리카락과 피부색을 지녔고 숨 쉴 때마다 퀴퀴한 술 냄새를 풍긴다 해도 그랬다.

브루스터플레이스에 거주하는 지중해 연안 출신의 사람들과 벤은 서로 거리를 두고 살면서도 서로를 잘 알게 되었다. 주민들은 잠에서 깨어날 때 "노래하라, 천국 가는 마차여." 하고 침울한 어조의 흑인 영가가 들려오는 날에는 '벤이 아침 일찍부터 술을 마셨군. 오늘은 벤에게 일을 부탁해 봐야 아무 소용이 없겠는걸.' 하고 생각했다. 벤은 "예, 알았습죠, 마님." 하는 대답으로 상대방을 안심시켜 놓고는 절대로 나타나는 법이 없었다. 나이 든 부인들은 벤한테 아내가 없는 것을 불쌍하게 여겨 혀를 끌끌 차면서 집에서 만든 야채수프나 꿀밤 빵을 듬뿍 가져다 주곤 했다. 그렇다고 해도 혹시 손에 렌치나 빗자루를 들지 않고 부인들이 살고 있는 집의 문을 두드린다면 그들은 차가운 의심의 눈초리로 자신을 맞이할 것임을 벤은 잘 알고 있었다. 결과적으로 벤이 무슨 까닭에 그토록 술을 마셔 대는지 아는 사람은 한 사람도 없었다. 조금만 주의 깊게 살펴보았어도 집배원이 312호 지하실 층계를 내려간 다음 날 아침이면 벤이 꼭두새벽부터 술을 마신다는 걸 알 수 있었을 것이다. 그리고 누구라도 다음 날에 과감하게 벤의 집 가까이 가 보았더라면 벤이 부정한 아내와 불구의 딸에 대하여 웅얼웅얼 말하는 소리를 들을 수 있었을 것이다. 아니, 불구의 아내와 정숙하지 못한 딸이었나? 어느 것이 옳은지 정확하게 아는 사람은 아무도 없었다. 사람들이 조금이라도 관심 있게 물어봤더라면 벤은 이야기해 줬을지도 모른다. 얼마 후부터 집배원은 더는 그 층계를 내려가지 않게 되었다. 그렇지만 벤은 계속해서 술을 마셨다.

벤의 음주는 브루스터플레이스의 담장과 마찬가지로 이 지역에 늘 존재하는 장치처럼 되었다. 얼마 지나지 않아서 벤이나 담장의 존재 여부를 묻는다는 것은 어리석은 일처럼 보였다. 그들은 그저 그곳에 존재했다. 그리고 정처 없이 떠돌다가 흘러들어 와 이 지역에 남아 있던 지중해 연안 출신의 사람들마저 서둘러 이주하게 만든 브루스터플레이스의 제3세대 사람들이 제일 먼저 대면하게 된 광경 역시 술에 취한 벤과 담장이었다. 노년에 이른 브루스터플레이스는 이런 다양한 피부색의 '아프리카계' 자식들을 기쁘게 맞아들였다. 초년에 얻은 제1세대 자식들 못지않게 열심히 일했고 지중해 연안 출신의 자식들만큼이나 열정적이었으며 냄새, 음식, 생활 법도가 나머지 마을 사람들과 아주 달랐다. 그들은 여기에 있는 것이면 무엇이든지 좋다고 인정하면서 절박하게 이 거리에 매달렸다. 자신들이 도망쳐 나온, 늘 배고픔에 시달리던 남부의 여건과는 비교도 되지 않았다. 지금까지 이곳에 살던 사람들과는 달리 앞으로 이곳을 떠나게 될 사람들은 극히 예외적인 소수에 불과하리라는 것을 브루스터플레이스는 알았다. 왜냐하면 그들은 다른 선택의 여지가 전혀 없어서 이곳으로 왔고, 또 같은 이유로 계속해서 이곳에 머무를 것이기 때문이다.

브루스터플레이스는 특히 흑인 딸들을 사랑하게 되었다. 왜냐하면 이곳이 쇠잔해지고 있음에도 그들은 입술을 앙다물고 이곳을 안식처로 만들고자 부지런히 움직였기 때문이다. 딸들은 창틀 너머로 상체를 구부리고 상록수와도 같은 두 팔로 유리창을 닦았다. 식료품을 들고 비틀어진 새까만 다리로 두 개나 되는 층계참을 올라갔으며 선황색 손으로 뒷마당에 있는 줄에다 빨래를 펴서 널었다. 그들이 흘린 땀은 훈제한 돼지고기와 녹색 야채를 냄비에 넣고 부글부글 끓일 때 뿌옇게 솟아오르는 김 속에 섞여 들어갔다. 볼록한 배에 오리 궁둥이를 한 여자들이 두 손을 엉덩이에 올려놓고 등은 똑바로 편 채 거리에 함께 서서 머리를 뒤로 젖히고 단단한 치아와 검은 잇몸이 드러나도록 깔깔대고 웃을 때, 거리에 흘러넘치는 향초 냄새와 '파리에서 저녁을'이라는 향수 냄새에도 그들의 땀 냄새가 옅게 배어 있었다. 흑인 여자들은 자기네 남자를 욕하고 괴롭히고 신처럼 떠받들고 함께 공유했다. 그놈의 사랑 때문에 남자가 집세를 버는 걸 도와주기 위하여 남의 집 부엌에서 열심히 행주를 문질렀다. 아니면 구멍가게 계산대에 앉아 있는 그 계집애를 잊게 하려고 남자에게 바가지를 빡빡 긁기도 했다. 브루스터플레이스에서 살아가는 이 여자들은 겉으로는 강해 보이지만 속은 부드러웠다. 무엇을 요구할 때는 무지막지했지만 기분을 맞추기가 아주 쉬운 사람들이었다. 그들은 부지런히 오가며 나이보다 늙어 갔다. 새까만 불사조 같은 이 여자들은 이 세상을 살아오며 각자 나름대로 마음속에 품게 된 사연들이 많았다.

매티 마이클

1

덜커덕거리는 소형 트럭이 브루스터플레이스를 향해 커다란 초록색 민달팽이처럼 기어 올라왔다. 군데군데 어제 내린 눈으로 덮인 얼음판 위로 낡아 빠진 무면허 택시가 트럭 옆에서 조심스럽게 달리고 있었다. 자그마한 이삿짐 운반 대열이 이 블록에 있는 마지막 아파트 앞에 도달한 바로 그 순간 눈은 다시금 내리기 시작했다.

이삿짐센터 사람들은 트럭에서 내려 뒤에 실은 짐을 내리기 시작했다. 매티는 운전사에게 요금을 지불하고 택시에서 내렸다. 축축한 회색 공기는 풍만한 그녀의 젖가슴을 내리누르고 있는 한숨만큼이나 무거웠다. 어둑어둑해진 하늘에서 소리 없이 내려와 부드럽게 세상을 뒤덮는 보슬보슬한 회색 눈을 배경으로 잿빛 빌딩들의 모습이 점차 사라지기 시작했다. 잔뜩 찌푸린 저녁 하늘 뒤로 꺼져 가는 햇살은 눈에 보인다기보다는 피부로 느껴졌다. 방금 내리기 시작한 눈은 그녀가 지낼 아파트 건물에서 단 2미터 정도 떨어져 있는 담장 위 갈라진 틈에 달라붙기 시작했다.

매티는 담장이 2층 아파트 바로 위까지 솟아올라 있는 것을 보았다. '어이쿠, 북쪽 창문으로는 화초에 햇빛이 들지 않겠구나.' 지난 30년 동안 은행 빚을 갚느라 자신의 인생을 다 바쳤던 집에서 살 때에는 하루 종일 햇빛이 들어오는 베란다를 독차지하던 이 아름다운 화초들이 이제는 복잡한 창틀 위에서 서로 햇빛을 많이 받겠다고 아옹다옹 싸워야 할 판이었다. 그녀는 한숨 대신 분명 죽고 말 화초들을 향한 연민의 감정이 울컥 솟아오르는 것을 느낄 수 있었다. 매티는 자신을 불쌍하게 여기는 마음을 단호히 거부했기 때문에 화초들을 불쌍히 여겼다. 모든 것을 다시 시작하기에는 원기가 부족했다. 그렇지만 자신도 역시 이 복잡한 거리에서 죽을 수밖에 없으리라는 생각은 하지 않겠다고 굳게 마음먹었다.

누가 1층에서 요리를 하는지 음식 냄새가 안개 자욱한 창문에서 새어 나와 매티의 코끝을 스쳤다. 일순간 새로 잘라 낸 사탕수수 냄새와도 같이 느껴졌기에 매티는 그 냄새를 다시 한 번 맡고 싶어 얼른 공기를 들이마셨다. 그렇지만 그것은 벌써 사라지고 없었다. 하기야 여기서 그런 냄새가 났을 리는 없었다. 브루스터에 사탕수수라는 것이 절대로 있을 수가 없었다. 아니다. 그건 단지 마음속에서나 다시 펼쳐 볼 수 있을 뿐이었다. 31년간 마음속 무덤에 고이 파묻혀 있던, 어느 여름날 테네시에서 맡았던 냄새였다.

사탕수수와 여름날, 아빠와 바질과 부치. 그리고 시작이었다. 브루스터로 이어지는 길고 꼬불꼬불한 여행길의 시작은 이러했다.

"이봐, 아가씨."

계피 같은 적갈색 피부의 사나이가 집 앞쪽 울타리에 몸을 기대고는 매티에게 부드럽게 말을 걸어 왔다. 매티는 마당에서 병아리들에게 모이를 주고 있었다. 그녀는 일부러 그 남자를 못 본 척하고서 병아리 모이를 저어 주려는 것처럼 모이 그릇을 만지면서 계속 "꼬꼬 구구." 하고 병아리들을 불러 댔다. 남자는 매티의 꼬꼬 구구 소리에 맞추어 혀를 끌끌 차더니 이번에는 조금 더 큰 소리로 다시 한 번 불렀다.

"어이 이봐요, 아가씨."

"아까도 댁이 부르는 소리를 들었어요, 부치 풀러 씨. 하지만 말이죠, 나한테도 이름이 있거든요."

매티는 사나이가 서 있는 쪽을 쳐다보지도 않고 말했다.

어느 때라도 항상 미소를 터뜨릴 준비가 되어 있는 것만 같은, 양 끝이 위로 향한 남자의 기다란 입술이 이를 드러내며 커다란 웃음을 지었다. 그는 울타리 반대쪽 모퉁이로 급히 달려가더니 매티 앞에 서서 과장되게 고개를 깊숙이 숙여 절했다.

"가난뱅이 무식쟁이 검둥이오니 제발 용서해 주시죠, 매티 양 아가씨. 아니 마이클 양 아가씨라고 불러 드려야 할

깝쇼? 아니면 매티 마이클 양, 아니면 아가씨 양, 아니면 무엇이라 해야 좋을까…….”

부치는 절을 하느라 구부러진 어깨 너머로 매티를 향해 흘끗 눈길을 보냈다. 그런 몸짓은 흑인들이 백인을 대할 때 겸손한 척 꾸민 행동을 완벽하게 흉내 낸 것이었다.

매티가 웃음을 터뜨리자 부치는 허리를 똑바로 펴고는 그녀와 함께 큰 소리로 웃어 댔다.

“부치 풀러, 넌 광대로 태어났고 아마 죽을 때까지 광대 짓을 하다가 죽을 거야.”

“글쎄, 그렇다면 적어도 내 장례식에서 목사님이 하실 말씀 한마디는 확실하게 만들어 준 셈이네. 여기 이 사람은 시종일관 똑같았노라고.”

두 사람은 또다시 웃어 댔다. 부치는 배꼽을 잡고 기세 좋게 웃었고 매티는 마지못해 웃었다. 왜냐하면 매티는 지금 아버지가 절대로 어울리지 말라고 몇 번 경고했던 남자와의 대화로 끌려 들어가고 있다는 것을 깨달았기 때문이다. 부치 풀러는 별 볼 일 없고 쓸모없는 비열한 놈이며 단정한 여자라면 절대로 남들 앞에서 그런 남자와 이야기를 나누지 않을 거라고 아버지는 되풀이해서 말씀하셨다. 하지만 부치는 4월의 저녁노을 끝자락과도 같은 투명하고도 매혹적인 웃음을 지었다. 저녁노을이 영원히 지속될 수 없다는 것은 누구나 알고 있지만 그래도 감실거리는 그 광경을 어렴풋이나마 좀 더 볼 수 있기를 기대하며 몇 시간이고 그 자리에 서 있게 된다.

“실컷 웃었으니까 이제는 내가 여기에 온 목적을 달성할 수 있으면 좋겠구먼."

부치가 매티의 눈을 똑바로 쳐다보면서 천천히 말했다.

매티 얼굴에 갑자기 피가 솟구쳤다. 그녀가 막 입을 벌려 한마디 욕이라도 해 주려는데, 부치가 집 한쪽 옆에 있는 커다란 물통으로 살그머니 눈길을 돌렸다.

"저 시원한 빗물 한 컵 말이야."

부치가 음흉하게 미소 지었다.

매티는 순간 입을 앙다물었고, 부치는 시선을 아래로 내려 신발에 묻은 먼지를 발을 굴러 떨어내면서 그녀가 당황해하는 모습을 못 본 척했다.

"정말이지 오늘처럼 푹푹 찌는 날에는 사나이 목이 타서 죽을 지경이라니까."

부치는 천진난만하게 매티를 올려다보았다.

매티는 모이 그릇을 아무렇게나 던져 놓고는 빗물을 받는 물통 쪽으로 골난 사람처럼 걸어갔다. 부치는 얇은 여름 드레스 아래로 통통하게 살이 오른 엉덩이가 원형으로 움직이는 것과 매티가 물을 뜨려고 몸을 구부릴 때 스커트 단이 커다란 검은색 종아리 위로 올라가는 것을 유심히 지켜보았다. 그러나 그녀가 돌아섰을 때 부치는 자신의 작업복에 달린 스냅 단추를 꼼꼼하게 살펴보고 있었다.

"자, 여기 물."

매티는 물이 든 컵을 내동댕이치듯 건네주었다.

"오늘 같은 날은 개한테라도 물을 안 줄 수가 없다니까. 어디로 가는 길인지는 내 알 바 아니지만 얼른 마시고 가는 게 좋을걸."

"아따 세상에, 그런 말을 하다니. 하여간 마이클가(家) 여자들 입이 이 마을에서 가장 맵다니깐. 그래도 저렇게 아름다운 입에 맞아 죽는 방법 말고도 훨씬 더 끔찍하게 죽는 방법이 얼마든지 있겠지?"

부치는 머리를 뒤로 젖히고 물을 마셨다.

매티는 부치의 기다란 목을 타고 물이 꿀꺽꿀꺽 넘어가는 것을 지켜보았다. 그녀는 이러면 안 되지 하면서도 부치의 단단한 갈색 목과 팔을 황홀하게 바라보았다. 피부는 마치 속에 불꽃이라도 든 양 활력이 넘쳐흘렀고 햇빛을 받아 불그스레한 광채를 냈다. 부치는 깔끔한 몸동작으로 마치 모든 사람을 향해 '여기 있는 나 같은 사람도 불평 한마디 않고 사는데 도대체 너는 무슨 불평거리가 있는 거냐?'라고 이야기하는 듯 편안하고 사람 좋은 성격을 보여 주었다.

"고맙습니다, 매티 양 아가씨."

부치는 지금까지 나눈 비밀스러운 농담을 바탕으로 우정이라도 나눠 보자고 유혹하는 듯한 미소를 은근히 지으면서 컵을 건넸다.

매티는 그 뜻을 이해했기에 그의 미소에 답하며 컵을 받아 들었다.

"그리고 아가씨께서 제 행방에 대해 물으셨으니까 말인데……."

"난 그런 적 없거든."

부치는 마치 그녀가 아무 말도 하지 않은 것처럼 계속해서 말했다.

"그러니까 나는 약초를 캐러 저지대로 가던 길이었거든. 그런 다음에는 제방에서 가까운 모건 씨네 사탕수수 밭에 들를 생각이었어. 모건 씨네가 막 추수를 마쳤다고 하더라고. 통통하고 맛있는 사탕수수가 조금이라도 남아 있지 않겠어? 그러니까 그대가 만일 나를 따라가서 사탕수수를 몇 대 꺾고 싶다고 한다면 이 몸이 기꺼이 그대를 모시고 갔다가 사탕수수를 들어서 집까지 바래다 줄 수도 있다오."

매티는 손뼉을 치며 좋다고 말할 뻔했다. 그녀는 사탕수수 당밀을 무척 좋아했다. 만일 정말로 좋은 사탕수수를 구하기만 하면 그것을 뚝뚝 잘라 푹푹 끓여서 맑은 당밀을 적어도 한두 대접은 뽑아낼 수 있었다. 그렇지만 자기가 부치 풀러와 함께 걸어가는 것을 누군가가 보고서 아버지한테 이르면 아버지는 그녀를 죽이려 들지도 몰랐다.

"물론 너같이 다 큰 처녀가 아기처럼 아빠가 뭐라고 할까 봐 걱정하는 건 아니겠지?"

매티는 부치가 자신의 속마음을 읽고 있다는 것을 알고 도전적인 태도를 취했다.

"내가 무슨 걱정을 한다고 그래, 부치 풀러? 게다가 아빠는 오늘 오후에 엄마와 함께 시내에 가셨는걸."

"그렇다면, 글쎄, 내가 아까도 말했지만…… 너같이 다 큰 처녀는 아빠가 뭐라 하든 겁먹을 이유가 하나도 없지, 안 그래? 그리고 거짓말 한 보따리를 이고서 네 아빠한테 달려갈지도 모르는 여자들 있잖아. 저 언덕 위에 살고 있는 상스럽고 못생기고 나이 든 여편네들은 신경 쓰지 말자고. 우린 저 뒷길로 해서 사탕수수 밭으로 가면 되지 않겠어? 늙은 여편네들이 정말로 별것도 아닌 일을 가지고, 심지어 이곳에 있지도 않은 사람한테까지 고자질하겠답시고 언덕길을 달려 내려오느라 일사병에 걸리게 할 필요는 없겠지. 안 그래?"

부치의 목소리는 그의 미소만큼이나 은근하고 부드러웠다.

"그건 그래."

곧이어 매티는 부치의 눈을 똑바로 쳐다보며 천천히 덧붙여 말했다.

"그럼 얼른 집에 가서 아빠의 만도(蠻刀)를 가지고 와야겠다."

그녀는 부치가 놀라서 얼굴을 찡그리고 눈을 살짝 크게 뜰 때까지 기다렸다가 입을 열었다.

"사탕수수를 베야 하잖아. 칼로 말이야."

"물론 그래야지."

저물어 가는 4월의 태양이 환희의 절정에서 찬란한 빛을 발하고 있었다.

제방으로 가는 뒷길은 꾸불꾸불하고 먼지투성이였다. 그리고 록베일의 8월은 메마른 열기가 맹위를 떨치는 시기였기에 '간사한 더위'라고 불렸다. 습기 하나 없는 공기가 편안하게 느껴질 수도 있었지만 그래도 땀이 서서히 겨드랑이 아래로 흘러내렸고 옷이 등에 딱 달라붙곤 했다. 게다가 폐 속에 들어간 뜨거운 공기로 가슴이 터질 듯했다. 그런 고통을 덜기 위해 사람들은 입을 살짝 벌리고서 공기를 뿜어냈다.

매티는 부치와 걸어가면서 더위를 생각하지 않았다. 두

사람은 정말 잘 맞는 말동무였다. 부치는 말하기를 무척 좋아했고 매티는 남의 말을 귀담아듣다가 언제쯤 눈치 있게 끼어들어 어떤 사람이나 장소에 대한 자기 생각을 말해야 하는지 본능적으로 알아채는 총명함이 있었기 때문이다. 부치는 마을 술집에서 일어나는 일들을 약간 윤색해 들려주어 그녀를 기쁘게 했다. 그런 곳은 매티에게는 이스탄불이나 파리만큼 동떨어진 장소였다. 그리고 부치는 어떤 사람이 일요일 아침 교회당에 모습을 나타내기 바로 몇 시간 전에 저 아래 철길 옆에서 누군가의 아내와 몰래 만나고 있는 것을 직접 보았다고 말해 매티를 깜짝 놀라게 만들었다. 그렇지만 부치는 이런 이야기를 할 때 그 사람을 비판하거나 비웃는 태도를 취하지 않았다. 그는 다른 모든 인생살이를 용인하는 것과 마찬가지로 이런 일도 선의로 수용하는 자세를 취했다. 그리고 집에서는 너무나 수치스럽고 추악한 일로 간주되어 큰 소리로 입에 올리지도 못할 그런 일들을 매티 역시 웃음으로 받아넘길 줄 알게 된 것 같았다.

부치에게 얼마나 깊이 빠져 있었던지 매티는 노새들이 끄는 마차가 그들 앞에 거의 다다를 때까지 눈치 채지 못했다.

"어머나, 이를 어째. 우리 교회 장로님이신 마이크 씨가 저기 오시네."

매티는 부치에게 조그맣게 속삭인 다음, 그에게서 30센티미터는 족히 떨어져 걸으면서 만도를 휘두르기 시작했다.

마차와 노새들이 그들 앞까지 바싹 다가왔다.

"잘들 지냈는가, 매티 양, 부치 군?"

마차에 탄 늙은 장로는 입안 가득 물고 있던 갈색 담배즙을 마차 옆에 뱉었다.

"안녕하셨어요, 마이크 씨."

부치가 큰 소리로 인사했다.

"사탕수수 베러 가요, 마이크 씨."

매티는 큰 소리로 명랑하게 말하며 자신의 말을 뒷받침하고자 다시 한 번 힘차게 만도를 휘둘렀다.

마이크 씨는 싱긋이 웃었다.

"그래, 이 아가씨야. 그런 칼을 가지고 메기를 잡으러 간다고 생각하진 않겠구나. 그런데 지금 제방까지 빙 돌아서 가는 거니?"

마이크 씨는 자리에 앉아 천천히 담배를 씹으며 그들을 지켜보고 있었다.

매티는 어떻게 말해야 할지 몰라 마치 그 질문에 대한 대답이 둥그렇게 호를 이루는 칼날에 달려 있기라도 한듯 만도만 휘둘러 댔다.

"큰길엔 햇볕이 너무 많이 쪼여서요."

부치 입에서 말이 술술 나왔다.

"그런 데다 이 근방에서는 그러잖아요. 새까말수록 가난하다고. 하느님은 아시겠죠. 제가 여기서 더 가난해지면 어떡해요."

부치와 마이크 씨는 껄껄대고 웃었고, 매티는 자신의 불편한 마음이 겉으로 드러나지 않도록 애를 썼다.

"이 아가씨야, 잘하면 사람 다리도 자르겠다. 그놈의

칼 좀 그만 휘둘러. 사탕수수 당밀이라도 끓여 내려는가
보지?"

"예, 마이크 씨."

"그럼 잘되었구나. 혹시 남는 게 있으면 일요일에 나한
테도 맛 좀 보여 주렴. 새로 만든 사탕수수 시럽에 비스킷
을 찍어 먹으면 정말 좋고말고."

"꼭 그럴게요, 마이크 씨."

마이크 씨가 고삐를 낚아채자 노새들이 움직이기 시작
했다.

"부모님께 안부 전해 주려무나."

"예, 아저씨."

"일요일에 교회에서 보자, 매티."

마이크 씨는 어깨 너머로 소리쳤다.

"자네는 심판의 날에나 보겠구먼, 부치 군."

"아니면 그즈음에 어디선가 뵙죠, 마이크 씨."

노인은 킬킬대고 웃더니 또다시 마차 옆에 침을 뱉었다.

매티와 부치는 잠자코 5분 정도 걸었다. 부치는 아직도
음흉한 미소를 띠고 있었다. 그렇지만 그의 뻣뻣한 걸음걸
이를 보면서 매티는 부치가 화났다는 것을 알 수 있었다.
그녀를 밖에 놔둔 채 부치 혼자 마음의 문을 닫고 들어가
있는 것 같았다.

"그런데 참, 부치. 넌 머리가 참 빨리도 돌아가더라."

매티가 그의 마음을 어루만져 달래 주기라도 하듯이 칭
찬했다.

"아저씨한테 무슨 구실을 대야 할지 정말 몰랐거든."

"변명이 왜 필요한 건데!"

부치의 입에서 이 말이 터져 나왔다.

"사탕수수 베러 가요, 마이크 씨."

부치는 가성으로 매티가 한 말을 흉내 냈다.

"왜, 얼른 치마를 들추고 팬티가 아직 제자리에 있다는 걸 그 사람한테 보여 주지 그랬어? 네가 정말 하고 싶은 말은 그거였잖아, 안 그래?"

"세상에, 뭣 때문에 그렇게 심술궂은 소리를 해 대는 거야? 그런 생각을 누가 한다고 그래."

"거짓말은 그만해, 매티. 너희 아빠같이 독실한 척하는 사람들이 나에 대해서 뭐라고 하는지 내가 모를 것 같아?"

매티는 아버지를 옹호하고 나섰다.

"어쨌든 네 평판이 좋지 않은 건 사실이잖아."

"무엇 때문에? 나는 내 식대로 살고 다른 사람들은 자기들 식대로 살게 내버려 두니까? 만일 나한테 너같이 예쁜 딸이 있다면, 그 딸이 스물하나가 되도록 남자하고 데이트 한 번 못해서 정말 바보처럼 엉덩이가 어딘지, 팔꿈치가 어딘지도 구별 못하게 만들지 않을 거니까? 네 아버지는 뭐 때문에 널 끼고 사신다니? 아버지 혼자 좋겠다고 그러신대?"

매티는 돌연히 걸음을 멈추었다.

"결국 아빠 말씀이 옳았어. 넌 단지 불결하고 비열한 망나니 같은 놈이었어! 분명 내가 미쳤다니까. 너 같은 놈하고 이 좋은 오후를 함께 보낼 수 있다고 생각했으니."

매티는 집 쪽으로 발걸음을 돌렸다.

부치가 그녀의 팔을 붙잡았다.

"빌어먹을, 그래도 네 아버지가 날 꽤 좋게 봐 주셨구나! 쓸모없고 상종 못할 인간이란 말은 빼놓으셨으니 말이다. 네 아버지가 그러신 걸 보니까 일요일 저녁에 너희 집에 데이트 신청하러 찾아가도 되겠는데."

부치는 빈정거리는 말투가 하나도 드러나지 않게 짐짓 순진한 척 능란하게 말을 했다.

매티는 저도 모르게 웃음이 터져 나오려는 걸 참으려고 아랫입술을 깨물어야 했다.

"그런데 말이지, 풀러 씨. 한 가지 알려 드리자면, 나는 벌써 일요일 오후에는 데이트를 하고 있는걸."

"누구하고?"

"프레드 왓슨."

"이 아가씨야, 그건 데이트하는 게 아니라 장례식에 가서 앉아 있는 거지."

무표정한 프레드 왓슨하고 보냈던, 지루하기 짝이 없는 저녁들을 생각하며 매티는 꾹 참았던 웃음을 터뜨릴 수밖에 없었다. 그렇지만 아버지가 교회당에 나오는 남자들 중에서 매티의 짝으로 괜찮다고 생각하는 사람은 오로지 왓슨뿐이었다.

"나는 질투할 마음의 준비를 잔뜩 하고 있었는데 그래 고작 바보 같고 늙어 빠진 프레드를 들먹거리다니, 이런 세상에. 너희 두 사람이 데이트할 때 내가 몰래 들어가서 프레드가 한쪽 눈을 깜박거리기도 전에 짐을 가득 넣은 여행 가방 두 개하고 너를 빼내 올 수도 있을걸. 프레드가 눈을 깜박이는 데 다른 사람들보다 시간이 배 이상 걸린다는 거 몰랐어?"

"전혀 몰랐는걸."

매티는 거짓말을 했다.

부치는 곁눈질로 매티를 보았다.

"그러니까, 다음번에 프레드하고 뜨겁고도 열정적인 데이트를 하며 너희 집 앞 베란다에 앉게 되면 말이지. 지루해진 네가 조금 방심하다 잠에 곯아떨어지기 전에 프레드가 어떻게 눈을 깜박이는지 잘 보라고."

'절대로 웃지 말아야지.'

매티는 마음속으로 되풀이해서 되뇌었다.

'내 몸이 별안간 터져 죽더라도 절대 웃어서는 안 돼.'

두 사람은 어느덧 사탕수수 밭 언저리에 다다랐다. 부치는 매티에게서 칼을 건네받더니 높다랗게 자란 풀숲을 헤치고 들어가 가장 좋은 수숫대를 골라냈다. 부치가 늘씬하고 탄탄한 몸을 유연하게 움직이며 녹색과 갈색 수숫대에 날이 널따란 칼을 휘두르는 것을 지켜보면서 매티는 두렵게도 배 속이 울렁거리고 손끝이 파르르 떨리는 것을 느낄 수 있었다.

부치는 물이 오른 수숫대를 발견할 때마다 그것을 머리 위로 높이 쳐들고는 소리쳤다.

"이놈은 너하고 똑같아, 매티. 통통하고 달콤한 게 말이야."

"이런 세상에, 저렇게 아름다운 아가씨가 이렇게 나를 부려 먹을 수 있다니."

부치의 단단한 두 팔은 땀으로 번들거렸다.

매티는 그 모든 것이 장난인 줄 잘 알고 있었다. 부치와 관련된 모든 것이 마치 부풀어 오른 공기나 솜사탕과도 같았다. 그렇지만 부치가 몸을 곧추세우고 높다란 풀 사이에서 그녀를 불러 댈 때마다 매티는 전율을 느꼈다.

부치는 사탕수수를 열 대쯤 잘라 내더니 그것들을 주섬주섬 모아 가지고 밭 가장자리로 나왔다. 그는 무릎을 꿇고 바닥에 앉더니 호주머니에서 줄을 꺼내어 수숫대를 두 다발로 묶었다. 부치가 일어서자 산뜻한 땀 냄새, 가공하지 않은 시럽 냄새, 흙냄새가 뒤범벅되어 풍겼다. 그는 사탕수수를 한 다발씩 팔 밑에 끼었다.

"매티, 내 작업복 위쪽 주머니에 있는 손수건 좀 꺼내 줄래? 땀 때문에 눈앞이 안 보여."

손수건을 찾을 때 매티 손끝에 부치의 단단한 가슴이 느껴졌다. 그리고 발끝으로 서서 부치의 젖은 이마를 닦아 줄 때 그녀의 젖꼭지가 부치의 거친 작업복을 스치며 얄따란 드레스 아래서 팽팽해지기 시작했다. 매티는 이런 낯선 느낌으로 인해 혼란스러웠다. 낯선 바다 속으로 너무나도 멀리 떠내려간다는 느낌이 들었다. 만일 곧바로 되돌아서지 않으면 해안선이 어느 쪽에 있는지도 완전히 잊어버릴 수도 있었다. 아니면 심지어 그런 걸 생각도 못할 지경에 이를지도 몰랐다.

"이제 사탕수수도 구했으니 집으로 돌아가자."

매티가 불쑥 말했다.

"이런 세상에, 여자들이란 하나같이 이렇다니까."

부치는 수숫대가 무거운지 바꿔 들었다.

"남자한테 일부러 먼 길을 돌아와 자기 몫으로 필요한 것보다 세 배나 많은 사탕수수를 잘라 내게 시켰잖아. 그러면 양심이 있어야지. 남자가 잠시 휴식을 취한다든지 아니면 이곳에 온 진짜 목적인 약초를 캘 틈도 주지 않고 이렇게 급하게 집에 돌아가기를 바라다니."

"알았어."

매티는 머쓱하고 조바심이 나서 아랫입술을 윗니에 대고 쭉 빨아들였다. 그러고는 얼른 칼을 집어 들었다.

"약초밭이 어디 있는데?"

"바로 저기 있는 삼림 개척지 근처야."

뒤엉켜 있는 두꺼운 층층나무 숲 근처에 이르자 기온이 적어도 10도는 떨어졌다. 그곳에는 진초록 바질과 백리향이 이끼 낀 대지 위에 향긋한 담요처럼 뒤덮여 있었다. 부치는 사탕수수 단을 내동댕이치듯 내려놓고는 한숨을 내쉬면서 땅에 주저앉았다.

"염병할, 정말 좋은걸."

부치가 주변을 둘러보고 서늘한 공기를 들이마시면서 말했다. 그는 매티가 아직도 서 있는 것을 보고서 의아해하는 것 같았다.

"제기랄, 이 아가씨야, 넌 그렇게 많이 걸었는데 발도 안 아프니?"

매티는 조심스럽게 땅에 앉아서 아버지의 칼을 둘 사이에 놓았다. 신선하고도 축축한 숲 속의 공기도 피부를 찌르는 것 같은 열기를 식혀 주지 못했다.

"넌 무슨 욕을 그렇게 많이 하니?"

매티가 재빠르게 말했다.

"그렇게 입을 함부로 놀려서 어떡하려고 그래?"

부치는 고개를 가로저었다.

"너희는 뭐가 그렇게 안 되는 게 많은지 정말 모르겠다. 이렇게 해도 안 되고 저렇게 해도 안 되고, 안 되는 것투성이잖아. 그래서 나는 절대로 기독교인이 되지 않는 거라니까. 내가 보기엔, 너희는 삶을 즐길 줄 몰라. 두 번 사는 것도 아니고 한 번뿐인 인생인데, 그렇게 살아야 한다는 게 정말 불쌍하단 말이야."

"인생을 즐기지 말라고 말하는 사람이 도대체 어디 있다고 그래? 네 식대로 치마를 두르기만 하면 덮어놓고 꽁무니를 쫓아다녀야 인생을 즐기는 거니?"

매티는 부치에 대해 안 좋은 감정을 가져 보려고 필사적으로 애쓰고 있었다. 아직도 아른거리는 부치의 촉감과 냄새를 지워 버릴 뭔가가 필요했다.

"매티, 내가 많은 여자를 쫓아다닌다고 생각하나 본데 그건 아냐. 나는 그저 좋았던 시간들이 불쾌한 것으로 바뀔 때까지 한군데 오래 머물지 않을 뿐이야. 말하자면 우리 두 사람이 틀에 박혀 서로 지지고 볶고 싸우면서도 서로 놓아주는 방법을 잊었기 때문에 그저 참고 버티면서 살게 되기 전에 떠난다는 거지. 잘 생각해 봐. 지금까지 나하고 사귄 여자들 가운데 나에 대해 나쁜 기억을 가진 사람은 하나도 없을걸? 그래서 그 여자들은 자기네를 거들떠보지도 않고 때리거나 속이는 그런 남자하고 붙어 살면서 자기 집 뒤쪽 베란다에 나와 앉아 콩 껍질을 까게 되면 옛날에 사귀던 부치를 생각하게 될 거야. '그래, 그 친구는 정말 다정한 계피빛 검둥이였어. 우리가 함께 보낸 나날들은 햇빛만 비쳤지. 그래, 아주 짧았지만 정말로 좋았어.' 하고 말할 거라니까."

매티는 부치가 하는 말이 일리가 있는 것 같았다. 그렇다 해도 그의 말에 뭔가가 빠져 있는 것처럼 생각되었지만 그것이 무엇인지 찾아낼 순 없었다.

"그럼 이걸 한번 생각해 보라고. 내가 지금까지 사귄 여자들 중에서 몇 명이나 나에 대해서 고약한 말을 하고 다니디? 그 여자들의 부모는 뭐라고 하실는지 모르겠지만."

부치가 풀밭 너머로 음흉한 미소를 던졌다.

"그리고 남편들도 그렇겠지? 그렇지만 여자들은 절대로 없을걸? 잘 생각해 보라니까."

매티는 속으로 찾아보았지만 놀랍게도 머릿속에 떠오르는 이름이 하나도 없었다.

매티 얼굴을 보니 그녀가 속으로 여자들의 이름을 하나하나 점검하는 것이 눈에 뻔히 보여서 부치는 의기양양하게 이를 드러내고 히죽 웃었다.

"글쎄."

매티가 부치에게 톡 쏘듯 말했다.

"혹시 내가 아직 만나 보지 못한 여자들이 두세 명 더 있을지 어떻게 알아?"

부치는 머리를 뒤로 젖히고 크게 웃으면서 분위기를 밝게 하려고 애썼다.

"이런 세상에. 저래서 내가 마이클가 여자들을 좋아한다니까. 말로 해서 지는 법이 없거든. 매티, 매티 마이클."

두 눈으로 매티 얼굴을 어루만지면서 부치는 작은 목소리로 부드럽게 소곤댔다.

"도대체 어디서 마이클이라는 성을 얻게 되었을까? 마이클스가 아니었을까?"

"아냐. 아빠가 그러셨는데 노예해방이 됐을 때 우리 할아버지가 아주 어렸대. 게다가 할아버지는 귀가 거의 안 들렸기 때문에 당신의 주인이나 대농장에서 일하던 사람들이 할아버지 주의를 끌려면 반드시 두 번을 불러야 했다나 봐. 그런데 당신 이름이 마이클이었기 때문에 사람들은 할아버지를 부를 때 항상 마이클 마이클 하고 불렀대나 봐. 그러다가 합중국이 들어서고 인구 조사를 하러 다니던 사람이 와서 흑인들을 명부에 기재하는데 할아버지의 이름이 뭐냐고 묻자 사람들이 마이클 마이클 하는 소리밖에 들어 보지 못했다고 했대. 그랬더니 그 무식한 양키 놈이 그 이름을 적어 넣었고 그 후로 우리 성이 마이클이 되었다는 거야."

매티의 아버지는 딸에게 그 이야기를 즐겨 들려주었다. 매티 또한 그녀의 특이한 성에 대해 물어 오는 사람들한테는 기꺼이 그 이야기를 되풀이했다. 그녀가 이야기할 때 부치는 자기 눈이 매티의 목 아래로 내려가지 않도록 조심했다. 부치는 매티가 지금 겁 많은 찌르레기처럼 언제라도 날아갈 태세로 그곳에 앉아 있다는 것을 잘 알고 있었다. 자기 쪽에서 손끝 하나만 움직여도 매티는 겁에 질려 영원히 날아가 버리고 말 것이었다.

부치는 두 눈을 매티의 얼굴에 고정하고 그녀의 말에 귀기울였다. 그렇지만 그의 속마음은 흑단같이 새까맣고 보드라운 목덜미 아래로 자꾸만 미끄러져 내려갔다. 그녀의 목덜미는 믿을 수 없을 정도로 새까맣고, 봉긋 솟아오른 젖꼭지가 붙어 있는, 당장이라도 터질 듯 풍만한 젖가슴만큼이나 부드러웠다. 남자라면 누구나 아주 적당하게 살이 오른 그곳에 코를 박고 빨고 싶어 할 터였다. 그리하여 마침내 젖가슴이 혀에 닿으면 배로 진하고 맛있는 코코아를 마시는 느낌일 것이다. 어떤 남자라도 그곳에서만 반평생을 보낼 수도 있겠지만 그녀의 부드럽고 둥그런 복부가 부치에게 속삭이고 있었다. 그의 마음은 벌써 그 밑으로 내려가 그것이 나긋나긋해질 때까지 아주아주 부드럽게 정성을 다해 주무르고 있었다. 그러고 나서 부치는 그녀의 복부 한가운데에 있는 조그마한 동굴 주위를 돌아가면서 혀끝으로 살짝살짝 건드렸다. 두 손으로는 넓적다리 안쪽의 곡선과 질감을 하나하나 기억하려고 애쓰면서 두 다리가 벌어질 수 있게 다리를 가볍게 바깥으로 밀어냈다. 그러자 두 손이 넓적다리 사이에서 움직일 수 있게 되었고 한없이 부드러운 엉덩이에 다다라서는 길을 잃어버린 듯 어쩔 줄 몰라 했다. 그리고 매티는 팽팽하게 부풀어 터진 수백만 개 피부 조각들이 나무뿌리나 자그마한 바질 잎사귀 사이로 흩어지기 전에 더 팽창하지 않도록 뭔가를, 아니 뭐든지 해 달라고 마침내 그에게 졸라 댈 때까지 점점 더 부풀어 오르기를 기다리고 또 기다릴 터였다.

매티가 이야기를 마쳤을 때 부치는 사탕수수를 내려다보면서 마디가 진 두툼한 수숫대를 잭나이프의 손잡이로 훑고 있었다.

　"사탕수수를 어떻게 먹는 건지 아니, 매티?"

　부치는 계속 수숫대를 훑으면서 물었다. 혹시라도 자신의 두 눈 속에 숨어 있는 속마음을 매티한테 들키기라도 할까 봐 그녀를 제대로 쳐다보지도 않았다.

　"정신 나갔니, 부치 풀러. 나한테 실컷 이름 이야기를 하게 만들더니 이젠 뜬금없이 그런 터무니없는 질문을 하는 것 좀 봐. 평생 사탕수수를 먹으면서 자랐는데 그것도 모를까, 이 바보야!"

　"그게 아냐. 어떤 사람은 죽을 때까지 사탕수수 먹는 법을 제대로 배우지 못하거든."

　부치는 무릎을 꿇고 앉아서 수숫대를 하나 자르더니 칼로 껍질을 벗기기 시작했다. 부치가 어찌나 조그만 목소리로 속삭이던지 매티는 그의 말을 알아듣기 위해서 상체를 구부려 더 가까이 다가가야 했다.

　"그러니까 사탕수수를 먹는다는 건 삶을 사는 것과 똑같단 말이야. 언제 그만 씹어야 하는지 알아야 하거든. 수숫대에서 단맛을 빼내다가 언제 씹기를 중단해야 할지 때를 잘 알아야 한다 이거지. 그러지 않으면 한입 가득 든 거친 지푸라기가 잇몸이나 입천장에 상처를 내거든."

　두꺼운 칼날이 수숫대를 덮은 단단한 녹색 껍질 밑으로 미끄러져 들어갔다. 그러자 투명하고 구슬 같은 즙이 솟아나오면서 저물어 가는 오후의 태양 빛을 받아 반짝거렸다.

"비결이 뭐냐면…….'

부치는 뻣뻣하고 노란 줄기를 한 조각 잘라 내었다.

"수숫대가 단단할 때 뱉는 거야. 그러면 입안 가득 물고 있는 것 중에서도 가장 달고 맛있을 것 같은 그 마지막 한 모금이 혀에서 막 빠져나가 버리지. 가장 달콤할 때 뱉어야 한다는 게 힘들긴 하겠지만 바로 그때 뱉어야 해. 그러지 않으면 마지막으로 별것도 아닌 지푸라기를 씹게 되거든. 내 말 알겠어, 매티?"

부치는 마침내 매티 얼굴을 똑바로 쳐다보았다. 매티는 부치의 갈색 바다와도 같은 눈동자 속에서 자신이 멀리멀리 둥실둥실 떠내려가고 있다는 것을 알 수 있었다. 그곳에서는 어떤 말도, 해안선도, 닻도 아무런 소용이 없었다.

"자."

부치가 사탕수수 대를 한 조각 내밀었다.

"내가 말해 준 대로 한번 먹어 봐."

매티는 그렇게 했다.

2

매티의 아버지는 이틀 동안 딸이나 아내한테 한마디도 건네지 않았다. 집 안을 감돌며 사람을 고문하는 것만 같은 침묵은, 어머니가 딸의 임신 사실을 아버지한테 알리면서 매티가 겪을 것으로 예상했던 폭풍우보다도 훨씬 더 끔찍했다. 새뮤얼 마이클은 결코 수다스러운 사람이 아니었다. 그의 온화하고 변함없는 습관들은 그의 가정에 안정감과 견고함을 가져다주었다. 매티는 마이클이 나이 들어 얻은 외동딸이었다. 그녀가 기억할 수 있는 한 아버지는 판에 박은 것처럼 엄격한 방식대로 살아가는 노인네였다. 어머니와 달리 아버지는 결코 목소리를 높이는 법이 없었다. 두 사람의 의견이 서로 다른 경우에 어머니는 흥분해서 집안을 이리저리 돌아다니며 큰 소리로 툴툴거리거나 거칠게 냄비를 탕탕거렸지만, 아버지는 단지 베란다에 놓아둔 흔들의자에 앉아서 성경을 읽곤 했다.

언젠가 한번은 매티가 마을에 사는 다른 여자 아이들처럼 에나멜가죽 구두를 사고 싶어 했다. 하지만 어머니는 그 신발이 먼지투성이 시골 길에 신고 다니기에는 너무나 비싸고 실용적이지 못하다고 말했다. 아버지는 신발을 둘러싸고 벌어진 엄마와 딸아이의 싸움에서 어느 편도 들지 않았다. 싸움은 수 주일 동안 지속되었다. 아버지는 아무 말 없이 한 달 동안 토요일마다 남의 고구마 밭에 나가 일을 해 주고 돈을 받았다. 그리고 어느 날 신발을 사 들고 집에 들어와서는 딸아이의 무릎에 신발을 놓아 주었다.

"교회 가는 날에만 신도록 해라."

이 한마디가 그 문제에 대해서 아버지가 처음이자 마지막으로 내놓은 말이었다.

매티가 성홍열에 걸려 일주일을 앓고 난 다음 눈을 떴을 때 제일 처음 본 건 아버지의 얼굴이었다. 아버지는 딸아이의 이마를 짚어 보고는 밖에 나가 어머니를 불러들이더니 잠옷을 갈아입히라고 말했다. 딸아이가 기력이 소진하여 땀을 뻘뻘 흘리면서 누워 있는 동안 아버지는 농사일도 제쳐 두고 고집스럽게도 매일같이 딸의 침대 머리맡에 하루 종일 앉아 있었다. 훗날 이 사실을 매티에게 말해 준 사람은 아버지가 아니라 어머니였다. 그 지역에서는 아버지가 아픈 딸아이를 위해 읍내에 사는 백인 의사를 데려온 일이 전설처럼 되었다. 어떻게 집까지 그토록 먼 거리를 오게끔 의사를 설득했는지 엄마조차도 알지 못했다. 아버지는 그 일에 대해서 한 번도 언급한 적이 없었고 감히 어느 누구도 물어보지 못했다.

그렇지만 이번 침묵은 달랐다. 그것이 어찌나 광활한 진공 속에 빡빡하게 압축되어 있던지 매티는 있는 힘을 다해 진공을 가로질러 가려다가 기진맥진해서 쓰러지고 말았다. 그래도 그녀는 슬픔에 젖어 있는 가슴에 의지하여 기력을 되찾고자 미친 듯이 애를 썼다.

"엄마, 이제 더는 견딜 수가 없어요."

매티는 엄마와 함께 저녁 설거지를 하면서 비참한 마음으로 속삭였다.

매티의 아버지는 무표정한 얼굴로 식사를 끝마치고는 밖에 있는 흔들의자에 앉았다. 그는 그곳에서 밤늦도록 성경을 읽곤 했다.

"얘야, 걱정하지 마라."

어머니는 한숨을 쉬었다.

"아빠도 마음을 돌리실 거다. 이번 일로 엄청난 충격을 받으셨어. 그뿐이란다."

"아, 엄마, 정말 부끄러워요."

"그건 절대 부끄러워할 일이 아냐. 아이를 밴다는 건 이 세상에서 가장 자연스러운 일인데 뭘 그러니. 성경에서는 자식이 하느님의 선물이라고 하잖아. 그리고 하느님이 하신 말씀 중에 아기들이 벌 받을 존재라고 말한 부분은 한 군데 도 없단다. 죄악은 간음하는 거지. 그리고 그건 이제 완전 히 끝난 일이잖아. 하느님은 벌써 오래전에 너를 용서하셨 을 거야. 네 배 속에서 지금 자라고 있는 아이는 부끄러워 서 고개를 숙이고 다닐 일이 절대로 아니다. 잘 알았지?"

"아빠한테 부치가 애 아빠란 말은 하지 않으셨죠, 그렇 죠?"

"애야, 아빠가 겨우 부치 풀러 같은 인간을 죽이고 감옥 에 들어가는 꼴을 엄마가 봐야겠니? 그건 내가 할 얘긴 아 닌 것 같구나."

방충망이 탕 하고 닫히는 소리가 들렸다.

"버트, 이리 좀 와라."

매티는 예사롭지 않은 아버지의 목소리에 벌떡 일어났 다. 마침내 침묵의 강을 가로질러 건너오라는 소환을 받은 것이다. 순종하기 위해서 본능적으로 기운을 냈지만 그곳 에 무엇이 기다리고 있을지 두려워 매티는 망설였다. 딜레 마 속에서 탄원하는 눈으로 엄마를 바라보며 도움을 청했 다. 세상을 더 많이 살아온 엄마는 딸의 어깨를 토닥거리 며 귀에 대고 속삭였다.

"어서 가 봐. 아빠도 마음을 돌리실 거라고 내가 아까 말했잖니. 아빠는 너 때문에 살고 너 때문에 숨도 쉬는 사 람이란다."

매티는 부엌문을 통해 밖을 내다보았다. 등을 뻣뻣하게 세우고 있는 아버지에게 다가갈 용기가 나지 않았다. 아버지는 다 닳아빠진 돌과도 같이 판독하기 어려운 무표정한 얼굴로 텅 빈 벽난로를 응시하고 있었다. 매티는 아버지가 '버트'라는 자신의 별명을 부를 때 전해져 온 전율이 사라지기 전에 발길을 옮겼다. 매티가 방을 가로질러 갈 수 있었던 것은 아버지가 손가락 사이로 그녀의 통통한 뺨을 굴리며 버터 접시만큼이나 보드랍게, 싱글거리던 모습이 떠올랐기 때문이었다.

"예, 아빠."

메티는 부들부들 떨었다.

매티는 입을 다물고 조용히 기다려야 한다는 것을 알았다. 녹이 슨 자물통과도 같이 꽉 잠겨 있는 아버지의 마음이 풀어져야 했다. 매티는 그 순간에 설명을 한다거나 애원하거나 따질 수 있는 것이 하나도 없다는 걸 잘 알았다.

"이번 일에 대해서 생각해 보았는데 말이다."

아버지는 주변을 둘러보지도 않고 조용조용 말하기 시작했다. 한참 말이 중단되었다.

"나는 항상 너를 위해 최선을 다하려고 애써 왔다. 지금까지 네 배를 곯린 적도 없었고 또 누구한테 가서 아쉬운 소리를 하게 만든 적도 없었다. 안 그러냐?"

"예, 아빠."

아버지는 헛기침을 하더니 천천히 말을 계속했다.

"내가 너를 집 안에만 가둬 두고 다른 사람들보다 좀 더 잘 키워 보겠답시고 너한테 지극 정성을 기울인다며 사람들이 수군대는 거 나도 잘 안다. 그렇지만 나는 그때그때 적합하다고 생각되는 일을 해 온 거란다."

매티는 지난 이틀 동안 아버지가 마음속으로 어떤 갈등과 고통을 겪었는지 점차 깨닫기 시작했다. 아버지는 매티의 그 어떤 잘못도 받아들이기 어려웠던 것이다. 그렇지만 처벌받을 대상이 필요했기 때문에 아버지는 이 일에 대한 책임을 자신이 지고자 했던 것이다. 자존심이 강한 아버지가 그 짐을 지고 가느라 얼마나 허리가 휘고 비틀거렸을까를 생각하니 정말 안쓰러웠다. 그녀가 뛰어 들어가 그 짐을 덜어 주고자 했지만 허사였다.

"아빠가 잘못하신 일은 하나도 없어요. 이 일은……."

아버지는 매티의 말을 딱 잘랐다.

"그럴지도 모르지. 언젠가 네가 반해서 좋아했던 그 해리스 청년하고 결혼을 시켰어야 했는데 잘못했다. 그렇지만 그런 떠돌이 농장 노동자보다는 좀 더 나은 사람이 네 짝이 되기를 원했어. 그 청년은 너를 가족과 고향으로부터 떼어 내어 저 멀리 아칸소 주로 끌고 가려고 했잖니. 그래, 과거는 과거니까 어쩔 수 없지. 그리고 나는 아직도 프레드 왓슨이 괜찮은 젊은이라고 생각한다. 그가 한 짓을 생각하면 괘씸하긴 하지만."

아버지는 다시 한 번 헛기침을 하고는 매티를 올려다보았다.

"나도 한때는 젊었다. 잘못도 많이 저질렀고 지금도 계속 저지르고 있단다."

매티는 아버지가 배 속 아이를 프레드의 아이로 생각하

는 것을 알고는 대경실색할 지경이었다. 그렇지만 아버지가 매티에게 만나도 좋다고 허락했던 남자는 프레드가 유일했다. 여러 해에 걸쳐서 아버지는 딸아이가 자신의 말에 절대 복종한다고 여겼기에 이번 일에도 의심할 구석은 하나도 없었던 것이다. 매티는 공포에 질린 채 아버지가 하는 말에 귀를 기울이고 있었다.

"내일 아침밥을 먹고 난 다음 프레드의 집으로 건너가이 일을 마무리 지을 생각이다. 내 생각에는 프레드도 기꺼이 너한테 올바른 일을 하려 들 거야."

매티는 숨이 막힐 것만 같았다. 마치 온 우주가 하나의 공으로 뭉쳐져서 자신의 목구멍으로 밀려 들어온 것 같았다.

"아빠, 프레드 아이가 아닌데……."

그녀는 입속에서 이 말을 굴리다가 마지못해 내뱉었다. 이 말은 회오리바람으로 바뀌어 아버지의 얼굴을 때려눕혔다. 아버지와 딸은 헤아릴 수도 없을 정도로 마음이 산산조각 나고 말았다. 두 사람 모두 방 안을 빙빙 돌다가 매티는 두 사람 사이에 놓여 있던 것들과 함께 창문 밖으로 휩쓸려 나가고 말았다. 매티는 아기가 회오리바람에 휩쓸려 버릴 것만 같아서 부들부들 몸을 떨면서도 배를 단단히 움켜쥐었다. 왜냐하면 이제 그녀한테 남은 것이라고는 오직 아이뿐이라는 것을 깨달았기 때문이었다.

"누구 애냐?"

잦아들고 있는 폭풍을 가로질러 아버지의 목소리가 들렸다. 그렇지만 아직도 귀가 윙윙 울리고 있어서 무슨 뜻인지 제대로 알아들을 수가 없었다.

"내가 물었지, 누구 아이냔 말이다!"

아버지는 매티의 머리채를 움켜쥐더니 얼굴을 위로 홱 잡아당겨 자신이 얼마나 분개하고 있는지 똑똑히 보게 했다.

본능적으로 매티의 몸은 복종할 것을 요구했다. 아버지에게 부치의 아이라는 말을 해서 아버지가 휘어잡고 있는 머리채를 놓고 그 대신 엽총을 움켜쥐고 나가 지금 그녀의 세계가 산산조각 난 것처럼 부치 또한 산산조각 나도록 만들고 싶었다. 매티는 부치 풀러가 어떻게 되건 아무런 관심도 없었다. 그날 이후 두 사람은 거의 한마디도 나누지 않았다. 자신의 아이는 사실 부치하고 아무런 상관이 없었다. 아이는 뜨거운 8월의 어느 날, 그곳 숲에 있었던 뭔가에, 그리고 사탕수수 냄새와 이끼가 잔뜩 낀 초목에 속했다. 매티는 이런 것을 말로는 설명할 길이 전혀 없다는 것을 잘 알았다. 그리고 혹시 그런 말이 있다 한들, 실망하여 실성한 사람처럼 펄펄 뛰는 이 노인네는 결코 이해하지 못할 터였다.

"말할 수 없어요, 아빠."

매티는 자신의 얼굴을 향해 다가오는 커다랗고 단단한 손의 충격을 감당하고자 마음을 다잡았다. 아버지는 여전히 딸의 머리칼을 움켜쥐고 있었다. 두 차례 주먹다짐으로 매티는 목 근육에 큰 충격을 받았다. 찢어진 입술에서 핏방울이 턱을 타고 뚝뚝 떨어졌고 눈앞은 침침해졌다. 아버지는 딸의 머리칼을 세게 움켜쥔 다음 더 가깝게 잡아끌고서 가늘게 뜬 눈으로 말없이 물었다. 하지만 매티는 아버지의 물음에 이렇게 답할 수밖에 없었다.

"말하긴…… 말하긴 어렵네요, 아빠."

부풀어 오른 입술 사이로 매티가 우물우물 말했다.

"반드시 말하게 만들 테다."

아버지는 딸을 바닥으로 내동댕이치며 쉰 목소리로 내뱉었다.

매티는 어머니가 부엌에서 뛰어나오는 소리를 들었다.

"그만해요, 샘."

"당신은 참견하지 않는 게 좋을 텐데, 패니."

아버지는 벽난로에 기대어 있던 빗자루를 집어 위협적으로 높이 쳐들었다.

"자, 어서 말해. 그러지 않으면 때려서라도 말하게 만들테니까."

매티가 말을 하지 않고 버티자 아버지의 분노는 여지없이 폭발하고 말았다. 아버지는 자기 집에 몰래 들어와 그동안 자식에 대해 품었던 믿음을 모두 다 뒤틀어 놓은 그놈을 잡아 죽이고 싶었다. 그렇지만 이 딸년은 아버지인 자신에게 맞서서 그놈의 편을 들고 있었다. 아버지는 격노하여 자신을 가장 비참하게 짓밟고도 이제 와서 뻔뻔스럽게 자신을 조롱하고 있는 딸아이의 불순종을 진압하고자 애를 썼다.

아버지가 빗자루로 다리와 등을 내리칠 때마다 매티의 몸은 고통스럽게 경련을 일으키며 움츠러들었다. 그녀는 꽁꽁 묶은 매듭처럼 몸을 웅크려서 있는 힘을 다해 배를 보호하려고 애썼다. 아버지는 빗자루를 내리칠 때마다 똑같은 질문을 했고, 딸아이의 계속되는 침묵은 더 빨리 더 세게 내리치게 만들었다. 아버지는 땀을 뻘뻘 흘리고 숨을 가쁘게 내쉬며 더는 말도 할 수 없었다. 그저 마룻바닥에 엎드려 낑낑거리고 신음하는 딸아이를 두들겨 팰 뿐이었다.

매티의 어머니가 악을 썼다.

"이런 세상에. 제발 그만 좀 해요, 샘!"

어머니는 아버지의 등 쪽으로 달려들어 빗자루를 뺏으려고 기를 썼다.

아버지가 어머니를 마룻바닥에다 동댕이쳤다. 어머니는 미끄러져 반대편 벽에 부딪치면서 입고 있던 블라우스가 허리까지 찢어졌다.

"어쩜, 이럴 수가, 세상에."

어머니는 상처 입은 무릎으로 버티고 일어나면서 미친 듯이 소리쳤다. 빗자루는 이미 부러졌고 아버지는 이제 무릎을 구부리고 손에 남은 날카로운 막대기 조각으로 매티를 두들겨 패고 있었다.

"어쩜, 이럴 수가. 세상에, 제발 그만 좀 하라니까요."

어머니는 눈먼 사람처럼 무턱대고 방을 이리저리 돌아다니면서 뭔가를 계속 찾았다. 그러다 마침내 앞문 고리에 걸려 있는 엽총을 발견했다. 어머니는 있는 힘을 다해 무거운 총을 끌어 내렸다. 손이 어찌나 부들부들 떨리는지 탄환을 장전하기가 쉽지 않았다. 마침내 탄환이 장전되었고 총은 찰깍 소리를 내며 닫혔다. 그녀는 방아쇠를 손가락으로 감싸 쥐고는 조준을 한 뒤 잡아당겼다. 탄환이 폭발하면서 나오는 힘이 어찌나 대단하던지 그녀는 제자리에서 있지 못하고 나가떨어질 뻔했다. 벽난로의 모서리가 터지며 벽돌 쪼가리가 날아가 매티의 등에 박혔고 아버지의 오른뺨에도 상처가 났다.

폭발 소리에 아버지는 잠시 어리벙벙하게 서 있더니 얼굴에서 땀과 피를 뚝뚝 떨어뜨리면서 아내 쪽을 쳐다보았다.

"제기랄. 제발 그만두지 못하겠어, 샘!"

어머니는 악을 썼다.

"내 자식을 한 번만 더 때려 봐라. 그땐 내가 당신 머리통을 갈겨서 지옥으로 보내 버릴 테니까!"

어머니는 다시 한 번 총을 쏠 준비를 했고 이번에는 남편의 가슴 한복판을 겨냥했다.

"보란 말이야! 당신이 무슨 짓을 저질렀는지 잘 보라고!"

아버지는 혼수상태에서 깨어나는 사람처럼 보였다. 바보처럼 멍청히 총신을 응시하더니 자기 손에 들려 있는 막대기를 내려다보았다. 그러고는 바닥에 몸을 웅크리고서 벌벌 떨고 있는 여자 아이를 내려다보았다. 아버지 머리가 마치 고장 난 장난감처럼 감각을 잃은 듯 계속해서 앞뒤로 흔들거리고 있었다.

"여보, 나는…… 여보, 매티가……."

그는 알아들을 수 없게 웅얼거렸다.

마룻바닥에 내동댕이쳐져 옷이 찢기고 상처를 입은 몸뚱이에서 신음이 간간이 새어 나왔다. 아버지는 그것을 보고 자신의 딸아이라는 것을 깨달았다. 이윽고 아버지는 막대기를 떨어뜨리고 엉엉 울기 시작했다.

3

일주일 후 북쪽으로 향하는 그레이하운드 버스는 군 경계선을 건너 오른쪽으로 돌아 고속도로로 접어들었고 첫 정차 지역인 노스캐롤라이나 주의 애슈빌까지 계속해서 달렸다. 전쟁 특수로 생긴 일거리를 찾아 또는 도시의 자유로움을 좇아 떠나는 남부의 흑인 자녀들을 메이슨딕슨 선 위쪽으로 실어 나르는 수많은 버스와 기차 그리고 녹슬어 가는 자동차 대열 속에 매티가 탄 버스도 끼어 있었다. 매티는 통로 쪽 좌석에 앉아서 눈물겹도록 낯익은 풍경이 차체 뒤로 녹아내리듯 사라져 가는 것을 무시하려고 애썼다. 그녀는 얼마 있으면 맞닥뜨리게 될 낯선 도시나 버스 터미널로 마중 나올 친구 에타에 대해서 생각하고 싶지 않았다. 그리고 이제는 없는 거나 마찬가지인 고향 집, 헤어질 때 어머니가 흘리던 눈물, 그리고 아직도 쓰리고 아픈 등과 다리에 남은 상처만큼이나 욱신욱신 쑤시고 심장이 두근거리던 아버지와의 고통스러운 불화도 생각하고 싶지 않았다. 매티는 그저 푹신한 등받이가 있는 좌석에 머리를 기대고 '시간이 그만 정지해 버렸으면' 하고 바랐다. 단지 자신은 바로 이 버스에서 새로 태어났으며 과거의 모든 것과 앞으로 일어날 일은 모두 사라지고 지금 이 순간만 존재하는 것처럼 가장하고 싶었다. 그렇지만 바로 그 순간 배 속의 아기가 꿈틀거렸으므로 매티는 두 손을 배 위에 얹었다. 지금 자기 배 속에서 흘러간 과거와 앞으로 닥칠 미래가 자라나고 있다는 걸 깨달았다. 이 아이는 지금 매티의 심장박동 하나하나에 묶여 있는 것처럼 앞으로도 매티의 과거와 미래에 매티를 꽁꽁 묶어 놓을 것이었다.

그리하여 테네시 주의 록베일 시는 고속버스 뒤로 끈처럼 이어진 수 마일의 콘크리트 길 아래에 묻혔고 매티는 배 속에서 자라고 있는 아이를 위해 마음 졸이며 새로운 계획을 세웠다. 마음이 자꾸 뒤쪽으로 촉수를 뻗치려고 하면 매티는 단호하게 자기 마음을 낚아챘다. 오로지 집으로 연결된 뒷길이나 여름날의 느낌, 입안에 느껴지던 사탕수수 맛이나 들풀 냄새만 생각하려고 노력했다. 그리고 5개월 후 아들이 태어났을 때 매티는 아이 이름을 녹색 들풀의 이름을 따서 바질이라고 지었다.

"세상에, 요것 좀 봐."

에타는 꼭 움켜쥐고 있는 아기의 빨간 주먹을 만지며 아주 신기해했다.

"아기는 하늘에서 우편으로 보내 준 선물이라고 어른들이 말씀하시던 때를 생각해 보면 우리도 정말 많이 자랐다. '수신자 부담이에요, 아니면 속달우편이에요?' 하고 네가 묻곤 했지. 그러면 사람들이 모두 다 깔깔대고 웃느라 배꼽이 빠질 지경이었어. 이제는 그런 일이 어떻게 해서 생기는지 잘 알겠구나?"

"아냐, 에타."

매티는 아들의 모습이 비치는 친구의 두 눈을 올려다보았다.

"아직도 난 아기가 하늘에서 보내 준 선물이라고 생각

해. 넌 여태껏 우리 아들처럼 이렇게 완벽하게 잘생긴 아이를 본 적 있니?"

"잘생긴 것 같진 않은걸."

에타는 매티 무릎에서 아기를 들어 올리며 놀려 댔다.

"갓 태어난 아기가 그런 것처럼 네 아들도 원숭이처럼 못생기고 주름투성이잖아. 그렇지만 앞으로 가능성은 충분히 있을 것 같은데. 옳거니, 여기 최초의 흑인 대통령감이 우리 품에 안겨 있구먼."

둘이 깔깔대고 큰 소리로 웃어 대자 아기는 깜짝 놀라 울음을 터뜨렸다.

"요것 봐라. 이놈이 아주 고함을 쳐 대는걸! 네 새끼 받아라. 자자, 엄마한테 가야지."

에타는 아이를 매티에게 건네주고는 친구가 부드럽게 아기를 어르고 토닥거려 잠재우는 것을 지켜보았다.

"내가 왜 아기를 낳아 키울 수 없는지 잘 알겠지? 나는 애가 우는 걸 참고 달래 줄 인내심이 없다니까."

"처음부터 그걸 할 수 있는 사람이 이 세상에 어디 있니, 에타. 그렇지만 다 되는 법이야. 그 애가 네 아기이고 그렇게 하지 않으면 안 된다는 것을 알게 되면 다 된다니까, 그치 아가야. 너는 내 새끼지, 그치?"

매티는 쌕쌕 잠들어 있는 아이에게 가만히 속삭였다.

"그럼 내 새끼고말고."

"그래 맞아, 네 새끼지. 앞으로 20년은 네 속을 끓일 애물단지잖아. 그리고 나는 이미 만들어진 골칫거리가 필요하다 싶으면, 잘생긴 놈팡이 하나 물면 되지 않겠어? 기저귀를 갈아 줄 필요도 없고, 싫증 나면 그냥 걸어 나오면 되니까. 안 그래도 마침 그렇게 하려던 참이었어. 베넷이 요즘 내 신경을 거스르기 시작했거든."

매티는 총성이라도 들은 사람처럼 깜짝 놀라 올려다보았다.

"어디로 떠나려고?"

"그러려고 해, 매티. 벌써 수개월 전부터 떠날 생각을 하고 있었어. 그런데 네가 편지로 오겠다고 해서 네가 아기하고 정착하는 것을 보고 떠나려고 그냥 눌러앉아 있었지. 이 도시는 활기를 잃었다니까."

"이번에는 어디로 가려고, 에타?"

매티는 한숨을 쉬며 물었다.

"매티, 뉴욕이야말로 사람이 살아야 할 곳이라니까! 모든 군인이 호주머니마다 전투 급여를 가득 넣고 부두로 몰려와 그 돈을 투자하는 데 도움을 받을 수 있는 사람을 찾고 있대. 그리고 뉴욕에는 할렘이란 곳이 있는데, 그곳엔 온통 흑인 의사들과 부동산업자들뿐이래. 나하고 같이 가지 않으련, 매티? 온갖 가능성이 있는 곳이니까, 너도 반드시 네 아기 바질한테 부자 아빠를 찾아 줄 수 있을 거야."

열광적인 에타의 말에 매티는 거의 넘어갈 뻔했다. 그렇지만 얼른 정신을 차리고 자제했다.

"아, 아냐."

매티는 머리를 가로저었다.

"널 따라 어린 것을 끌고 전국을 돌아다닐 수는 없어. 네가 고향을 처음 떠났을 때 보낸 편지를 보면, 세인트루이스야말로 사람이 살 곳이라고 했어. 그런 다음에는 시카고가 그랬고 또 그 다음에는 여기였어. 그런데 이제는 뉴욕이란 말이지. 네가 찾는 게 뭔지 모르지만 그런 식으로는 죽었다 깨어나도 찾지 못할 거야."

"글쎄, 그렇다고 여기 이대로 주저앉아 있어도 찾지 못하는 건 마찬가지겠지. 그건 너 또한 마찬가지일 테고."

"나는 아무것도 찾고 있지 않아, 에타."

매티는 아들을 빤히 내려다보았다.

"나한테 필요한 것은 바로 여기에 다 있으니까. 나는 그저 하느님이 나한테 주신 것으로 만족하고 그냥 여기에 남을 거야."

"글쎄."

에타는 문 쪽으로 나가면서 말했다.

"내가 듣기로 예수가 태어난 이후로는 하느님이 아기 사업에서 손을 떼셨다고 하던걸. 그렇지만 혹시 너는 내가 모르는 것을 알고 있을지도 모르겠구나."

에타가 윙크를 하고는 방에서 나갔다.

"내가 알고 있는 것이 뭔가 하면……."

매티는 닫힌 문을 향해 말했다.

"우리 아들이 수신자 부담으로 왔다는 것하고 또 나는 기꺼이 여기 머물러서 그 값을 치르겠다는 거야."

6주 후 에타는 농축 우유 여덟 상자와 설탕 23킬로그램으로 바꿀 수 있는 쿠폰 책을 가지고 매티를 남겨 둔 채 떠났다. 물어보면 사실대로 말해 줄 것 같아서 매티는 굳이 그것들이 어디서 났는지 에타에게 묻지 않았다. 친구가 떠나면서 생긴 빈 공간에 순식간에 밀려든 고독감으로 매티는 집 생각을 하고 있었다. 그녀는 엄마가 무척 보고 싶었다. 그래서 편지로 엄마에게 이곳에 오셔서 자기가 일하러 가는 동안 아이를 돌봐 달라고 간청했다. 아들을 모르는 사람한테 맡기고 싶지 않았기 때문이다. 어머니는 손자가 무척 보고 싶지만 아버지 건강이 여의치 않아 혼자 두고 떠나기가 힘들다는 답장을 보내 왔다. 그렇지만 매티가 일을 해야 한다면 아이라도 제발 고향으로 내려 보내라고 했다.

매티는 싸구려 가구와 아무리 문질러 대도 깨끗해질 수 없을 것 같은 더러운 벽으로 둘러싸인 비좁은 하숙방을 둘러보았다. 그리고 부모의 집에 있는 오건디 천으로 만든 커튼과 널따란 앞뜰을 생각했다. 깨끗한 공기와 신선한 음식도 생각했다. 그렇지만 아이가 날이 가면 갈수록 영락없이 부치를 닮아 갔다. 매티는 성경을 움켜쥐고 앉아서 아이가 자라나는 것을 지켜볼 고집 센 노친네를 생각해 보았다.

"너한테 그런 시련을 겪게 할 수는 없지."

매티는 아이 귀에 대고 속삭였다.

"지금 당장은 너한테 많은 것을 줄 수 없어. 그래도 너는 아직 어리니까 이 방을 볼 수 없을 거야. 네 눈에 보이는 것은 오직 엄마뿐이지, 그렇지? 그리고 엄마가 너를 얼마나 사랑하고 자랑스럽게 여기는지 잘 알지? 네가 이 세상에 어떻게 오게 되었건 말이다."

마치 엄마 말에 대답이라도 하는 것처럼 바질은 팔다리를 차면서 칭얼거리기 시작했다. 매티는 아이를 들어 올려 잠이 들 때까지 아이의 부드러운 몸을 으스러질 정도로 품에 꼭 껴안고 얼러 주었다.

매티는 책 제본소의 조립 라인에서 일했고 낮에는 1층에 사는 늙은 프렐 부인에게 돈을 주고 아이를 맡겼다. 매티는 프렐 부인이 다소 노망기가 있다고 생각했다. 게다가 그녀는 고양이를 세 마리나 키우고 있었다. 매티는 점심시간에 아이를 보러 하숙방에 들를 때 차비를 아끼기 위해서 서른 블록을 걸어오곤 했다. 그 짧은 점심시간에 그 먼 길을 걸어와 그녀가 할 수 있는 거라고는 고작 집으로 뛰어 들어 아이를 안아 들고 혹시 기저귀가 젖었는지 아니면 다친 데는 없는지 살펴보고 다시 일을 하러 달려가는 것뿐이었다. 매티는 거리를 달리면서 점심을 해결하곤 했다. 빈 속으로 공장에서 나오는 열기와 강한 접착제 냄새에 시달리다 보면 오후에 현기증이 났기 때문이다.

매티는 다른 곳으로 이사 갈 돈을 모을 수가 없었다. 애를 봐 주는 사람한테 지불하는 비용이 그녀가 받는 주급의 거의 반을 차지했다. 일주일치 집세를 지불하고 음식을 조금 사고 나면 그저 차비 정도밖에 남지 않았다. 매티는 토요일 밤마다 가던 영화 구경도 끊었다. 그리고 옷과 구두는 거리에 나가기가 창피할 지경에 이를 때까지 참았다가 샀다. 그렇지만 은행 통장의 잔고는 고통스러울 정도로 늘어나지 않았다. 그러던 중 바질이 위병이 나서 음식을 삼킬 수가 없었다. 그리하여 가뜩이나 조금밖에 없었던 은행 잔고도 병원비와 비싼 약값으로 다 들어갔다.

매티는 더 나은 일자리를 구하기 위해 학교에서 제공하

는 야간 교육 과정에 등록해 볼 생각을 했다. 그렇지만 지금 상태로도 일주일에 엿새를 일하고 나면 아이를 볼 시간이 거의 없었다. 자기 아들이 첫 번째 발걸음을 떼는 것도 보지 못했다고 생각하니 가슴이 찢어질 것만 같았다. 아들이 프렐 부인에게 "엄마." 하고 부르는 소리를 처음 들었을 때 매티는 두 시간 동안 울었다.

어느 금요일 밤에 매티는 아들과 함께 잠을 자고 있었다. 엄마의 품 안에서 잠을 자던 아들은 꿈틀꿈틀 빠져나가 거의 침대 끝에 배를 깔고 엎어져 있었다. 젖병이 입에서 떨어져 담요 바로 옆 마룻바닥으로 굴러 떨어졌다. 쥐 한 마리가 화장대 뒤에 있던 구멍에서 기어 나와 빵 부스러기를 찾으려고 조심스럽게 킁킁거리며 냄새를 맡고 있었다. 아무것도 찾지 못한 쥐는 좀 더 대담해져서 원을 돌며 천천히 침대 쪽으로 다가왔다. 인간의 냄새를 두려워할 줄 알았지만 그래도 사람들의 몸이 움직이지 않을 뿐더러 하도 배가 고픈지라 점점 더 침대 가까이로 다가왔다. 돌아서서 벽 쪽으로 가 다시 찾아볼 요량을 하던 바로 그 참에 쥐는 말라붙은 우유와 설탕 냄새를 맡았다. 기대에 차서 찍찍 소리를 내며 냄새가 나는 쪽으로 다가간 쥐는 아기의 젖병을 발견했다. 그놈은 젖꼭지 주변에 말라붙어 있는 달콤한 우유를 핥다가 두꺼운 고무를 갉아먹으려고 했다. 그런데 똑같은 냄새가 자기 머리 쪽에서 풍겨 오자 젖꼭지를 버려두고 담요 위로 기어 올라가 신선한 우유 냄새와 설탕 냄새, 그리고 침 냄새가 나는 쪽으로 다가갔다. 쥐는 아기의 턱과 입술 주위를 핥았다. 핥을 게 없어지자 그놈은 더 많은 것을 찾기 위해 부드러운 살 속으로 송곳니를 집어넣었다.

아들이 악을 쓰는 소리에 매티는 재빨리 침대에서 몸을 똑바로 하고는 잠에 취해 몽롱한 가운데 본능적으로 두 팔로 끌어안았다. 하지만 품속에 아무것도 잡히지 않았다. 그녀는 침대에서 뭔가가 펄떡 뛰더니 나무로 된 마룻바닥을 가로질러 화장대 쪽으로 서둘러 기어가는 것을 느낄 수 있었다. 그녀는 마구 울어 대는 아이한테로 정신없이 손을 뻗어 아이를 끌어다가 가슴에 품고 나서 더듬더듬 전등 스위치로 손을 뻗었다. 갑작스럽게 엄마가 자기를 끌어당겨 안는 데다 별안간 방도 밝아지자 아이는 한층 더 겁을 집어먹고는 쥐한테 깨물린 데가 아프기도 하고 또 혼란스럽기도 하여 엄마 품속에서 필사적으로 발버둥 치며 울어 댔다.

"이런 세상에!"

매티는 아이의 뺨에 난 두 개의 조그만 상처에서 피가 뚝뚝 떨어지는 것을 보고 외마디 소리를 질렀다. 그녀는 앙앙 울어 대는 아이를 가슴에 품고서 달래 보려고 애썼지만 아이는 엄마의 두려움을 감지하고는 계속해서 악을 쓰고 울어 댔다. 매티는 아기를 침대에 뉜 다음 알코올로 뺨을 소독해 주었다. 그런 다음 살살 흔들어 달래 주자 아이도 안정을 찾고 울먹울먹하게 되었다. 매티는 젖병을 집어 들어 젖꼭지가 씹힌 것을 보고 화도 나고 넌더리가 나서 벽에다 내던졌다. 플라스틱 병이 부서지자 아이가 또다시 겁을 먹고 울기 시작했다. 이번에는 매티도 아이와 함께 엉엉 울었다.

매티는 밤새도록 전등불을 켜 놓고 앉아서 밤을 지새웠

고, 바질은 마침내 선잠이지만 잠이 들었다. 다음 날 아침 그녀는 아이를 병원에 데리고 가서 파상풍 주사를 맞혔고 뺨에는 연고를 발라 주었다. 매티는 하숙집으로 돌아와 옷가지를 챙겼다. 그러고 나서 한 팔에 아이를 안고 다른 손으론 여행 가방을 들고서 다른 거처를 찾아 나섰다.

"아이들은 받지 않습니다."
"집세는 얼마든지 낼게요."
"아이들은 받지 않아요!"

매티는 하루 종일 걸었고 여행 가방 손잡이 때문에 손에 물집이 생겼다. 두 팔로 안고 있는 바질이 점차 무겁게 느껴졌다. 아이가 가만히 있지 않고 끊임없이 끙끙대고 몸부림치는 바람에 진이 다 빠질 지경이었다. 매티는 몇 시간만 노력하면 다른 방을 구할 수 있으려니 생각했는데 선택의 여지가 거의 없었다. 여러 번 시도해 본 후에야 매티는 백인 동네에서는 빈방 표시가 있다 해도 층계를 올라가느라 힘을 낭비할 필요가 없다는 것을 알게 되었다. 심지어 산뜻하게 단장된 흑인 동네도 피해야 한다는 것을 알게 되었다.

"남편은 어디 있죠?"
"남편은 없는데요."
"여기는 사회적 지위가 있는 사람들이 모여 사는 동네예요!"

저녁이 가까워질수록 매티는 발이 아파서 더는 발걸음을 떼기가 힘들었고 입에서는 욕이 나왔다. 유일한 보금자리를 서둘러 박차고 나온 것이 후회스러웠다. 그렇지만 그 순간 쥐가 갉아먹은 우유병 젖꼭지가 생각나서 계속 걸었다. 호주머니에는 일주일치 봉급이 들어 있었으므로 여관에 갈 수 있었다. 아니면 고향 집으로 가는 승차권을 살 수도 있었다. 다음 날은 일요일이었으므로 또다시 집을 찾아볼 수 있었다. 아니면 고향 집으로 갈 수도 있었다. 만일 일요일에도 방을 구하지 못하면 월요일에 다시 한 번 시도해 볼 수도 있었다. 아니면 고향 집으로 갈 수도 있었다. 만일 월요일에도 구하지 못한다면 화요일에는 직장에 얼굴을 보여야 한다. 누가 아기를 돌봐 줄 것인가? 아니면 고향 집으로 갈 수도 있었다. 집으로. 집으로.

매티는 제정신이 아니었고 혼란스러웠기에 똑같은 블록을 두 번이나 돌았다. 바로 조금 전에 백인 할머니를 지나쳤던 것이 기억났다. 분명 헤매다가 또다시 백인들이 사는 동네로 들어온 것이 틀림없었다. 그녀는 백인 할머니에게 다가가서 버스 정류장으로 가는 방향을 물어보려다가 마음을 바꿔 먹었다. 아들을 다시 보듬어 품에 안고는 조용히 할머니가 서 있는 울타리를 지나서 걸어갔다.

"그렇게 발그스레한 아기를 안고 어디로 가는 거유? 길을 잃었수, 새댁?"

매티는 소리가 나는 방향을 찾아 두리번거렸다.

"혹시 버스 정류장을 찾는 거라면 방향이 틀렸수다. 제정신이 박힌 사람이라면 지금 이 시간에 기차역까지 걸어

가려는 생각은 하지도 않을 테니 말이우. 고것은 마을 반대편으로 한참 가야 한다우."

매티는 아까 본 할머니가 자기한테 말을 걸고 있다는 것을 깨달았다. 그렇지만 그것은 흑인의 말투였다. 매티는 우물쭈물 울타리로 다가가 쉽사리 믿기 어렵다는 듯이 물기 어린 푸른 눈을 빤히 쳐다보았다.

"뭘 그리 놀란 토끼처럼 쳐다보는 거유? 바보 같은 표정을 하고서. 내가 길을 잃었느냐고 물었잖수."

매티는 황혼의 희미한 빛으로 인해서 가늘게 주름 잡힌 하얀 얼굴 속에 누런 색조가 감춰졌다는 걸 알 수 있었다. 황혼 빛에 할머니의 들창코와 두툼한 입술 윤곽이 희미해져 있었던 것이다.

"예, 할머니. 그러니까 아니라고요, 할머니."

매티는 더듬거렸다.

"머물 곳을 찾고 있었는데 한 군데도 찾을 수 없었어요. 그래서 할 수 없이 버스 정류장을 찾고 있어요. 그랬던 것 같네요."

매티는 정신없이 말을 마쳤다.

"뭐라고, 그럼 새댁은 오늘 밤 그 어린 것을 데리고 버스 정류장에서 잠을 잘 계획이었수?"

"아니에요. 버스표라도 사서 집으로 갈 생각이었어요. 그랬던 것 같아요. 아니면 여관에서 하룻밤 묵고 내일 다시 집을 찾아보려고 했지요. 아니면 버스 정류장으로 가는 길에 묵을 곳을 찾든지. 잘 모르겠어요. 저는……."

매티는 말을 멈췄다. 왜냐하면 지금 하고 있는 말이 이

할머니가 듣기에 어쩌면 진짜 바보가 하는 말처럼 들릴지도 모른다는 생각이 들었기 때문이었다. 그렇지만 매티는 어찌나 피곤하던지 앞뒤 생각할 힘이 없었다. 그런 데다 잠도 부족하고 하루 종일 들고 다닌 무거운 짐 때문에 두 다리가 부들부들 떨리기 시작했다. 매티는 눈가가 얼얼하게 달아오르면서 쏟아져 나오려는 눈물을 참으려고 아랫입술을 꾹 깨물었다.

"그런데, 지난밤엔 어데서 잠을 잤수?"

할머니가 부드럽게 말했다.

"집에서 쫓겨난 거유?"

"아니에요, 할머니."

매티는 하숙집과 쥐에 대한 이야기를 털어놓았다.

"그래서 새댁은 무작정 짐을 싸 들고 갈 곳도 전혀 없는데 나왔단 말이유? 저런, 신중치 못했구면. 강철 솜으로 구멍을 꽉 막아 버리고 형편이 좀 나아질 때까지 그곳에 머물지 그랬수?"

매티는 바질을 안은 두 팔에 힘을 주면서 고개를 가로저었다. 절대로 그런 곳에서 하룻밤도 더 잘 수 없었다. 그냥 있었다가는 벽에서 기어 나온 것들이 아이를 공격하는 악몽에 시달려 한잠도 잘 수 없었을 것이다. 결단코 매티는 아들에게 많은 고통을 준 방으로 다시 돌아갈 수 없었다.

할머니는 아이를 안고 있는 매티를 바라보면서 그녀가 무슨 말을 하려는지 알아차렸다.

"그렇지만, 아이가 자기한테 상처를 주는 것들로부터 계속 도망 다니게 만들 수는 없잖수? 어떨 때는 그저 그곳에 머물러 좋은 일이건 나쁜 일이건 닥치는 일들을 모두 헤쳐 나갈 수 있게 가르쳐야 한다우."

매티는 할머니하고 이야기할수록 조바심이 나서 견디기가 힘들었다. 아이 양육에 관한 훈계는 듣고 싶지 않았다.

"정류장으로 가는 길이나 알려 주시면 정말로 감사하겠어요, 할머니."

매티는 차갑게 말했다.

"아니면 방을 구할 수 있는 곳을 알려 주시든가요."

할머니는 깔깔대며 큰 소리로 웃었다.

"그렇게 퉁명스럽게 말할 이유는 하나도 없다우. 충고를 마냥 늘어놓을 수 있는 게 늙은이의 특권이 아니겠수? 늙은이한테 남아 있는 거라곤 그런 것뿐이라고 많은 사람들이 생각하잖수. 근데 빈방이 있는 곳을 알 수도 있고 모를 수도 있는데 말이지……."

할머니가 눈을 가늘게 떴다.

"새댁은 일을 하우?"

매티는 어디에서 일하고 있는지 할머니에게 말해 주었다.

"남편은 어디에 있수?"

매티는 이 질문을 예상했기 때문에 남편이 전사했다고 말하고 싶은 유혹이 생겼다. 하지만 그렇게 하면 아들을 부정하는 것이었다. 매티는 아들에 대해 수치스럽게 여기는 것이 하나도 없었다.

"남편은 없는데요."

매티는 몸을 수그리고는 여행 가방을 들었다.

"그러우?"

할머니는 낄낄대고 웃었다.

"난 남편이 다섯이나 있었는데. 나를 두고 모두 저 세상으로 가 버렸지. 그래서 말하는데 말이유, 아기 엄마도 그렇게 섭섭해할 필요는 없다우."

할머니는 대문을 열었다.

"벌써 짐 가방도 들었으니, 어서 들어와서 아이한테 밤 공기를 쐬게 하지 않았으면 좋겠구먼. 이 집에는 방이 많다우. 그렇지만 나하고 우리 손녀딸만 살고 있지. 저 녀석이 우리 루시엘리아한테 좋은 친구가 될 것 같구먼."

할머니는 매티에게서 바질을 받아 안았다.

"아이고나, 무겁기도 해라. 하루 종일 이 녀석을 어떻게 안고 다녔수? 요런 통통한 다리 좀 보라지. 요런 불그스레한 놈, 요놈. 나는 유독 불그스레한 남자를 좋아했다우. 두 번째 남편 피부가 꼭 이랬다니까. 그렇지만 성깔머리 하나는 장난이 아니었지."

할머니는 마치 그들을 오랫동안 알고 있었던 것처럼 정답게 말을 건넸다.

매티는 할머니를 따라 돌층계를 올라가면서 일이 너무나 빨리 돌아가는 것과 자신의 운명을 바꿔 놓은 생면부지의 할머니한테 얼른 적응하려고 애를 썼다. 그들은 집 안으로 들어갔다. 매티는 두툼한 녹색 카펫 위에 여행 가방을 내려놓고는 비싼 마호가니 가구들과 자기로 만든 골동품들이 그득한 커다란 거실을 둘러보았다. 오른쪽 문을 통해 들여다보니 크리스털과 동으로 된 누르스름한 샹들리에가 열두 명은 족히 앉을 만한 커다란 오크나무 테이블 위에 걸려 있었다.

"집은 신경 쓸 게 없다우, 아기 엄마. 집이 엉망인 줄은 잘 알지만, 이제 나는 예전처럼 집을 깨끗하게 정돈할 힘이 없거든. 두 사람 모두 무척 배가 고프겠구려, 안 그러우? 어서 부엌으로 들어와요."

할머니는 아기를 안고 집의 뒤편으로 향했다.

그제야 매티는 제정신이 들었다.

"그렇지만 저는 아직 할머니 성함도 모르는걸요!"

매티는 거실 마룻바닥에 붙어 버린 것처럼 그대로 선채 소리쳤다.

할머니가 되돌아 나왔다.

"그래서 내가 차려 준 음식은 못 먹겠다 이 말이유? 그럼 정식으로 소개를 해야겠구먼. 부엌에 있는 것들을 말하자면 고기 찜하고 오븐에다 노릇노릇 구워낸 감자 요리하고 강낭콩 요리라우. 그리고 내 생각에는 아기 엄마를 만나려고 에인절 케이크도 얌전히 기다리고 있는 것 같구려."

할머니는 다시 부엌으로 걸어가면서 어깨 너머로 한마디를 더 던졌다.

"그런데 지금쯤은 아기 엄마도 알아차렸을 것 같은데, 지금 말하고 있는 미친 늙은이는 이바 터너라고 한다우."

매티는 서둘러서 할머니와 바질을 따라 부엌으로 들어갔다.

"기분 나쁘게 해 드릴 생각은 전혀 없었어요, 터너 할머니. 그저 모든 게 너무나 순식간에 일어났고 할머니께서 정말로 친절하게 대해 주셔서 그랬어요. 제 이름은 매티 마이클이고 아이는 바질이에요. 그런데 할머니께서 우리에게 어떤 방을 빌려 주실 건지 또 방세는 얼마를 내야 하는지 제가 하나도 모르잖아요. 그러니 제가 정신이 좀 없어 보여도 이해해 주세요."

매티는 하릴없이 이렇게 말을 끝냈다.

할머니는 매티가 일사천리로 떠들어 대는 말을 잔잔하게 미소를 지으며 들었다.

"동네 사람들은 나보고 미스 이바라고 부른다우."

할머니는 아기를 반들반들하게 닦은 타일 바닥에 내려놓고는 스토브로 다가갔다. 그녀는 매티의 존재를 의식하지 않는 듯 음식을 데우고 젓는 동안 혼자서 콧노래를 흥얼거렸다.

매티는 이 할머니가 정말로 정신이 약간 나간 것은 아닌지 의구심이 들었다. 그래서 그런 징후라도 발견할까 해서 부엌을 둘러보았다. 그러나 매티 눈에 들어오는 것은 줄줄이 걸려 있는 반들반들한 구리 냄비들과 커다란 화분들 그리고 더 많은 자기 골동품들이었다. 어린아이 보행기가 고무로 만든 다채로운 색깔의 장난감들과 함께 한쪽 모서리에 놓여 있었다. 바질이 장난감들을 보았는지 그것들이 쌓여 있는 곳으로 아장아장 걸어갔다. 매티가 그쪽으로 가지 못하게 막자 바질은 큰 소리로 마구 울어 댔다.

미스 이바는 스토브에서 돌아섰다.

"그대로 내버려 두구랴. 아기가 만진다고 해도 망가질 건 하나도 없으니까. 그건 루시엘리아의 장난감인데 그 아이는 지금 자고 있다우."

"루시엘리아가 누군데요?"

미스 이바는 매티가 정신을 제대로 차리고 있는지 의심하는 듯한 표정을 지었다.

"내가 조금 전에 밖에서 말하지 않았수? 친손녀라고. 6개월 됐을 때부터 내가 데려다 키웠다우. 그 아이의 아비 어미는 자식을 그냥 나한테 맡겨 놓고는 테네시 주로 돌아가 버렸지. 이젠 빌어먹을 고것들을 입에 올리기도 싫고 욕도 하기 싫다우. 그렇지만 사실 애 아빠를 욕할 수도 없는 게, 꼭 제 아비를 닮아서 그런 걸 어쩌겠수? 그 인간은 내 마지막 남편이었는데 절대로 결혼해서는 안 될 그런 위인이었다우. 그렇지만 나는 피부가 유난히 검은 남자를 좋아했다우."

미스 이바는 음식이 담긴 접시들을 식탁으로 내왔고, 매티가 식사하는 동안 자기가 바질을 먹이겠다고 고집을 부렸다. 음식이 맛깔나서 그런지, 아니면 부엌의 온기 때문인지는 알 수 없었지만, 매티는 편안함을 느꼈다. 깃털이 내려앉듯 편안하게 둥지를 틀고 앉아 지금까지 알지 못했던 갈망으로 아무 설명 없이 미스 이바가 베푸는 친절함을 마음 편히 받아들이고 있었다. 미스 이바는 나이 든 사람들의 특징이라고 할 수 있는 뻔뻔스러움으로 자신의 생애와 비밀스러운 공적을 매티에게 펼쳐 놓았다. 그리고 매티는 지금 심문당하고 있다는 사실을 깨닫지도 못한 채 마음 속 깊이 묻어 두었던 것들을 미스 이바에게 터놓고 이야기했다. 피부가 검은 젊은 여자와 피부가 누런 늙은 여자가 부엌에 앉아 장시간 자신들의 삶을 융합시키고 있었다. 그리하여 한 사람 뒤에 놓여 있는 것과 다른 한 사람 앞에 놓여 있을 것은 이제 구분하기 힘들게 되었다.

"이런 불쌍한 것. 아기 엄마가 무슨 말을 하고 있는지 내가 다 안다우. 우리 아빠도 꼭 그랬으니까. 가수였던 첫 번째 남편하고 도망치던 날 밤이 지금도 생생하다우. 아빠는 우리를 찾느라 석 달을 헤매고 다니셨지. 마침내 나를 찾아내 집으로 끌고 가서는 내 방 창문마다 못질을 해 놓고 수 주일 동안 가두어 두었지. 그렇지만 아빠가 나를 방에서 풀어 주자마자 버질이 나를 만나러 왔고 우리는 또다시 내빼고 말았다우."

미스 이바는 그때 일이 생각난 듯 배꼽이 빠져라 웃어 댔다.

"우리 두 사람은 노래와 춤 공연을 하며 여기저기 돌아다니는 순회 극단에 들어가서 무대에도 섰다우. 우리 아빠는 수년 동안 나하고 말도 하려 들지 않았지. 그렇지만 나는 버질과 떨어질 수 없었다우. 유독 나는 피부가 갈색인 남자를 좋아했거든."

매티는 혼란스러웠다.

"그렇지만 제 기억으론 아까 할머니께서 유독 좋아하는 사람이……."

"그건 사실이 아니라우."

미스 이바는 얼굴을 활짝 펴면서 장난스럽게 미소 지어 보였다.

"사실대로 말하자면 나는 모두 다 좋아한다우. 그렇지만 그들이 생각하는 것이 나하고는 잘 맞지 않더라니까. 꼭 양파 튀김처럼 말이지. 아기 엄마는 양파 튀김 좋아하우? 내일 일요일 저녁 식사로 간 요리와 양파 튀김을 만들까 하는데."

"그것 참 좋겠네요. 그렇지만 할머니는 아직 방세나 식비로 얼마를 내야 하는지 말씀하지 않으셨잖아요."

"이봐, 아기 엄마. 내가 무슨 하숙집이라도 운영하는 줄 아는가 본데, 여긴 내 집이라우. 위층에 빈방도 남아 있고 해서 아기 엄마한테 이 집 살림을 맡아 달라고 하려는데."

"그렇지만 어떻게 돈을 한 푼도 내지 않고 살 수 있어요?"

매티는 끈질기게 말을 이어 갔다.

"게다가 할머니께서 아기를 봐 주겠다고 그러셨잖아요. 저만 좋으라고 그럴 순 없어요. 정말 얼마를 내면 될까요?"

"그럼 좋수다."

미스 이바는 안고 있는 아이의 잠든 모습을 내려다보며 말했다.

"아직은 마음을 정하지 못했으니 차차 말해 주리다."

매티는 어찌나 졸음이 쏟아지는지 더는 이러쿵저러쿵 얘기할 힘이 없었다. 두 눈을 뜨기도 힘들 지경이었다. 미스 이바는 매티를 위층 침실로 데리고 올라갔다. 매티는 앞으로 이 집에서 보낼 30년의 나날들 중 첫 번째 날 밤에 맡은 레몬 오일 냄새와 빳빳하게 풀을 먹인 리넨의 서늘한 감촉을 죽는 날까지 결코 잊지 못할 것이다. 매티는 아들과 함께 자리에 누워 아주 깊은 잠 속으로 빠져 들었다.

기억을 통한 시간의 흐름은 마치 용해된 유리와도 같아서 분명하지 않다가도 언제든지 마음만 먹으면 구체화할 수 있다. 3년이란 세월이 한 번의 대화, 한 번의 눈길, 한 번의 고통 속으로 녹아들어 갈 수 있다. 또한 한 번의 정신적 고통이 산산이 부서져 3년이란 세월에 고루 뿌려질 수도 있다. 시간은 말이 없고 아리송하여 단번에 나락으로 떨어지지도 않고 날마다 조금씩 사라지지도 않는다. 한평생이 거품처럼 사람을 현혹시키는 투명한 파도를 타고 흘러가다가 이따금 기대하지 않았을 때 제멋대로 의식 위로 튀어 올라 물보라를 일으키는 한편으로 시간은 소용돌이치며 사람의 마음속으로 유유히 흘러간다.

4

일요일 아침. 매티가 잠자리에서 일어났을 때 주말이면 어김없이 들려오는 쿵쾅거리는 소리와 시끄럽게 떠들어 대는 소리가 들렸다. 미스 이바는 부엌에서 아이들과 씨름하고 있었다.

"할머니, 바질이 내 크레용을 부러뜨렸어요. 이거 보세요. 깨물어 반 토막을 냈어요. 게다가 일부러 그랬단 말이에요!"

루시엘리아가 징징거리며 울었다.

"바질, 요런 못된 장난꾸러기. 어서 이리 나오지 못하겠어! 나 좀 조용하게 아침 식사 준비를 하면 안 되냐?"

"그렇지만 할머니, 시엘이 내 칠하기 그림책을 가져다 찢어 놓았단 말이에요."

"내가 언제 그랬어?"

시엘이 항의를 하면서 바질을 발로 걷어찼다.

바질은 잉잉대며 울기 시작했다.

"요런, 못된 암송아지 같은 것. 혼꾸멍내 줄까 보다!"

미스 이바가 요리하던 나무 스푼으로 시엘의 엉덩이를 쳤다. 바질은 곧바로 울음을 그치고 시엘이 벌 받는 것을 고소해했다.

"아이 고소해, 메롱."

바질이 시엘을 향해 혀를 쏙 내밀면서 놀려 댔다.

"그래그래, 고것 참 고소하기도 하겠다, 요 녀석."

미스 이바가 스푼을 들고 바질을 쫓아갔다.

"네놈이 오늘 아침에 푸들 강아지 자기를 깨뜨린 걸 내 잊지 않았어."

바질이 식탁 밑으로 몸을 숨겼다. 그는 이바 할머니가 몸을 제대로 구부릴 수 없어 자신을 잡을 수 없다는 것을 잘 알고 있었다.

"할머니, 내가 바질을 잡아 올까요?"

시엘이 할머니에게 다시 사랑을 받기 위해 제안했다.

"아니다. 너희 둘 다 부엌에서 나갔으면 속이 시원하겠어. 어서 나가지 못해! 나가!"

할머니는 스푼으로 식탁을 탁탁 두드렸다.

매티는 부엌문 앞에 하품을 하며 서 있었다.

"이 집에서는 단 하루도 평화롭고 조용한 아침을 보낼

수 없단 말이냐, 단 하루도?"

시엘과 바질이 앞다투어 매티에게로 달려가더니 각자 상대편보다 큰 소리로 이런저런 불평을 털어놓았다.

"아무 말도 듣고 싶지 않아."

매티는 한숨을 내쉬었다.

"이른 아침부터 왜 이렇게 난리들이냐. 이제 아침 먹어야 하니까 얼른 올라가서 깨끗이 씻어라. 이것 봐, 너희들 아직도 잠옷 바람이잖아."

"엄마 말이 안 들리냐? 자 어서 가!"

미스 이바가 소리치면서 스푼을 치켜들었다.

아이들은 위층으로 재빨리 올라갔다. 미스 이바는 아이들이 떠난 뒤에 미소를 지으며 다시 스토브로 돌아섰다.

"안녕히 주무셨어요?"

매티가 아침 인사를 건네고는 커피 한 잔을 따랐다.

"정말로 이해가 안 돼. 정말로 이상스러워."

미스 이바가 스토브 앞에 서서 투덜거렸다.

"아직 어리잖아요. 아이들은 모두 다 저래요."

"난 지금 저 애들 이야기를 하는 게 아니라 자네 얘기를 하는 거야. 자넨 이번 주말에도 집에 틀어박혀 아무 데도 나가지 않았어."

"그렇지 않아요. 금요일 밤에는 성가대 연습하러 갔고, 토요일에는 바질을 데리고 나가서 신발 한 켤레를 사 줬고, 그런 다음 바질과 시엘 데리고 동물원에 갔잖아요. 그리고 어젯밤에는 극장에 가서 영화를 두 편이나 봤는걸요. 그래서 오늘 아침에 늦잠 잤지만. 그리고 나니까 일요일 아침 시간밖에 남지 않는데 오늘은 교회에 가잖아요. 내일은 다시 일하러 나가야 하고요. 할머니께서 무슨 말씀을 하고 계신지 통 모르겠는데요."

"내가 지금 말하는 건, 자네가 아주 분주하게 살고 있지만, 남자라고는 거들떠보지 않는다 이거지. 교회, 아이들, 일이 전부잖아. 자네같이 젊은 여자가 그렇게 사는 게 정상은 아니지. 남자하고 데이트하러 나가는 걸 본 게 언제였는지 기억도 안 나니까."

매티도 역시 기억할 수 없었다. 배송부에서 함께 일하는 동료와 버스를 탄 적이 있었다. 그리고 교회 직원과 몇 차례 데이트를 한 적이 있었다. 그런데 그것이 지난봄이었던가, 아니면 지난겨울이었던가?

"음."

매티는 어깨를 으쓱하고는 커피를 한 모금 마셨다.

"그동안 어찌나 바빴는지 생각도 못했던 것 같네요. 정말 오래되긴 했네. 그런데 그게 뭐가 문제예요? 아들 키우는 것만으로도 할 일이 얼마나 많은데요."

"어린애들은 하룻밤 사이에 자라 버리는 거여, 매티. 그러고 나면 자네한테 뭐가 남을 것 같아? 나도 좀 알고 싶은걸. 나도 말이지, 자식 놈 일곱에다 손자를 넷씩이나 키웠어. 그런데 시엘만 남고 다 가 버리고 없잖아. 나는 이제 할망구가 되었고, 내 인생도 거의 끝났잖아. 자식 농사가 자네한테 변명거리가 될 수 없다니까. 내가 자네 나이 때는 두 번째 남편하고 살았어. 그런데 자네는 아직 첫 번째 남편도 못 찾고 있잖아."

"아이고, 할머니도. 제가 할머니 기록을 깨려면 벌써 20년 전에 시작했어야 해요."

매티는 키득거렸다.

"이봐, 지금 농담하고 있는 게 아녀."

젊은 여자를 쳐다보는 미스 이바의 눈이 촉촉하니 흐릿해졌다. 매티는 그 표정을 잘 알고 있었다. 이 나이 든 여자는 지금 싸울 태세였고 절대로 물러설 모양새가 아니었다.

"앞으로도 그렇게 살아가려는 건 아니겠지? 세상 어떤 젊은 여자가 1년 내내 빈 침대에서 살기를 원한단 말이여."

매티는 미스 이바가 뚫어질듯 쳐다보자 얼굴로 피가 솟구쳐 오르는 것을 느꼈다. 그녀는 커피를 몇 모금 마시면서 나름대로 생각해 보았다. 어째서 그런 욕구를 여태껏 느끼지 못한 것일까? 정말로 뭔가 잘못된 것은 아닐까? 하지만 이에 대한 답은 머리에 떠오르지 않았다. 그렇지만 미스 이바는 대답을 기다리고 있었고 매티는 무슨 말이든지 해야 했다.

"바질이 태어난 이후로 내 침대는 빈 적이 없는걸요."

매티는 가볍게 말했다.

"게다가 생각해 보니까 말이죠. 나 외에 어느 누가 저 녀석이 자면서 발로 차 대는 것을 참겠어요."

말이 끝나기가 무섭게 매티는 그 말을 괜히 한 것 같아 후회스러웠다. 매티가 말한 내용은 두 여자가 이미 오래전부터 티격태격하는 문제였던 것이다.

"바질은 이제 혼자 잘 때가 됐어. 몇 년 동안 내가 수도 없이 말했잖아."

"그 아이는 어둠을 무서워해요. 할머니도 잘 아시잖아요."

"아이들은 거의 다 처음에는 그런 법이야. 그렇지만 곧 익숙해지고말고."

"할머니 마음에 들자고 아이가 밤새도록 무서워하며 악쓰게 할 순 없어요. 저 애는 아직 어리잖아요. 혼자 자는 것을 싫어한단 말이에요. 그 얘기라면 더 듣고 싶지 않아요!"

매티가 이를 악물고 단호하게 말했다.

"다섯 살이나 먹었는데 뭐가 어리다고 그래."

그러고 나서 미스 이바는 완곡하게 덧붙여 말했다.

"혼자 자고 싶지 않은 사람이 바질이라는 게 확실한 거야?"

매티는 그 순간 자신을 화나게 하고 부끄럽게 만드는 이 노인네를 향해 쏘아붙이고 싶었던 말들을 모두 다 잊었다. 빛바랜 푸른 눈 속에 스며 있는 부드러운 동정심을 보았기 때문이다. 무엇 때문에 수치심을 느껴야 한단 말인가? 아들을 사랑하는 것 때문에, 어둠 속에 웅크리고 있는 보이지 않는 유령들로부터 아들을 보호해 주고 싶은 마음이 수치거리인가? 그게 아니었다. 연민으로 가득한 저 눈동자는 푸른 레이저 광선처럼 매티의 무의식 속으로 스며들어 그녀 자신도 볼 수 없게 꽁꽁 감춰 둔 비밀들을 노출시키고 있었다. 그 눈은 이불 밑으로 기어들어 와 매티의 몸이 순간순간 남자를 갈구한다는 것을, 내면의 공간을 채워 주고 애무해 줄 손길을 그리워한다는 사실을 목격했던 것이다. 그렇지만 매티는 그런 불안한 순간에도 아들에게로 몸을 돌리고는 육체적인 모든 욕망을 입술과 손끝으로 끌어 모아 쌔근거리며 자는 부드러운 팔다리를 쓰다듬으며 아이의 현재와 미래로 모든 생각을 몰아갔다. 매티는 아이의 축축해진 이마를 닦아 주고 그곳에 키스하며, 혼탁해진 감정들이 사라질 때까지 잠을 이루지 못했다. 잠자는 아이에게 퍼붓는 엄마의 입맞춤. 이 노인네의 이상스러운 푸른 눈은 매티가 그런 행동을 부끄럽게 생각하도록 만들었다.

매티는 식탁에서 벌떡 일어나 노인네의 눈에다 침을 내뱉고 때려서 보지 못하게 만들고 싶었다. 친구가 되어 주었고 매티가 일하는 동안 날카로운 물건들과 가파른 계단으로부터 바질을 보호해 주었으며 부모님이 돌아가셨을 때 함께 울어 주던 미스 이바의 눈을 말이다. 자기 아들을 사랑하는 것을 감히 부끄럽게 만드는 미스 이바의 두 눈을 주먹으로 짓이기고 싶었다.

"저는 이런 말을……, 들을 필요도 이유도……, 없다고 생각해요."

매티는 공연스레 화를 내면서 말을 더듬거렸다.

"우리가 할머니 집에 살고 있다고 그러는 거죠? 그렇다고 자식을 어떻게 키우라고 말할 수 있는 권리가 할머니한테 있는 건 아니란 말이에요. 제가 이 집에서 하숙생처럼 살고는 있지만, 그러니까 적어도 할머니가 방세를 내라고 하시면 낸다니까요. 얼마를 내야 하는지 말씀만 해 주세요. 그러면 돈을 다 내고 이번 주 안에 이사 갈 테니까요."

"아직 결정 못했다니까."

"지난 5년 동안 그렇게 말씀하셨잖아요!"

매티는 좌절감을 느꼈다.

"자네는 내가 그놈의 성질 고약한 꼬맹이 녀석에 대해서 한마디라도 할라치면 이사 간다고 했잖아. 아직도 은행에다 나한테 줄 방세를 꼬박꼬박 저축하고 있지, 안 그래?"

"물론이죠."

매티는 매달 착실하게 돈을 떼어 저축했고 그 액수는 이제 제법 커졌다.

"잘 됐구먼. 얼마 안 있어 자네는 내 장례식에 입을 옷을 사느라 그 돈을 쓰게 될 테니까. 자네가 내 장례식에 온다면 말이야."

매티는 미스 이바의 굽은 등과 반백의 머리 뭉치가 드리워진 주름진 누런 목덜미를 쳐다보았다. 그러자 회한의 작은 바늘이 그녀의 심장을 찌르기 시작했다. 얼마 있으면 할머니는 돌아가실 것이다. 매티는 또 다른 어머니를 잃어버린다는 생각을 꿈에서도 하고 싶지 않았다.

"할머니는 정말 약삭빠르다니까. 말싸움만 하면 언제나 장례식 얘기를 꺼내서 이기려고 한단 말이에요. 할머니같이 성질 고약한 분이 죽기는 왜 죽어요? 할머니도 잘 아시면서 공연히 그런다니까."

미스 이바는 깔깔대고 웃었다.

"사람들이 정말로 그런 말들을 하긴 해. 사실 나도 백 살까지는 살 생각이여."

'제발 그렇게 하세요.'

매티는 슬픈 생각이 들어서 큰 소리로 떠들었다.

"아니에요. 할머니가 그렇게 오래 사는 꼴은 정말 못 봐요. 혹시 아흔아홉 살하고 6개월 정도면 모를까."

두 사람은 마주 보며 미소를 짓고는 이제 그 이야기는 그만 끝내기로 조용히 합의를 보았다.

아이들이 깨끗하게 씻고서 반성하는 모습으로 부엌으로 달려 들어왔다.

"어디 잘 닦았나 귀를 좀 살펴봐야겠다."

매티는 시엘과 바질에게 말했다.

매티가 다시 씻으라고 아들을 도로 위층으로 올려 보내려고 할 때 바질이 엄마의 목을 두 팔로 감으며 말했다.

"엄마, 오늘 아침 엄마와 뽀뽀하는 것을 잊었어요."

바질은 이렇게 하면 곤란한 상황에서 빠져나갈 수 있다는 것을 잘 알고 있었다. 미스 이바도 그것을 잘 알고 있었지만 아무 말도 하지 않고 오트밀을 아이들의 사발에 퍼 주면서 천천히 고개를 좌우로 흔들었다.

매티는 누가 시키지도 않은 이런 달콤한 사랑의 행위들이 주는 기쁨만 알아차렸다. 그녀는 건강을 지켜 주는 오트밀을 한 입 한 입 삼키는 아들의 모습을 조심스레 지켜보았다. 오트밀은 아들의 혈액을 통해 순환하면서 피부와 머리카락 세포를 만들어 낼 것이다. 또한 새로운 근육도 만들어 결국에는 아들의 팔 윗부분과 허벅지 피부도 곧바로 쭉쭉 펴지게 해 줄 것이다. 뿐만 아니라 아직은 의자에 앉으면 바닥에 발이 닿지 않을 정도로 짧은 그의 통통한 다리도 길어지게 해 줄 것이다. 그리고 통통한 두 다리가 바닥에 닿을 때쯤이면 미스 이바는 죽고 없을 것이다. 그녀의 자식들은 이 아름다운 집으로 몰려와 값나가는 물건은 모두 가져가고 나머지는 매티에게 팔 것이다. 시엘의 부모는 슬퍼서 울부짖는 시엘을 반강제로 데려갈 것이다. 매티는 텅 빈 집 주위를 둘러보면서 누런 피부의 노인네가 무엇 때문에 돈을 저축하게 만들었는지 그 이유를 알게 될 것이다. 미스 이바는 자신만큼 이 집을 사랑해 줄 수 있는 사람의 기억을 통해서 자신의 영혼이 이곳에 계속 남아 있기를 원했던 것이다. 바질이 무럭무럭 자라 청소년기에 이르면, 매티는 이 집을 구입할 때 대출받은 돈을 갚기 위해 두 군데서 일해야 할 것이다. 아들이 생활할 수 있는 방과 뛰어놀 수 있는 마당, 그리고 친구들을 데려올 수 있는 근사한 집이 있어야만 했다. 언젠가는 매티 자신의 영혼도 휴식할 장소가 있어야 했다. 왜냐하면 매티의 육신은 그들을 둘러싸고 있는 모든 것을 안전하고 편안하게 만들기 위해 부닥치고 싸우느라 전혀 쉴 수가 없었기 때문이다. 이 모든 것은 아들을 위한 일이 될 것이다. 그리고 식탁 맞은편에 앉아 있는 아들의 기다란 근육질의 몸에서 태어날 손자들을 위한 일이 될 것이다.

매티는 커피를 꿀꺽꿀꺽 들이켜면서 오트밀을 입에다 퍼넣다시피 하는 사나이를 바라다보았다.

"왜 그렇게 빨리 먹니? 체하겠다."

"어디 갈 데가 있거든요."

"오늘은 일요일이란다, 바질. 주말 내내 밖에서 돌아다녔잖니. 오늘은 집에서 마당 청소를 도와줄 줄 알았는데."

"그러니까, 잠시 나갔다 올게요. 잔디는 내가 깎을 거라고 말했잖아요. 내가 한다니까요. 그러니까 그만 좀 내버려 둬요."

매티는 아들이 식사하는 동안에는 다투고 싶지 않았기 때문에 그저 잠자코 있었다. 아들이 어렸을 때부터 신경성 위염을 앓았으므로 매티는 무척이나 신경이 쓰였다. 아들이 복통을 일으키거나 아니면 아무것도 먹지 않고 집을 뛰쳐나가는 걸 보고 싶지 않았다. 하루 종일 아들을 못 볼 것 같아 매티는 아들이 적어도 한 끼는 제대로 된 식사를 하길 바랐다.

"알았다. 토스트나 커피 더 줄까?"

매티는 사과하는 의미에서 그렇게 물어보았다.

바질은 사실 내키지 않았지만 자신이 더는 화가 나 있지 않다는 것을 보여 주려고 커피를 한 잔 더 달라고 말했다. 아들은 고마움의 표시로 아침 식사를 마저 다 했다.

"그럼, 잠깐 나갔다 들어올게요."

바질은 의자를 뒤로 밀치며 식탁에서 일어났다.

"아 참, 자동차에 기름 좀 넣게 돈 좀 꿔 주세요."

아들은 엄마가 거절하려는 듯 입을 여는 것을 보고 계속해서 말했다.

"오늘 쓰려는 게 아니라 내일 필요해서 그래요. 나가서 다른 일을 찾아보려고요. 목요일이 돼야 지난번 일했던 곳에서 급료를 받거든요. 그때까지 아무 일도 하지 않고 나흘 동안 빈둥거릴 수는 없잖아요."

아들은 몸을 숙이더니 엄마 귀에 대고 속삭였다.

"그러니까 나는 빈둥거리면서 여자를 등쳐 먹는 그런 놈은 아니랍니다."

엄마가 웃자 그는 몸을 곧추세우며 말했다.

"그렇지만 내가 쓸 만한 기생오라비는 되고도 남겠죠. 안 그래요, 엄마?"

그는 손짓으로 챙이 달린 정장용 삼각 모자를 쓰는 흉내를 내더니 우쭐대며 마루 한가운데를 거닐었다.

매티는 깔깔 웃었다. 아들의 바보 같은 행동을 드러내 놓고 조롱했지만 마음속으로는 아들이 분명 많은 여자들에게 매력적인 남자로 비칠 것이라고 생각했다. 바질은 자기 아버지를 쏙 빼닮았다. 다만 선명하고 자연스러운 곡선이던 아버지 부치의 입술이 아들 바질의 얼굴에서는 다소 부루퉁한 모습으로 변형된 것 같았다. 아들의 맑은 갈색 눈에는 속눈썹이 아주 두텁게 나 있었다. 살짝 늘어진 바질의 눈꺼풀이 유혹하기 위한 것이 아니라 경직된 무감각의 반영이라는 걸 많은 젊은 여자들은 한 박자 늦게야 알아차렸다.

매티는 아들의 여자 친구를 한 번도 만난 적이 없었다. 그리고 아들 또한 여자 친구에 대해 언급한 적이 거의 없었다. 돈을 받아 든 아들이 나가는 모습을 지켜보면서 매티는 이런 생각을 했다. 아침상을 치우면서 생각해 보니 아들의 남자 친구도 별로 만난 적이 없었다. 이 녀석이 어디를 간 걸까? 그녀는 정말 알 수 없었다. 언제부턴가 으레 그런 것에 대해서는 묻지 않게 되었다. 얼마 동안 이랬지? 분명 그런 일은 잠깐 사이에 발생했다. 불과 얼마 전만 해도 아들은 매를 맞지 않으려고 엄마 목을 끌어안고 애교 있게 말을 하던 아이였다. 한때는 크레용으로 그린 밸런타인 카드를 주지 않았던가. 그리고 엄마가 부업을 하러 나가려고 하면 징징 울던 아이였다. 그렇다면 귀여운 어린 아들을 데려가고 그녀를 홀로 외롭게 남겨 둔 이 이방인은 누구란 말인가?

매티는 비누 거품이 잔뜩 괸 설거지물에 두 손을 담그고 곰곰이 생각해 보았다. 그리고 거의 반사적으로 그릇과 은제품을 닦았다. 그녀는 지난 세월들을 꼼꼼히 살피기 위해 그것을 붙잡아 보려고 애를 썼다. 그러면 그 변화의 시점을 꼭 집어낼 수 있을 것만 같았다. 그렇지만 세월은 그녀의 손가락 사이로 살살 빠져 나가더니 그릇을 타고 내려가 손을 조금만 움직여도 꺼져 버리는 진주 빛 비누 거품 아래로 이내 숨어 버렸다. 매티는 지나간 세월을 불러온다는 게 불가능한 일이라는 것을 곧 깨닫고는 그만두었다. '아들은 어른이 된 거야. 바로 그거지 뭐겠어.' 매티는 싱크대 위로 눈길을 돌리다가 유리창에 비친 자신의 모습을 보고는 한숨을 쉬었다. '그런데 나는 언제 이토록 늙어 버렸지?'

그런 물음에 대해 나올 수 있는 대답들이 벌써 써 버린 설거지물과 함께 하수구를 타고 사라졌다. 매티는 아무런 후회 없이 그것이 사라지는 것을 지켜보았고 그릇이 반짝반짝 빛이 날 때까지 정성껏 닦았다. 그녀는 새로 풀을 먹인 커튼을 부엌 창문에 바꿔 달고 타일에 왁스 칠을 다시 했다. 집 안 구석구석 다니면서 카펫을 진공청소기로 깨끗하게 청소했고 먼지 하나 없도록 책상에서 먼지를 떨어냈다. 바로 이런 것들이 매티가 잃어버린 세월들의 증거였다. 매만지고 냄새 맡고, 그리고 모든 것이 제자리에 놓여 있는지 살펴볼 필요가 있었다. 매티한테 남아 있는 것이 하나도 없을 때 이것들은 항상 제자리에 남아서 그녀에게 위로와 확신을 줄 것이다.

매티는 이 모든 것의 존재 이유였던 귀여운 어린 아들을 찾을 수가 없었다. 대신 그녀는 커트 글라스로 만든 꽃병을 찾아내어 먼지를 떨어내고 광을 낸 다음 마당에 있던 가을꽃들을 가득 꽂았다. 커다란 꽃병을 따뜻한 베란다 창틀 위에 올려놓았다. 매티는 어느덧 녹초가 되어 거대한 포도 넝쿨과 화초들 사이에 앉았다. 그러고는 서쪽으로 지는 태양이 눈부시게 빛나는 꽃병의 가장자리 속으로 스며드는 것을 지켜보았다. 매티는 다른 어떤 방보다 이 방을 좋아했다. 자라나는 모든 것을 바라볼 수 있어서였다. 그녀는 자신을 둘러싸고 있는 푸른 화초들을 들여다보며 만져 주고 물을 주었다. 미스 이바의 존재가 지난 수년 동안 매티가 귀하게 여기면서 간직해 온 몇 점의 자기 골동품 속에 스며 있었다. 어떤 문제가 생기거나 복잡한 결정을 내려야 할 때 매티가 찾아오는 곳이 바로 여기였다. 매티는 이날 교회에 가지 않은 것이 마음에 걸렸다. 하지만 만일 하느님이 어느 곳에나 계신다면 분명 이토록 자연스러운 아름다움과 평화가 깃들어 있는 이곳에도 계실 것이다. 매티는 그곳에 앉아서 기도를 드렸다. 그렇지만 매티가 때때로 위로해 달라고 탄원하는 대상은 이런 날을 예견하고 그녀에게 알려 주려 애썼던 누런 피부에 푸른 눈을 가진 지혜로운 영혼이었다.

매티는 그곳에 몇 시간 동안 앉아 있었다. 그렇지만 바질은 아직 돌아오지 않았다. 그녀는 창문으로 길게 자란 잔디를 내다보면서 다음 날 일을 끝내고 돌아와서 잔디를 깎아야겠다고 마음먹었다. 그녀의 허리가 너무 심하게 아프지만 않다면 말이다. 이 집을 혼자 관리해 나간다는 것이 해마다 점점 더 어려워지고 있었다. 그녀는 뻣뻣한 자세로 소파에서 일어나 침실로 가는 계단을 올라갔다.

매티의 실내화가 계단 모서리에 닿았다. "무책임해요." 학교에서 아들의 상담 선생님이 말했었다. '원기 왕성해서 그렇죠.' 매티는 마음속으로 그렇게 대꾸했다. 아들은 언제나 선생님들이 자신을 못살게 괴롭힌다고 말하지 않았던가. 엄마를 빼놓고는 모든 사람이 자기 마음에 들지 않는다고 했다. 아들이 이 학교에서 저 학교로, 이 직장에서 저 직장으로 옮겨 다닐 때 매티는 항상 아들의 피난처였다. 사람들은 아이한테 너무나 많은 것을 요구했다. 엄마는 아들을 항상 자랑스럽게 여겼기 때문에 바질은 언제나 엄마한테 의지했다. 아들은 사람들이 자기한테 불가능한 것을 요구한다고 불평하면서 엄마에게 도망쳐 왔다. "무책임하다." 매티가 발을 끌면서 어두운 층계를 올라갈 때 이런 속삭임이 부드러운 카펫 위에서 들려왔다. 매티는 이 모든 세월 동안 아들에게 아무것도 요구하지 않았다. 자신이 필요로 할 때 아들이 함께 있어 주리라는 것을 한 번도 의심하지 않았다. 그녀는 아들의 영혼을 조심스럽게 어루만져 오로지 엄마의 의지라는 고립된 영토 안에서 안식을 구하게 만들었다. 그러나 매티는 거의 의지를 발동하지 않았기 때문에 아들은 지난 30년 동안 계속해서 되돌아오기만 하면 된다는 유혹에 빠져 들었던 것이다. 왜냐하면 아들이 있어 주는 것만으로도 엄마의 욕구가 충족되었기 때문이다. 그렇지만 이제 매티의 등허리는 아침마다 저렸고 잔디는 웃자라 보도까지 침입하였다. 그녀는 혼자서 계단을 오르내리기도 고통스러웠다.

5

매티는 그날 밤 잠을 설쳤다. 높다란 대나무 숲과 괴상하게 얽힌 잡초들 사이에서 뭔가로부터 도망치고 숨는 꿈을 꾸었다. 배가 몹시 고팠고 그녀를 뒤쫓아 오는 보이지 않는 것 때문에 이상하리만치 무서웠다. 그녀는 손에 사탕수수 한 대를 쥐고 있었고 그것을 입에 넣고 씹으며 지독한 시장기를 달래고 있었다. 살금살금 뒤에서 쫓아오는 이놈이 자신을 발견하기 전에 매티는 사탕수수를 씹어 먹으려고 필사적으로 노력했다. 그것이 높다란 수풀 사이로 점점 더 가까이 다가오는 것을 감지했다. 자신의 심장이 뛰는 소리와 함께 무거운 발걸음 소리가 쿵쿵대고 있었다. 매티를 감싸고 있던 수풀이 헤쳐졌을 때 그녀는 비명을 질렀다. 그것은 부치였다. 부치는 미소를 짓고 있었으며 혈색이 좋아 보였다. 그리고 푸른 두 눈이 미친 듯이 빙글빙글 돌아가고 있었다. 부치는 매티의 입을 헤집어

벌리고는 으깨진 사탕수수를 끄집어내려고 애를 썼다. 그가 목덜미를 꽉 움켜쥐고 있어서 매티는 제대로 침을 삼킬 수 없었다. 그래서 입을 벌리고는 마구 악을 썼다. 날카로운 소리가 울려 퍼졌고 끔찍한 통증으로 머리가 깨질 것만 같았다.

매티는 부들부들 떨면서 잠에서 깨어나 헝클어진 침대 위에 멍하니 누워 있었다. 머릿속에서 계속 울려 대는 날카로운 비명을 막기 위해 손으로 귀를 막았다. 얼마 후에 그녀는 그 소리가 침실용 작은 탁자 위에 있는 전화기에서 나는 것임을 깨달았다. 무턱대고 손을 뻗어 더듬더듬 전화기를 찾을 때에도 가슴은 여전히 쿵쿵대고 있었다.

"여보세요?"

"엄마, 나예요."

매티는 딱딱한 플라스틱 수화기를 귀에 바짝 갖다 대고 전파를 타고 오는 단어의 의미를 파악하려고 애를 썼다. 그 이상한 단어들을 전화 건 사람의 목소리와 연결하는 게 가능할 것 같지 않았다.

술집. 여자. 싸움. 경찰 조서 작성.

"바질이니?"

목소리는 분명 아들이었다.

지문. 살인. 변호사.

매티는 침대에 일어나 앉아 수화기를 꼭 움켜쥐고 거기서 흘러나오고 있는 새로운 단어들을 이해하려고 애를 썼다. 이것들은 그녀의 머릿속에서 기이한 모양을 만들어 내고 있었다. 그녀는 낯선 이 단어들을 엮어서 문장으로, 구절로 만들어 자신이 이해할 수 있는 것들과 연결시켜 보려고 무진 노력했다. 그렇지만 그 말을 전혀 이해할 수 없었다.

"지금 무슨 말을 하고 있는 거니?"

그녀는 전화기에다 대고 소리쳤다.

"……그런데 엄마, 그놈의 새끼들이 나를 때렸단 말이에요! 그놈들이 나를 때렸어요, 엄마!"

바질은 울기 시작했다.

그래, 이 말은 이해할 수 있었다. 여러 해 동안 아들의 울음에 거의 반사적으로 반응하도록 길들여진 매티는 곧바로 머리가 맑아지며 정신이 퍼뜩 들었으므로 침대에서 재빨리 일어났다.

"그래 누가 너를 때렸어? 지금 어디 있니?"

늦은 11월의 바람이 외투 속으로 파고들어 왔을 때 매티는 몸을 덜덜 떨었다. 집에서 너무 서둘러 나오느라 속치마도 입지 못했고 스타킹도 신지 못했던 것이었다. 그녀는 트위드 외투 깃을 목에 바짝 붙여 찬 바람을 막았지만 추위는 여전했다. 매티는 온몸이 부들부들 떨리는 것을 참으며 경찰서 경내로 들어갔다. 벽돌과 유리로 된 건물은 막 깨어난 아침 공기 속에서 유령과도 같은 빛을 발하고 있었다. 그녀는 출입문 앞에서 잠시 발걸음을 멈춰 숨을 고른 다음, 금속 빗장을 밀고 안으로 들어갔다.

경찰서 안의 따뜻한 공기에서 오래된 잉크 냄새와 말라버린 침 냄새가 풍겼다. 그곳에는 흠집투성이 나무 벤치가 몇 개 놓여 있었고 검게 칠한 유리문이 굳게 닫힌 채 줄줄이 늘어서 있었다. 매티는 볼 수 있을 거라 기대한 아들이 보이지 않아서 겁이 덜컥 났다. 그녀는 성난 얼굴로 책상에 앉아 있는 경찰관에게 다가갔다.

"우리 아들이 여기에 잡혀 있다는데요. 우리 아들은 어디 있죠?"
"아주머니 아들이 누군데요?"
피곤에 지쳐 있는 남자가 물었다.
"바질 마이클이에요. 우리 아들이 조금 전에 여기서 나한테 전화를 했어요. 매를 맞고 저기 닫힌 문 안에 갇혀 있다는데요. 우리 아이가 다쳤다는데, 왜 그런지 이유를 말해 주세요."
그녀는 아들을 집으로 데려가려고 왔던 것이다.
피곤함이 역력해 보이는 남자는 한숨을 쉬더니 서류철에 꽂혀 있는 서류들을 천천히 넘겼고 그중 하나를 매티에게 읽어 주었다. 아들을 때린 사람은 없었다. 바질이 체포될 때 저항했으며 담당 경찰관들은 혐의자를 제재하기 위해 정당한 힘을 사용했을 뿐이었다. 아들은 과실치사와 경찰관을 공격한 죄로 구속되었고 내일 오후에 형사 법정에서 심문을 받을 예정이었다.

새 단어들이 추가되었다. 매티에게 단 한 가지만을 의미했던 차가운 단어들. 그녀가 아들을 만날 수 없다는 뜻이었다. 바질은 이 건물 어디엔가 있으며 그 아이는 엄마를 필요로 했다. 그들이 어떻게 감히 이런 짓을 할까?

"우리 아들이 어디 있죠? 우리 아들을 만나야 한단 말이에요."
"아주머니는 내일 심문이 열리기 전에 아들을 보실 수 있을 겁니다."

매티는 지금 당장 아들을 만나고 싶었다. 아마도 아들이 배를 맞았을지도 모른다. 그 아이는 위장이 약해서 의사가 필요할 수도 있다. 아들을 만나 보기 전에는 절대로 이곳을 떠날 수 없다.

맨체스터 경사는 졸음에 겨운 듯 인상을 쓰며 두 손으로 눈을 문질렀다. 그런 후에 자기 앞에 버티고 서서 아무것도 모르고 허둥지둥 목숨 걸고 덤벼드는 여자를 한심하다는 듯이 쳐다보았다. 그가 나이 든 이 흑인 여자에게 느낄 수도 있는 동정심은 허구한 날 새벽마다 마주치는 수백 명의 유사한 얼굴들 속에 묻혀 버렸다. 이런 일은 끊임없이 일어났다. 누군가의 누구. 모두 다 하나같이 정당한 절차라는 견고한 벽에 자신이 누구라며 막무가내로 달려들었다.

"부인."

경사의 말은 진정으로 슬픈 어조를 띠고 있었다.

"부인의 아들과 술집에서 다투던 사람이 지금 차가운 시체로 공시소에 안치되어 있습니다. 그런 데다 경찰관은 손목이 부러졌어요. 아시겠어요? 만일 부인께서 아들을 도와주고 싶으면 변호사를 선임하시거나 아니면 이따가 오후에 다시 오셔서 국선 변호인에게 말해 보세요. 그것이 지금 부인이 아들에게 해 줄 수 있는 최상의 일일 겁니다. 아시겠어요? 제발 집으로 돌아가세요. 자, 여기 규정과 방문 시간에 관한 안내문이 있습니다."

그 경찰관은 보고서를 읽기 위해 고개를 다시 숙였다.

매티는 자신이 다시 아들을 안아 볼 수 있는 조건들이

나열된 종이쪽 위의 글자들을 들여다보았다. 가느다란 선과 동그라미들까지 자세히 보고 그것들 사이에 있는 쉼표와 마침표도 꼼꼼히 훑어보았다. 매티는 그것들을 마음속 깊이 새겼다. 그러고는 종이를 구겨서 마룻바닥에 버렸다.

"감사합니다."

매티는 돌아서서 문 쪽으로 걸어갔다.

맨체스터 경사가 매티의 등을 흘끗 보다가 종이가 바닥에 떨어진 것을 보고 그녀를 불렀다.

"부인, 방문 시간이 적혀 있는 종이쪽을 잊으셨네요."

"아닌데요."

매티는 뒤도 돌아보지 않고 문밖으로 나와 버렸다.

"걱정하실 필요는 전혀 없습니다."

다초점 안경을 쓴 변호사가 바질을 만나고 그날 오후 늦게 매티에게 말해 주었다.

"무죄 방면이 확실합니다. 아드님은 이번에 처음으로 중죄를 저질렀고 또 상대방이 먼저 싸움을 걸었으니까요. 이것뿐만 아니라 상대방의 머리가 술집 테이블 모서리에 부딪혀서 죽게 된 것을 목격한 사람도 여러 명 있습니다. 경찰관을 공격한 것이 조금 곤란한 문제이긴 하지만 그래도 피고인이 엄청 흥분한 상태에서 그런 일이 발생했다고 주장하면 확실히 법정에서 집행 유예로 판결 날 것입니다. 일단 재판이 시작되면 길어도 이틀 정도면 끝날 수 있는 정말로 손쉬운 소송 사건이라고 할 수 있습니다. 그게 언제쯤 되느냐고요? 재판 날짜는 내일 심리에서 결정될 것입니다. 물론 부인은 지금 아드님을 만나 볼 수 있습니다. 그리고 걱정하실 필요가 전혀 없습니다."

　변호사 세실 가빈은 안경을 벗더니 안경다리를 잇새에 물고는 돌아서서 나가는 매티를 이해가 안 간다는 듯 고개를 갸우뚱하며 지켜보았다. 무엇 때문에 이렇게 간단한 사건을 국선 변호인에게 맡기지 않았는지 의아스러웠다. '만일 이런 사건이 근처 군에서 일어났다면 배심원의 판결에 부칠 필요조차 없을 텐데. 어쨌든 이번 건으로 상당한 수임료를 받게 되겠구먼, 허허 참.' 그는 한숨을 내쉬고는 다시 안경을 썼다. 저토록 법에 대해 무지할 수가 있다니! 하여튼 간에 무식하고 걱정 많은 어머니들 덕에 먹고 산다니까!
　"아가, 걱정할 게 하나도 없단다."
　매티는 아들의 손을 꼭 쥐며 그의 눈에 가득한 두려움을 없애 주려고 애를 썼다.
　"엄마가 켈리 목사님을 찾아갔더니 훌륭한 형사 전문 변호사님을 소개해 주셨단다. 그분이 모든 일이 잘될 거라고, 아무 문제도 없을 거라고 말씀하시더구나."
　"언제 이곳에서 나갈 수 있죠? 내가 알고 싶은 건 바로 그거란 말이에요."
　아들은 엄마가 잡은 손을 홱 잡아 빼더니 신경질적으로 탁자를 두드렸다.
　"내일 심문인지 뭔지를 받고 나면, 언제 재판을 받을지 말해 줄 거란다."
　"도대체 이해할 수 없다니까요!"
　바질의 울분이 폭발하였다.

"무엇 때문에 재판을 받아야 하는 거죠? 사고였단 말이에요! 그놈이 어떤 계집애 때문에 시비를 걸어 왔다니까요. 나는 그놈의 이름도 몰라요!"

"그래, 얘야. 그렇지만 사람이 죽었잖아. 그러니 그런 일에 대한 약간의 절차가 필요하겠지."

"흥, 죽은 그놈이 나보다 훨씬 낫다니까요. 이곳은 정말 지옥 같아요. 게다가 그놈의 개자식들이 내 얼굴을 어떻게 했는지 보시란 말이에요."

매티는 할 수 없이 상처가 난 아들의 얼굴을 자세히 보면서 얼굴을 찡그렸다.

"저 사람들이 그러더라, 바질. 네가 체포당할 때 저항을 했고 경찰관의 손목을 부러뜨렸다고."

매티는 부드럽게 말했다.

"그래서요!"

아들이 화를 내며 엄마를 바라다보았다.

"내 잘못도 아닌 걸 가지고 날 감옥에 처넣으려고 하잖아요. 저 사람들이 나에게 그런 짓을 할 권리는 없다고요. 게다가, 이제는 엄마까지 그놈들을 두둔하시는군요."

"아니야, 바질."

매티는 한숨을 내쉬었다. 지난 열두 시간 동안 긴장해 있었기에 피로감이 확 몰려오는 것을 느꼈다.

"어느 누구를 두둔하려는 게 아니란다. 그렇지만 우리가 이번 일에서 깨끗하게 벗어나려면 무슨 일이 있었는지 잘 알아야 하잖니."

"엄마, '우리'가 아니고 나란 말이에요. 여기에 갇혀 있는 사람은 나라고요. 엄마가 아니잖아요. 이곳이 얼마나 불결하고 악취가 나는지 알기나 하세요. 게다가 어젯밤에는 침대 밑에 쥐들이 돌아다니는 소리를 들었단 말이에요."

매티는 위장이 뒤틀리는 바람에 작은 경련을 일으켰다.

"그러니까 언제 나갈 수 있대요?"

"내일 심문이 있는데 그때 보석금을 결정하게 된대. 내가 그걸 내면 네가 거기서 나올 수 있을 거야."

"그럼 엄마가 오늘 당장 보석금을 내 주면 안 돼요? 이런 곳에서는 단 하루도 더 지낼 수 없어요."

"바질, 오늘은 내가 어떻게 해 볼 도리가 정말 없구나. 기다려야 해."

매티는 떨리는 손으로 눈가를 누르면서 울음을 참았다. 이때껏 살아오면서 이토록 무력감을 느껴 본 적은 단 한 번도 없었다. 지금 그녀에게는 그들의 삶을 통제하고 있는 그 작은 잉크 자국들과 맞서 싸울 수 있는 방법이 전혀 없었다. 이 끔찍한 곳에서 아들을 빼낼 수만 있다면 뭐라도 다 줄 것이다. 저 아이는 그걸 모른단 말인가? 종이에 그려져 있는 그 푸른 동그라미들, 쉼표 그리고 마침표가 매티의 두 손을 꽁꽁 묶어 버렸다.

"알았어요. 그만하세요. 엄마가 할 수 없다면 안 되는 거죠."

바질이 쓸쓸하게 말하더니 의자에서 일어났다.

"얘야, 아직 시간이 남았다. 앉아서 이야기를 좀 더 하자꾸나."

"더 무슨 할 말이 있겠어요? 3일이 지나도록 오줌똥이 그대로 쌓여 있는 고장 난 수세식 변소, 침대에 붙어서 내 등을 파먹는 벌레나 구역질 나는 그놈의 기름진 음식에 대한 이야기를 듣고 싶으세요? 그런 것 말고는 엄마한테 이야기할 게 더 없어요."

아들은 엄마를 그곳에 남겨 놓고 가 버렸다. 매티는 아들의 좌절감을 이해할 수 있었다. 그래서 아들이 차라리 자기 얼굴을 때리는 편이 덜 고통스럽고 훨씬 견딜 만할 거라는 생각이 들었다.

판사가 다음 날 보석금을 정했고 바질이 받을 재판 날짜도 일찍 잡혔다. 세실 가빈 변호사는 보석금에 대해 항소하려 했지만 법정은 그의 소청을 거부했다.

"죄송합니다, 마이클 부인. 저는 최선을 다했습니다. 보석금이 제법 큰 액수인데 사실 이를 애써 장만하실 필요는 없을 것 같습니다. 2주만 지나면 재판이 시작되니까요. 절차도 그렇게 까다롭지 않을 겁니다. 담당 검사와 얘기했는데 만일 우리 쪽에서 체포 과정에서 필요 이상의 공권력이 사용되었다는 소청을 취하한다면 그쪽에서도 공무 집행 방해죄를 지나치게 밀어붙이지는 않을 거랍니다. 관련자 모두를 위해서 잘된 일이죠. 그러면 부인의 아들은 보름 이내에 풀려 날 겁니다."

"그래도 나는 보석 신청을 원해요."

변호사는 걱정이 된다는 표정으로 말했다.

"보석금은 상당히 큰돈입니다, 마이클 부인. 어떻게 그런 큰돈을 마련하려고 그러세요."

"나한테 집이 있어요. 내 소유고 융자금도 다 갚았어요. 이것으로 보석금을 낼 수는 없나요?"

"글쎄요, 가능은 합니다. 그렇지만 보석금이란 단지 피고가 반드시 재판에 참석한다는 것을 보장하기 위해서 내놓는 것임을 이해하셔야 합니다. 만일 피고가 재판정에 나타나지 않으면 법원은 이행하지 않은 측에 체포 영장을 발부하고 보석금은 몰수당하게 됩니다. 제 말뜻을 이해하시겠어요?"

"이해해요."

변호사는 매티를 유심히 지켜보았다.

"단 2주만 참으면 됩니다, 마이클 부인. 어떤 피고인은 재판을 받기 위해 몇 달씩도 기다리는데 다시 한 번 고려해 보시면 어떨까요?"

매티는 변호사를 뚫어지게 바라보았다. 그러면서 그의 책상에 놓여 있는 은제 액자 속 금발 소녀에 대해 생각했다.

"만일 그런 곳에 갇혀 있는 사람이 변호사님 딸이라면, 그렇게 아무렇지 않은 듯 속 터지는 소리를 할 수 있으세요?"

매티는 화난 얼굴로 말했다.

변호사의 얼굴이 불그뎅뎅하게 상기되었고 한순간 말을 더듬었다.

"내 말…… 뜻은 그런…… 것이 아닙니다, 마이클 부인. 그저 어떤 사람에게는 더 나을 수 있다는 거죠. ……그래요, 결정은 부인이 하시는 겁니다. 결국 부인의 아들 문제니까요. 이리로 오십시오. 담보 대출 회사에 제출해야 할 서류를 드리겠습니다."

그해는 눈이 일찍 내렸다. 바질과 매티가 경찰서를 나올 때 부드러운 눈발이 11월의 대기 속에서 조용히 휘날리고 있었다. 아들은 손을 뻗어 잡은 눈송이를 엄마에게 주려 했고 눈이 손에서 녹아 버리자 큰 소리로 웃어 댔다.

"눈송이를 받아서 엄마한테 갖다 드리려 할 때마다 그게 매번 사라져 버려 제가 엉엉 울던 때가 기억나시죠?"

바질은 얼굴을 뒤로 젖히고 감은 눈꺼풀 위로 떨어지는 눈송이를 맞았다.

"아, 좋다. 엄마, 아름답지 않아요?"

"아름답다고? 너는 항상 눈을 싫어했잖아?"

"지금은 아니에요. 정말 멋있어요. 눈도 지금의 나처럼 밖으로 나와 자유롭잖아요. 정말로 눈을 사랑해요!"

바질이 두 팔로 자신의 몸을 감싸 안는 시늉을 했다.

매티도 마음을 활짝 열고 아들의 기쁨을 받아들였다.

"아주 아주 사랑해요, 엄마."

아들이 팔로 엄마의 어깨를 감싸더니 꼭 껴안았다.

"고마워요."

매티는 아들이 밉상이라는 듯이 소리가 나도록 이를 쭉 빨아들이고는 장난스럽게 아들을 밀쳐 냈다.

"고맙긴 뭐가 고마운데? 네가 그렇게 아름답다고 하는 이 놈의 눈 속에서 엄마는 감기 걸려 죽겠다. 어서 가서 차나 가지고 와."

매티는 아들이 주차장으로 가면서 흥얼흥얼 노래를 부르는 것을 유심히 지켜보았다. 그녀는 아들의 행복을 받아들였다. 여태까지 아들의 마음속에서 일어나는 모든 감정을 자신의 것처럼 받아들였듯이 지금 이 순간에도 아들의 행복을 그녀의 것으로 만들었다. 매티는 달콤한 아들의 자유를 입안으로 받아들여 혀 안에서 굴려 보았다. 그것이 가지고 있는 향기로운 즙을 맛보았고 시럽 같은 액체가 입안에 가득 차게 한 다음 천천히 목을 타고 내려가게 했다.

그 후 2주 동안 매티는 이런 달콤함에 젖어 즐겁게 지냈다. 바질이 돌아왔고 그녀는 아들과 함께 있어서 흥겨웠다. 아들은 아침마다 엄마를 일하는 곳까지 자동차로 데려다 주었고 퇴근할 때에도 밖에서 종종 기다리고 있었다. 둘이 함께 마당 청소를 했고 관목 화단을 누런 삼베로 씌웠다. 가구 배치를 다시 했고 다락방도 정리했으며, 심지어 바질은 엄마를 위해 창문도 닦아 주었다. 이것은 바질이 어린 시절부터 아주 싫어했던 일이었다. 아들은 엄마를 위해 끊임없이 무언가를 해 주었고 집에서 멀리 떠나지 않았다. 돌아올 집이 있다는 것이 얼마나 좋은지 모르겠다고 아들은 엄마에게 말했다. 매티는 행복의 샘물로 그동안의 갈증을 해소하며 마음속으로 하나 둘 희망을 부풀려 갔다. 아들이 집으로 데려올 며느리와 자신의 영혼이 계속 이 집에 머물게 해 줄 손자 녀석들을 꿈꾸었다.

변호사는 두 번째 주가 끝나갈 즈음에 전화를 걸어 재판 날짜를 상기시켜 주었다. 그러자 바질은 민감해져 신경질적으로 반응하기 시작했다. 감옥은 생각만 해도 끔찍하다고 말했다. 그동안 감옥이란 곳은 존재하지 않는 것처럼 생각하려 애썼고 그래서 나름대로 행복했다. 그런데 이제 올 것이 왔다. 혹시라도 일이 잘못되어 나를 다시 감옥에 가두면 어떡하죠? 그런 거짓말쟁이 변호사들을 어떻게 믿을 수가 있단 말이에요? 그 사람들이 나 같은 놈한테 무슨 관심이나 있겠어요? 술집에 있던 사람들은 그의 친구들이 아니었다. 혹시라도 그들이 다른 얘기를 하면 어떻게 해요? 그 계집애가 나를 미워해 거짓말하기로 작정하면 어떡하죠? 바질은 그 여자가 시신을 보고 비명을 질러 대던 모습이 기억났다. 그래. 그 여자가 앙갚음하기 위해 거짓말을 할 수도 있다. 바질은 그것을 잘 알고 있었다.

"감옥에 가서 썩느니 차라리 죽어 버릴래요."

아들은 자동차로 엄마를 일하는 곳에 데려다주면서 이렇게 말했다.

"바질, 바보 같은 소리 좀 그만해라!"

매티의 목소리가 날카로워졌다. 아들이 자기 방에서 이리저리 왔다 갔다 하는 불안한 소리 때문에 지난 이틀간 매티는 밤에 제대로 잠을 자지 못했다.

"지난 며칠 동안 말도 안 되는 소리밖에는 듣지 못했구나. 이젠 정말 지겨우니까 그만해라."

"말도 안 되는 소리라니요!"

바질은 머리를 절레절레 흔들었다.

"그래, 염병할 놈의 헛소리만 하는구나! 너는 감옥에 갈 짓을 하나도 하지 않았으니까 감옥에 가지 않아도 돼. 화요일에 법정에 나갈 거고, 그러면 그들이 모든 증거를 제시하겠지. 그런 다음 너는 무죄가 될 게 분명해. 그게 다야. 변호사가 그렇게 말했잖니. 뭐라고 해도 변호사는 잘 알 거 아니냐?"

"엄마, 그 사람은 엄마 돈을 먹기 위해서라면 무슨 말이라도 한다니까요. 만일 누군가 엄마보다 조금이라도 더 비용을 지불하겠다고 제안하면 그 사람은 나를 개인적으로 감옥에 집어 처넣고는 열쇠를 삼켜 버릴 그럴 위인이란 말이에요. 엄마는 나만큼 그 사람들을 잘 몰라요. 더군다나 엄마는 감방이 어떤 곳인지도 모르잖아요. 그들은 나를 군 감옥보다 더 나쁜 곳으로 보낼지도 몰라요."

아들은 슬픔에 젖은 눈으로 엄마를 바라다보았다.

"정말 견딜 수 없단 말이에요, 엄마. 도저히 참을 수 없다고요."

매티는 한숨을 내쉬었고, 고개를 돌려 창밖을 내다보았다. 아무 말도 할 수 없었다. 아들이 무엇이 부족해 살아가면서 겪게 되는 어려운 상황들을 피하려고만 하는지 모르겠지만 이제 와서 그런 것을 말로 채워 줄 수는 없었다. 이제야 매티는 깨달았다. 아들 속에 들어 있는 빈 공간에 오랫동안 심을 넣어 메우고 쿠션을 대어 막아 주었던 것이다. 그렇지만 이제는 감싸 주고 덮어 주는 것으로는 더 이상 어떻게 할 수 없는 상황에 부닥친 것이다. 매티는 아랫입술을 꼭 깨물었고 오열이 터져 나올 것 같아 침을 꿀꺽 삼켰다. 하느님은 매티의 기도에 응답해 주셨던 것이다. 항상 엄마를 필요로 하는 어린 아들을 보내 주셨던 것이다.

매티는 아들이 고개를 돌리고 있는 자기를 이따금 쳐다보는 것을 느낄 수 있었다. 아들이 지금 엄마의 침묵에 당황해하고 있다는 것도 알았다. 아들은 위로를 받고 싶었고 기분이 좀 더 풀릴 때까지 엄마가 달래 주기를 기다리고 있었다. 그러나 엄마는 애써 차창 밖을 계속 내다보고 있었다. 자동차가 매티가 일하는 곳에 정차했을 때 그녀는 우물우물 작별 인사를 하고는 문손잡이로 손을 뻗었다. 아들은 엄마 손을 붙잡더니 몸을 기울여 뺨에 입맞춤했다.

"수고하세요, 엄마."

매티는 아들의 부드러운 포옹에 가슴이 뭉클해졌다. 그래서 자동차 안에서 아들에게 쌀쌀하게 대했던 자신의 태도를 곧바로 후회했다. 매티는 직장에서 일을 하는 내내 아들의 마음을 어떻게 풀어 줄 것인지를 궁리했다. 여하튼 아들은 엄청난 압박감을 받고 있고 그 아이가 혼자서 그것을 감당케 하는 것은 옳지 않았다. 아들이 엄마의 지원을 끊임없이 필요로 하는 게 뭐가 그렇게 잘못된 것일까? 저 아이가 그런 지원을 기대하도록 내가 가르쳐 놓았는걸. 게다가 바질은 지난 2주 동안 제법 열심히 노력하지 않았던가. 이제 와서 아들을 실망시킬 수는 없었다. 퇴근해서 집에 가면 바질이 항상 좋아하는 특별 요리인 크림소스 닭고기를 만들어 줘야지. 그런 다음 둘이 함께 앉아 이야기를 나눠야겠다. 매티는 아들에게 다시 한 번, 아니 필요하다면 여러 번이라도 잘 해결될 거라고 말할 것이다.

매티가 일을 끝마치고 나왔을 때 엄마를 기다리는 아들의 모습은 보이지 않았다. 그래서 그녀는 버스를 타고 집으로 돌아왔고 집 근처 가게에 들러 아들의 저녁 식사를 위해 필요한 찬거리를 구입했다. 거리를 걸어서 올라왔지만 아들의 자동차는 어디에도 보이지 않았고 집 안도 불이

켜지지 않은 채 어두웠다. 매티는 잠시 대문 앞에 서서 자동차가 있어야 할 공간을 바라보았고 그다음 불이 켜지지 않은 창문을 올려다보았다. 평소 같으면 매티는 앞문으로 들어가 외투를 벗어 앞쪽에 있는 벽장에다 걸었을 것이다. 오늘밤 매티는 부엌으로 곧장 들어갈 수 있는 뒷문을 통해 집 안으로 들어갔다. 그녀는 외투를 벗어 부엌에 있는 의자 위에 걸쳐 놓았다. 앞쪽 벽장에는 항상 걸려 있던 아들의 윗도리가 사라지고 없을 것이다.

매티는 싱크대에서 손을 씻은 다음 곧바로 닭고기를 토막 내고 야채 껍질을 벗겨서 잘게 썰기 시작했다. 발이 아파 오기 시작했지만 실내화는 거실에 있었다. 실내화가 놓여 있을 거실 테이블 밑에 있던 아들의 휴대용 라디오도 사라지고 없을 것이다. 그래서 매티는 저녁 준비가 끝날 때까지 부엌에서 맨발로 발을 끌면서 돌아다녔다. 그녀는 싱크대에서 수돗물을 필요 이상으로 오랫동안 틀어 놓았다. 칼을 떨어트렸고 평소보다 더 세게 냄비를 스토브 위에 올려놓았다. 매티는 부엌으로 계속 기어드는 2층 침실의 적막감을 막기 위해 가능한 한 소리를 크게 내고 있었다. 2층 침실에 있는 문갑은 텅 비어 있을 것이고 벽장 속에 두었던 옷 가방도 치약도 사라지고 없을 것이다. 매티는 냄비 뚜껑을 거칠게 덮었고 알루미늄 그릇에다 대고 팔이 빠질 정도로 소스를 휘저었다. 오븐 문을 몇 번이나 열었다 닫았다 하면서 아들의 저녁 식사를 지켜보고 소란을 떨었다. 아들이 자동차를 타고 돌아와 이제는 정신을 차렸다고 말하고는 식탁에 앉아 엄마가 만들어 놓은 크림소스 닭고기 요리를 맛있게 먹고 엄마가 평생 고생해서 얻은 벽돌집을 구해 낼 때까지 이런 행동들은 적막감을 막아 줄 수 있을 것이었다.

야채 요리는 다 되었다. 닭은 국물이 졸아 버렸고 비스킷은 오븐에서 벌써 꺼내야만 했다. 매티는 가스버너를 끄고 오븐을 열어 비스킷 판을 꺼내 조리대 위에 탕 하고 올려놓았다. 극도로 신경이 날카로워진 그녀는 부엌문에 어른대는 오싹한 그림자를 쳐다보다가 서둘러 장식장으로 다가가 접시와 은제품을 꺼냈다. 매티는 장식장 문을 닫고는 천천히 그리고 소리를 내면서 두 사람을 위한 식탁을 차렸다. 애원의 눈빛으로 부엌을 둘러보았지만 더 이상 할 일이 남아 있지 않았다. 그리하여 매티는 타일 바닥에 쇠다리가 끌리도록 부엌 의자를 끄집어냈다. 매티는 몸을 부들부들 떨면서 의자에 앉아 두 손으로 머리를 감싸 쥐었다. 부엌문 바로 저 건너편에 웅크리고 있는 느긋하고 고즈넉한 정적을 매티는 참을성 있게 기다렸다.

손 하나가 매티의 어깨에 닿았고 매티는 조그맣게 비명을 질렀다.

"놀라게 해 드려서 죄송합니다, 부인. 근데 눈이 너무 많이 내려서 이 짐들을 얼른 위층으로 옮겨야겠어요. 아주머니가 먼저 올라가 문을 열어 놓으시겠어요?"

매티는 처음에 그 남자의 얼굴을 멍하니 쳐다보았다. 잠시 후 시간을 넘나들며 길게 늘어져 있던 그녀의 마음이 얼른 제자리를 찾아들었다. 되돌아 나가는 택시는 지금 막 브루스터플레이스를 벗어나고 있었고 매티는 택시가 큰길을 따라 저 멀리 달려가는 것을 지켜보았다. 균열이 생긴 현관 입구의 층층대와 눈이 잔뜩 쌓여 있는 하수로를 따라 천천히 움직이던 그녀의 두 눈이 마침내 자신이 앞으로 살아갈 건물에 이르렀다. 담장을 흘끗 쳐다보던 매티는 속으로 한숨을 내쉬며 다시 한 번 화초를 걱정했다.

매티에게 말을 건 이삿짐센터 직원은 불편한 마음으로 그녀를 바라다보고 있었다.

"아 예, 미안해요."

매티는 당황해서 말했다.

"여기에 열쇠가 있었는데, 아닌가?"

그녀는 핸드백을 열고 열쇠를 찾기 시작했다.

두 남자가 서로 바라보았고 한 사람이 어깨를 으쓱해 보이면서 조금 이상하다는 듯이 손가락으로 머리를 가리켰다.

매티는 한 손에 차가운 금속 열쇠를 들고 다른 한 손으로는 층계의 쇠 난간을 잡고서 건물 전면 입구를 향해 올라갔다. 매티가 문을 열고 우중충하고 지저분한 현관으로 들어갔을 때 바람에 날려 들어온 눈송이가 옷깃에 달라붙었고 그것은 녹아서 차가운 눈물방울처럼 등을 타고 흘러내렸다.

에타 메이 존슨

페인트칠이 돼 있지 않은 기다란 장방형 방의 벽에 기름진 닭고기 냄새와 뜨뜻미지근한 맥주 냄새가 배어 있었다. 갈색과 분홍색 얼굴들이 몸통 없는 카니발 풍선처럼 다 피운 담배 연기 위로 떠다녔다. 하얀 치자나무 꽃을 옆머리에 핀으로 꽂은 누런 얼굴의 오동통한 여인이 페인트칠이 벗겨진 소형 그랜드피아노 옆에 기대어 서서 귀를 후벼 파는 듯한 가냘픈 목소리로 노래를 부르고 있었다. 그녀는 시끌시끌하고 왁자지껄한 방 안의 소란스러움을 잠재우려고 애를 썼다. 거들떠보는 사람이 거의 없다는 사실에도 전혀 동요되지 않은 채 그녀는 피아노 반주자에게 시작 신호를 보냈다.

숨이 가빠 헐떡거릴 때까지 이 방의 목을 졸라 댄 것은 노래도, 노래 가사도 아니었으며 노래를 부르는 여인도 아니었다. 그것은 고통이었다. 모퉁이 테이블 위로 떠밀려 올라간 남부의 어린 소녀 에타 존슨은 결코 잊지 못했다. 노래도, 노래를 부르던 여인도 그리고 노래 가사도.

　나는 내 남자를 사랑하지요
　아니라고 말한다면 거짓이지요
　나는 내 남자를 사랑하지요
　아니라고 말한다면 거짓이지요
　그렇지만 내 남자를 떠나렵니다
　떠나지 않는다 말한다면 거짓이지요

　내 남자는 아침밥도 주려 들지 않았고
　맛있는 점심도 주려 들지 않았고
　내가 저녁밥 먹는 것도 투덜거렸답니다
　그러고는 나를 문밖으로 몰아냈지요
　뻔뻔스럽게도 내 옷에
　성냥불을 그어 댔지요
　나는 옷도 많지 않았답니다
　하지만 내가 갈 길은 멀고도 멀었지요

　7월과 8월에는 황금색, 검은색, 개암색 팔다리에 딱 달라붙는 다채로운 색깔의 반바지와 윗도리를 입은 아이들이 브루스터플레이스를 환히 밝혀 주었다. 아이들은 시내 대로의 잘 가꿔진 제라늄과 담쟁이덩굴을 시샘하듯 거리를 화려하게 수놓았다. 뜨거운 여름 날씨 때문에 이마와 등줄기에서 땀방울이 흘러내렸으므로 사람들은 답답한 아파트에서 집 앞 현관으로 몰려나오는 것 같았다.

하얀색 비닐 지붕에 플로리다 주 번호판을 단 풋사과 빛의 캐딜락 자가용이 기름이 자르르 흐르는 코브라 뱀과도 같이 브루스터플레이스로 들어왔다. 에타는 세 블록 떨어진 모빌 주유소에 잠깐 멈추어 서서 1920킬로미터나 되는 먼지투성이 길을 달려온 대장정의 흔적을 깨끗이 씻어 냈다. 크롬 처리한 자동차 지붕에 내리쬐는 한낮의 햇살이 태양을 향해 다시 돌진하듯 반사되었다. 에타는 이 거리로 들어오는 시간을 아주 잘 맞췄던 것이다.

나이 든 사람들과는 달리 규범화된 제약으로부터 자유로운 아이들은 자신들의 세계를 향하여 천천히 들어오고 있는 이 신기한 물체 옆을 따라 보도를 달렸다. 자동차 문이 열릴 때 노골적이든 은밀하게든 이 블록에 있는 모든 눈길이 문으로 쏠렸다. 그런 관심에 보답이라도 하듯 가는 발목에 꼭 맞는 하얀 가죽 샌들과 약간 구부러졌지만 맵시 있는 종아리가 드러났다. 땅딸막한 밤색 여인은 시간과의 경주에서 근소한 차이로 뒤처져 있었고 10분 전에 막 착용한 버드나무 녹색의 선드레스가 그녀의 몸에 딱 달라붙어 있었다. 투톤 컬러의 커다란 선글라스가 새로 바른 마스카라와 상아색 섀도도 해결하지 못한 그녀의 지친 모습을 감추고 있었다. 평소보다 두 배 이상 시간과 공을 들여 아주 천천히 팔다리를 쭉 뻗어 기지개를 켠 후에 그녀는 자동차 뒷좌석으로 손을 뻗어 플라스틱 옷 가방과 빌리 홀리데이 앨범들을 집어 들었다.

성급한 아이들의 호기심은 이내 끝났고 그들은 흩어져서 각자 하고 있던 놀이로 되돌아갔다. 실망한 어른들은 크게 쳇 소리가 나도록 아랫입술을 윗니에 대고 쭉 빨아들였다. 시기심이 남보다 더 많고 독선적인 사람들은 입 가장자리가 삐쭉 뒤틀렸다. 흥, 에타로구먼. 겉모습을 보아하니 혼자서 제법 잘 살았나 보군. 이번에는 말이지.

에타는 천천히 거리를 가로질러 왔다. 머리는 꼿꼿했고 두 눈은 흔들림 없이 목적지를 향해 있었다. 대여섯 개는 됨 직한 앨범들이 판지로 만든 갑옷처럼 에타의 가슴팍에 꼭 붙어 있었다.

지금까지 어떤 일을 했건
지금까지 무슨 말을 했건
사람들이 비난하지 않은 적이 없었죠
그렇지만 할 거예요
내 마음대로 내가 원하는 것을
누가 뭐라 말하든 상관하지 않아요
혹시라도 바다로 뛰어들고픈
생각이 들어
뛰어든들 그 누구도 간섭할 일이 아니지요

일부러 에타에게 인사를 건네는 사람들 중 어느 누구도 그녀의 이름을 다정하게 부르는 법이 없었다. 마음속으로는 어쩔지 모르지만 한 번도 에타 메이에게 "에타."라고 불러 준 적이 없었다. 자기들끼리 그녀에 대해 이야기할 때에는 에타 존슨이었다. 그렇지만 에타에게 직접 말을 걸 때에는 항상 미스 존슨이었다. 에타는 자신에 대해 그들이 어떤 생각을 하고 있는지 잘 알고 있었다. 그래서 그들의 이런 행동 때문에 그녀는 당황스러웠다. 에타는 그들을 부를 때 성이 아니라 항상 이름을 불러서 그들도 그렇게 해 주기를 유도했다. 그렇지만 사람들은 서투른 시도를 몇 차례 한 뒤 결국에는 자신들에게 편한 방식으로 되돌아가곤 했다. 에타는 그들의 이런 태도가 그녀 편에서 거리를 두기 때문인지, 아니면 그들 편에서 거리를 두는 것인지 잘 알지 못했다. 그렇지만 분명히 뭔가가 있었다. 에타는 이런 낯선 감정의 흐름을 뚫고 조심조심 헤쳐 나가는 법을 제대로 습득했다. 그래서 무심한 사람들이 보면 에타가 옛 날부터 내려오는, 물 위로 걸어가는 비법을 통달한 사람처럼 보였다.

매티는 무늬를 넣어 짠 천이 다 해진 안락의자에 앉아서 몸을 앞쪽 창에 바짝 붙이고는 먼지가 낀 방충망을 통해 친구 에타가 씩씩한 걸음걸이로 다가오는 것을 지켜보았다. 아직도 저놈의 커다란 레코드판을 안고 다니는구먼 하고 매티는 생각했다. 저 여편네는 정말로 수수께끼라니까.

매티는 문을 열기 위해 자리에서 일어났다. 미리 문을 열어 두면 에타가 두 팔 가득 물건을 안고 힘들여 노크할 필요가 없었다.

"아이고 친구야, 고맙기도 해라."

에타는 숨을 헐떡이며 신이 나서 호들갑을 떨었다.

"내가 젊어질수록 저놈의 계단은 점점 더 늘어나는 것만 같다니까."

에타는 들고 있던 짐을 모두 소파에 내려놓고는 선글라

스를 휙 벗어던졌다. 그녀는 매티를 만나 마침내 찾은 자유를 깊이 들이마셨다. 매티 앞에서 에타는 솔직해질 수밖에 없었다. 상황에 맞춰 끊임없이 뒤섞고 바꾸면서 조심스럽게 만들어 내는 허상들이 여기서는 전혀 필요 없었다. 에타와 매티에게는 아주 오래전 동고동락하며 삶을 설계하던 시간이 있었다. 그리고 이런 시간이 있었기 때문에 둘 사이에 비밀이란 것은 있을 수 없었다.

"여기 앉아서 잠깐 쉬어. 여행길이 아주 힘들었나 보네. 네가 온다고 처음 연락했을 때 직접 운전하고 오리라고는 예상치도 못했어."

"사실 나도 예상 못했던 일이야, 매티. 그렇지만, 내가 집에 갈 거라고 말하니까 사이먼은 아주 비열하고 고약해져서 나한테 약속했던 비행기 요금을 주지 않겠다고 하더라고. 그래서 내가 그랬어. 그럼 돈을 반만 주면 기차를 타겠다고. 그런데 그 작자는 심지어 그렇게 할 마음도 없었던 거야, 매티. 낡아 빠져 털털거리는 빌어먹을 그레이하운드 버스를 타고 이 도시로 들어올 생각을 하니까 정말 한심해지더라. 그러니 어떡하겠어? 어느 날 밤 그 작자가 술에 잔뜩 취해 코를 드르렁거리며 곯아떨어지기에 '옳지 잘됐다. 당신은 당신 좋을 대로 하시오.' 하고는 자동차 열쇠와 등록증을 몰래 들고 나왔지. 그렇게 해서 내가 여기 왔다 이거야."

"아이고 세상에, 이 여편네야! 그럼 자동차를 훔쳐 타고 왔단 말이야?"

"훔치긴. 무슨 그런 소리를 하는 거야. 그 인간이 나한테 빚진 게 그것뿐인 줄 알아?"

"잘했어. 그렇지만 경찰이 그런 말을 믿어 주겠어? 진작 고속도로 순찰차에 잡히지 않은 게 신기하네."

"사이먼이 신고를 안 했으니까 내가 잡히지 않은 거지."

"그걸 어떻게 알아?"

"그 인간의 장인이 그 지역 보안관이거든."

두 여자는 눈과 입술 가장자리에 어설픈 웃음을 띠고 있었다.

"어째 그런 일이. 그래도 네가 자기 호주머니에서 열쇠를 훔쳤다고 말할 수도 있잖아."

에타는 옷이 담긴 가방 쪽으로 가더니 분홍색과 빨간색 글자로 수를 놓은 반바지를 끄집어냈다.

"이것들을 모두 다 슬쩍하려면 내가 빌어먹을 능란한 소매치기가 되어야만 했겠지."

매티와 에타는 입가에 감도는 웃음을 굳이 참으려고 하지 않았으며 마음을 열어 놓고 아무 거리낌 없이 웃음을 터뜨렸다.

　　있는 자는 받을 것이요
　　없는 자는 그 있는 것까지 빼앗기리라
　　그렇게 성경은 말하고 있다네
　　그리고 그것은 아직도 새로운 소식이라네

웃음이 멎으려 할 때마다 두 여자는 마주 보았다. 그러면 신기하게도 또다시 웃음보가 터졌다.

아마 엄마는 그러시겠지
아마 아빠는 그러시겠지
그렇지만 하느님은 어린아이를 축복하시네
그의 자녀로 삼으셨네
그의 자녀로 삼으셨네

"이런 세상에, 투트. 정말 너같이 희한한 인간도 이 세상에 존재하는구나."

매티는 시꺼멓고 커다란 손등으로 두 뺨에 흘러내린 눈물을 닦아 냈다.

누가 자기를 마지막으로 그렇게 불러 준 게 언제였는지, 이제 에타는 흘러간 세월도 손으로 꼽을 수 없었다. '마치 싸움 잘하는 암팡진 당닭처럼 보란 듯이 으쓱거리며 걸어 다니는 저 조그만 계집애를 보라지. 마치 자기가 투탕카멘 왕의 아내라도 된다고 생각하나 봐.' 에타는 항상 그런 식으로 걸었기 때문에 그런 별명이 계속 따라다녔다. 테네시 주의 오지인 록베일의 빛바랜 검댕과 시뻘건 진흙이 에타의 맨발에 묻어 있었고 살이 통통하게 붙은 단단한 종아리를 휘감고 있었다. 하지만 에타는 항상 어깨를 쫙 펴고 턱을 쭉 내밀고 외진 산골 록베일과는 전혀 어울리지 않는 태도로 이 세상과 맞섰다.

에타는 끊임없이 골치 아픈 10대를 보냈다. 록베일은 규칙대로 살아갈 마음이 전혀 없을 뿐만 아니라 규칙 자체의 존재를 인정하려 들지 않는 흑인 여자가 살아갈 수 있는 장소가 결코 아니었다. 아버지의 심부름으로 주문을 전하러 직물점에 들어간 에타가 백인들의 얼굴을 똑바로 쳐다볼 때마다 록베일에 살고 있는 백인들은 고통스럽게 이런 반항의 모습을 상기할 수밖에 없었다. 그녀는 대우를 받을 만하다고 생각되는 사람들한테만 '예, 마님'이나 '예예, 어르신' 하는 존댓말을 사용했고 누가 옆에 있건 말건 상관하지 않고 오직 기분이 좋을 때만 미소를 지었다. "저 존슨 집 딸년은 주제넘고 건방진 흑인이야." 하는 말이 떠돌았다. 그 아이는 그저 그렇게 생겨 먹었다고들 했다.

> 남부에서 자라는 나무들은 그 열매가 이상해
> 잎사귀에서 피가 나고 뿌리에도 피가 흐르네
> 흑인들은 몸을 흔드네
> 남부의 미풍이 불 때
> 신기한 열매가 매달려 있네
> 포플러 나무에

러더퍼드 군은 활짝 꽃핀 에타의 독립심을 받아 줄 준비가 되어 있지 않았다. 그래서 그녀는 비 내리는 어느 여름날 동이 트기 세 시간 전에, 맹렬하게 쫓아오는 조니 브릭의 친척들보다 한 발 앞서 집을 떠났다. 매티는 그 사람들이 군의 경계선에서 이틀 동안 숨어서 기다리다 되돌아와 에타 아버지의 헛간을 불살랐다고 그녀에게 편지로 알려 주었다. 군 보안관은 (이런저런 것을 잘 생각해 보면) 이 일이 엄청 가볍게 끝난 것이라고 존슨 씨에게 말했다. 존슨 씨 역시 그렇다고 생각했다. 매티의 편지를 읽은 에타는 기회가 있을 때 그 망할 놈의 백인 자식을 죽였어야 했다고 생각했다.

록베일은 멤피스로, 디트로이트로, 시카고로, 심지어는 뉴욕까지 에타를 따라왔다. 그녀는 미국이란 나라가 아직은 자신을 맞이할 준비가 되어 있지 않다는 것을 곧 알게 되었다. 1937년에는 그랬다. 그리하여 가지고 있는 재능은 많은데 그 재능을 드러낼 곳은 한 군데도 없는 데 환멸을 느낀 에타는 불안해하는 다른 수많은 흑인의 자손들과 함께 자신의 재능을 거리에서 발산해야 했다. 에타는 자신의 욕망을 억제하고 그 대신 전도유망하게 떠오르는 흑인 스타를 닥치는 대로 사로잡는 법을 배웠다. 그러다가 그 스타가 소진되면 또 다른 스타를 찾아냈다.

에타의 젊은 시절은 변화하는 시대의 연속된 흐름 아래 썰물과도 같이 재빨리 사라졌다. 그렇지만 그녀는 언제나 그랬듯이 살아남아서 자신을 지탱해 나갔다. 심지어 누군가가 가던 길을 일부러 멈추고 서서 그녀에게 이 세상이 꿈을 펼칠 만큼 아주 조금 유연해졌다고 충고해 주었더라도, 에타는 혼자서 빛을 발하는 법을 알지 못했을 것이다.

에타와 매티는 사람을 현혹시키는 꼬불꼬불한 길을 따라 살아오면서 전혀 다른 길을 선택했지만 궁극적으로는 브루스터플레이스에 귀착했다. 이제 두 사람의 웃음은 바로 그 막다른 골목 밖에 있는 사이먼과 같은 모든 인간에게 맞서는 무언의 공감대를 이루고 있었다. 두 사람 모두 눈물이 얼굴을 타고 줄줄 흘러내리도록 웃어 젖혔다. 그 바람에 힘이 다 빠져나갈 지경이었지만 웃음은 그치지 않았다.

"그러니까 말인데."

커다란 면 손수건에다 코를 팽 하고 풀면서 매티가 말했다.

"감옥에 가지 않는 게 확실하다면 이제 앞으로 뭘 할 계획이지?"

"이봐, 그걸 어떻게 알아? 아직 모르겠어."

에타는 다시 소파에 벌러덩 누웠다.

"아마 차를 팔면 몇 천 달러는 생길 테니 그걸로 또 다른 사업 기회가 생길 때까지 버텨야겠지."

매티는 한쪽 눈썹을 살짝 추켜올렸다.

"너도 이제는 정규적인 일을 구해야 하지 않겠어? 지난 몇 해 동안 그놈의 '사업 기회'라는 것이 점점 더 줄어들어 가뭄에 콩 나듯 하잖아."

에타는 '될 대로 되라지.' 하는 마음으로 입을 비죽거렸다.

"일은 무슨 일? 이봐 매티, 나한테 무슨 경험이 있다고 그래? 여기서 6개월, 저기서 3개월 그랬잖아. 좋은 남자나 하나 잡아서 노년에 팔자나 고쳐 조용하게 살아야겠지."

에타는 머리 밑부분만 살짝 염색하면 되는 숱 많은 엷은 갈색 머리를 자신만만하게 쓸어 올렸다. 그러면서 황혼기에 맞을 이런 끔찍한 운명을 걱정하려면 그래도 15년 정도는 아직 남았다고 생각했다.

매티는 에타의 두 눈에 피곤함이 덕지덕지 붙은 것을 지켜보면서 그런 날이 5년밖에 남지 않았다고 생각했다.

"그래도 너는 지금까지 살면서 괜찮은 남자 몇 명은 만났잖아, 에타."

"아냐, 매티. 그저 겉으로 보기에만 그랬지. 현실을 똑바로 보잔 말이야, 매티. 착한 남자들은 모두 다 죽었거나 앞으로 태어날 사람들밖에 없잖아."

"오늘 밤 나랑 예배 보러 가자. 우리 교회에도 이젠 결혼해서 안정을 찾으려는 남자들이 몇 있거든. 홀아비들 말이야. 그리고 기도 조금 했다고 네 영혼에 어떤 해를 끼치지는 않을 테니까."

"내 영혼은 혼자도 잘 있으니까 그냥 내버려 두면 정말로 고맙겠는걸, 매티 마이클. 그리고 너희 교회에 올바른 남자 신도들이 그렇게 가득 있다면, 너는 뭣 때문에 아직 한 사람도 못 잡았니?"

"에타, 나는 벌써 오래전에 불이 꺼지고 재만 남았거든. 그런데 너는 아직도 계속해서 김을 내뿜는 걸 보니까……."

매티의 두 눈에는 장난기 어린 친절함이 가득 차 있었다.

"아주 간신히, 매티. 그저 아주 조금씩."

그리고 2E호 아파트 안에서는 다시 한 번 웃음소리가 한바탕 터져 나왔다.

"에타, 에타 메이!"

매티가 욕실 문을 거칠게 두드렸다.

"어서 나오지 못해. 너 때문에 교회에 늦게 생겼다니까."

"금방 나갈게. 잠깐 기다려, 매티. 교회당이 사라질 것도 아닌데, 왜 그래."

"미치겠군."

매티가 웅얼거렸다.

"저 몸뚱이 치장하는 데 1분도 안 걸릴 텐데 뭘 하느라 저렇게 시간을 잡아먹는지 모르겠네."

에타가 짐짓 서두르는 몸짓으로 욕실에서 나왔다.

"에이 젠장. 세상에 이렇게 참을성 없이 조급한 기독교인은 처음 보겠네."

"아마도 네가 알고 있는 유일한 기독교인이겠지."

매티는 스웨터와 지갑을 집어 드느라 몸을 굽히면서 에타의 익살에 넘어가지 않으려 했다. 그러다 몸을 돌려 휘황찬란한 색깔을 보고는 눈이 휘둥그레졌다. 너무나도 커다란 가슴과 깊게 파인 드레스. 게다가 에타는 황금빛, 진주 빛 구슬이 주렁주렁 달려 있는 커다란 흰색 밀짚모자를 쓰고 있었다.

"에타, 주님의 마음을 산란하게 만들 작정이니?"

"있잖아, 그러니까 말이지."

에타는 스타킹 코가 혹시 나갔는지 두세 차례 종아리를 확인하면서 말했다.

"전에 들으니까 주님은 너무 바쁘셔서 만나기 힘들다던데. 더 최근 소식이라도 있니?"

"으흠 음."

매티는 입술을 꼭 다물고 목을 타고 스멀스멀 올라오는 웃음을 애써 참으려고 천천히 머리를 좌우로 흔들었다. 에타하고 싸워 봤자 이기지 못한다는 것을 잘 알기에 매티는 재빨리 얼굴을 돌리고는 문으로 향했다.

"얼른 그놈의 불경스러운 몸뚱이나 잘 모시고 아래층으로 내려오시게. 오늘 네 시중을 드느라 벌써 아침 예배는 참석하지 못했으니까."

거대한 잿빛의 가나안 침례교회는 다 허물어져 가는 황폐한 개인 주택들이 자리한 블록 한가운데에 있었다. 여러 색깔의 반구형 불빛들이 어둠 속에서 빛나고 있었다. 우렁찬 박수 소리와 천둥 치듯 꽈르릉거리는 오르간 소리가 교회당 밖으로 터져 나왔다. 저녁 예배가 이미 시작되었다.

가나안 침례교회의 신도들은 브루스터플레이스 주변으로 서른 블록 정도 되는 지역에 살고 있는 가난한 사람들로, 아직도 하느님을 큰 소리로 경배하고 있었다. 그들은 도시 북쪽 끝에 위치한 사이나이 침례교회를 찾는 조금은 여유로운 흑인들처럼 세련되고 조용한 예배를 드릴 수가 없었다. 하느님의 위안을 구하는 신도들의 탄원 하나하나가 너무나도 간절했기 때문이다. 혹시라도 하느님께서 자신들의 기도를 듣지 못하면 어쩌나 염려하지 않을 수 없었다.

이스라엘 민족이 애굽 땅에 있을 때
내 백성을 보내 주시오
어찌나 심하게 억압당했던지 그들은 견딜 수가 없었어요
내 백성을 보내 주시오

이 가사는 성도들이 처한 고난의 원천만큼이나 아주 오래된 것이었다. 그러나 템포는 이 노래가 목화밭에서 처음 생겨났을 때보다 세 배나 빨라졌다. 그들은 지금 열광적으로 이 노래를 부르고 있었다. 세상이 빠르게 변하지만 어떤 신비롭고도 복잡한 이유로 그들이 지고 있는 짐은 전혀 바뀌지 않았다는 것을 깨달은 사람들이 부르는 노래였다.

하느님은 내려가라 하시네
내려가라
모세 형제여
모세 형제여
거대한 나일 강 가로

성가대가 손뼉을 치고 발을 세게 구르며 소리 높여 찬양하자 가사 한 절 한 절이 통렬한 현실로 다가왔다. 성가대가 그렇게 하는 동안 교회당에 모인 신도들도 분위기가 고조되어 노래 가사를 붙들고 손뼉을 치며 발을 굴러 망각의 경지로 빠져 들었다.

애굽으로 가라
애굽으로 가라
바로 왕에게 말하라
바로 왕에게 말하라
내 백성을 보내 달라고

에타는 마음이 내키지 않는 탕자와도 같이 그냥 한번 구경이나 해 보자는 심정으로 교회당 뒷자리로 들어갔다. 낮

선 박수 소리와 열기, 번득거리는 검은 모습들이 그녀를 과거로 잡아끌었다. 그리하여 그녀는 차갑게 식어 버린 재와도 같은 천진난만한 어린 시절을 지나서 사방에 단단한 심을 박은 예리한 믿음의 기슭에 서서 고통을 뿌리째 뽑아낼 수 있었던 시기로 끌려갔다. 피가 그녀의 관자놀이로 솟구쳐 올라왔고 그녀를 둘러싸고 울려 퍼지는 탄원의 음악과 조화를 이루며 고동치기 시작했다.

그래요, 나의 하느님은 능력의 하느님
주여 구원하소서
주는 과거에 이스라엘을 자유케 하셨고
애굽의 군대를 무찌르셨네
주여 구원하소서
거대한 홍해 바다의 물결로

에타는 매티를 흘끗 쳐다보았다. 매티는 몸을 흔들며 흥얼거리고 있었다. 에타는 매티의 얼굴에서 주름이 깨끗하게 사라진 것을 보았다. 바로 그 순간 매티는 에타를 버려두고 자유의 세상으로 가고 없었다. 에타는 슬픈 눈으로 매티와 신도들 모두를 쳐다보았다. 그러자 질투심이 솟아올랐다. 의구심이라는 도발적 감정에 익숙하지 않은 에타는 그런 감정이 연약한 속살을 스치기만 했는데도 벌써 눈물이 솟구쳐 오르고 있었다. 또 다른 길이 있었단 말인가?

노래는 엄청난 폭발력으로 끝이 났고 신도들은 한 몸처럼 자리에 앉았다.

"어서 와, 얼른 자리 잡고 앉자."

매티는 에타의 팔을 잡아끌었다.

머리가 희뜩희뜩한 교회 장로가 구부정한 어깨에 양복을 느슨하게 걸쳐 입고서 교회 사역을 설명하기 위해 단상으로 올라왔다.

"저 사람도 내가 이야기하던 홀아비 중 한 사람이야."

매티가 귓속말로 속삭이면서 에타를 쿡쿡 찔렀다.

"으음."

팔에 가해지는 압박으로 에타의 마음은 다시 현실인 교회당의 딱딱한 나무 좌석으로 돌아왔다. 그렇지만 그녀는 그곳에 계속해서 머물고 싶지 않았다. 그래서 그녀는 2미터도 넘는 선한 목자의 망원경을 통하여 다시 창문 밖으로 기어나가 보이지도 않는 '만일'과 붙잡을 수 없는 '희망 사항'을 엮어 도달할 수 없었던 과거 속으로 밀어 넣는 작업을 시작했다.

에타의 인생 역정이, 그녀처럼 나이를 먹은 성경과 함께 그녀의 눈앞에 펼쳐졌다. 그렇지만 이제 나이를 먹어 얻게 된 혜안이 전지전능한 감독처럼 턱 버티고 앉아서 그녀 역할을 맡은 젊은 배우에게 찬란한 여러 가지 성경 구절을 암송하게 하였다. 놀랍게도 젊은 에타는 목사의 강대상 오른쪽, 쿠션이 깔려 있는 앞좌석으로 재빨리 달려 나가는 결정을 내렸다. 그녀는 그곳에서 장로, 집사 들의 아내, 여신도회 회장단, 여자 안내위원들과 함께 앉았다. 그렇게 하면 그들과 마찬가지로 어렵게 획득한 100쌍이나 되는 존경의 눈길이 에타의 등으로도 쏟아질 것이다. 그것은 그녀가 빨간 선드레스로 얻어 낸 그런 방식이 아니었다. 지금 그녀는 수줍은 듯 드레스 앞쪽을 열심히 끌어 올렸다. 너무 늦었나?

공식적 절차는 끝났다. 헌금 위원이 올라와 닳아 해진 옷깃을 잡아당기며 헛기침을 하고 오늘 밤 설교를 맡은 초빙 목사를 소개하였다.

그 남자는 훌륭했다.

기름칠을 잘한 기계처럼 유연하게 미끄러지듯 강대상으로 올라오더니 정말 오랫동안 가만히 서 있었다. 그는 자신만만하게 신도들을 둘러보았다. 목사는 정말 눈 깜빡할 아주 짧은 순간에 신도들의 집중을 끌어내야 했다. 왜냐하면 일단 그들의 눈길을 한곳으로 끌어 모으기만 하면 목사는 자신의 목소리로 신도들의 영혼을 감싼 다음 그들이 살려 달라고 아우성칠 때까지 서서히 쥐어짤 것이기 때문이었다. 신도들은 그 시간이 서서히 다가오고 있다는 것을 잘 알고 있었고 한 몸처럼 숨을 고르면서 은근한 기대감으로 기다렸다. 우선 목사는 신도들과 장난하듯 아주 부드럽게 심장 근육을 톡톡 건드리는 섬세한 명주실 가닥을 넌지시 내던졌다. 신도들은 그 감촉에 어쩔 줄 몰라 하며 몸을 부들부들 떨었고 더 많이 던져 줄 것을 요청했다. 몇 배로 증가한 명주실 가닥은 고동치는 하나의 기관이 되어 버린 신도들 주위를 단단하게 휘감다가 살짝 졸라매어 그들의 반응을 알고자 했다.

목사는 "아멘, 형제들"과 "오, 예수님"으로 가슴에서 영혼으로 뛰어오르는 그 짧은 도약을 허락하였고 모든 온유의 허식을 내버리도록 종용하였다. 이제 그는 신도들 마음에 감동을 주기 위해 두 주먹을 단단히 쥐고 밀고 두드려 대야 할 것이다. 그리고 신도들이 열에 들떠 높은 소리로 만족스럽게 답할 때까지 그는 감히 격렬한 리듬의 목소리를 멈추지 않을 것이다. 오, 주님, 난방이 되지 않는 아파트들을 몰아내 주십시오! 자비로운 예수님, 월급을 착취하는 상사들을 쫓아내 주세요. 완전하신 아버지여, 나를 채우소서, 다른 여지가 없을 때까지. 다른 것들이 비집고 들어올 틈이 없을 때까지 나를 채우소서. 흑인으로 태어난 이 몸에 그토록 이상한 형벌을 강요하는 저 거대한 바깥세상이 내 마음을 빼앗지 못하게 하소서.

그것은 힘든 작업이었다. 신도들의 마음속에는 대치시켜야 할 것들이 너무나 많았다. 목사의 가슴이 오랜 흥분으로 부풀어 올랐고 땀이 회색의 관자놀이를 타고 턱 밑으로 비 오듯이 흘러내렸다. 성량이 풍부한 목소리는 이제 거칠어졌고 두 다리와 위로 들어 올린 팔이 무너질 듯 부들부들 떨렸다. 그리고 언제나 그렇듯이 목사가 인내심의 한계에 도달하기 반 박자 먼저 신도들은 만족감에 젖었다. 그들은 힘이 빠져 축 늘어진 채 의자에 등을 기대고 앉았지만 순간적으로 평안했다. 이런 예배를 드린다면 아무리 비싼 값을 치러도 괜찮았다. 바로 그 순간에 신도들은 목사를 따라나서 이 세상 어떤 황제라도 맞서서 전투를 치를 참이었다. 그러나 목사가 그들에게 요구하는 것은 기껏해야 '주님의 일'을 할 수 있는 돈이었다. 그리고 신도들은 이 목사가 편안한 삶을 유지할 수 있도록 얼마 안 되는 소유물의 반이라도 기꺼이 넘겨 줄 판이었다.

에타는 설교 내용을 귀담아듣지 않았다. 그녀는 그 남자를 지켜보고 있었다. 목사의 몸은 최근 어떤 고난도 겪지 않은 사람처럼 자신만만하게 움직였다. 피부색이나 단단한 턱 선으로 판단하건대 그가 부유한 생활을 누린다는 것을 알 수 있었다. 나중에 알았지만 심지어 그는 미용사에게 손톱 손질을 받았고, 새끼손가락에는 다이아몬드 반지를 끼고 있었다.

신도들의 마음에 자신의 모습을 확실하게 각인시키기 위해서 목사가 활용한 기술들은 에타가 처음 경험하는 것이 아니었다. 에타는 당구장이나 나이트클럽, 2층에 위치한 더러운 보험회사나 도박장, 거리의 수많은 모퉁이에서 그런 재능을 목격했다. 그러나 지금 여기서는 다른 종류의 힘을 느꼈다. 저토록 정글에서 단련된 한 남자의 예민한 본능이라면 에타를 일으켜 세워 교회당 앞쪽으로 끌어내고 브루스터플레이스로부터 영원히 떨어져 나오게 해 장로, 집사 들의 아내와 여신도회 회장단보다도 훨씬 더 앞쪽에 앉게 할 수도 있었다. 그녀는 풍요로움뿐만 아니라 지금까지 자신이 되고 싶어 조바심쳤던 그런 유형의 여자로 완성시켜 줄 장소를 발견할 것이다.

"매티, 저분이 이 교회 목사님이야?"

에타가 조그만 목소리로 속삭였다.

"누구 말이야, 우즈 목사님? 아니, 저 목사님은 그저 가끔 가다 오시는 분이셔. 그렇지만 설교는 정말로 잘해. 안 그래?"

"저분에 대해 아는 게 뭐 있어? 결혼은 했대?"

매티는 에타에게 보내고 있던 눈길을 돌려 버렸다.

"너를 감동시킨 것이 설교가 아니었다는 걸 내가 알았어야 했는데. 그래도 남자 찾는 일에 온몸으로 달려들려면 적어도 기도가 끝날 때까지는 기다리는 게 예의 아니니?"

예배를 마감하는 찬송가를 부르고 축도가 진행되는 동안 에타는 어떻게 하면 매티를 교회당 앞으로 끌어내 자신을 우즈 목사에게 소개하게 만들 수 있을지에 골몰했다. 생각만큼 그렇게 어렵지 않을 수도 있었다. 모어랜드 T. 우즈는 에타가 교회당에 발을 들여놓은 순간부터 주목하였다. 젖가슴은 바싹 말라붙고 허리 부분은 삼겹살로 출렁거리는 다른 자매들의 단조롭고 재미없는 모습 가운데 에타는 새빨간 한 마리 새처럼 눈에 도드라졌다. 이 여인은 아직도 풍만한 육신적 삶의 진액을 뚝뚝 떨어뜨리고 있었다. 이제 곧 그가 자리에서 일어나 나머지 신도들을 위하여 지옥으로 들어가라고 저주할 그런 유형의 삶을 드러내고 있었다. 그러나 이 여자에게는 그런 삶이 얼마나 잘 어울리는지. 목사는 설교하기 위해 자리에서 일어나기 전에 입에 과도하게 나온 분비액을 없애려고 꿀꺽하고 침을 삼켜야만 했다.

이제 문제는 그 여자가 교회당에서 나가 버리기 전에 남들 눈에 특별히 서두르는 것처럼 보이지 않으면서도 사람들을 헤치고 교회당 뒤쪽으로 가는 것이었다. 대여섯 차례 등을 툭툭 두드려 주고 악수도 나누고 자매들에게 고맙다는 인사를 하다 보니 우즈 목사는 복도를 따라 3미터 정도

밖에 가지 못했다. 그는 점차 초조해지기 시작했다. 그러나 우즈 목사는 그녀를 마지막으로 보았던 방향을 쳐다보기 위해 섣불리 고개를 돌리는 행동은 하지 않았다. 그때 팔 위쪽에 손 하나가 닿는 것을 느껴 몸을 돌린 그의 눈앞에는 얼굴이 엄격해 보이는 매티가 붉은빛 드레스를 입은 그 여자와 함께 서 있었다.

"우즈 목사님, 오늘 목사님이 하신 설교 말씀 듣고 은혜 많이 받았어요."

"그러셨습니까? 감사합니다. 자매님. 성함이?"

"마이클, 매티 마이클이에요."

우즈 목사는 매티에게 대꾸하면서도 자신이 매티 어깨 너머에 있는 여인에게 미소를 보낸다는 사실을 부인하기 어려웠다.

"특별히 말이죠."

매티는 목소리를 조금 더 높였다.

"영혼을 굳게 지키기 위해 유혹을 물리치는 부분은 감동적이었습니다. 우리가 꼭 명심해야 할 중요한 핵심이었어요."

"주님이 저를 감동시켜 주시면 저는 그저 하느님의 말씀을 전할 뿐입니다, 마이클 자매님. 저는 단지 주님의 목소리를 대변하는 보잘것없는 도구일 뿐입니다."

우즈 목사가 누구한테 미소를 보내고 있고 또 그 의도가 무엇인지 에타가 모를 리 없었다. 에타는 매티 앞으로 나섰다.

"저 역시 설교 말씀을 듣고 감동했어요, 우즈 목사님.

그런 설교를 들어 본 지가 무척 오래됐거든요."

에타는 매티의 팔을 잡은 손에 한층 더 힘을 주었다.

"아, 저의 무례를 용서하세요, 우즈 목사님. 여기는 제 오랜 친구인 에타 메이 존슨이에요. 에타 메이요, 우즈 목사님."

매티는 마치 장례식에서 고인에 대한 찬사를 암송하는 사람처럼 그 말에 힘을 주었다.

"만나게 되어 반갑습니다, 존슨 자매님."

우즈 목사는 자그마한 여자를 내려다보며 싱글싱글 웃으면서 의도적으로 평상시보다 조금 더 오랫동안 손을 잡고 있었다.

"자매님은 이 교회에 새로 오신 것 같군요. 제가 이전에 왔을 때에는 뵙지 못한 것 같은데."

"그러니까, 아니에요, 목사님. 저는 이 교회 신도가 아니에요. 그렇지만 저도 어릴 때에는 교회에서 자랐답니다. 목사님도 잘 알잖아요. 나이가 들면서 사람들이 때로는 교회에서 멀어지기도 하지요. 그렇지만 오늘 목사님의 설교를 듣고 이제는 정말로 교회로 다시 돌아와야겠다는 생각을 하게 되었어요."

하느님이 분명히 에타에게 내리칠 번갯불이 실수로라도 자기에게 떨어지지 않기를 바라면서 매티는 긴장하였다.

"그래요, 자매님. 자매님은 성경에 어떤 말이 쓰여 있는지 잘 아실 겁니다. 천사들은 아흔아홉 명의 올바른 성도보다도 회개하고 돌아온 한 사람의 죄인을 보시고 한층 더 기쁘게 노래한답니다."

"정말로 그래요. 분명 목사님과 같은 목자는 수없이 많은 양이 우리로 안전하게 되돌아오도록 도움을 주셨을 거라 확신해요."

에타는 위를 올려다보면서 마스카라를 세 번 덧입히지 않은 것이 얼마나 잘한 일인지 속으로 안심하고는 둥그런 검은 눈이 아름답게 보이도록 애썼다.

"노력하고 있습니다, 존슨 자매님. 노력하지요."

"사모님이 오늘 밤에 목사님 설교를 들었어야 했는데 함께 오시지 못해서 정말 유감이네요. 사모님도 분명 목사님이 하시는 일에 대해 굉장히 자랑스럽게 여기실 거예요."

"제 아내는 벌써 주님 나라로 들어갔답니다, 존슨 자매님. 지금은 독신으로 살고 있지요. 아내의 영혼이여, 고이 잠드소서."

"그래요, 사모님의 영혼이여, 고이 잠드소서."

에타는 한숨을 내쉬었다.

"오 주님, 진정 그렇게 하소서."

세 사람 중에서 매티만 진실한 간청을 입 밖으로 중얼거렸다. 진심이 담뿍 담긴 매티의 탄원을 들으며 두 사람은 움찔했다. 그리고 그들은 몸을 돌려 매티를 바라보았다.

"이 생이 얼마나 힘든지 오직 주님만이 아시죠. 사모님은 주님의 품 안에 있으니 훨씬 더 좋겠어요."

매티가 말했다.

"맞아요."

에타는 매티를 향해 눈을 가늘게 뜬 다음 다시 목사 쪽으로 몸을 돌렸다.

"저 말은 제가 증명할 수 있어요. 여자가 혼자 살아간다는 것은 정말로 훨씬 더 힘든 일 같아요. 때때로 누구에게 기대야 할지 모르겠더라고요."

모어랜드 우즈는 에타가 어느 방향으로 몸을 돌려 기대야 하는지 잘 알고 있을 뿐만 아니라 종종 들어갈 수 있는 길이 하나도 없을 경우에는 직접 길을 만들어 내고야 마는 그런 유형의 여자라는 것을 잘 알았다. 그러나 그는 이 게임을 한없이 즐기고 있었다. 사타구니로 슬며시 타고 올라오는 열기만큼이나 열을 올리고 있었다.

"그래요. 혹시라도 제가 도움을 줄 수 있다면 영광입니다, 존슨 자매님. 주저하지 말고 요청만 하십시오. 주님의 양 한 마리가 고통에 처해 있다는 것을 알고 어찌 잠을 잘 수 있겠습니까? 그러니까 혹시 오늘 저녁이라도 저하고 의논하고 싶은 게 있으면 기꺼이 집까지 모셔다 드리겠습니다."

"저는 집이 없답니다. 바로 얼마 전에 다른 주에서 이주해 와서 지금은 여기 있는 친구 매티의 집에서 지내고 있거든요."

"그렇군요. 그럼 우리 함께 어디 가서 커피라도 마실 수 있지 않겠습니까?"

"고맙지만 저는 사양해야 할 것 같아요, 목사님."

에타가 나서서 말하기 전에 매티가 먼저 말했다.

"예배를 보고 났더니 녹초가 되었어요. 그렇지만 에타는 목사님 제안을 기꺼이 받아들일 겁니다."

"그거 아주 좋을 것 같네요."

에타는 마음이 동하는 것 같았다.

"좋습니다, 좋아요."

이번에는 우즈 목사가 금을 씌운 단단한 치아가 들어찬 입을 벌려 미소 지으며 에타에게 친절함을 내보였다.

"그럼 저한테 여기 계신 몇몇 사람과 작별 인사를 할 수 있는 시간을 조금만 주세요. 잠시 후 저 밖에서 만나 뵙도록 하죠."

"이 아가씨야, 너는 그런 속도에 특허를 얻어 비행기 회사에 팔아도 되겠다."

매티가 밖에 나와서 말했다.

"'오늘 목사님의 훌륭한 설교를 듣고, 목사님, 이제는 정말 교회로 다시 돌아와야겠다는 생각을 하게 되었어요.'라니, 정말 기가 찬다!"

"제발 야단법석 떨지 말고 입 좀 다물어 줄래."

"내 장담하건대 네가 만일 그놈의 눈을 조금만 더 빨리 깜박거리기라도 했다면 여기 모래 먼지를 일으킬 강풍을 몰아오고도 남았을 거다."

"너는 내가 멋진 남자들과 만나기를 원한다고 그랬잖아. 그리고 지금 한 사람을 만났고."

"에타, 내 말은 너하고 정착해 말년을 함께 보낼 생각을 진지하게 할 만한 그런 남자를 말한 거야."

매티는 분통을 터뜨렸다.

"이런, 꼭 사춘기 소녀같이 행동한다니까. 저 남자가 마음속에 어떤 생각을 품고 있는지 정말 몰라?"

에타가 화가 잔뜩 난 얼굴로 매티를 보았다.

"지금 내가 이해하기로는 저런 남자는 나에게 과분하다고 네가 말하고 있다는 거야. '아 안 돼, 에타 존슨은 안 된다니까. 고결하고 점잖은 남자는 에타에게 그저 잠깐의 즐거운 시간 말고는 절대 다른 것을 기대할 리가 없어.' 그러니까 너에게 한마디 하겠는데, 매티 마이클. 나는 항상 최상급으로만 살아왔어. 아마도 너의 그 잘난 기독교적 교리에서 제시하는 방식대로는 아니겠지만 내 기준으로는 모두 다 제대로 이루어졌단 말이야. 그리고 이 세상을 떠나는 날까지 나는 계속 최고급 생활을 유지할 거야. 내 처지는 내가 잘 알아. 해마다 감춰야 할 주름이 새롭게 늘어나고 있어. 나는 이 몸으로 드러누웠다 아침마다 다시 일어나는데 매일 아침 이 몸뚱이는 어제보다 조금 더 많은 휴식을 달라고 아우성친단다. 궁극적으로는 휴식을 얻게 되겠지. 우즈 목사 같은 남자와 함께 그런 휴식을 얻으려고 해. 그리고 너나 아무렇게나 입을 놀려 대는 브루스터의 수다쟁이들은 정말 밥맛없는 여편네들이야. 자기 일에나 신경 쓰라고 해."

에타가 마지막 말을 뱉었을 때 눈가에는 눈물이 고여 있었다.

"내가 대단한 목사의 아내가 되어 그곳에 나타나면 수다쟁이 여편네들은 콧노래로 다른 곡조의 노래를 웅얼대겠지. 그 여편네들이 내 등 뒤에서 무슨 말을 지껄여 대는지 항상 알고 있었어. 그렇지만 네가 그들과 함께 그곳에 끼어 있으리라고는 한 번도 생각해 보지 않았어."

매티는 에타의 장광설에 깜짝 놀랐다. 어떻게 에타가 자신의 말을 저토록 완벽하게 오해할 수 있단 말인가? 도대체 무슨 일이 있었기에 저토록 분명한 사실을 보지 못할 정도로 제정신을 잃었단 말인가? 교회당의 한쪽 복도에서 벌어진 거룩하지 못한 밀고 당기기 게임에서 생겨난 감정의 동요로 설마 결혼과 같은 영구적인 것이 이루어질 거라 믿는 것은 아니겠지? 이런 세상에, 그것은 단지 짝짓기를 위한 춤으로 이어질 수 있는 서곡에 불과했다. 매티도 평생 적어도 한 번은 그와 똑같은 동작을 취해 보았다. 아마도 매티로서는 이해할 수도 없는 수수께끼 같은 그런 감정의 동요를 에타는 분명 열 번도 더 경험했을 터였다. 여하튼 방금 전에도 에타의 스텝을 완전히 뒤틀어 놓은 음악에 맞추어 그런 일이 벌어지고 말았다. 매티는 할 말이 전혀 없는 어떤 것을 설명해 보라고 강요당하는 사람처럼 갑자기 무력감을 느꼈다.

매티는 조용히 돌아서서 층계를 내려가기 시작했다. 에타의 비난에 맞서서 자신을 변호해야 할 필요성은 전혀 없었다. 에타의 이런 잔인한 말이 진실이 아니라는 것을 증명해 줄 수 있는 기억을 두 사람은 적어도 수백 개는 공유하고 있었다. 그런 기억들이 매티를 대신해서 말해 줄 것이다.

때때로 친구가 된다는 것은 타이밍의 기술을 습득하는 것이다. 침묵해야 할 때가 있다. 어떤 때는 눈을 감아 버리고 친구들이 자신들의 숙명 속으로 달려들도록 허용해야 할 때도 있다. 그리고 그런 행동이 모두 다 끝났을 때 흩어진 조각들을 수습해야 할 때도 있다. 지금 이 순간은 위

의 세 가지 기술이 모두 다 요구되는 때임을 매티는 깨달
았다.

"집에서 보자, 에타."

매티는 어깨 너머로 부드럽게 이 말을 던졌다.

에타는 덩치가 커다란 매티가 천천히 침침한 어둠 속으
로 휩싸여 들어가는 것을 지켜보았다. 성이 나서 이 말 저
말 마구 내뱉고 났더니 목에 끈끈한 점액이 잔뜩 들러붙어
삼켜지지도 않았다. 에타도 매티가 사라진 어둠 속으로 재
빨리 달려들 찰나였다. 바로 그 순간 모어랜드 우즈가 불
빛이 환한 교회에서 웃음 지으며 걸어 나왔다.

모어랜드 우즈는 에타의 팔을 붙잡고 그녀가 자동차 앞
좌석으로 들어가 앉는 것을 도와주었다. 그녀는 가죽 천을
댄 좌석 깊숙이 등을 대고 앉았다. 진공청소기로 새롭게
청소한 카펫의 냄새가 코끝을 달콤하게 자극했다. 도시에
밤이 내리면 자연스럽게 일어나는 모든 소리들이 짙게 선
팅한 차창과 공기 조절 장치의 윙윙대는 소음으로 인해 들
리지 않았다. 그러나 그들이 탄 자동차가 모퉁이를 돌아서
회색의 넓고 기다란 가로수 길을 달려가는 동안 거리의 모
든 소음은 광택이 나도록 잘 닦인 자동차의 꽁무니를 끈덕
지게 따라왔다.

매끄러운 길
청명한 날
그런데 나는 무엇 때문에 홀로
이 길을 여행하고 있는가

얼마나 기이한가
사랑이라는 길이 그토록 쉽다니
저 앞에 우회 도로가 있는 걸까?

모어랜드 우즈는 자기 옆에 앉아 있는 아름다운 여자에게 사로잡혔다. 그녀의 탱탱한 갈색 피부와 반짝반짝 빛나는 두 눈은 길들여지지 않은 이국적인 꽃송이에서 얻을 수 있는 달콤한 음료의 진수를 담고 있었다. 향긋한 냄새는 그의 명치끝을 아릿하게 교란시켰다. 이 여자가 얼마나 능숙하게 게임을 벌이는지 그는 속으로 놀랐다. 아마도 조금만 방심하다가는 누구라도 휘말려 들어갈 터이지만 자기가 지금까지 살아남을 수 있었던 것은 사람들을 제대로 파악할 수 있었기 때문이었다. 정확하게 어느 정도를 제공하고 어느 정도를 받아야 하는지 제대로 알았던 것이다. 자신을 이 높은 직위까지 올려놓았고 또 앞으로도 이 자리를 고수할 수 있도록 해 줄 것은 칼날과도 같이 예리한 그의 본능이었다.

이 여자는 무모할 정도로 자신만만하게 노름에서 자신의 패를 떼어 내어 공급량이 무한대인 것처럼 테이블 중앙으로 자신의 칩을 밀어붙이면서 새벽이 오기까지 계속 앉아서 버티겠지. 그러나 그는 잘 알고 있었다. 아 그럼, 알고 말고. 여자가 조금은 따게 해 주자. 그런 다음 내가 좀 더 많이 딸 수 있을 테니까. 태양이 하늘로 솟아오르기 훨씬 전에 이 여자는 다 잃고 말 것이다. 그러면 그녀가 테이블에 올려놓을 것은 오로지 한 가지밖에 없을 것이다. 그들이 내기에서 건 돈이 워낙 거액이었기 때문에 여자는 그렇게 할 수밖에 없을 것이다. 그렇지만 여자는 바로 그 마지막 패에서 지고 말 것이다. 자동차에 몸을 실은 순간에 이 남자는 내기가 존재한다는 것을 알지 못한다는 사실에 모든 것을 걸었기 때문에 여자는 내기에서 질 수밖에 없을 것이다.

그렇게 시간이 흘러갔다. 저녁 내내 에타는 또 다른 세계로 들어가 우즈의 맞춤 양복과 비싼 향수 냄새를 그녀 자신을 위한 고가의 미래 속으로 엮어 넣고 있었다. 에타를 다시금 현실로 되돌아오게 한 것은 우즈가 요동치면서 그녀의 육체로 마지막 돌진을 해 왔을 때였다. 죽어 가는 해마처럼 그녀를 향해 허우적거리고 몸부림치던 우즈가 마침내 대포를 발사하고 잠잠해질 시간에 맞추어 에타는 현실로 되돌아왔다.

눈을 뜨면 자기 주변에 낯익은 이전의 광경들이 펼쳐질 것을 잘 알고 있었기에 에타는 계속해서 두 눈을 꼭 감고 있었다. 오른편에는 대충대충 깎아 만든 싸구려 침대 머리 판자와 어울리는 플라스틱 스탠드가 있을 것이다. 땀이 흥건히 밴 등 밑의 표백한 시트 자락이 투박하게 느껴졌다. 침대에서 하얀 타일이 깔린 욕실로 이어진 낡은 카펫의 촉감이 거칠거칠할 것이라고 예측했다. 게다가 욕실에는 밝은 형광등, 살균한 타월과 종이에 싸인 유리잔이 있을 것이다. 조그맣고 얄따란 장방형 비누 두세 개가 호텔 이름이 적힌 밝은 색 왁스 종이에 싸인 채 놓여 있을 것이다.

에타는 호텔 이름을 알려 들지 않았다. 아무래도 상관없

134

었다. 이름이 뭐든지 모두 다 같았다. 그것들은 서로 엉켜서 그녀의 가슴에 쇠 덩어리처럼 뭉쳐 있었다. 그리고 그녀 왼쪽에서 숨을 쉬고 있는 커다란 몸뚱이의 얼굴에 담긴 표정도 다른 모든 사람과 똑같을 것이었다. 에타는 이제 몸을 돌리고 두 사람이 함께 보낸 이 저녁을 마무리해 줄 의식을 한 번 더 할 수도 있었다. 하지만 옆에 누워 있는 남자의 두 눈에서 분명 발견하게 될 타인의 모습을 보고 싶지 않았다. 방문을 잠그는 소리를 듣기 전에 자신의 마음을 달래 주는 이 어둠을 조금 더 누리고 싶었다.

에타는 아무런 도움 없이 자동차에서 내린 다음 돌아보지 않았다. 브루스터플레이스에 접해 있는 황폐한 거리를 벗어나 차츰 멀어져 가는 자동차의 미등을 쳐다보고 싶지 않았다. 자동차가 굳이 막다른 골목까지 들어와 번거롭게 돌아 나갈 필요가 없도록 에타는 모어랜드에게 길모퉁이에서 내려 달라고 했다. 어차피 집까지는 100미터도 남지 않았다. 모어랜드는 에타가 자신을 아주 편안하게 해 주어 마음이 놓였다. 오늘은 아주 긴 하루였고 그는 얼른 집에 돌아가 잠을 자고 싶었다. 그렇다고 해도 두 사람이 호텔을 나온 후에 모든 일이 너무나 순조롭게 진행되었다. 모어랜드는 심지어 무엇 때문에 당분간 그녀를 만날 수 없는지를 설명하기 위해 준비해 두었던 구실들을 꺼낼 필요조차 없었다. 모어랜드가 그녀로부터 얼른 떠나고자 했던 것만큼 그녀도 간절하게 자신으로부터 떠나려고 애쓰는 듯한 느낌이 들었기에 모어랜드는 눈살을 찌푸리며 이마에 못마

땅한 표정을 살짝 드러냈다. 아무럼 어때. 그는 어깨를 으쓱하고는 마구 구겨진 자존심을 달랬다. 이런 세속적인 여자는 그래서 좋다니까. 그런 여자는 육신의 일시적인 본능을 이해하고 실제보다 크게 확대 해석하지 않아서 좋단 말이지. 남자를 서투르게 건드리거나 귀찮게 남자한테 매달리지 않고도 즐겁게 지낼 수 있거든. 언젠가 다시 한 번들러 봐야 할지도 모르겠군. 모어랜드가 백미러를 힐끔 보았을 때 에타는 아직도 브루스터플레이스를 똑바로 바라보면서 길모퉁이에 서 있었다. 희미한 가로등 불빛에 드러난에타의 축 늘어진 옆모습을 본 모어랜드는 마음속에서 그것을 얼른 지워 버리기 위해 가속 페달을 한층 더 세게 밟았다.

에타는 브루스터플레이스가 북쪽으로 이어지는 것을 가로막고 있는 담벼락을 바라보며 서 있었다. 자신이 이 담벼락을 마지막으로 본 것이 바로 오늘 오후였다는 사실을 도저히 믿을 수 없었다. 8월의 태양이 갈색과 붉은색의 벽돌을강하게 비추고 어린 아이들이 담 옆에서 고무공을 가지고놀던 그 시각에는 담벼락의 모습이 지금과는 너무나 달라보였다. 지금 담벼락은 마치 에타의 도착을 애타게 기다리며 고동치는 동굴처럼 새벽의 가냘픈 빛을 받으며 몸을 잔뜩 웅크리고 있었다. 에타는 망상을 떨쳐 내기 위해 머리를 세차게 흔들었지만 으스스한 두려움이 그녀를 덮쳤다.두 다리는 쇠처럼 무겁게만 느껴졌다. '이 거리로 걸어 들어가면 두 번 다시 되돌아 나오지 못할 거야.' 에타는 마음속으로 생각했다. '절대로 나올 수 없을 거야. 오 하느

님, 저는 매우 지쳤어요. 정말로 너무나 피곤해요.'

에타는 모자를 벗고 꼭 끼여 갑갑했던 이마를 손으로 쓸어 주었다. 그러고 나서 체념한 듯 한숨을 쉰 다음 거리를 따라 천천히 걷기 시작했다. 이웃 사람들이 집 앞 현관에 나와 있더라도 그녀는 서로 치고받으며 싸우는 무리 사이를 한밤중의 바람과도 같이 살그머니 지나갈 수 있었을 것이다. 과거 언젠가 에타가 500달러 정도의 밀매한 술을 낡아 빠진 시보래 자동차 트렁크에 싣고 거리를 따라 들어오는 것을 이웃 사람들이 본 적도 있었다. 심지어 세인트루이스에서 머리털이 곤두서도록 조마조마한 장난에 휘말려 들어가 코가 부러져서 귀가한 적도 있었다. 하지만 풀이 죽은 채 사람들 사이를 걸어간 적은 한 번도 없었다. 구겨진 드레스를 입고 군데군데 눌린 밀짚모자를 쓰고 있는 이 중년의 여인은 그들에게 낯선 모습이었을 것이다.

현관에 다다랐을 때 에타는 매티의 집 창문 커튼 아래로 불빛이 새어 나오는 것을 알아챘다. 커튼 안쪽에서 흘러나오는 음악 같은 소리를 들어 보려고 정신을 집중하며 귀를 기울였다. 매티가 레코드판을 틀어 놓았던 것이다. 에타는 그 자리에 가만히 서서 짧게 짧게 이어지는 공기의 파동을 알아들으려고 무진 애를 썼다. 그러나 가사가 들리지 않았다. 그것이 무슨 노래인지는 전혀 중요치 않다는 생각이 퍼뜩 들었을 때 에타는 긴장에서 풀려날 수 있었다. 자신을 위해 누군가가 잠을 자지 않고 기다리고 있는 것이다. 에타가 걱정되어 잠을 자지 않은 건 아니라고 강력하게 주장할 누군가가 자신을 기다리고 있다. 매티는 그저 저녁에 먹은 그놈의 양파 튀김 탓에 소화가 되지 않아 잠을 이루지 못했다고 주장할 것이 뻔했다. 방탕한 생활을 노래한 음악 속에서 네가 알고 있는 것이 어떤 건지 헤아려 보며 시간을 보내려고 마음먹었다고 말할 것이다.

에타는 자신을 기다리고 있는 불빛과 사랑, 안식을 향해 층계를 걸어 올라가면서 마음속으로 살며시 웃었다.

키스와나 브라운

6층에 있는 스튜디오식 아파트. 키스와나는 창문을 통해 담장 너머로 브루스터플레이스 바로 북쪽에 있는 번잡한 거리를 볼 수 있었다. 오후 늦게 장을 보는 사람들이 갑작스럽게 불어오는 가을바람 때문에 짐 꾸러미가 떨어질까 봐 바짝 신경을 쓰고 있었다. 정체로 움직이지 못하는 자동차들 사이로 요리조리 뛰어가는 그들의 모습이 화려하게 옷 치장을 한 꼭두각시처럼 보였다. 건장한 체격의 집배원이 우편물 운반기를 놓아둔 채 바람에 날아간 모자를 잡으려고 따라가다가 가게 진열장을 들여다보던 사람들과 부딪쳤는데, 사람들이 화내는 모습이 역력했다. 키스와나는 그 일이 어떻게 진행되나 궁금해 몸을 잔뜩 기울여 보았지만 건물 모서리에 가려서 더는 볼 수 없었다.

비둘기가 창문 앞으로 휙 지나갔다. 키스와나는 대기의 흐름을 타고 날아가는 비둘기의 유연한 움직임에 감탄했다. 그녀는 비둘기 등에 자신의 꿈을 싣고서 하늘로 올라가 시야에서 사라질 때까지 투명한 은빛 원들을 그리며 영원히 미끄러지는 환상에 사로잡혔다. 그러나 바람은 가라앉았고 키스와나는 비둘기가 어색하리만치 날개를 퍼덕대면서 건너편 건물의 부식된 비상계단 꼭대기로 내려앉는 모습을 한숨을 내쉬며 지켜보았다. 그 모습을 보면서 그녀는 현실로 돌아왔다.

'흠, 저놈의 비둘기가 남의 집 비상계단에 똥이라도 싸려나 보다.' 하고 키스와나는 생각했다. '저런, 저거야말로 성가신 일이지…….' 그녀의 머릿속이 다시 바빠졌다. 화재가 발생하여 화염과 연기가 솟아오르는데 비상구에 있는 비둘기 똥 때문에 미끄러져서 탈출하지 못하고 당황해하는 세입자들을 그려 내고 있었다. 키스와나는 세입자들이 위험하게 비상계단을 통해 맨 아래층까지 내려오면서 서로 욕을 해 대는 모습을 지켜보았다. 그들은 서로 밀치고 당기며 이리저리 허둥대다가 불에 타고 있는 아파트는 잊어버리고 화가 나서 비둘기에 대해 항의하려고 시장실까지 쳐들어갈 계획을 세웠다. 키스와나는 세입자들을 위해 플래카드와 깃발들을 만들어 줄 것이다. 그런데 그들이 대담하게 화재 호스들과 깨진 유리를 피해 가며 길모퉁이에 다다랐을 때 모두들 어디론가 사라져 버렸다.

구릿빛 피부에 키가 큰 여자가 길모퉁이에서 이 환상 속 시위대와 맞닥뜨렸다. 시위대는 보폭이 크고 당당한 그녀의 걸음걸이 앞에서 대열이 흩어졌다. 그녀가 들고 있는 가죽 백과, 모피로 가장자리를 두른 검은색 코트 자락에 어른대는 시위대의 존재가 남아 있었지만 그녀는 그것을 의식하지 못한 채 흐릿한 안개 같은 유해들을 헤치며 다가왔다. 키스와나가 한 영역에서 다른 영역으로 재빨리 이동하여 현실을 인식하는 데에는 단지 몇 초밖에 걸리지 않았다. 바로 그 순간 키스와나는 그 여자를 알아볼 수 있었다.

"아, 이런. 엄마잖아!"

키스와나는 무릎 위에 놓고 잠시 잊고 있었던 신문을 죄의식을 느끼며 내려다보고는 서둘러서 구인 광고란의 아무 데나 동그라미를 쳤다.

이럴 즈음 브라운 부인은 벌써 키스와나가 살고 있는 건물 앞에 도달하여 손에 든 종이쪽지에 적힌 집의 번지를 확인하고 있었다. 건물로 들어오기 전에 그녀는 현관 앞에 서서 도로 상황과 주변 건물의 상태를 꼼꼼하게 살폈다. 키스와나는 저토록 꼼꼼하게 살피는 엄마를 바라보면서 짜증스러움이 점차 심해졌지만 자기 자신도 모르게 이 나이 든 여인의 눈을 통해 새로운 이웃들을 보려고 애썼다. 천천히 움직이는 엄마의 머리를 따라 자신도 움직였다. 구름 한 점 없는 밝은 하늘이 현관 입구의 부서진 난간과 깨져 버린 벽돌을 구석구석 비추면서 엄마에게 힘을 실어 주는 것처럼 보였다. 폭포수처럼 내리쬐는 오후의 태양이 반짝이며 부서진 아주 조그만 병 조각까지 환하게 밝혀 주었다. 그리고 바로 그 순간에 바람이 다시 일어나며 쓸어 내지 않은 흙먼지를 하늘로 날려 보냈다. 세심하지 못한 거리 청소부의 눈길에서 벗어난 알루미늄 깡통이 발에 채여 시끄러운 소리를 내며 거리 중앙으로 굴러갔다.

키스와나는 적어도 오늘은 벤이 평소와는 달리 처쪽 담벼락에 밀어 놓은 낡은 쓰레기통 위에 앉아 있지 않은 것을 천만다행으로 여겼다. 벤은 그저 아무에게도 해를 입히지 않는 알코올 중독자에 불과했다. 그렇지만 엄마는 스무 블록 반경 안에 알코올 중독자나 마리화나를 피우는 10대가 단 한 명만 있어도 딸이 마약 제조 공장과 사회 낙오자들의 은신처로 소란한 건물에서 살아간다고 단정 짓고도 남을 사람이라는 것을 키스와나는 잘 알고 있었다. 엄마가 만일 벤을 보았더라면 무슨 말로도 엄마를 설득할 수 없었을 것이다. 이 건물에 살고 있는 모든 가구가 가족을 부양하고, 성경을 읽으며, 금요일 밤에 받는 빈약한 급료에서 얼마씩 돈을 각출하여 언젠가는 브루스터플레이스를 희미한 추억거리로 만들겠다는 꿈을 갖고 있다는 사실을 엄마는 절대로 믿지 않을 것이다.

엄마의 머리가 건물 안으로 사라지는 것을 지켜본 키스와나는 승강기가 고장 난 것에 대해 속으로 감사했다. 키스와나는 적어도 집 안을 정리할 수 있는 5분간의 시간을 벌 수 있었다. 그녀는 달려가서 소파 겸용 침대를 서둘러 접었다. 구겨진 시트와 담요를 정리하지 않고 잠옷도 치우지 않았다. 키스와나는 헝클어진 침대 커버가 지난밤에 혼자 자지 않았다는 사실을 드러낼 것이라고 생각했다. 남자 친구 압슈에게는 미안한 일이지만 소파 겸용 침대의 쇠 스프링 사이로 그의 흔적을 부리나케 꾸겨 넣었다. '아, 정말 압슈는 달콤한 남자야.' 압슈가 두툼한 입술로 발바닥

안쪽을 따라 천천히 핥아 주던 생각이 머리를 스치자 자신도 모르게 발가락이 꼼지락거렸다. 압슈는 발을 좋아하는 청년이었으므로 사랑을 나눌 땐 언제나 밑에서부터 애무해 올라오기 시작했다. 이런 까닭에 키스와나는 매주 발톱 색깔을 바꾸었다. 관계가 지속되는 동안 그녀는 발톱 색깔을 붉은 톤에서 갈색 톤으로 바꾸어 갔고 지금은 자주색 톤으로 바꾸는 중이었다. 앞으로는 색깔들을 섞어야지 하고 혼잣말을 하면서 키스와나는 침대에서 몸을 돌려 욕실로 달려가 남자친구의 흔적을 모두 다 없앴다. 압슈의 면도 크림과 면도칼을 집어서 경대 맨 아래 서랍의 피임 도구 옆에 숨겼다. 키스와나는 서랍을 힘줘 닫으면서 엄마가 바로 앞에서 딸의 서랍을 뒤지는 일은 일어나지 않을 거라 생각했다. 글쎄, 적어도 '맨 아래' 서랍은 뒤지지 않겠지. 이런저런 이유를 대며 맨 위쪽 서랍은 열어 볼는지 모르지만, 맨 아래 서랍은 설마 열지 않겠지.

처음에 문을 짧게 두 번 두드리는 소리가 났을 때 키스와나는 마지막으로 조그만 방을 휙 둘러보면서 엄마에게 꼬투리를 잡힐 만한 아주 사소한 비행의 흔적이라도 숨기려고 무진 애를 썼다. 어차피 식탁 위쪽 벽이 갈라져 금이 간 것에 대해 그녀가 할 수 있는 일은 하나도 없었다. 키스와나는 벌써 두 달째 그것을 고쳐 달라고 집주인을 닦달했다. 그리고 카펫을 청소할 시간은 전혀 없었다. 하지만 회색 카펫이 언제나 실제보다 더 더러워 보인다는 것은 누구든지 알고 있었다. 부엌의 몰골은 말할 수 없을 정도로 너무나 형편없었다. 어떻게 날마다 직장을 구하러 나가는 사람에게 엄마 집에 있는 부엌처럼 깨끗하게 청소할 수 있는 시간이 있을 거라고 기대할 수 있겠는가. 더욱이 엄마는 직장도 안 나가면서도 아직도 한 달에 두 번씩 대청소를 하기 위해 사람을 부르지 않는가. 이것 말고도……

키스와나가 머릿속에서 상상의 논쟁을 벌이던 찰나, "멜라니, 멜라니 안에 있니?" 하는 고음의 목소리와 함께 두 번째 노크 소리가 들렸다.

키스와나는 문을 향해 뚜벅뚜벅 걸어갔다. 방에 들어오기도 전에 엄마는 벌써 시작하고 있다고 생각했다. 멜라니가 더는 내 이름이 아니라는 것을 엄마는 잘 알고 있다.

키스와나가 문을 활짝 열고 약간 상기된 엄마를 맞았다.

"어 엄마, 안녕하세요? 노크 소리는 들은 것 같은데 옆집에서 나는 소리인 줄 알았어요. 나를 멜라니라고 부르는 사람은 한 명도 없거든요."

키스와나는 일단 선제공격을 했다고 생각했다.

"글쎄, 지난 23년 동안 사용한 이름을 잊을 수 있다니 정말로 신기하구나."

브라운 부인은 키스와나보다 앞서 집 안으로 들어오며 말했다.

"아휴, 여기까지 걸어 올라오는 게 왜 이리 힘들어. 엘리베이터는 고장 난 지 얼마나 됐니? 애야, 빨래거리와 식료품을 들고 어떻게 이 계단들을 오르내리니? 물론 젊으니까 나처럼 그렇게 힘들지는 않겠지만."

이토록 길게 질문들을 연달아 던진다는 것은 엄마가 이집에 들어서자마자 딸의 새로운 아프리카계 이름인 키스와

144

나를 놓고 또 한바탕 싸우지는 않겠다는 뜻이었다.

"글쎄, 여기 오기 전에 전화를 걸었을 텐데 네가 아직 전화를 놓지 않았잖니. 네 일에 엄마가 참견하려 든다고 생각하지 않았으면 좋겠다. 사실 네가 집에 있을 줄은 전혀 예상하지 못했어. 직장을 구하러 나갔으려니 하고 생각했지."

브라운 부인은 외투를 벗으며 말하는 동안 딸이 기거하는 집 전체를 정신적으로 압도하고 있었다.

"그러니까, 오늘 아침은 늦잠을 잤거든요. 오늘 석간신문을 사 본 다음 내일 아침 일찍부터 일거리를 찾아 나서려고 마음먹고 있었어요."

"그거 참 좋은 생각인 것 같구나."

엄마는 창가로 다가가 딸이 버려둔 신문을 집어 들고는 동그라미가 쳐진 구인 광고를 흘끗 보았다.

"그런데 언제부터 화물을 들어 올리는 포크리프트 차의 운전 경험이 있었니?"

키스와나가 호흡을 가다듬으며 조용히 어리석은 자신을 욕했다.

"아, 표시를 잘못한 거예요. 서류 정리원에 동그라미 치려고 했던 건데."

키스와나는 식탁용 칼을 판매하는 세일즈맨이나 택시 운전기사에도 동그라미 쳐 놓은 것을 엄마가 보기 전에 신문을 후다닥 치웠다.

"너 혹시 여기 의기소침하게 앉아서 또다시 쓸데없는 공상으로 시간 낭비를 하고 있는 것은 아니겠지?"

브라운 부인의 눈가에 애정 어린 웃음이 번득였다.

키스와나는 어깨를 뒤로 젖히고 화를 내며 당황해하는 모습을 숨겨 보려 했지만 헛수고였다.

"아 제발, 엄마! 이제는 그런 짓 안 해요. 그건 어릴 때나 하는 거죠. 이제 나도 어엿한 여자라는 걸 엄마는 언제쯤 인정해 주실 거죠?"

키스와나는 최대한 여자다워 보일 만한 일이 없나 하고 생각하다가 소파에 털썩 주저앉았다. 그러고는 아무렇지도 않은 것처럼 보이기를 기대하면서 다리를 꼬았다.

"이젠 여기 좀 앉으세요."

키스와나는 베티 데이비스가 최근 영화에서 보였던 것과 거의 똑같은 어조나 몸짓을 흉내 내 보았다.

브라운 부인은 웃음을 숨기려고 눈을 내리깔고는 딸의 청을 받아들여 자신도 다리를 꼬고 창가에 앉았다. 키스와나는 제대로 다리를 꼬고 앉으려면 어떻게 해야 하는지 엄마를 보고 즉각 알아차렸다. 영화에서 본 것을 흉내 낸 키스와나의 자세는 엄마의 조용한 위엄과 전혀 조화를 이루지 못했으므로 재빨리 꼰 다리를 풀었다. 브라운 부인은 고개를 창 쪽으로 돌리고는 못 본 척하고 있었다.

"여기서 보니까 창밖으로 보이는 저쪽 전망은 그런대로 괜찮네. 저 끔찍한 담장 너머로 무엇이 있는지 궁금했었거든. 가로수가 늘어선 큰길이 있었구나. 얘야, 여기서 린든 힐스의 나무들이 보인다는 것을 알고 있었니?"

키스와나는 그것을 아주 잘 알고 있었다. 왜냐하면 이 우울한 회색 방에서 그 나무들을 바라보며 집 생각을 하던

외로운 날들이 셀 수도 없이 많았기 때문이다. 그렇지만 그녀는 엄마 앞에서 그런 사실을 인정하기보다는 억누르고 참는 것이 더 나았다.

"어머 그래요? 전혀 몰랐는데. 그건 그렇고 아빠는 어떠세요? 집에는 아무 일 없죠?"

"그래 그럭저럭 잘 지내고 있어. 너희 둘 다 나가 사니까 여분의 침실 하나를 개조할까 생각 중이란다. 그런데 네 아빠는 그 모든 일을 혼자 처리할 수 있다고 고집 부리고 있단다. 혼자서 그 일을 감당할 시간도 힘도 없다고 그렇게 말하는데도 아무 소용이 없어. 안 그래도 네 아빠는 퇴근해서 집에 오면 너무 피곤하다며 움직이길 아주 싫어하거든. 그런데 너도 알다시피 아빠한테는 아무 말도 할 수 없잖니. 네 아빠가 너 같은 고집쟁이는 본 적이 없다고 불평하기 시작하면 내가 항상 그런단다. 그 아이가 누구를 닮았겠어요, 꼭 제 아빠를 닮아서 그렇지. 아, 그리고 네 오빠가 어제 집에 들렀더라."

엄마는 마치 방금 생각났다는 듯이 덧붙였다.

그래 바로 그거로군 하고 키스와나는 생각했다. 엄마가 여기 오신 이유도 바로 그것이었어.

쌍둥이 오빠인 윌슨이 이틀 전에 키스와나를 찾아왔다. 그때 그녀는 겨울 코트를 할부로 구입하기 위해 오빠한테 20달러를 빌렸다. 그토록 입이 가볍다니. 염병할 놈의 오빠는 아마도 엄마에게 쪼르르 달려가서 일러바쳤겠지. 아무 말도 하지 않겠다고 굳게 맹세했으면서. 그 정도는 미리 알고 있었어야 하는 건데. 오빠는 언제나 추저분한 밀고자였다고 키스와나는 생각했다.

"그랬어요?"

키스와나가 큰 소리로 대답했다.

"오빠가 이번 주 초에 나한테도 들렀기에 돈을 조금 빌렸어요. 내가 받은 실업 수당 수표의 은행 결재가 떨어지지 않았거든요. 그런데 이제는 다 잘 해결됐어요."

'이 말은 내가 한 발 빨랐죠. 엄마가 먼저 말하기 전에 말이에요.'

"아, 그랬었니? 그런 일이 있었는지 난 몰랐어."

브라운 부인은 거짓말을 했다.

"오빠는 네 얘긴 하나도 안 하던걸. 며칠 전에 자기 아내 베벌리가 또 임신했다는 얘기를 들은 모양이더라. 그래서 그 소식을 전하고 싶어서 한달음에 달려왔던 거였어."

'젠장.'

키스와나는 가벼운 자신의 입이 정말 미워질 정도였다.

"그러니까 애가 들어서서 베벌리가 또 자빠져 있나 보죠?"

키스와나가 짜증스럽게 말했다.

브라운 부인은 깜짝 놀랐다.

"너는 무슨 말을 그렇게 천박하게 하니?"

"혼자 생각이지만, 베벌리가 어떻게 윌슨 오빠하고 한 침대에서 잘 수 있는지 전 이해가 안 돼요. 그런 추저분한 인간하고 말이에요."

키스와나는 오빠가 학교 다닐 때 취했던 입장에 대해 아직도 분개했다. 대학 시절 학생들이 모두 다 자신의 흑인

성을 발견하고서 캠퍼스에서 시위하고 있을 때 윌슨은 한 번도 참가한 적이 없었다. 심지어 오빠는 아프리카풍의 머리를 거부하기까지 했다. 이것이 키스와나를 격분시켰다. 왜냐하면 윌슨은 키스와나와는 달리 피부도 까맸고 아주 멋진 '아프리카풍의 헤어스타일'을 연출할 수 있을 만큼 머리숱도 많고 머리칼도 곱슬곱슬했기 때문이었다. 키스와나는 아직도 고집스럽게 자신이 직접 머리를 자르지만, 머리카락이 어찌나 가늘고 약한지 아무리 감아도 굵어지지 않았다. 그래서 그녀는 브러시로 빗질을 하고 머리카락이 머리에 납작하게 붙지 못하도록 스프레이를 뿌려야만 했다. 키스와나는 자기에게 아프리카계처럼 보이지 않고 전기 통닭처럼 보인다고 했던 오빠를 결코 용서할 수 없었다.

"그만둬, 오빠한테 그런 말을 하면 못써. 도대체 무엇 때문에 오빠를 그토록 나쁘게 생각하는지 도통 모르겠구나. 네 오빠 때문에 내가 밤잠 못 잔 적은 한 번도 없었다. 그리고 지금 네 오빠는 결혼해 가정을 이루고 좋은 직장도 다니고 있잖니?"

"오빠는 법률 회사 피라미 변호사의 조수에 불과해요. 그게 뭐 그렇게 대단하다고 그러세요?"

"최소한 장래성은 있잖아, 멜라니. 그리고 적어도 네 오빠는 학교를 마치고 로스쿨도 갔잖아?"

"그러니까 나하고는 다르다 이거군요?"

"엄마 말을 곡해하지 마라, 이 철딱서니야. 나도 하고 싶은 말은 충분히 할 수 있잖니."

'그럼요.'

키스와나는 속으로 대꾸했다.

"그리고 내가 이 집에 들어온 순간부터 네가 무엇 때문에 나하고 싸우려고 덤비는지 모르겠구나. 너하고 싸우려고 여기 온 게 아니란다. 이곳은 네가 집을 떠난 후 처음으로 마련한 보금자리야. 나는 그저 네가 어떻게 살고 있는지, 그리고 잘 지내고 있는지 와 보고 싶었단다. 집 정리도 잘 했고 잘 꾸며 놓았네."

"정말이세요, 엄마?"

키스와나는 엄마가 자신을 인정하는 말을 하자 마음이 조금 누그러졌다.

"글쎄, 이사하면 할 일이 좀 많아? 그런 걸 생각하면……."

브라운 부인이 이제는 드러내 놓고 집 안 이곳저곳을 살폈다.

"그래요. 여기가 린든힐스와 같지는 않겠지만 잘 꾸미면 괜찮을 거예요. 그렇지만 손봐야 할 데가 아주 많아요. 집주인이 페인트칠을 해 주면 아샨티 그림을 소파 위에 걸 거예요. 그리고 커다란 보스턴 고사리 나무가 저 구석에 잘 어울릴 거라고 생각했는데, 엄마 생각은 어때요?"

"그래, 괜찮을 것 같네. 너에게는 균형감을 볼 수 있는 안목이 항상 있었지."

키스와나는 마음이 한결 편안해졌다. 엄마는 자신이 한 일에 대해 칭찬을 해 준 적이 거의 없었다. 칭찬 듣는 것은 희귀한 새를 보는 것과 같았다. 키스와나는 그 희귀 새

150

가 날아가지 않도록 조심조심 행동해야 했다.

"그런데 저 조각품은 저렇게 내버려 둘 거니?"

"왜, 보기 흉해요? 다른 곳에 두는 게 더 나을까요?"

아프리카의 요루바 여신을 조각한 목제품이 풍만한 젖가슴을 드러낸 채 커피 테이블 위에 놓여 있었다.

"글쎄."

브라운 부인이 얼굴을 붉히기 시작했다.

"너무나 선정적인 것 같은데, 그렇게 생각하지 않니? 이제는 네가 혼자 사니까 남자 친구들도 이 집에 들락거리게 될 텐데 말이다. 그 아이들한테 이상한 생각을 심어 주고 싶지는 않을 것 아냐. 그러니까 내 말은, 너도 알다시피 어떤 불쾌한 상황으로 네 자신을 빠트릴 필요는 없다는 거지. 왜냐하면 남자 친구들이 잘못된 인상을 받을지도 모르니까. 그러니까 있잖아, 내가 하려는 말은, 글쎄⋯⋯."

브라운 부인은 참담할 정도로 계속해서 말을 더듬거렸다.

키스와나는 엄마가 섹스에 관해 이야기하려 할 때가 좋았다. 적절한 말을 찾지 못해 당황하는 때는 유일하게 그때뿐이었다.

"걱정 마세요, 엄마."

키스와나는 미소를 지었다.

"그런 것이 내가 만나는 남자 아이들을 자극하지는 않으니까요. 글쎄 혹시 저 목제품이 아주 큰 발을 가졌다면 몰라도⋯⋯."

키스와나는 압슈가 생각나자 웃음이 터져 나오려는 걸 간신히 참았다.

브라운 부인은 딸을 뚫어져라 바라보았다.

"발이라니, 횡설수설하면 안 돼. 엄마는 지금 심각해. 농담하는 게 아냐, 멜라니."

"엄마, 미안해요."

키스와나는 냉정을 되찾았다.

"벽장 속에 넣어 둘게요."

그녀는 그렇게 하지 않으리라는 것을 뻔히 알면서도 그냥 그렇게 말했다.

"그러렴."

브라운 부인도 딸애가 그렇게 하지 않을 것을 잘 알면서도 그렇게 대꾸했다.

"내가 너무 까다롭게 군다고 생각할지 모르지만 우리는 여기서 너 혼자 지내는 것이 걱정돼 그러는 거란다. 그런데다 어떻게 지내는지 안부라도 물을 수 있게 전화 좀 놓으라는 말도 거부하고 있잖아."

"거부라니요, 엄마. 전화국에서 75달러를 보증금으로 내라잖아요. 지금 당장 그만한 돈이 어디 있어요."

"멜라니, 엄마가 대신 내 줄 수 있는데."

"엄마가 돈을 주시는 건 원치 않아요. 전에도 그렇게 말씀드렸잖아요. 제발 저 혼자 해결하게 내버려 두세요."

"그럼 그 돈을 빌려 줘도 안 되겠니?"

"싫어요!"

"그러니까 너는 오빠에게는 돈을 빌려도 나한테는 빌리지 않겠다는 거구나."

키스와나는 어머니가 서운해하는 표정을 보고 싶지 않아

서 고개를 돌렸다.

"엄마, 윌슨 오빠에게 돈을 빌리면, 오빠는 어떻게 해서든 꼭 받아 내고 말지만, 엄마는 한 번도 갚으라고 하지 않잖아요."

키스와나가 손으로 입을 가린 채 말했다.

"아무렴 어때. 그래도 내 생각으로, 네가 이렇게 전화도 없이 여기서 혼자 산다는 것은 명백하게 이기적인 태도야. 어떤 때는 2주 동안 너에게서 아무런 소식을 듣지 못할 때도 있잖니. 무슨 일이 일어날지 어떻게 알아? 특히 이런 사람들 틈에 사는데."

키스와나는 갑자기 고개를 쳐들었다.

"'이런 사람들'이라니 그게 무슨 뜻인가요? 여기 사는 사람들도 저와 똑같고 엄마와 똑같은 사람들이에요, 엄마. 우리는 모두 다 흑인이란 말이에요. 그런데 엄마는 린든힐스에 사시니까 그런 사실을 잊으셨나 봐요."

"내 말은 그런 뜻이 아니야. 너도 잘 알잖아. 이 거리와 건물이 너무 누추하고 낡았잖아. 애야, 굳이 네가 이렇게 살 필요는 없잖니?"

"글쎄요. 가난한 사람들은 이렇게 살잖아요."

"멜라니, 너는 가난하지 않아."

"아니에요, 엄마. 가난하지 않은 사람은 '엄마'예요. 엄마가 가진 것과 내가 가진 것은 전혀 별개의 것이라고요. 나는 부동산 업계에서 몇 만 달러 수입을 올리는 남편도 없고 린든힐스에 집도 없어요. 그렇지만 '엄마'는 그런 것을 누리고 사시잖아요. 저에게 있는 거라곤, 매주 지급되는 실업 수당하고 유나이티드 페더럴 은행의 초과 인출된 계좌뿐이에요. 그러니까 저한테는 브루스터플레이스에 있는 이 스튜디오식 아파트도 과분해요."

"그렇긴 하지만 너는 훨씬 더 많은 것을 누릴 수 있었을 텐데."

브라운 부인이 느닷없이 말했다.

"만일 대학을 계속 다녀 이토록 비전 없는 사무원 노릇을 해야 할 필요가 없었다면 말이다."

"어휴, 언제 그 문제를 끄집어내나 했죠. 엄마가 어떻게 그 말을 하지 않고 배기겠어요?"

키스와나는 분노의 응어리가 아래쪽 등뼈 주위를 압박하는 것을 느낄 수 있었다. 그래서 그녀는 소파로 다가갔다.

"엄마는 절대 이해하지 못할 거예요. 안 그래요? 그놈의 부르주아 학교들은 반혁명적이었어요. 내가 서 있을 자리는 평등과 더 좋은 공동체를 위해 싸우는 사람들이 있는 거리였단 말이에요."

"반혁명적이라고!"

브라운 부인이 목청을 높였다.

"멜라니, 그래 네가 말하던 혁명이 지금은 어디 갔니? 캠퍼스에서 함께 소리 지르고 시위하고 먼지를 일으키던 그 모든 흑인 혁명가들이 지금은 어디에 있지? 어디로 갔는지 말해 봐. 그 사람들은 지금 마호가니 액자에 학위증을 넣어 벽에 걸어 놓고 나무 패널을 댄 사무실에 앉아 있단다. 시에서 관심도 두지 않는 이쪽 지역 도로에 난 구멍 때문에 혹시라도 자동차가 상할까 봐 여기로는 자동차를 몰지도 않을걸."

"엄마."

키스와나는 믿지 못하겠다는 듯이 고개를 천천히 가로저으면서 말했다.

"엄마도 흑인 여성이면서 어떻게 거기에 앉아서 민권 운동 기간에 우리가 그토록 얻기 위해 싸웠던 것이 그저 몇몇 사람들이 변절했다고 해서 중요하지 않다고 말할 수 있어요?"

"멜라니, 그것이 중요하지 않다고 말하는 것이 아니란다. 발 벗고 나서서 너희들 스스로 자신의 존재 가치를 주장하는 것은 정당하고말고. 또 국민이 당연히 향유할 투표권과 다른 사회적 기회들을 얻기 위해 너희들이 투쟁한 것은 정말로 중요하지. 하지만 어린 너희는 자신들이 이 세상을 뒤집어엎고 모조리 바꿔 버릴 것처럼 생각했지만 꼭 그렇게 되지는 않았잖니. 투쟁의 열기가 사라진 다음 손에 남은 거라고는 새로운 연방법 몇 조항뿐이었지. 아직도 이 나라에서는 오로지 흑인이라는 이유만으로 끊임없이 많은 장애물과 맞서 싸워야 하잖니. 멜라니, 혁명은 과거에도 없었고 앞으로도 없을 거다."

"그렇다면 어떻게 해야 하나요, 네? 그저 두 손 놓고 우리 흑인들에게 일어나는 일에 대해 무관심하란 말인가요? 상황을 개선하기 위해 앞으로 싸우지 말아야 한다는 건가요?"

"물론 너는 계속 싸울 수 있겠지. 그렇지만 체제 내에서 싸워 나가야 하겠지. 왜냐하면 그 체제와 소위 '부르주아'

학교들이 앞으로도 여기에 오랫동안 존재할 테니까. 그리고 많은 친구들이 하는 것처럼 너도 정신 바짝 차리고 어떤 영향력을 끼칠 수 있는 중요한 직업을 가져야 한다는 거야. 네가 말하는 것처럼 변절해서 어떤 대기업을 위해 일할 필요는 없지만 여성 국회의원이나 민권 변호사가 될 수도 있을 것이고 바로 이 지역 사회에서 자유 학교를 개설할 수도 있다는 거지. 그런 식으로 지역 사회를 진정으로 도울 수 있지 않겠니? 네가 서류나 정리하며 그날 벌어 그날 먹고 살면서 혁명이 일어나길 기다린다면 브루스터플레이스 사람들에게 무슨 도움을 줄 수 있겠니? 내 말은 너의 재능이 낭비되고 있다는 거야. 얘야."

"글쎄요. 저의 재능이 낭비되고 있다고 생각지 않아요. 적어도 저는 민족의 문제들과 매일매일 대면하면서 여기에 있잖아요. 거짓으로 가득 찬 권위 있는 기관에서 백인들에게 세뇌당하면서 4, 5년을 지내고 나면 무슨 소용이 있겠어요? 안 그래요? 엄마와 아빠, 그리고 린든힐스에서 사는 교육받은 흑인들처럼 저도 중산층 건망증이라는 불치병을 앓게 되겠죠."

"멜라니, 빈민가에 살아야만 사회 상황에 관심 있다고 말할 수는 없지 않니? 네 아버지와 나는 지난 25년 동안 전미흑인지위향상협회에서 설립 위원으로 일했단다."

"아, 또 그 이야기."

키스와나가 짐짓 혐오감을 드러내며 고개를 뒤로 젖혔다.

"그게 관심을 가진 거란 말이에요? 흑인 공화당원들을 위해 쓰레기 같은 소리나 쏟아 내는 그런 굴종적인 중도파

엉클 톰이요!"

"마음껏 비웃어라. 그렇지만 그 협회는 19세기 말부터 흑인들을 위해 일해 왔고 아직도 흑인들을 위해 일하고 있어. 그런데 흑인 모두에게 캐딜락을 몰게 해 주고 딕 그레고리를 백악관에 입각시킨다고 약속했던 너희 급진 단체들은 모두 어디에 있니? 어디 있는지 말해 주랴?"

'내 그런 말 할 줄 알았다니까.'

키스와나는 속에서 분노가 솟구쳤다.

"그 사람들은 너무나 빨리 너무나 많은 것을 원했기 때문에 정력이 다 소진된 거야. 그들의 목표는 현실에 토대를 두지 못했던 거란다. 언제나 그게 너의 문제인 거야."

"제 문제라니 그게 무슨 뜻이에요? 저는 어떤 일을 해야 하는지 정확하게 알고 있어요."

"아냐, 너는 알지 못해. 언제나 넌 극단으로 몰고 가서 나비를 독수리로 변형시키는 환상의 세계에서 늘 살고 있잖니. 인생살이는 그런 것이 아니야. 산다는 건 현재를 받아들이고 거기서부터 시작하는 거란다. 오 주님, 네 머리에다 온통 스프레이 범벅을 하고 다닐 때 얼마나 걱정했는지 모른다. 저러다가 폐암이라도 걸리면 어떡하나 했지. 넌 네가 아닌 것이 되려고 지나치게 노력했으니까."

키스와나가 흥분을 이기지 못하고 소파에서 펄쩍 뛰어 일어났다.

"아 제발, 더는 못 참겠어요. 내가 아닌 것이 되려고 노력했다고요? 엄마, 내가 아닌 그 어떤 것이 되려고 제가 노력했다고요! 제가 아프리카계 후손이라는 사실을 자랑스럽게 느끼려고 얼마나 노력했는데. 만일 그것이 내가 아닌 것이 되는 것이라면 그래도 좋다고 말하겠어요. 그렇지만 저는 엄마같이 사는 건 싫어요. 흑인인 것을 창피하게 여기는 백인의 굴종적인 검둥이가 되느니 차라리 죽는 것이 더 낫단 말이에요!"

키스와나는 엄마의 몸이 황금빛 검은빛 줄기와 함께 의자에서 비호처럼 일어나는 것을 보았다. 엄마가 어깨를 홱 잡아 당겼으므로 키스와나는 어쩔 수 없이 화난 엄마의 눈에서 죽음과도 같은 정적과 대면하였다. 그녀는 너무나 크게 놀라 엄마의 기다란 손톱이 어깨를 파고드는 고통에도 소리 지를 수 없었다. 엄마가 어찌나 바짝 끌어당겼던지 키스와나는 나이 든 엄마의 눈물 속에서 일그러지고 바들바들 떨고 있는 자신의 모습을 볼 수 있었다. 그녀는 그런 정적 속에서 어릴 적부터 들어 왔던 이야기를 또 들어야 했다.

"우리 외할머니는 그러니까……."

브라운 부인은 속삭이듯 천천히 말했다.

"순수 혈통의 이로쿼이 인디언이었고 외할아버지는 식민지 수립 이래로 코네티컷 주에서 살았던 장인(匠人)의 가계로부터 자유인이 된 흑인이었다. 그리고 우리 아버지는 상선의 선실에서 급사로 일하면서 미국에 들어온 바잔 족이었다."

"저도 알고 있어요."

키스와나가 입술이 떨리는 것을 애써 참으며 말했다.

"그렇다면 이것도 알아 둬라."

손톱이 살 속으로 깊이 파고들어 아주 고통스러웠다.

"현재 나는 자신들의 처지에 대해 결코 불평하지도 간청하지도 사과하지도 않았던 자존심 강한 사람들의 혈통 때문에 살아 있다는 것을 말이다. 그들이 이 세상을 살아가면서 요구한 것은 단 한 가지, 살아남게 해 달라는 것이었다. 그리고 이런 사람들의 혈통을 통해 내가 배운 건 검다는 것이 아름다움도 추함도 아니라는 거야. 검다는 것은 바로 그 자체란다! 그것은 곱슬머리도 아니고 곧은 머리도 아니다. 그것은 단지 그것일 뿐이지.

네가 이름을 바꾸었을 때 내 가슴은 터질 듯이 아팠다. 나는 너에게 내 외할머니의 이름을 주었어. 외할머니는 아이를 아홉 낳아 모두 교육시켰고, 백인들 여섯이 당신 아들 하나를 '주제 파악을 못한다'는 이유로 감옥으로 끌고 가려 했을 때 산탄총으로 접근하지 못하게 막았던 여인이었다. 그런데 너는 스스로 자랑할 만한 이름을 갖기 위해서 아프리카어 사전을 뒤졌지.

검은 피부의 아들과 황금빛 딸을 병원에서 데리고 집으로 돌아왔을 때 나는 모든 신들에게, 내 아버지의 신이건 내 어머니의 신이건 누구든지 귀 기울여 주는 신들 앞에서 맹세했단다. 내가 가진 모든 것, 그리고 앞으로 손에 들어오는 모든 것을 다 바쳐 아이들이 이 세상이 세워 놓은 조건에 대응할 수 있도록 준비시키겠다고 말이다. 그래서 어느 누구도 우리 아이들을 얕잡아 보지 못하게 하고 그들의 모습이나 일, 그러니까 아이들이 무엇이 되든지, 그들의 모습이 어떻든지 간에 창피함을 느끼지 않게 해 달라고 빌었단다. 멜라니, 그것은 백인이나 인디언, 혹은 흑인의 문제가 아니란다. 그게 바로 엄마라는 거란다."

키스와나는 엄마의 뺨을 타고 흘러내리는 두 줄기 눈물 속에 비친 자신의 모습을 응시했다. 그 모습은 눈물과 혼합되어 엄마의 구릿빛 피부로 스며들었다. 처음에는 할 말이 하나도 없었고 그다음에는 할 말이 너무나 많았지만 목이 메어 아무 말도 할 수 없었다. 키스와나는 고개를 숙이고 두 눈을 감은 채 생각에 잠겼다.

'아 창피해. 그냥 죽어 버릴까. 어떻게 엄마 얼굴을 대하지?'

브라운 부인이 딸의 턱을 부드럽게 들어 올렸다.

"네가 꼭 알았으면 하는 것이 있다. 어떤 사람도, 그러니까 입씨름으로 너를 이길 수 있는 나같이 영악한 나이든 여자들까지도 대면하는 걸 두려워하지 않는 용기란다."

브라운 부인은 미소를 띠며 눈웃음을 지었다.

"아 엄마, 저는……."

키스와나는 엄마를 힘껏 안았다.

"그래, 그래."

브라운 부인이 딸의 등을 두드렸다.

"그럼, 잘 알지."

엄마는 딸의 이마에 입을 맞추고 목소리를 가다듬었다.

"이런, 이제 슬슬 가 봐야 할 것 같다. 시간이 많이 흘렀네. 저녁도 차려야 하고……. 신발을 좀 벗어야겠다. 새 구두를 신었더니 발이 너무 아프구나."

키스와나가 베이지색 가죽 펌프스 구두를 내려다보았다.

"이 구두는 정말로 고급 같네요. 영국제죠? 아녜요?"

"그래 맞아. 그렇지만 구두 때문에 발 안쪽이 견딜 수 없이 아프구나."

브라운 부인이 구두를 벗고 소파에 앉아 발을 주물렀다.

그때 키스와나는 빛나는 붉은 손톱 광택제가 스타킹 아래서 얼굴을 내미는 걸 볼 수 있었다.

"아니 언제부터 발톱에 매니큐어를 칠하셨어요?"

키스와나가 깜짝 놀라며 물었다.

"옛날에는 한 번도 칠하지 않았잖아요."

"글쎄……."

브라운 부인이 어깨를 으쓱했다.

"네 아빠가 한번 발라 보라고 하더라. 그리고 음 그러니까 아빠가 좋아해서 나도 그냥 한번 해 보겠다고 생각했어. 그러니까 글쎄, 안 할 이유도 없잖니. 그래서……."

엄마가 딸을 향해 당혹스러운 듯 미소를 지었다.

젊은 키스와나는 얼굴 전체가 따끔거리는 것을 느끼며 정말 재미있는걸 하고 생각했다. 아빠도 발을 좋아하시네! 키스와나는 소파에 앉아 얼굴을 붉히고 있는 여인을 바라보았다. 그때 불현듯 엄마도 자신이 항해해야 할 삶의 바다를 앞서 지나왔다는 것을 깨닫게 되었다. 키스와나는 전혀 새로운 길을 걸어가는 것이 아니다. 결국 소파에서 단지 60센티미터 정도 떨어진 곳에서 그녀의 여정이 끝날지도 모른다. 키스와나는 자신의 과거이자 미래인 어머니를 바라보았다.

"그렇지만 난 절대로 공화당원은 되지 않을 거예요."

키스와나는 큰 소리로 말하고 싶었다.

"무슨 말을 그렇게 중얼거리니, 멜라니?"

브라운 부인이 구두를 신더니 소파에서 일어났다.

키스와나는 엄마의 코트를 가지러 들어갔다.

"아무것도 아니에요, 엄마. 이렇게 와 주셔서 정말 고마워요. 자주 오세요."

"그래, 오늘은 일요일이 아니니까 한 번쯤은 거짓말을 해도 되겠지."

엄마와 딸이 함께 깔깔대고 웃었다.

문을 닫고 돌아섰을 때 키스와나는 소파의 쿠션 사이에 봉투가 끼여 있는 것을 보았다. 그녀는 소파로 다가가서 봉투를 살펴보았다. 75달러가 들어 있었다.

"아이참 엄마도!"

키스와나는 창문으로 달려가 방금 건물 밖으로 나간 엄마를 부르기 시작했다. 그러나 얼마 지나지 않아 마음을 바꿔 먹은 키스와나는 솟아오르는 가을바람과 맞부딪쳐 건물 꼭대기로 사라져 버릴 한숨을 길게 내쉬며 의자에 가서 앉았다.

루시엘리아 루이즈 터너

벤이 브루스터플레이스로 터덜터덜 걸어 들어올 때에 비라도 올 듯 햇빛이 약하게 비추는 길거리는 이제 막 하품을 하며 기지개를 켜기 시작했다. 벤은 자기 집 쓰레기통 위로 올라가 앉았다. 쓰레기통은 한쪽으로 밀려나 브루스터플레이스를 막다른 골목으로 바꾸어 놓은 기울어진 담벼락에 기대어 있었다. 금속으로 만들어진 쓰레기통 뚜껑의 냉기가 얇은 바지를 입은 벤의 엉덩이로 스며들었다. 벤은 아침에 먹은 소시지 조각이 어금니에 끼인 것을 빨아 먹으면서 생각에 잠겼다.

'봄인데도 아침에는 무척 춥구먼. 옛날 같으면 몸을 덥히려고 저런 쓰레기통에다 불도 실컷 피울 수 있었는데. 그래, 이제는 이리저리 불려 다니는 것도 신물이 나. 그렇다고 얼어 죽을 수는 없지. 그렇고말고, 얼어 죽을 수는 없어.'

날마다 중얼거리는 혼잣말을 내뱉고 나서 벤은 코트 주머니에 손을 넣어 술병이 들어 있는 구겨진 누런 봉지를 끄집어냈다. 싸구려 빨간 액체가 목을 타고 천천히 흘러 들어갔다. 이와 동시에 액체를 들이켠 변명거리라도 마련해 주는 듯 그의 몸속을 흐르는 피가 따스해졌다. 사방이 희미한 가운데 호리호리한 검은 모습이 천천히 길을 따라 올라오기 시작했다. 그 모습은 316호실로 올라가는 계단 앞에서 머뭇거리며 사방을 둘러보다 벤을 발견하고는 허둥대며 다가왔다.

"안녕하세요, 아저씨."

"오랜만일세, 유진. 자네인 줄 알았지. 며칠 보이지 않더니만."

"그랬어요."

젊은이는 주머니에 두 손을 찔러 넣고 땅을 내려다보며 얼굴을 찡그렸다. 유진은 벤 아저씨가 올라앉은 쓰레기통의 한쪽 모서리를 발로 찼다.

"아시다시피 오늘 장례식이 있잖아요."

"그려."

"아저씨도 가세요?"

유진은 벤의 얼굴을 올려다보았다.

"아니, 나는 그런 데 입고 갈 옷이 하나도 없잖아. 그런 일은 참고 견디기도 힘들고. 너무나 슬퍼. 조그만 아기잖아."

"그래요. 나는 갈 겁니다. 사람들이 그런 걸 기대하잖아요. 그렇잖아요?"

"그려."

"그렇지만 아저씨, 나를 쳐다보는 시엘 친구들의 눈길이 마음에 들지 않아요. 마치 내가 더러운 물건이라도 되는 것처럼 대하거든요. 글쎄 병원으로 시엘을 보러 가려고 했는데 그녀가 정신이 나갔다는 소문을 들었거든요."

"그려. 시엘이 그 일로 정말 힘들어하고 있어."

"맞아요. 글쎄, 빌어먹을. 나도 정말 힘들어요. 내 자식이기도 하잖아요. 안 그래요? 그런데 매티라는 뚱뚱한 검둥이 할망구가 재수 없게 병원 로비에 떡 버티고 서서 이렇게 말하잖아요. 나한테 말이에요. 마치 내가 염병할 세균이라도 되는 것처럼 '뭘 원하는 거지?'라고 지랄을 떠는 거예요. 허 참, 기가 막히는 거 있죠. 그래서 뒤돌아 나와 버렸어요. 그래도 사람을 대할 때는 상대방을 존중해 줘야 하는 것 아닌가요. 안 그래요?"

"그려."

"내 말은 그러니까 오늘은 마누라하고 장례차를 타고 가야 하는 것 아니냔 말이에요. 그 자리에 앉아서 제대로 아비 된 도리를 해야 하는 것 아니냐고요. 그런데 남자 우습게 아는 그 여편네들이 사람들을 붙잡고서 그 모든 것이 내 잘못이고 죽어야 할 사람은 나라고 떠벌려 대는데 거기 가서 내가 어떻게 남자 구실을 제대로 하겠어요? 젠장!"

"그려. 남자는 남자로서 도리를 해야 쓰겠지."

벤은 말대꾸를 하면서도 술을 한 모금 더 마시고 싶었다.

"자네도 좀 마셔 보려나?"

"아닙니다, 그냥 가야겠어요. 오늘 시엘은 내가 필요하지 않을 거예요. 분명 그 할망구 매티가 나 대신 바지를 찾아 입고서 맨 앞에 가는 리무진을 타겠죠. 염병할, 실컷 그렇게 하라지 뭐."

유진은 또다시 위를 올려다보았다.

"안 그래요?"

"맞어."

"안녕히 계세요, 아저씨."

유진은 뒤돌아서서 걸음을 옮기기 시작했다.

"잘 가게, 유진."

"아저씨는 가실 건가요?"

"아니."

"저도 안 가요. 나중에 뵙죠."

"잘 가게, 유진."

이상도 하다고 벤은 생각했다. 유진이 저렇게 발걸음을 멈추고 잡담을 늘어놓은 적이 한동안 없었다. 거의 1년은 되었을 텐데. 그래 맞아, 족히 1년은 되었어. 벤은 1년도 더 지난 옛날에 유진과 나눈 대화를 되살리기 위해 또다시 술을 한 모금 들이켰다. 그러나 그 어떤 실마리도 잡히지 않았다. 두 모금, 세 모금 술을 마셔도 전혀 도움이 되지 않았다. 그렇지만 그때도 오늘처럼 초봄의 아침이었던 것은 기억이 났다. 유진은 지금과 똑같이 딱 달라붙는 청바지를 입고 있었다. 그는 그때에도 316호 밖에서 머뭇거리고 있었다. 그렇지만 그때는 유진이 집 안으로 들어갔다.

루시엘리아는 문이 열리는 소리를 들었을 때, 수돗물을

받은 찻주전자를 가스레인지에 올려놓고 있었다. 유진은 문을 두드릴 필요가 없었다. 그는 열쇠로 문을 열 수 있었다. 시엘은 가냘픈 손으로 주전자 손잡이를 움켜잡았지만 돌아서지는 않았다. 그녀는 잘 알고 있었다. 지난 11개월 동안 그녀의 삶이 자물쇠가 찰칵하고 열리는 소리와 "여어, 귀염둥이." 하는 유진의 목소리 사이에 압축되어 있었다.

유진이 내뱉은 소리의 떨림이 기생충과도 같이 공기의 흐름을 타고 부엌으로 세차게 몰려들어 압축되어 있는 시엘의 삶을 사정없이 뒤흔들어 놓았다. 유진의 출현은 그녀를 어지럽게 휘몰아쳤고 그녀의 삶을 힘들었던 나날과 시간 속으로 내동댕이쳤다. 모든 것이 고스란히 남아 있었다. 한 달 된 아기와 함께 아픈 몸으로 홀로 보낸 좌절의 시간들. 남편이 없다고 무시하고 조롱하는 듯한 사회 복지사의 눈길에 한마디 반박도 할 수 없었기에 느꼈던 굴욕감. 수없이 많은 날 밤마다 초대하지 않아도 가랑이 사이로 기어드는 그 생경한 욕망의 충동들. 설명이 가능한 증오와 설명이 불가능한 사랑으로 온통 짜 들어간 그물에 걸려 '왜, 무엇 때문에' 하고 끊임없이 터져 나오는 의문들. 그런 것들이 눈앞에서 어찌나 혼란스러운 형태로 계속 선회하던지 그녀는 어느 것 하나라도 제대로 붙잡아 이 남자에게 대꾸할 수 있을 것 같지 않았다. 그리하여 부엌문 앞에 우스꽝스럽게 생긴 분홍색 부활절 토끼 인형을 들고 서 있는 유진을 향하여 돌아섰을 때 그녀의 얼굴에서는 아무런 표정도 찾을 수 없었다. 오로지 한시름 놓은 것 같은 표정을 제외하고는.

"그래 드디어 남편이 돌아오셨군."

매티는 식탁에 앉아서 세레나와 놀고 있었다. 지금까지 매티는 누구에게라도 무슨 일에 대해서건 두 문장 이상 말하는 경우가 드물었다. 전혀 그럴 필요가 없었다. 그녀는 다이아몬드 세공업자가 사용하는 드릴처럼 아주 정확하게 자기가 할 말을 선별했다.

"아주머닌 제가 바보스럽다고 생각하죠, 그렇죠?"

"그런 말 한 적 없는 걸."

"그런 말을 할 필요도 없잖아요."

시엘이 느닷없이 말했다.

"나한테 화났니, 시엘? 네가 선택한 삶인걸, 내가 뭐라 하겠어."

"아, 매티 아주머니. 아주머니가 모르시는 거예요. 이번에는 정말로 착실하게 살겠다고 했어요. 부두에서 돈도 제법 버는 일자리를 새로 구했단 말이에요. 그동안 아기도 태어나고 일거리도 없어서 그저 우울했던 거예요. 앞으로 두고 보세요. 저 사람이 아파트를 새로 단장해 보겠다고 페인트를 사러 나갔다니까요. 그리고 세레나에게도 아빠가 필요하잖아요."

"날 납득시키려고 애쓸 필요는 없어, 시엘."

그랬다. 시엘은 매티 아주머니에게 말하는 것이 아니었다. 그녀는 자기 자신한테 말하고 있었다. 시엘은 저 남자를 자기 인생에 도로 받아들인 것이 새로운 일거리와 페인트, 세레나 때문이라며 자기 마음을 달래려고 애썼다. 하지만 진실은 그녀가 이해하는 범위에서 벗어나 있었다. 유진의 목덜미에 머리를 기대고 서면 그의 몸에서 진한 사향 냄새가 흘러나와 테네시 주에서 보낸 어린 시절의 추억들이 희미하게 되살아났다. 시엘이 거의 매 순간마다 저 남자를 받아들일 수 있도록 그 냄새는 그녀의 코끝으로 파고들었다. 거무스름한 유진의 피부에 손이 닿으면 그 느낌은 너무나 황홀했다. 황홀감이 그녀의 손가락을 타고 들어와 혈관을 따라 흐르면서 몸 구석구석을 흔들어 깨웠다. 시엘은 그것을 사랑의 감정이라 여기며 자신을 허락할 수 있었다. 그렇지만 자기를 이토록 사랑해 주는 현실적인 매티 아주머니는 고사하고, 시엘 자신에게라도 어떻게 저 남자를 그런 것 때문에 다시 받아들였다고 말할 수 있단 말인가? 그렇게 할 수는 없는 것이다.

시엘은 자리에서 일어나 두 사람의 커피를 준비한 다음, 보채는 아기를 무릎 위에 앉히고 젖꼭지를 입에 물려 달랜다. 그리고 나서 조용히 머리 숙여 기도한다. 아주 조용히 아무런 내색도 드러나지 않게 눈을 내리뜨고 기도한다. 저 남자가 머무르게 해 달라고.

시엘은 정확하게 언제부터 또다시 일이 틀어지기 시작했는지 기억해 내려고 애를 쓰고 있었다. 그녀는 마음속으로 사소한 실마리라도 찾아내려고 노력했다. 무심결에 던진 말 한마디, 아니면 작은 몸짓 하나라도 찾으려고 애썼다. 마치 그 답이 보풀이 달린 옷감에 악착같이 남아 있는 주름에 숨겨져 있기라도 한 것처럼, 시엘은 타월을 접고 마른 빨래의 주름을 두 번 세 번 매만져 펴면서 미간을 좁혀 집중해서 생각했다.

유진이 집으로 되돌아온 이후 지나간 시간들이 똑딱거리며 시엘의 눈앞에서 천천히 흘러가기 시작했다. 머릿속에서 끈질기게 괴롭히는 고통의 속삭임이 울려 나오기 시작했을 때 그것들을 하나하나 짚어 보았다. 그녀가 두 번째 아이를 임신하게 되면서 타월을 매만지는 횟수도 잦아졌다. 그렇지만 임신이 일이 틀어진 원인일 수는 없었다. 이번에는 상황이 많이 달랐다. 세레나를 임신했을 때처럼 그렇게 입덧이 심하지도 않았고 유진은 일을 하고 있었다. 아냐, 아기 때문에 그랬을 리가 없어. 아기 때문은 아니야. 아기 때문에 그런 것은 아닐 거야. 혼잣말을 내뱉으면서 시엘은 손을 한층 더 빨리 놀렸다. 더 접을 타월이 없다는 것을 알았을 때 시엘은 허전함으로 어쩔 줄 몰라 했다. 그래서 접은 타월들을 끌어당겨 놓고 다시 손으로 매만지며 지난 시간들을 현실로 바꾸려고 애썼다.

앞문이 탕 하고 닫혔을 때 시엘은 자리에서 벌떡 일어났다. 곧 커피 테이블에 유진의 열쇠가 떨어지는 금속성 소리와 쿵쿵대는 스테레오 전축 소리가 들려올 것이다. 최근에는 그런 소리들이 남편의 귀가를 알리는 방식이 되었다. 시엘은 수영 선수가 차디찬 호수로 걸어 들어가듯 긴장한 발걸음으로 거실로 갔다.

"당신, 오늘은 일찍 왔네?"

"여기 누구 딴 놈이라도 앉아 있는 걸 본 적 있어?"

유진은 시엘을 보지도 않고 말하더니 일어나서 스테레오

전축을 틀었다.

'이 남자 한바탕 싸우고 싶은 모양이지.'

시엘은 이런 생각을 하니 머리도 혼란스럽고 마음도 아팠다. 세레나가 잠자고 있으므로 시엘이 '아기가 잠들었어요. 제발 음악 소리를 조금만 낮춰요.' 하고 말할 것을 유진은 분명 잘 알고 있었다. 그러면 이렇게 대꾸하겠지. '그러니까 남편이 자기 집에 들어와서도 편안히 쉴 수 없다는 말이네. 여편네란 그저 남편을 못살게 굴지 않으면 몸살이 나는 모양이로군.' '내가 언제 당신을 못살게 굴었어요. 그저 당신이 아기를 깨울 것 같으니까 그런 거죠.' 이렇게 되면 그다음에 전개될 상황은 보지 않아도 항상 뻔하다. '당신은 나에 대해서는 눈곱만치도 관심이 없어. 항상 나보다 다른 사람들이 중요하니까. 저 아이, 당신 친구들, 그래 다들 중요하겠지. 나는 그저 여기서는 손톱의 때만도 못한 별 볼 일 없는 존재라니까, 안 그래?'

남편이 스테레오 전축에서 물러나 거만한 자세로 소파에 주저앉는 것을 지켜보면서 시엘의 머릿속으로 그런 생각들이 흘러가고 있었다. 그녀는 한마디 말도 하지 않고 되돌아서 침실로 들어갔다. 평화롭게 잠들어 있는 딸의 얼굴을 내려다보면서 조그만 뺨을 부드럽게 어루만졌다. 가슴이 벅차올랐다. 시엘은 지금까지 살아오면서 오직 이 아이만을 아무런 고통없이 사랑할 수 있었다는 것을 깨달았다. 그녀는 앙증맞은 딸아이의 어깨에 이불을 살며시 끌어올려 주고는 음악 소리에 깨지 않게 문을 꼭 닫았다. 그런 다음 부엌으로 들어가 쌀을 씻기 시작했다.

거실에 혼자 남게 된 유진은 전축을 끈 다음 부엌문 앞에
와 섰다.

"오늘 일자리를 잃었어."

유진은 마치 아내 때문에 해고당하기라도 한 것처럼 그
녀에게 쏘아붙였다.

쌀을 씻는 냄비의 물이 뿌옇게 변했다. 수도꼭지에서 나
오는 물줄기의 힘으로 더껑이가 생긴 물거품이 수면 위로
올라왔다. 물거품이 터지면서 사방으로 자그마한 불순물을
흩어 놓았다. 연이어 터지는 물거품이 지난 몇 달 동안 시
엘이 애써 무시하려 했던 끈덕진 속삭거림을 증가시키는
것 같았다. 시엘이 그런 소리는 생각하기조차 싫은 듯 더
껑이가 생긴 물을 따라 내었다. 물거품이 하수구로 빨려
들어가는 것을 시엘은 기쁜 마음으로 지켜보았다.

"그러니까 이제는 빌어먹을 돈 한 푼 없는데 어떻게 살
아가느냔 말이야. 그리고 애까지 또 하나 생긴다니 정말
미치겠네."

물을 두 번째로 갈자 밥물이 약간 맑아졌다. 그렇지만
점점이 불순물이 붙은 거품은 아직 그대로 남아 있었다.
게다가 이번에는 남편의 말이 담고 있는 메시지에 대해
못 들은 척할 수가 없었다. 시엘은 이전에도 싱크대 앞에
서서 쌀을 많이 씻었다. 밥물은 아무리 애써도 완전히 깨
끗해질 수는 없다는 것을 잘 알고 있었다. 그녀는 그곳에
계속 서 있을 수만은 없었다. 손가락이 시려 왔고 저녁밥
을 먹으려면 해야 할 일이 아직도 많았다. 조금 있으면
세레나가 잠에서 깨어날 것이고 그러면 안아 주어야 할

것이다. 시엘은 허둥지둥 물을 따라 버리고 또다시 물을 받았다.

"염병할. 아무리 해도 답이 안 보여. 정말 짜증 나서 못 살겠네. 아기는 생기고 고지서도 계속 날아오고. 당신이 잘하는 게 도대체 뭐야?"

이제 물거품이 거의 없어졌다. 그렇지만 거품이 꺼지자 손가락 주변을 감도는 물 위에 쌀겨가 조금 남아 떠다녔다. 시엘은 다시 해도 아무 소용이 없다는 걸 잘 알았다. 적당히 포기한 시엘은 젖은 냄비를 가스레인지에 올려놓았다. 뜨거운 불길이 시뻘겋게 솟아올라 냄비 바깥에 맺혀 있던 물방울을 여지없이 날려 버렸다.

시엘은 남편에게로 돌아서며 조용하게 현 상황을 받아들였다.

"좋아요. 당신은 내가 어떻게 하기를 바라나요?"

유진이 그렇게 쉽게 물러날 리가 없었다.

"이봐요. 귀염둥이 아주머니. 당신이 뭘 하든 나는 개의 치 않는다고. 그저 난 이런 사소한 일로 성가시고 싶지 않다는 거지. 알아들어?"

"내가 일을 할게요. 그런데 세레나를 돌봐 줄 사람이 없어요. 당신은 매티가 우리 아기를 돌봐 주는 것을 싫어하잖아요."

"매티는 절대로 안 돼. 그놈의 뚱보 할망구는 우리 아이가 나를 싫어하도록 만들 인간이야. 게다가 날 아주 우습게 알고 싫어하잖아. 당신도 잘 알면서 왜 그래."

"아녜요. 그렇지 않아요, 여보."

언젠가 시엘이 그런 말을 매티에게 했던 것이 기억났다.

"아주머니는 제 남편을 미워하잖아요. 안 그래요?"

"천만에. 그렇지 않아."

그렇게 말하고 나서 매티는 시엘의 얼굴을 두 손으로 감쌌다.

"아마도 내가 너를 너무너무 사랑하기 때문일 거야."

"당신이 무슨 말을 해도 소용없어. 그 여자가 우리 아이를 맡는 건 절대로 안 돼."

"그럼 이렇게 해요. 아기를 낳은 후에 불임 수술을 할게요. 나는 그래도 괜찮으니까."

시엘은 거짓말을 하는 걸 들키지 않기 위해 침을 꿀꺽 삼키며 태연한 척했다.

"제기랄. 그래 이 마당에 아기가 태어나면 어떻게 먹여 살리겠다는 거야, 응? 공기를 먹이나? 내 등짝에 두 아이와 당신까지 지고 살면 어떡하라고 그래? 평생 동안 고생만 하다 죽으란 말이지."

유진이 가까이 다가서더니 시엘의 양 어깨를 움켜쥐고는 얼굴에다 대고 냅다 소리쳤다.

"나보고는 고생만 하란 말이지. 내 말 들려? 고생, 고생, 고생!"

"별것 아니니까 안심하세요, 터너 부인."

시엘을 내려다보는 얼굴은 그녀가 누워 있는 방처럼 차분하고 냉담했다.

"긴장을 푸세요. 이제 국부 마취 주사를 놓고, 그런 다음 간단하게 소파 수술을 할 겁니다. 그러니까 자궁에서 깨끗하게 끄집어내기 위해 긁어낼 겁니다. 부인은 여기서 대략 한 시간 정도 휴식을 취한 후에 집으로 돌아가시면 돼요. 피도 그렇게 많이 흘리지 않을 겁니다."

의사는 친절한 기색이라고는 전혀 없이 판에 박은 목소리를 재생하듯 딱딱하게 말했다. 연습을 많이 한 대사를 외우고 있는 것처럼.

시엘은 귀 기울여 듣지 않았다. 그녀는 이런 주변 환경으로부터 자신을 완전히 고립시키는 것이 중요했다. 지난 한 주간 행한 모든 활동들이 마치 다른 어떤 여인의 일이기라도 한 것처럼 생각되었다. 시엘이 마지막까지 미뤘던 이번 일도 끝나면 그것 역시 자신하고는 전혀 관계없는 일로 여기고 싶었다. 그것을 단 한순간도 생각하고 싶지 않았다.

그 일 이후 며칠 동안 시엘은 정신이 혼미해져 정상적인 생활을 하기가 힘들었다. 모든 것이 새로운 질감과 색깔을 취한 것처럼 여겨졌다. 그녀는 설거지를 하면서도 손에 느껴지는 그릇의 감촉이 이상했고 물의 온도도 좀 더 의식하게 되었다. 누군가가 말을 걸면 답을 하기 위해 그 말을 이해하는 데에도 신경이 쓰일 만큼 시간이 걸렸다. 이웃 사람들은 시엘의 옆에서 물러나면서 얼굴을 약간 찡그리고 뭔가 당혹스럽다는 표정을 지었다. 시엘의 남편은 "저 계집년은 무엇 때문에 신경질이지." 하고 웅얼대곤 했다.

시엘은 딸 세레나에 대해서 무서울 정도로 강한 소유욕을 나타냈다. 그녀는 세레나를 홀로 내버려 두는 법이 없었다. 심지어 아빠인 유진한테도 맡기지 않았다. 어린아이는 걸음이 확실치 않은 통통한 두 다리로 기우뚱거리며 엄마인 시엘을 어디든지 따라다녔다. 사람들이 세레나를 안아 주거나 함께 놀아 준다고 말하면 시엘은 딸아이의 동작 하나하나를 지켜보면서 가까이 앉아 있었다. 아이가 낮잠을 잘 때에도 수도 없이 방 안으로 들어가서 아이가 제대로 숨을 쉬고 있는지 살펴보곤 했다. 매번 시엘은 자신의 어리석은 행동을 자책했지만 채 몇 분이 지나지도 않아 이상한 힘이 그녀를 사로잡고 다시 그런 행동을 하게끔 만들었다.

브루스터플레이스에도 봄기운이 서서히 감돌기 시작했다. 뼈마디까지 스며들던 추위도 이제 낡아 빠진 회색 벽돌에서 빠져나가고 있었다. 거리 쪽으로 창문이 달린 아파트 주민들은 아침 6시면 비쳐 드는 햇빛에 잠에서 깨어났다. 3C호에서는 더 이상 음악 소리가 왕왕 울려 대지 않았고 시엘은 평화스러운 집 안 분위기와 함께 점차 강건해졌다. 이제 이전보다 좀 더 자주 들을 수 있는 딸아이의 쾌활한 웃음소리가 일종의 보상과도 같이 절망감에서 벗어나게 해 주었다.

"우리 딸 대단하지 않아요, 매티 아주머니? 글쎄 이제는 말을 할 때 문장을 만들려고 한다니까요. 아가야, 어서 매티 아주머니한테 안녕하세요 하고 말해 보렴."

자랑스러워 어쩔 줄 몰라 하며 이런저런 주장을 펴는 엄마의 기대에 아무런 관심도 없는 세레나는 매티가 입은 드레스 가슴 부분에서 금빛이 감도는 단추를 떼어 내고 있었다.

"아유 귀여운 것. 우리 아가는 제 아빠 이름도 아는걸요. 우리 빠빠는 진이에요, 세레나가 그런다니까요."

"엄마 이름이나 제대로 가르치는 게 좋을 거야."

매티가 아기 손을 만지작거렸다.

"엄마 이름을 더 많이 쓰게 될 테니까."

도대체 무슨 뜻으로 그런 말을 하느냐고 물어보려고 시엘은 입을 열었지만 이내 그만두었다. 매티 아주머니하고 말다툼을 해 보았자 아무 소용이 없었다. 그녀가 하는 말은 그저 맘대로 편하게 해석하면 되었다. 그 말이 지니는 진실성 여부는 매티 아주머니가 아니라 그 말을 듣는 사람이 더 잘 알고 있었다.

유진이 앞문으로 들어오더니 매티를 보고는 갑자기 발걸음을 멈췄다. 그는 가능한 한 매티가 있는 곳 주변에는 가지 않으려 애썼다. 매티는 항상 예의를 차려 유진을 대했다. 하지만 유진은 별 의미 없는 그녀의 말속에서도 조용히 비난하는 말투를 감지했다. 그는 매티 앞에서 자신을 입증해 보여야 할 필요성을 끊임없이 느꼈다. 이런 좌절감 때문에 유진은 종종 지나칠 정도로 버릇없이 굴었다.

세레나가 전력을 다해 매티의 무릎에서 벗어나 아빠한테로 다가가 안아 달라고 다리에 매달렸다. 아이가 하는 행동을 본 척 만 척 무시하고 두 여자가 던지는 인사말에도 대꾸 한마디 없이 잘라 버리고 그는 차갑게 말했다.

"시엘, 당신한테 할 말이 있어."

뭔가 문제가 생겼다는 것을 감지한 매티는 돌아가려고 자리에서 일어났다.

"시엘, 내가 잠깐 동안 세레나를 아래층으로 데려가 돌볼까? 집에 아이스크림도 있거든."

"세레나는 그냥 여기 두셔도 돼요."

유진이 불쑥 끼어들어 말했다.

"세레나가 아이스크림을 먹겠다면 내가 사 줄 수도 있어요."

시엘이 퉁명스러운 남편의 태도를 재빨리 누그러뜨리려고 애쓰면서 말했다.

"고마워요. 매티 아주머니. 조금 있으면 세레나가 낮잠 잘 시간이거든요. 나중에 세레나를 데리고 내려갈게요. 저녁 식사 하고요."

"그럼 그렇게 하려무나. 난 이만 갈 테니까 잘들 지내."

매티의 목소리는 따스했다.

"유진, 자네도 잘 있게."

매티는 문 앞에서 크게 말했다.

문이 딸각하고 잠기는 소리가 나자 유진은 위축됐던 마음을 회복했다.

"뭐야, 도대체 저 여자는 뭣 때문에 항상 여기에 올라와 있는 거야?"

"당신은 방금 기회를 놓쳤어요. 아주머니가 여기 계실 때 직접 물어보지 그랬어요? 아주머니가 오는 게 싫으면 오지 말라고 말하면 되잖아요."

시엘은 남편이 죽었다 깨어나도 그런 말을 할 수 없으리라는 것을 잘 알기에 자신만만하게 쏘아붙였다.

"이봐. 난 지금 그 늙은 여편네 때문에 당신하고 말다툼할 시간이 없단 말이야. 당장 해야 할 큰일이 있으니까. 당신이 내 짐 싸는 것을 도와줘야겠어."

유진은 어떤 대답이 나올지 기다리지도 않았다. 그저 서둘러 침실로 들어가더니 오래된 가죽 여행 가방을 침대 밑에서 끄집어냈다.

시엘의 복부 한가운데에 뭉쳐 있던 얼음같이 차갑고 단단한 것이 갑자기 녹기 시작하면서 다리에 있던 피를 모두 희석시켜 두 다리로 몸을 지탱하지 못할 것만 같았다. 시엘은 아이가 유진을 따라가지 못하게 끌어당겨 거실 마루 한가운데에 앉혔다.

"자, 우리 예쁜 아가. 블록 가지고 놀고 있어요. 엄마는 아빠하고 할 말이 있단다."

시엘은 아이 앞에 플라스틱으로 만든 알파벳 블록을 몇 개 쌓아 놓았다. 시엘은 방에서 나가면서 재빨리 방 안을 휘둘러보았다. 그러고는 커피 테이블 위에 있는 유리 재떨이를 집어 스테레오 전축 위 선반에 올려놓았다.

그런 다음 쿵쿵거리는 가슴을 진정하려고 숨을 한 번 깊이 들이마신 뒤 침실을 향해 발걸음을 떼었다.

세레나는 여러 가지 색깔이 칠해진 화려한 블록을 아주 좋아했다. 어떤 때는 마룻바닥에 주저앉아 반복적으로 블록을 쌓고 발로 차 허물어뜨리면서 반 시간은 넘게 혼자 놀곤 했다. 플라스틱 블록이 와르르 무너지면서 만들어 내는 경쾌한 소리에 세레나는 빠져 있었다. 종종 신비한 소리를 또다시 만들어 보기 위해서 블록 두 개를 탕 하고 부딪쳐 보기도 했다. 세레나는 아주 만족스러운 표정으로 앉아서 이 특별한 놀이에 몰두해 있었다. 바로 그 순간 느릿느릿 굽도리 널을 따라 움직이는 검은 물체가 아이의 눈길을 사로잡았다.

시꺼멓고 둥그런 바퀴벌레가 소파 뒤에서 그 모습을 드러내더니 부엌을 향해 움직였다. 세레나는 블록 하나를 집어 벌레를 향해 던졌다. 바퀴벌레는 자기가 지나가고 있는 벽 위쪽으로부터 진동을 느꼈는지 빙그르르 문을 돌아서 부엌으로 재빨리 움직였다. 세레나는 지금까지 전혀 알지 못했던 새로운 게임을 찾아낸 것에 신이 나서 양손에 블록 하나씩 들고 벌레 뒤로 다가갔다. 움직이는 장난감이 쓰레기통 옆 장판 밑으로 몸을 숨기려고 애쓰는 걸 목격한 아이는 블록을 또 하나 집어 던졌다. 너무나 놀란 바퀴벌레는 이제 벽을 타고 쏜살같이 내달리더니 식탁 밑 전기 콘센트에 몸을 숨겼다.

장난감을 잃어버린 것에 화가 난 세레나는 그놈을 다시 나오게 하려고 콘센트에다 플라스틱 블록을 두들겨 댔다. 그렇게 해도 소용이 없자 아이는 통통한 손가락을 가느다란 틈 속에 집어넣어 쑤셔 보려고 애를 썼지만 허사였다. 실망스럽기도 하고 또 놀이에 싫증도 느낀 아이는 식탁 밑에 들어가 앉았다. 그때 세레나는 이 집에서 놀이를 할 수 있는 아주 뜻밖의 장소를 새롭게 찾아냈다는 것을 알았다. 반짝반짝 빛이 나는 식탁과 의자 다리의 크롬 도금이 세레나의 시선을 끌었다. 아이는 그런 매끄러운 표면에 블록이 부딪치면 어떤 소리가 날지 실험해 보았다.

세레나는 엄마가 올 때까지 이런 장난을 하면서 즐겁게 지낼 수 있을 것이다. 그런데 바퀴벌레가 이제는 안전하다고 생각했는지 콘센트 밖으로 얼굴을 쏙 내밀었다. 아이는 기쁨의 환호성을 내질렀고 잃어버린 놀이 친구를 잡으려고 쫓아갔다. 그러나 그놈이 얼마나 재빠른지 쏜살같이 벽 속으로 달아났다. 세레나는 다시 한 번 손가락을 조그만 틈 속에 집어넣으려고 시도했다. 그 순간, 마룻바닥에 떨어져 있었는데도 그동안 눈에 띄지 않았던 반짝이는 가느다란 물건이 보였다. 세레나는 포크를 집어 들고는 마침내 그 얄따란 삼지창을 전기 콘센트에 간신히 쑤셔 넣을 수 있었다.

유진은 짐을 꾸리면서 시엘의 눈을 피했다.

"그러니까 상당히 오랫동안 일을 하지 못했던 나로서는 이런 좋은 기회는 두 번 다시 만나기 힘들어."

그는 티셔츠와 반바지가 들어 있는 서랍을 열기 위해 움직이지 않고 가만히 서 있는 시엘의 주위를 돌아다녔다.

"그런 데다 메인 주는 여기서 그다지 멀지도 않아. 일단 내가 그곳 부두에서 자리를 잡아 정착하게 되면, 언제라도 집에 올 수 있을 거야."

"무엇 때문에 우리가 당신과 함께 갈 수 없나요?"

시엘은 유진의 움직임 하나하나를 응시하면서 옷 더미가 점점 쌓여 가는 가방 속으로 그녀의 존재 자체가 파묻히는 것을 보았다.

"왜 그런가 하면, 당신과 저 아이를 데려가기 전에 그곳 상황을 미리 알아봐야 하거든."

"나는 아무래도 상관없어요. 그럭저럭 견뎌 나갈 수 있을 거예요. 아주 조금 가지고도 살아나가는 법을 터득했어요."

"아냐, 이번에는 그렇게 되지 않을 거야. 우선 내가 갈 길을 분명히 알아야 해."

"여보, 제발 같이 가요."

조용하게 간청하는 자신의 목소리에 귀를 기울이며 시엘은 공포감이 엄습해 오는 것을 느꼈다.

"안 돼. 더는 무슨 말을 해도 소용없어!"

유진은 신발을 가방에 홀렁 던져 넣었다.

"그런데, 그곳이 얼마나 멀어요? 어디로 간다고 그랬죠?"

시엘이 가방 쪽으로 움직였다.

"말했잖아. 뉴포트에 있는 부두라고."

"그 도시는 메인 주에 있지 않아요. 당신은 메인 주로 간다고 말했잖아요."

"그렇다면 내가 착각했나 보군."

"그토록 멀리 떨어져 있는 곳을 어떻게 알았어요? 누가 일자리를 구해 줬는데요?"

"친구가."

"어떤 친구요?"

"따지고 들지 마. 그건 당신이 참견할 일이 아냐!"

유진의 두 눈이 우리 안에 갇혀 성난 동물과도 같이 번득거렸다. 그는 여행 가방을 거칠게 닫더니 침대에서 휙 들어 올렸다.

"당신, 거짓말하고 있어요. 말해 봐요. 거기 가더라도 일자리가 없는 것 맞죠? 내 말 틀려요?"

"이봐 시엘. 네 맘대로 생각해. 난 갈 테니까."

유진이 시엘을 밀쳐 내려고 했다.

시엘은 가방 손잡이를 움켜쥐었다.

"안 돼요, 못 가요."

"왜 못 가는데?"

시엘의 두 눈이 휘둥그레졌다. 그런 질문에 답하기 위해서는 머릿속 깊이 묻어 놓은 지난 한 주의 삶을 재생해야 한다는 것을 시엘은 깨달았다. 낙태 시술을 원했던 자신 안의 또 다른 여인을 위하여 행한 그 끔찍한 일을. 이제 그것에 대한 책임은 오로지 그녀 혼자 떠맡게 됐다. 남편인 유진은 그런 행위가 시엘에게 얼마나 중요한 일이었는지를 이해해야 한다. 게다가 무엇보다 유진이 그녀에게는 중요한 사람이라는 것도 알아야만 했다. 그녀는 남편을 잡기 위한 적절한 말을 찾아내기 위해 필사적으로 머리를 짜냈다. 그렇지만 결국 이런 말이 튀어나왔다.

"왜냐하면 당신을 사랑하니까요."

"글쎄, 사랑이 밥 먹여 준대?"

시엘은 남편이 여행 가방을 낚아채기 전에 잡고 있던 손을 놓았다. 그녀는 남편을 멍하니 쳐다보았다. 뒤죽박죽이 된 현실이 괴저병과도 같이 몸 전체에 퍼져 나가기 시작했다. 그런 현실에 직면한 시엘은 코끝에서 남편의 냄새를 뽑아내었고 두 눈에 씌어 있던 콩깍지를 떼어 내었다. 그러자 그녀 앞에 서 있는 남편의 실체가 고스란히 드러났다. 키가 크고 뼈만 앙상한 흑인 남자가 오만함과 이기심으로 똘똘 뭉쳐져서는 입을 이상하게 뒤틀고 서 있었다. 시엘은 생각했다. 이제는 아무 느낌도 없다고. 하지만 얼마 지나지 않아 곧바로 당신을 증오하기 시작할 거라고. 내 분명 약속하겠어. 당신을 증오할 거야. 그리고 당신에 대한 증오를 더 빨리 시작하지 않았던 것에 대해서 나 자신을 절대로 용서하지 않을 거야. 내 아기를 구해낼 수 있을 정도로 더 빨리 하지 않은 것을. 아 세상에 이럴 수가, 사랑하는 내 아가.

유진은 시엘의 두 눈에서 쏟아져 내리는 눈물이 남편인 자기를 위한 것이라고 생각했다. 그렇지만 시엘이 지금 자기 자신이 허용하고 있는 이 사치스러운 마지막 몸짓은 그녀가 포기할 수밖에 없었던 한 생명체의 상실을 위한 짤막한 애도였다. 그녀는 그들 중 누가 한 생명체의 상실에 대해 책임져야 하는지 정확히 알지 못한다는 사실이 괴로웠다. 시엘은 자신을 사랑하는 누군가의 옆으로 가깝게 가야 할 압도적인 필요성을 느끼기 시작했다. 얼른 가서 딸아이를 데리고 매티 아주머니를 만나러 가야겠다고 시엘은 막연하게 생각했다.

그런데 바로 그 순간 부엌에서 어린아이의 비명 소리가 들렸다.

교회는 작고 어두웠다. 곰팡내 나는 담요같이 퀴퀴한 공기가 그들을 휘감았다. 시엘은 자기 뒤에 사람들이 좌석을 가득 메운 사실도 잊은 채 앞을 똑바로 바라보고 있었다. 그녀는 매티의 무거운 팔이 묵직이 내리누르는 압박감도 느끼지 못했다. 남편 유진이 이 자리에 참석하지 않았다는 사실에 대해서 모두들 의아해하고 있다는 것도 의식하지 못했다. 간혹 가다 흐느끼는 소리 속에 구슬프게 울려 퍼지는 "주여, 긍휼을 베푸소서." 하고 탄식하는 소리도 시엘의 귀에는 들리지 않았다. 눈물도 말라 버렸다. 그녀의 두 눈은 빨간색 카네이션으로 만든 특대형 심장 모양의 꽃다발과 영원을 상징하는 하얀색 백합으로 만든 원형 꽃다발이 양 옆으로 늘어서 있는 조그만 진주 빛 관에 고정되어 움직이지 않았다. 관 뒤에 검은 옷을 입고 선 목사님의 단조로운 목소리도 시엘에게 위로가 되지 못했다. 그 목소리는 거대한 오르간에서 느릿느릿 흘러나오는 가락에 섞여 버렸다.

　시엘의 전 우주는 자신과, 딸아이가 누워 있는 좁은 관 사이의 2미터도 채 되지 않는 공간일 뿐이었다. 심지어 감미로운 선율로 그녀의 영역을 둘러싸고 위로의 효험을 발휘하시려는 하느님조차도 끼어들 공간이 없었다. 하느님은 분명히 그녀를 저버리셨거나 아니면 저주하셨다. 그 어느 쪽이라도 상관없었다. 시엘이 알고 있는 것은 하느님이 자신의 기도를 들어주지 않았다는 것이다. 그날 오후 부엌 마루에서 딸아이의 몸을 들어 올린 때에, 병원에서 보낸 허무한 나날들에 그녀가 토해 낸 그 모든 간구의 절규들이 무시된 것이다. 그리하여 시엘은 이렇게 남아서 하느님이 하지 않기로 선택한 그 일을 할 수밖에 없었다.

사람들은 시엘이 울기를 거부할 때 그것이 쇼크 때문일 것이라고 오해했다. 사람들은 시엘이 먹기를 중단하고 강요하지 않으면 심지어 물도 마시지 않았을 때 그것이 슬픔을 나타내는 특별한 방식이라고 생각했다. 시엘은 머리도 빗지 않았고 몸도 씻지 않았다. 그러나 시엘은 딸아이 때문에 슬퍼하고 있었던 것이 아니었다. 그녀는 그저 고통스러운 게 진절머리 났던 것이다. 그리하여 그녀는 어쩔 수 없이 하느님이 받기를 거부한 그 생명을 천천히 포기하고 있었다.

장례식이 끝난 후 사람들은 호의에서 우러나 시엘을 위로하러 왔다. 코코넛 케이크, 감자 파이, 기름에 튀긴 치킨을 사 왔고 눈물을 보이면서 작은 정성들을 표시했다. 시엘은 등을 침대 머리에 기대고 앉아 있었다. 기다랗고 가냘픈 손가락이 마치 얼어붙은 연못에 한밤중 내린 서리와도 같이 전혀 움직이지 않고 침대 커버에 놓여 있었다. 시엘은 소리 없이 머리를 살짝 끄덕이며 입술을 가만히 달싹거려서 그들의 친절함에 감사를 표시했다. 마치 그녀의 목소리는 너무나 지쳐 버린 나머지 횡격막에서 나와 더는 움직일 수 없는 것 같았다.

시엘을 방문한 사람들이 건네는 위로의 말은 아무 힘도 없었다. 시엘이 당한 고통 앞에서 위로의 말이 설 자리는 없었다. 어느 누구도 그녀에게 가까이 다가서지 않았다. 그들은 문이나 화장대 주위에 서 있거나 아니면 새로 덮개를 씌워야 할 정도로 닳아 빠진 두 개의 의자 모서리에 앉았다. 사람들은 마치 시엘의 아픔이 전염성이 있기라도 한 것처럼 무의식적으로 움찔움찔 벽으로 물러섰다.

이웃에 사는 한 여자가 심사숙고 끝에 확신을 가지고 들어와서 방 한가운데에 섰다.

"이봐요, 당신 기분이 어떤지 잘 알아요. 그렇지만 이러고 있으면 안 돼. 나도 아이 잃은 경험이 있거든요. 하느님이……."

그녀는 말문이 콱 막혔다. 왜냐하면 시엘의 눈에서 쏟아져 나오는 낯선 빛이 어찌나 강렬하던지 나오던 말들이 다시 목 안으로 되돌아왔기 때문이었다. 시엘이 이 여인을 쳐다보기 위해 두 눈을 크게 뜨는데, 생명이 없는 것보다도 죽음보다도 더 무시무시한 불길이 두 눈을 사로잡은 것 같았다. 아무 말 없이 침묵을 간청하고 있는 부동의 모습에서 이웃집 여인은 무시무시한 생지옥이 시엘의 눈을 통해 흘러넘치는 것을 목격했다. 시엘의 손을 잡으려고 손을 내뻗은 바로 그 순간, 그녀는 마치 온몸에 근육 경련이 일어나는 것 같아 동작을 중단하고 겁쟁이처럼 뒤로 물러섰다. 말라비틀어진 과거의 고통에 대한 추억은 이런 상황에서 전혀 위안이 될 수 없었다. 그런 기억들은 뜨거운 다리미 위로 떨어진 차가운 물방울과 같았다. 방 안이 다리미에서 나는 냄새로 가득한 가운데 물방울은 지질지질 춤을 추다가 쉿 소리를 내며 사라질 것이다.

매티가 문간에 서 있었다. 그녀는 시엘의 두 눈을 보았을 때 자신도 모르게 몸서리가 쳐졌다. "오 주여."라는 탄식이 입에서 저절로 흘러나왔다. 바로 코앞에서 시엘이 죽어가고 있었다.

"자비로우신 하느님 아버지, 안 돼요!"

매티가 큰 소리로 외쳤다. 이 말은 기도도 아니었고, 무릎을 꿇거나, 삼베옷을 입고 탄원하는 자세에서 나온 것도 아니었다. 다만 불경스러운 불덩어리가 입에서 튀어나와 천국 문을 향해 맹렬히 돌진해 발로 차고 주먹으로 두들겨 대면서 제발 이 말에 귀 기울여 달라고 외치고 있었다.

"안 돼! 안 돼! 이럼 안 된다니까!"

필사적으로 어린 새끼를 보호하려는 검은 브라만 암소와도 같이 매티는 길을 막고 서 있는 이웃집 여자와 다른 사람들을 밀쳐 내면서 방 안으로 달려 들어갔다. 입술을 어찌나 악물고 침대로 다가갔던지 턱과 목 뒤쪽 근육이 아파 오기 시작했다.

매티는 침대 가에 앉아서 얇은 휴지 조각같이 가녀린 시엘의 몸을 새까맣고 커다란 두 팔로 감싸 안고는 살살 흔들었다. 매티가 시엘의 몸에 처음으로 손을 댔을 때 어찌나 불덩어리처럼 뜨거운지 손을 델 것만 같았다. 그렇지만 그녀를 꼭 안고서 살살 흔들어 주었다. 뒤로 앞으로 뒤로 앞으로. 시엘을 얼마나 힘껏 부둥켜안았던지 자신의 드레스 단추 때문에 그녀의 젖가슴이 납작해지는 것을 느낄 수 있었다. 거대한 검은 몸집이 어찌나 단단히 움켜잡았던지 힘을 조금만 더해도 시엘의 몸이 으스러질 것만 같았다. 그러나 계속 흔들어 주었다.

그러자 시엘의 몸 안에 있는 창자 어디에선가 신음 소리가 나왔다. 처음에는 어찌나 고음이던지 그곳에 있는 어느 누구도 그 소리를 들을 수 없었다. 그렇지만 아파트 마당에 있던 개들이 요란하게 짖어 대기 시작했다. 매티는 살살 흔들어 주는 것을 계속했다. 그러자 가느다란 국수 가닥처럼 희박한 공기 기둥에서 바싹 말라 버린 입술을 뚫고 괴로운 듯 아주 천천히 신음 소리가 터져 나왔다. 이젠 희미하게나마 방안에서도 그 소리를 들을 수 있었다.

시엘은 신음 소리를 냈다. 매티는 살살 흔들어 주었다. 신음 소리를 들은 매티는 서둘러서 시엘을 침대에서 일으켜 세워 태양이 내리쬐는 광대한 푸른 공간으로 데리고 나갔다. 시엘은 시간을 초월하여 에게 해를 건너갈 수 있었다. 그곳은 너무나도 깨끗하여 크리스털처럼 빛났다. 너무나도 맑아 어머니의 품에서 강제로 낚아채여 바다의 신 넵튠에게 희생물로 바쳐진 아기들의 신선한 피가 물 위에 뜬 분홍색 거품처럼 보였다. 매티는 계속해서 시엘을 살살 흔들어 주었고, 시엘은 영혼이 온통 지쳐 버린 유대인 어머니들이 화장실 마룻바닥에서 자기 자녀들의 내장을 닦아 내야 했던 독일의 다카우 시로 갔다. 다음으로 두 사람은 세네갈의 어머니들이 노예선 측면의 나무 판때기에다 어린 아기들을 패대기쳐 머리에서 피를 철철 흘리며 죽은 곳을 지나갔다. 매티는 계속해서 시엘을 흔들어 주었다.

매티는 시엘을 그녀의 어린 시절로 데리고 가서 그동안 잊고 지낸 꿈들을 다시 보게 했다. 그런 다음 엄마의 자궁 속으로 데리고 들어가 그녀가 받은 상처의 저 밑바닥을 들여다보게 했다. 그곳에서 그들은 찾아냈다. 피부 표면 바로 밑에 박혀 있는 가느다란 은빛 파편을. 매티는 고통의 근원인 그 파편을 잡아당겼다. 그러자 파편이 그 모습을 드러냈고 파편 뿌리는 깊고 커다랗고 거칠었다. 그 뿌리에 매달려 있는 기름 조각, 근육 조직과 함께 살이 찢어졌다. 그 뿌리는 커다란 구멍을 남겨 벌써 고름이 흐르기 시작했다. 그렇지만 매티는 만족스러웠다. 상처는 아물 것이다.

시엘의 복부에 딱딱한 매듭으로 뭉쳐 있던 담즙이 다시 솟구쳐 오르더니 목을 통해 올라왔다. 그녀는 구역질을 하기 시작했다. 매티는 시엘의 입을 손으로 막고 방에서 그녀를 재빨리 끌어내어 화장실로 데리고 갔다. 시엘은 헛구역질을 해 대면서 누르스름한 담즙을 뱉어 냈다. 뱉어 낸 하얀 점액 덩어리가 좌변기에 굴러 떨어졌고 여기저기 타일에도 튀었다. 얼마 후 그녀는 단지 공기만을 토해 내었지만 그래도 몸은 중단하고 싶지 않은 것 같았다. 몸 안에 들어 있는 고통의 독성을 모두 다 떨쳐 내고 있었다.

매티는 두 손을 잔 모양으로 만들어 수도꼭지 밑에 대고 물로 입을 씻어 내라고 시엘에게 손짓했다. 물을 뱉어 내자 시엘의 입은 마치 연한 산성 약제로 씻어 낸 것 같았다. 매티는 뜨거운 물을 욕조 가득 받은 다음 시엘의 옷을 벗겼다. 잠옷이 시엘의 좁은 어깨에서 흘러내리자 가련할 정도로 빈약한 젖가슴이 드러났고 툭 튀어나온 엉덩이뼈도 드러났다. 매티는 시엘이 천천히 물속으로 들어가도록 옆에서 도와주었다. 마치 메마른 갈색 낙엽이 웅덩이 표면으로 떨어지는 것 같았다.

매티는 천천히 시엘의 몸을 씻어 주었다. 비누를 사용하여 시엘의 머리카락과 목덜미를 닦아 주었다. 두 팔을 들어 올려 겨드랑이를 닦아 주었고 그곳에서 자라고 있는 솜털같이 부드러운 갈색 털도 비누질을 해서 씻었다. 매티는 시엘의 가슴으로 비누 거품이 흘러내리도록 그냥 내버려 둔 채 젖가슴을 손으로 받치고서 씻어 주었다. 다리를 한쪽씩 잡고서 심지어 발톱까지 깨끗하게 닦아 주었다. 시엘을 일으켜 욕조에 무릎을 꿇고 앉게 만든 다음 엉덩이의 갈라진 부분도 닦았다. 음부의 체모에도 비누질을 하였으며 앞쪽 음부의 접힌 부분도 부드럽게 닦아 주었다. 마치 새로 태어난 아기를 다루는 사람처럼 천천히 경건한 자세로 닦아 주었다.

매티는 시엘을 욕조에서 나오게 해 목욕시킬 때와 똑같이 몸을 타월로 닦았다. 지나치게 문질러 대면 피부가 상하기라도 할 것처럼 아주 부드럽게 물기를 닦아 내었다. 이 모든 일이 이루어지는 동안 두 여자 모두 한마디도 하지 않았다. 시엘은 발가벗은 몸으로 서서 서늘한 공기가 깨끗한 피부 표면에 장난스럽게 부딪쳐 오는 것을 느꼈다. 땀구멍을 통해 흘러넘치는 신선한 민트향을 맛보고 있었다. 시엘은 두 눈을 감았고 불길은 사라졌다. 눈물이 더는 그녀의 몸 안에서 달달 볶지 않았고 그 뜨거운 김이 내장들을 못살게 괴롭히지 않았다. 시엘은 울기 시작했다. 욕실 마룻바닥 한가운데에 벌거벗은 채로 서서.

매티는 욕조의 물을 버리고 깨끗하게 헹구었다. 그녀는 아직도 벌거벗은 채로 서 있는 시엘을 침실 의자로 데리고 갔다. 눈물이 어찌나 쉴 새 없이 흘러내리는지 시엘은 한

치 앞도 볼 수 없었다. 그녀는 마치 장님이 되기라도 한 것처럼 이끄는 대로 몸을 맡겼다. 의자에 앉아서도 눈물을 흘렸다. 머리를 똑바로 세우고서. 시엘은 흘러내리는 눈물을 닦아 내려 하지 않았다. 그 때문에 눈물이 턱으로 뚝뚝 떨어지고 가슴으로 흘러내렸으며 복부를 타고 굴러 음부의 체모 위로 떨어졌다. 매티는 못 본 척 시엘을 내버려 둔 채 구겨진 리넨을 걷어 내고 침대 시트를 똑바로 펴서 정돈했다. 베개는 두들겨서 베지 않았던 것처럼 통통하게 만든 뒤 하얀 베갯잇을 씌웠다.

시엘은 자리에 앉았다. 울음은 그치지 않았다. 어떤 방해도 받지 않고 흘러내리는 눈물이 가랑이를 타고 굴러 떨어져 의자를 적시기 시작했다. 그러나 눈물은 달콤했다. 그녀는 혀를 내밀어 눈물의 짠맛을 빨아들이기 시작했다. 첫 번째 눈물은 사라졌다. 가냘픈 어깨가 부들부들 떨리기 시작했다. 눈물이 새롭게 흘러내리자 경련이 발작적으로 시엘의 온몸을 휘감고 지나갔다. 이번에는 뜨겁고 찌르는 듯이 아팠다. 시엘이 흐느껴 울었다. 구슬픈 신음을 내뱉은 이후 그녀가 처음 낸 소리였다.

매티는 침대에서 걷어 낸 더러운 시트 자락을 집어 들고 시엘의 코에서 흘러내리는 콧물을 닦아 주었다. 그러고 나서 새롭게 닦아 깨끗해지고 물기가 묻어 반짝거리는 시엘을 침대로 데리고 갔다. 시엘의 몸을 천으로 덮어 주고 베개 위에 타월을 놓아 주었다. 얼마 동안은 도움이 될 것이다.

시엘은 잠자리에 누워 울음을 터뜨렸다. 그러나 매티는

눈물이 그칠 날이 있으리라는 걸 잘 알고 있었다. 시엘은 잠에 빠져 들 것이다. 그러고 나면 아침이 찾아올 것이다.

코라 리

맞아요, 나는 꿈을 이야기해요
꿈은 한가한 머리에서 나온 아이들
단지 헛된 환상에서 잉태되었지요

　소녀의 새로운 아기 인형. 그들은 어린 소녀의 무릎에다 분홍색 플란넬 옷을 입은 나긋나긋한 플라스틱 장난감을 놓았다. 소녀는 달처럼 생긴 두 눈을 들어 송구스러우면서도 감사하는 마음으로 그들을 쳐다보았다. 인형은 아주 완벽했고 작았다. 소녀의 손가락은 부드러운 갈색 이마를 따라가다 끝이 위로 살짝 올라간 들창코의 아래쪽 곡선을 따라 내려갔다. 옴폭 들어간 팔과 다리를 부드럽게 들어 올려 보았고 그런 다음 조심스레 그것들을 제자리로 가져다 놓았다. 소녀는 아름답게 그려진 입술에 천천히 뽀뽀를 하면서 새로운 향내를 들이마셨고 실크로 만든 고수머리와 통통한 두 뺨을 손으로 어루만졌다. 움직이지 않는 몸체를 두 팔로 감싸고서 힘껏 죄었다. 그런 다음 소녀는 두 눈을 꼭 감고서 처음으로 인형이 낮은 목소리로 거칠게 "엄마" 하고 부를 때 파르르 떨리는 소리의 진동이 그녀의 가슴을 통해 퍼져 나가기를 숨도 쉬지 않고 기다렸다. 소녀의 부모는 힘차게 껄껄대고 웃으면서 해마다 벌어지는 이 의식을 바라본 다음, 딸의 머리를 쓰다듬어 주고는 다른 크리스마스 일을 처리해 나갔다.

코라 리는 쉽게 즐거워하는 아이였다. 아이는 해마다 단지 이것 한 가지만을 사 달라고 했다. 여러 해에 걸쳐서 부모는 딸아이에게 성장하는 데 필요하다고 생각되는 블록, 자전거, 책, 게임기들을 사 주었음에도 코라는 언제나 인형을 가지고 놀았다. 그것도 반드시 아기 인형이어야 했다. 이제는 코라가 10대의 바비 인형을 가지고 놀 만한 나이가 되었다고 부모가 결정한 해에 그녀는 말 없는 반항으로 자신은 아기 인형이 필요하다는 것을 주지시켰다. 부모는 심지어 진짜 실크와 레이스로 만든 소형 망토, 사리, 기모노를 갖춰 입은 값비싼 외제 자기 인형 세트를 사 주기까지 했다. 그다음 주에 부모는 코라의 침대 밑에서 머리는 부서지고 팔은 뒤틀려 빠져 버린 인형들을 발견했다.

그때부터 코라의 아버지는 걱정하기 시작했다. 허튼소리 하지 마요. 코라의 어머니가 다른 의견을 내놓았다. 당신은 항상 코라가 다른 아이들하고 다르다고 말했잖아요. 그래요. 아이들은 모두 다 장난감을 함부로 다루는 법이에요. 이런 행동은 코라도 그저 다른 아이들하고 똑같다는 것을 증명해 준 셈이네요. 어머니는 방을 유심히 둘러보면서 생각에 잠겼고 부서진 자기 조각을 손으로 만져 보았다. 반면에 딸아이가 산뜻하게 열을 지어 놓아둔 인형들은 언제나 같은 미소를 머금고 빤히 쳐다보았다. 그것들은 기저귀를 차고 우윳병을 물고 있었다.

부모는 딸아이의 말 없는 투정에 어쩔 수 없이 뜻을 굽혔다. 그리고 아이에게 아주 싸구려 아기 인형을 사 줌으로써 손상된 권위를 달랬다. 코라는 몸매가 점차 통통해지고 굴곡이 생기면서 처녀티가 나기 시작했다. 그 때문에 부모는 웃음과 생기를 잃었고 플라스틱과 플란넬 제품을 가지고 벌이는 딸아이의 크리스마스 의식에 대해 불안감을 감추지 못했다. 코라의 어머니는 우선적으로 크리스마스트리 아래서 인형을 꺼내어 딸아이에게 건네주었고 그 순간 아버지는 재빨리 얼굴을 돌리고 다른 아이들을 돌봤다. 그렇지만 생기 없는 플라스틱 선물을 받아 들고 극도로 감동하여 어쩔 줄 몰라 하며 감사함을 표시하는 코라에게 아직도 미련이 남아 흘끗 곁눈으로 쳐다본 아버지의 가슴에는 응어리가 뭉치기 시작했다.

아버지는 코라의 열세 번째 크리스마스에 단호한 태도를 취했다. 더 이상 인형은 안 된다고 했다. 종류를 막론하고 어떤 인형도 마찬가지였다. 코라도 이제는 자기 나이 또래의 다른 아이들처럼 놀도록 해라. 그렇지만 "코라는 다른 아이들처럼 놀고 있는걸요." 하고 어머니가 변호했다. 어머니는 여러 해에 걸쳐 학업이나 학교 활동에서 딸아이가 행하는 이상한 크리스마스 의식을 설명해 줄 수 있는 특별한 징후를 찾으려고 딸아이를 은밀히 지켜보았지만 허사였다. 코라는 오빠만큼 영리하지는 못했지만 성적이 여동생보다는 훨씬 좋았고 확실히 자녀들 중에서 가장 순종적인 아이였다. 그 아이를 행복하게 해 주는 이 한 가지를 어떻게 누리지 못하게 할 수 있단 말인가? 아버지는 자신의 터무니없어 보이는 태도 때문에 아내가 분노하는 것을 보고는 조용히 돌아섰다. 왜냐하면 딸아이가 봉긋이 솟아오른 젖가슴에 생기 없는 갈색의 플라스틱 인형을 품고 있는 모습이 떠올랐을 때 아버지는 자신의 마음속을 뚫고 지나가는 전율을 표현할 말이 없었기 때문이었다.

아버지는 죄책감과 당혹감 때문에 그해 크리스마스에는 다른 아이들 모두에게 소비한 것보다 더 많은 돈을 코라를 위해 썼다. 그렇지만 딸아이가 새로 사 준 스웨터, 카메라와 휴대용 라디오를 흥미 없다는 듯이 손가락으로 만지작거릴 때 코라가 마음속으로 말없이 불평하고 있음을 알 수 있었다.

"애야, 괜찮아."

어머니는 코라의 귀에 대고 속삭였다.

"네 방에 가면 인형이 많이 있잖니."

"그렇지만 그것들은 새 인형하고 냄새나 감촉이 똑같지 않아요."

코라의 어머니는 딸아이의 짙은 갈색 얼굴에 상실감과 비통함이 깊게 드리워진 것을 보고 깜짝 놀랐다. 어머니는 마음속으로 밀려드는 불길한 생각들을 재빨리 밀어내며 아직은 걱정할 필요가 없다고 생각했다. 하지만 여러 달이 지난 후에 어머니는 그런 생각이 잘못됐음을 실감할 수 있었다. 어느 날 오후에 막내딸이 언니가 지하실 층계 뒤에서 머피라는 남자 아이하고 추잡한 짓을 했다고 전해 주었다. 어머니는 제법 나이를 먹은 딸아이를 불러들였다. 고통스럽게도, 코라는 천진난만하게 그것은 추잡한 행동이 아니었다고 말했다. 남자 아이가 그저 컴컴한 데서 만지면 기분 좋아지는 것을 보여 주겠다고 약속했단다. 그리고 "정말 기분이 좋았어요, 엄마."라고 말하는 소리를 들었다.

어머니는 너무 늦었지만 딸아이에게 몸가짐에 대한 당부를 슬프고도 참을성 있게 해 주었다. 머피이건 어느 다른 남자 아이건 간에 컴컴한 데서 촉감이 좋다는 걸 보여 준다고 해도 절대로 허락해서는 안 된다고 말했다. 왜냐하면 이제 코라의 몸이 아기를 만들 수는 있지만 아직 엄마가 될 정도로 성숙한 것은 아니기 때문이었다. 코라, 엄마 말을 이해했니? 어머니는 삶의 수수께끼가 딸아이의 마음속에서 풀리는 것을 보았다. 코라는 새로 알게 된 사실이 아주 경이롭다는 듯이 숨을 내쉬면서 "진짜 아기요, 엄마?" 하고 물어 왔다. 그해 크리스마스 날에 목격한 코라의 행동이 고기를 토막 내는 커다란 식칼과도 같이 엄마의 뇌 속으로 고통스럽게 파고들었다. 그때부터 어머니는 근심 걱정을 하기 시작했다.

"코라, 코라 리!"
공기 흡입구를 통해 날카로운 목소리가 들려왔다.
"못된 놈의 아이들이 내 머리 위에서 빌어먹게 하루 종일 콩당콩당 뛰지 못하게 하라고 말했잖아! 이제 한 번만 더 그러면 경찰을 부를 거야. 내 말 알아들어? 경찰을 부른단 말이여!"

창문이 철컥 하며 거칠게 닫혔다.

코라 리는 느릿느릿 한숨을 쉰 다음 시청하던 연속극에서 고개를 돌려 흐트러진 거실을 둘러보았다. 아이들이 소리를 지르며 황급히 뛰어다녔고 서로를 향해 지저분한 교과서를 던지고 손상된 가구에서 뛰어내리며 축 늘어진 무명 벨벳 커튼 자락을 붙잡고 흔들어 댔다.

"너희들 이제 그만해라."

코라는 나른한 듯 생기 없이 외쳤다.

"얘들아, 너희들 때문에 소피 아줌마가 신경성 두통이 생겼대. 그리고 아줌마가 경찰을 부른단다."

아무도 엄마 말에 귀 기울이지 않았다. 코라는 한숨을 내쉬며 고개를 다시 텔레비전으로 향하고는 아무 생각 없이 무릎에 누워 있는 아기를 토닥거렸다. 브루스터플레이스에서 사는 이 사람들은 도대체 나한테 뭘 더 원하지? 항상 불평투성이야. 아이들을 밖으로 내보내면 복도가 너무 시끄럽다고 불평하고, 아이들이 거리에서 놀라치면 엄마가 가까이에서 지켜보지 않고 방치한다고 비난하잖아. 어떻게 한꺼번에 그 모든 것을 하란 말인가. 몸이 열 개라도 된단 말인가? 그저 아파트 하나를 제대로 유지하는 것만으로도 힘에 부치는데. 블록 끄트머리에서 어린 브루시가 담벼락을 기어오르다 떨어져 팔이 부러질 것을 내가 어떻게 알 수 있었겠는가? 마치 엄마인 내가 브루시를 직접 밀어 떨어뜨리기라도 한 것처럼 그들은 야단법석을 떨었다.

텔레비전 앞으로 뛰어가며 브루시가 조금씩 풀리고 있는 더러운 깁스로 여동생의 머리를 치려고 했다.

"그만해. 너 때문에 텔레비전 화면이 엉망이 됐잖아."

코라가 짜증스럽게 말했다. 의사는 브루시의 팔이 제대로 붙지 않아서 깁스를 다시 하기 위해 그를 데려와야 한다고 말했다. 항상 무슨 일이 생겼다. 코라는 잊지 않고 다음번 약속 날짜를 기억하려면 진료 카드를 봐야 한다. 화요일은 맞는데 며칠이었더라. 그녀는 희미해진 기억을 되살리려 애썼다. 지난 주 화요일이 아니었기를 바랐다. 그렇지 않으면 새로 약속 날짜를 잡기 위해 끝도 없이 기다려야 할 것이다.

"에라 나도 모르겠다."

코라는 큰 소리로 한숨을 내쉬었다. 그리고 아기를 고쳐 안고는 화면을 조정하고 채널을 바꾸기 위해 자리에서 일어났다. 자신이 좋아하는 연속극 두 개가 동시에 방영되는 것이 가장 싫었다. 스티브의 살인 재판과 제시카의 비밀스러운 낙태 시술을 놓고 계속해서 채널을 바꿔야 한다는 것은 고통스러운 일이었다.

고무공이 방을 가로질러 날아오더니 아기의 한쪽 머리를 세게 때렸다. 아기는 악을 쓰며 울기 시작했다. 코라는 두 눈을 부릅뜨고 그런 짓을 한 범인을 찾아내기라도 하려는 듯 방을 부지런히 둘러보았다.

"됐어, 이제 그만해!"

코라는 악을 썼다. 그리고 방을 이리저리 돌아다니면서

주먹을 피할 수 있을 만큼 재빠르지 못한 아이를 잡히는 대로 때렸다.

"이제 밖으로 나가 버려. 네놈들 정말로 징그러워 죽겠다. 잠깐! 숙제 있는 사람이 누구지?"

코라는 아이들 때문에 더는 참을 수 없을 땐 오로지 숙제로 그들을 몰아세웠다. 엄마의 질문에 여기저기서 "없어요." 하고 입을 모아 대답했다. 코라는 그 대답이 수상쩍었다. 하지만 마룻바닥 여기저기 흩어져 어지럽게 쌓여 있는 찢어진 공책 더미를 살펴볼 기력이 없었다.

"정말로 수상한걸."

코라는 못 믿겠다는 표정을 지으며 웅얼거렸다.

"모두 숙제가 없다니. 내가 학교 다닐 때는 항상 숙제가 있었는데, 아무래도 수상해."

아이들은 엄마가 자기들을 잡아두는 최선의 무기를 다 써 버렸다는 것을 알고는 벌써 문으로 달려갔다.

"어리석은 바보들 같아. 꽁무니에 처져 한 학년을 꿇다니 이해할 수 없어."

코라는 쿵 하고 닫히는 문을 향해 풀이 죽어 내뱉었다. 메이블린이 상급반으로 진급하지 못했을 때 코라는 너무나 놀랐다. 맏딸인 메이블린은 항상 학교에 가는 것을 좋아했고 다른 아이들과는 달리 무단결석 통지서가 집으로 날아든 적이 한 번도 없었다. 아이를 도서관에 데리고 가서 독서를 많이 하게 하라고 선생님들이 말했었다. 그렇지만 어린것들이 책을 찢고 낙서를 해 놓아 책값을 지불해야 했다. 코라는 항상 책값을 지불할 능력이 없었다. 그리고 어떻게 매 순간 아이들에게 최고의 정성을 쏟을 수 있단 말인가? 그저 아파트나 제대로 유지하려고 노력하기에도 힘이 들었다. 코라는 아이들이 벗어 놓은 옷가지를 한 움큼 집어 들어 의자에 걸쳐 놓음으로써 그런 생각을 정당화했다. 이제는 메이블린의 무단결석 통지서도 날아들고 있었다.

"정말 모르겠어."

코라는 한숨을 내쉬며 다시 텔레비전 앞으로 다가가 앉았다. 그녀는 날아온 공이 상처를 남겼는지 보려고 아기의 머리를 조심스럽게 살펴본 다음 자그마한 혹에 뽀뽀했다. 무엇 때문에 다른 아이들은 이런 갓난쟁이의 모습으로 남아 있을 수 없지? 이토록 부드럽고 돌보기도 수월할 텐데. 그 아이들도 한때는 얼마나 사랑해 주었던가. 조그만 손가락을 입에 넣어 빨았더니 아가는 까르륵 웃어 대며 엄마의 코를 잡으려고 손을 뻗었다. 코라는 엄지손가락으로 볼우물이 만들어진 뺨을 살짝 눌렀다. 아기를 젖가슴으로 안아 올린 다음 아이의 부드러운 곱슬머리를 쓰다듬고 목에 발라 준 미네랄 오일과 베이비파우더가 뒤섞여 내는 달콤한 냄새를 빨아들였다. 아, 저 아이들도 이런 상태로 남아 있으면 얼마나 좋을까! 그렇게만 되면 아이들이 엄마의 몸에서 나오는 것을 먹고 살 수 있기 때문에 복지관에 가서 하루 종일 앉아 있어야 한다든지, 하루 내내 줄을 서서 기다렸다가 식량 배급표를 받아 올 필요가 전혀 없을 텐데. 코라 혼자만이 아이들의 양식이고 아이들의 세계가 될 수 있으며 이웃 사람이나 선생님 그리고 사회 복지사들에게 아이들의 행동거지에 대해 변명을 늘어놓는다거나 대꾸할 필요도 전혀 없을 텐데 말이다. 아이들은 코라가 눕혀 둔 곳에 그대로 누워 있고 깨끗하게 유지하기에도 아주 쉽지 않은가.

코라는 조그만 아기 옷, 담요, 깔개를 빨고 다림질해 접으면서 시간을 보내곤 했다. 흰색의 유아용 침대와 옷장이 놓인 침실의 왼쪽 모서리를 그녀는 종교 의식이라도 행하는 것처럼 쓸고 닦았다. 무릎을 꿇고 기어 다니며 유아용 침대 밑의 굽도리 널 부분을 닦을 때 보건소에 빨간색과 검은색으로 써서 붙여 놓은 구호가 코라의 마음속으로 들어왔다. '세균은 아기의 적이다.' 그래서 코라는 왼쪽 구석에 세균이 하나라도 숨어 있을까 봐 예의 주시했다. '안 된다.' 아이들이 잠을 잘 때 코라는 병원 포스터에서 본 그런 것들로 해서 아가가 고통당하지 않도록 항상 경계했다. 하루 두 번씩 목욕시키고 기름을 발라 주는 아기의 갈색 몸, 아니면 코라가 비벼 빨고 소독하는 연하고 부드러운 색조의 플란넬 제품과 면포의 접힌 주름, 혹은 매주 삶고 매달 교체하는 머리 솔의 털 사이에도 그놈들이 숨어 있을 곳은 한 군데도 없었다. 보기 흉한 그놈의 시뻘건 벌레들이 지금 코라가 코를 박고 냄새를 맡고 있는 아기의 부드럽고 향긋한 곱슬머리 속으로 기어든다는 것은 생각만 해도 끔찍했다.

코라는 자신의 숨결이 보내는 아주 작은 힘에도 파르르 떨리고 그녀가 숨을 들이마시면 코끝을 간질이는 가늘고 명주실 같은 아기의 머리카락에서 일어나는 변화가 아주 신기했다. 몇 년만 지나면 이 머리카락은 촘촘해지고 헝클어지고 거칠어질 것이다. 그때가 되면 코라는 그것을 만지고 싶지 않을 것이다. 왜냐하면 아주 심하게 헝클어진 머리를 잡아당기면서 빗질을 해 대면 아이들이 울고불고 야단칠 것이기 때문이다. 그리고 침대 밑이나 옷장에서 질질 끌어내어 머리를 빗기는 동안 아이들이 움직이지 않고 가만히 앉아 있도록 끊임없이 머리를 때려야 할 것이다. 만일 코라가 그렇게 하지 않으면, 이제는 이웃 사람들과 선생님들 그리고 이런저런 친척들이 나서서, 엄마의 무릎이라는 세계에서 벗어나도록 성장해 버린 아이들의 비틀리고 뒤엉킨 머리카락에 대해 불평할 것이다. 아이들은 성장하면서 눈은 분노로 이글이글 타오르고 점점 바보스러워졌다. 엄마가 수선할 수 있는 것보다 더 빠른 속도로 찢어지는 거친 코듀로이와 카키색 바지와 데님을 입고 집으로 돌아왔다. 입안에는 썩은 치아가 가득했고 온몸은 상처투성이였다. 그리고 찢어진 교과서를 들고 불쾌하기 짝이 없는 모습으로 거리에서 놀다 집으로 들어왔다. 우편함에는 그놈의 무단결석 통지서들이 들어 있었다. 돌대가리들 같으니, 정말 바보 천치들이었다.

"넌 어리석은 바보는 되지 마라."

코라는 아기를 들여다보며 다정하게 속삭였다.

"안 돼, 엄마 아가는 그러면 안 된다. 우리 아가는 커도 저런 바보들같이 되면 안 돼."

저 아이들이 그렇게 될 이유는 하나도 없었는데. 정말로 다루기 어려운 애들이야. 코라는 고등학교 2학년까지 다녔

다. 2학년 때 첫아이를 임신했던 것이다. 그때는 임신을
하면 고등학교를 그만두어야 했다. 코라는 학교로 다시 돌
아갈 생각이었다. 그렇지만 아기들이 계속 생기는 것이었
다. 아이들이 변할 때까지는 항상 환영이었지만 변한 다음
에는 코라는 아이들을 이해하지 못했다.

너를 이해하지 못하겠다, 코라 리. 정말 이해할 수가 없어. 이
런 세상에, 해마다 누군지도 모르는 남자의 아이를 계속 낳다니.
새미하고 메이블린만 아빠가 같잖아. 얘야, 왜 그러니? 언니, 정말
미쳤어? 왜 그러는 거야? 케이스 번호 6348, 왜 그러시는 거죠?

도대체 아이들이 왜 이러는 걸까? 아이들이 행동을 좀
더 제대로 했다면 사람들이 코라의 일에 사사건건 참견하
지 않을 텐데. 그랬으면 새미와 메이블린의 아빠도 좀 더
오랫동안 머물렀을지도 몰랐다. 코라는 그 남자를 정말 좋
아했다. 금을 씌운 치아와 유리 눈에 그녀는 매혹되었다.
그리고 코라는 그 남자의 특이한 버릇들에 대처하는 방법
을 거의 모두 습득했다. 탄 밥은 턱에 골절상을 입는다는
것을 의미했고 욕실 바닥에 물기가 있으면 치아가 부러졌
다. 그런 일들은 아이들이 코라를 꼼짝 못할 정도로 바쁘
게 만들어 집안일을 제대로 할 수 없었기 때문에 일어났
다. 그렇지만 코라의 왼쪽 눈 밑에는 계속 울어 대는 아기
때문에 생겨난 상처가 아직도 남아 있었다. 하지만 아기들
은 원래 울도록 되어 있기에 새미와 메이블린의 아빠는 떠
나야만 했다. 그런 다음 브루시의 아빠가 나타났다. 그는

코라와 결혼해 생활 보호 대상에서 벗어나게 해 주겠다고 약속했다. 그렇지만 우유 사러 나갔다 다시는 돌아오지 않았다. 그러고 난 다음에는 모두 그림자같이 희미한 존재들 뿐이었다. 그들은 밤에 들어와 컴컴한 데서 그녀를 즐겁게 해 준 다음, 아이들이 잠에서 깨기 전에 나갔다. 코라도 그런 편이 훨씬 나았다. 결코 오지 않을 우유를 기다릴 필요도 없었고 아기가 운다고 해서 눈에 멍이 들 이유도 없었다. 코라의 관심은 오로지 컴컴한 데서 즐겁게 해 주는 것들이 때때로 새로운 아기를 가져다준다는 것이었다. 그림자같이 희미한 존재들은 자신의 성이나 하고 있는 일, 아내가 있는지 없는지에 대해 종종 거짓말을 했기 때문에 코라는 그런 것에는 관심이 없었다. 더는 귀담아듣지도 않았고 알고 싶지도 않았다. 그런 것은 머리를 아프게 만드는 골칫거리였다. 코라한테는 아기가 있었기 때문에 그런 것은 중요하지 않았다. 게다가 희미한 그림자는 턱에 골절상을 입힌다거나 눈에 멍이 들게 하지 않았다. 아이들이 잠에서 깨어나기 전에 컴컴한 데서 그런 짓을 할 시간이 없었다.

문을 두드리는 소리를 들었을 때 코라는 고개를 문 쪽으로 돌리고는 한숨을 쉬었다. 또 뭐지? 아이들이 돌아왔을 리는 없었다. 애들은 일단 나가면 춥거나 배고프지 않는 한 엄마가 밖에 나가 불러들이기 전에는 돌아오는 법이 없었다. 그 변덕스러운 노인네가 정말로 경찰을 불렀나? 코라가 문을 열자 키가 크고 예쁘장한 젊은 아가씨가 서 있었다. 구슬을 넣어 가며 머리를 땋아 내린 그녀는 욕을 하며 발버둥을 치는 새미의 목덜미를 한 손으로 붙잡고 다른 손에는 종이를 한 묶음 들고 있었다. 다른 아이들은 복도와 층계에서 새미가 당하는 모습을 지켜보고 있었다.

"엄마, 나는 아무 짓도 안 했어요. 이 똥대가리에게 그렇다고 말 좀 해 줘요. 아무 짓도 안 했어."

"그런 말 하면 못써."

코라는 새미를 잡아끌더니 아파트 안으로 밀어 넣었다.

"아가씨, 미안하게 됐네요. 아가씨 물건을 훔치기라도 했나요? 저 아이는 항상 남의 물건을 집어 들고 오기 때문에 내가 엄청 때려 줬는데 아직도 그만두지 못하는군요. 바보 같은 저 꼬맹이한테 그러다간 선생님들이 소년원에 보낸다고 말했다고 전해 주었답니다."

코라는 아들에게로 몸을 돌렸다.

"잘 들었어? '소년원' 보낸다 했다고. 이 조그만……."

"아니에요, 잠깐만요. 아주머니가 잘못 아셨어요. 그런 게 아니에요!"

아가씨는 불편한 듯 들고 있던 종이 묶음을 고쳐 들었다.

"저 아이가 아래층 쓰레기통에서 뭔가를 꺼내 먹더라고요. 어머님이 아셔야 할 것 같았어요. 왜냐하면, 그러니까 아이가 배가 고파 그럴 수도 있잖아요."

"아."

코라 리는 안도의 한숨을 쉬는 것 같았다.

"그건 벌써 알고 있어요."

다소 믿지 못하겠다는 듯이 아가씨의 두 눈이 커지는 것을 코라는 볼 수 있었다.

"사탕이 있나 하고 찾는 거예요. 치과 의사 선생님이 그러셨는데 저 아이의 이가 모두 다 썩었대요. 그래서 단 것은 하나도 주지 않거든요. 그러니까 우리 애가 그런 걸 찾으려고 쓰레기통을 다 뒤지는 거예요. 그런 짓을 못하도록 애는 쓰지만 몸이 수십 개가 되지는 않잖아요. 두 번 다시 그런 지저분한 행동을 하지 않을 만큼 한번 된통 아프고 나면 그냥 내버려 둬도 하지 않겠죠."

아가씨는 아직도 뚫어져라 코라를 쳐다보고 있었다. 코라가 계속 말했다.

"내 말 믿으세요. 우리 아이들은 밥을 충분히 먹고 있어요. 아직 하나도 사용하지 않은 식량 배급표 묶음이 두 권이나 있단 말이에요. 무엇 때문에 아직도 귀찮게 요리를 하는지 모르겠어요. 아이들이 밥상머리에서 먹을 것을 가지고 장난치는걸요. 항상 그놈의 빌어먹을 사탕이나 먹고 다니면서 말이에요. 그렇지만 의사들이 새미 잇몸에 균이 들어와 염증이 생겼다고 하고 그런 게 아기한테까지 퍼지면 안 되니까 새미가 그런 짓을 하지 못하게 막아야겠지요."

이 아가씨가 무엇 때문에 이토록 이상한 눈초리로 날 바라보는 것일까? 어쩌면 코라가 거짓말을 하고 있다고 생각하는지도 몰랐다. 엄마를 이토록 당혹스러운 처지에 놓이게 하다니 정말 새미는 혼이 나야 한다니까.

"아가씨가 문을 두드렸을 때 저녁을 준비하려고 막 일어나려던 참이었거든요."

코라는 거짓말을 했다. 어쩔 수 없이 저녁을 지으러 부엌으로 가기 전에 시청해야 할 텔레비전 연속극이 아직 두

편이나 남아 있었다. 게다가 저녁을 차리려면 하루 종일
씻지 않고 그대로 쌓아 둔, 기름이 묻어 미끈미끈한 접시
들과 냄비들을 닦아야 했다.

"뭐 하고 있어, 애들아."

코라는 아가씨 어깨 너머로 크게 외쳤다.

"집 안으로 들어와라. 저녁밥 먹을 시간이 거의 다 됐어."

엄마 말이 끝나기도 전에 불평과 불신의 소리들이 투덜
투덜 터져 나왔다. 코라는 도망가려는 발걸음을 쫓아 복도
를 뛰었다.

"엄마가 집 안으로 들어오라고 말했지!"

코라가 소리를 질렀다.

"안 그러면 너희들 정말 후회하게 할 거다!"

엄마 목소리에 예사롭지 않은 힘이 들어 있는 것을 알고
는 아이들이 어리벙벙해하며 마지못해 순종했다. 부루퉁한
얼굴로 집 안으로 들어오면서 엄마 몰래 놀리느라 혀를 삐
쭉 내밀기도 하고 이를 쭉 빨아들이기도 했다.

"이렇게 일찍 밥을 먹은 적은 한 번도 없었잖아."

아이들이 툴툴거렸고 아가씨는 이 말을 놓치지 않았다.

코라는 아가씨를 바라보며 승리에 찬 미소를 짓고는 한
숨을 길게 내쉬었다.

"내 말 뜻을 이해하시겠지요. 아이들은 정말 징그럽다니
까요. 어떻게 해야 할지 모르겠어요."

"그래요."

아가씨는 걱정스러운 표정으로 들고 있는 종이 묶음을
내려다보았다.

"이렇게 아이들이 많아서 정말 힘드시겠어요. 이런 식으로 아주머니를 만나게 되어 정말 죄송해요. 여하튼 한번 들르려고 했어요."

아가씨는 코라를 올려다보면서 연습을 많이 한 듯한 말을 늘어놓기 시작했다.

"저는 키스와나 브라운이고 6층에 살고 있어요. 이 블록에서 사는 세입자들의 모임을 만들려고 하거든요. 이 건물들이 모두 한 사람 소유예요. 그러니까 우리가 만일 힘을 모으면 주인한테 압력을 넣어 이곳을 정비해 나갈 수 있을 거예요. 일단 협회가 구성되어 제대로 굴러가면 집세 동결을 위한 시위도 할 수 있을 테고 우리 힘으로 수리도 할 수 있게 돼요. 아주머니도 이 종이에 이 집에서 고장 난 부분을 모두 다 표시해 주셨으면 해요. 그러면 제가 이 종이를 거둬서 주거 재판소에다 정식으로 제출할 거예요."

코라 리는 노랫소리와도 같은 키스와나의 다부진 목소리에 귀 기울이며 값비싼 브랜드의 청바지와 줄무늬가 있는 실크 블라우스를 쳐다보면서 그녀가 이 아파트에 산다는 말을 듣고 깜짝 놀랐다. 도대체 브루스터플레이스 같은 거리에서 뭘 한단 말인가? 이곳에 들어와 산 지 오래되었을 리 없다. 그렇지 않고서야 이곳에서 세입자들이 할 수 있는 일이 하나도 없다는 것을 어떻게 모를 수 있단 말인가. 그놈의 백인 주인은 아무리 많은 흑인들이 어떤 말로 떠들어도 꿈쩍하지 않았다. 게다가 여기 사는 사람들이 함께 뭉친다니, 꿈도 꾸지 말아야지. 그저 여기저기 바쁘게 돌아다니면서 불평이나 늘어놓고, 골칫거리나 안겨 주지 않으면 다행이었다. 이 아가씨는 괜찮은 사람 같아 보이는데 시간 낭비를 하고 있으니 참 안됐다.

"내 집에 고장 난 것이 수도 없이 많지만, 그래 봤자 아무런 소용이 없을 텐데요."

"이 신고서에 서명하는 사람들을 충분히 모을 수만 있으면 가능해요. 벌써 아파트 건물 네 군데를 돌아다녔는데 정말로 반응들이 대단해요. 이번 토요일 정오에 첫 번째 모임을 가지려고 해요."

"글쎄, 나는 잘 모르겠어요."

코라는 한숨을 내쉬었고 집 안을 한 번 획 둘러보았다. 키스와나는 적극적으로 코라의 시선을 따라 집 안 이곳저곳을 살펴보았다. 코라 리가 아가씨의 얼굴에 나타난 표정을 살피며 답변을 하였다.

"아이들이 계속 물건들을 찢고 망가뜨리기 때문에 제대로 정돈해 놓을 수가 없어요. 내 여동생이 거실에 있는 저 가구 세트를 가져다 준 게 겨우 6개월 전이었죠. 가져올 때는 거의 새것이나 다름없었는데."

"예, 아주머니가 무슨 말을 하시는지 잘 알아요."

키스와나는 부엌의 쓰레기통이 쓰레기로 넘쳐나는 것을 보면서 조금은 빨리 코라의 말을 자르고 끼어들었다.

"그럼 아가씨도 아이들이 있나요?"

"아니요. 그렇지만 조카가 두 명 있는데 정말로 다루기 힘들 때가 있다고 오빠가 늘 말하거든요."

"그래요. 나는 오빠보다 아이들이 훨씬 더 많으니까 얼마나 지옥 같은 생활을 하고 있는지 아가씨도 상상할 수 있을 거예요.”

쿵 하고 부딪치는 소리가 나면서 방 한쪽에서 악을 쓰는 소리가 났을 때 키스와나는 소스라치게 놀랐다. 코라 리는 차분하게 뒤돌아보더니 조금도 움직이지 않고 떨어진 커튼 막대기와 커튼 자락에 엉켜 있는 아이를 향해 소리쳤다.

“이제 기분이 좋냐, 도리안, 응? 엄마가 수백 번은 말했지. 커튼에 그만 매달리라고. 정말 꼴좋다!”

키스와나가 코라를 옆으로 밀며 악을 쓰는 아이에게로 달려갔다.

“애가 머리를 다쳤을지도 모르잖아요.”

“아니에요. 저놈은 항상 어디선가 떨어지는걸요. 머리통이 돌덩이 같다니까요.”

코라도 키스와나를 따라와서는 커튼이 혹시라도 찢어지지 않았는지 살펴보았다.

“제 아버지하고 똑같다니까요. 서인도제도 남자들은 하나같이 머리가 단단해요.”

그랬다. 적어도 그 사람은 서인도제도 사람이었던 것 같다고 코라는 생각했다. 말투에 사투리가 조금 들어 있었으니까.

“커튼 막대기가 완전히 절단 났네.”

코라는 눈을 부릅뜨고 키스와나가 어르고 있는 아이를 내려다보았다.

“새로 살 돈은 하나도 없으니까 커튼이 떨어져 있건 말건 난 몰라.”

도리안은 울음을 그치고 키스와나의 땋은 머리에 붙어

있는 화려한 색깔의 구슬을 만졌다.

"누나 머리 그냥 놔두지 못하겠어? 얼른 일어나서 저 방으로 들어가 있어."

키스와나는 불안해하는 눈으로 코라를 올려다보았다.

"머리 한쪽에 커다란 혹이 생겼어요. 어쩌면 아이를 데리고……"

"가라앉을 거예요."

코라가 소파로 가서 아기를 일으켜 세우려 했다. 키스와나는 아직도 도리안을 안고서 걱정이 되는지 코라의 말에 찬성할 수 없다는 표정을 얼굴에 그대로 드러냈다.

"이봐요. 아이들 머리가 부딪히거나 무릎이 까질 때마다 매번 병원으로 달려가면 아마 나는 나머지 생을 사는 동안 그놈의 응급실에서 한 발자국도 벗어나지 못할 거요. 아가씨는 몰라서 그래요. 애들이 얼마나 거칠고 넌덜머리 나게 못되게 구는데. 내가 할 수 있는 일이 하나도 없다니까!"

코라는 자신의 행동이 아가씨의 말 없는 비난을 막아낼 수 있는 벽이라도 쌓아 줄 수 있는 것처럼 온 힘을 기울여 아기를 열심히 흔들어 댔다.

도리안이 키스와나의 무릎에서 벌떡 일어나면서 구슬 하나를 잡아 빼려고 그녀의 머리카락을 잡아당기자 키스와나는 아파서 소리쳤다.

"이런 염병할!"

자신도 모르는 사이에 욕이 튀어나왔다. 키스와나가 얼른 입술을 깨물며 참으려고 했지만 이미 늦었다.

"이제 내 말 뜻을 알아듣겠죠?"

도리안이 문 주위를 이리저리 뛰어다니다 방으로 들어갔다. 그러자 아들 녀석이 말썽 피운 게 고맙기라도 한 것처럼 코라의 얼굴에 미소가 떠올랐다.

"이건 그러니까……."

키스와나가 무릎을 세우고 일어나더니 바지에 묻은 먼지를 떨어내었다.

"아이들이 아마도 비좁은 아파트에 항상 있으니까 갑갑해서 저럴 거예요. 아이들에게는 이리저리 뛰어놀 수 있는 공간이 필요하잖아요."

"학교 마당에 가면 놀 수 있는 공간이 충분해요. 하지만 저 아이들이 학교에 가나요? 안 가요. 심지어 지난번에 공원에 가서 놀라고 보냈더니, 어떤 사람이 새미한테 마리화나를 줬나 봐요. 애들 외할머니가 새미 주머니에서 그걸 발견했을 때 나만 엄청 혼났죠. 그러니 이제 내가 어떻게 하겠어요? 아이들이 공원 근처에는 얼씬도 하지 못하게 막아야지요. 그러지 않으면 나중에 내 새끼들이 죄다 마약 중독자가 되고 말 텐데."

텔레비전 연속극 「또 다른 세계」가 끝나 가고 있다는 것을 코라는 곁눈질로 알아차렸다. 이런 빌어먹을! 레이철이 맥과 이혼을 했는지 안 했는지 월요일이 되기 전에는 도대체 알 수 없잖아. 그놈의 지진 때문에 맥이 성불구자가 되었는걸 어떻게 한담. 무슨 까닭으로 이 아가씨는 자기 집에 돌아가서 잠이나 자지 않고 남의 일에 콩이야 팥이야 하는지 알 수가 없네.

"이봐요, 아가씨가 준 종이는 나중에 꼭 살펴볼게요. 그럼 됐죠? 지금 당장은 할 일이 셀 수 없이 많으니까 나중에 다시 와서 찾아가세요."

코라는 자신이 지금 무례하게 행동하고 있다는 것을 잘 알았다. 그렇지만 이제 광고 세 개만 나가면 연속극 「의사들」이 시작될 판이었다.

"아 예, 미안해요. 이렇게 오래 끌 생각은 없었어요. 그러니까요, 아이들을 어떻게 키워야 한다든가 하는 그런 참견을 하려던 게 아니었어요. 그저 말하다 보니까······."

키스와나는 본의 아니게 다시 한 번 거실을 흘끗 둘러보았다.

"그래요, 알아요."

코라는 한 눈으로 텔레비전을 보면서 건성으로 대답했다.

"지금 당장은 내가 좀 바빠요. 그러니까 보시다시피 얼른 일어나서······."

"저녁 식사를 준비해야겠지요."

키스와나가 가라앉은 목소리로 말했다.

"그래, 맞아요. 저녁 식사요."

코라가 문 쪽으로 갔다.

키스와나는 가기 싫은데 마지못해 움직이는 것 같았다.

"아주머니, 공원에서는 좋은 일도 많이 일어나요."

그녀는 수첩에 들어 있던 전단지를 하나 꺼냈다.

"내 남자 친구가 시에서 보조금을 받았어요. 그러니까 흑인 연출가로 선정되어서 이번 주말에 「한여름 밤의 꿈」이라는 연극을 무대에 올리거든요. 아주머니도 아이들과 함께 구경하면 좋지 않을까요?"

키스와나가 별로 기대하지는 않았지만 이런 제안을 했다.

코라는 마지못해 전단지를 받아 들여다보았다.

"압슈 벤자말 연출이라."

그녀는 천천히 읽었다.

"어, 이 사람 아는데. 덩치가 크고 얼굴이 검은 친구잖아요. 지난여름 순회 인형극을 했던 사람이죠?"

"예, 맞아요. 바로 그 사람이에요."

키스와나가 미소를 지었다.

"트럭인가 뭔가에다 춤추는 작은 흑인 인형들을 잔뜩 싣고 이 동네에 왔어요. 기억났다. 아이들이 몇 주 동안 그 이야기만 했으니까요."

"그것 보세요."

키스와나가 힘이 나서 서둘러 말했다.

"아이들은 그런 걸 좋아한다니까요. 내일 밤에 아이들도 데리고 오세요."

"모르겠어요."

코라는 한숨을 쉬고는 전단 쪽지를 들여다보았다.

"여기 적혀 있는 이런 것 말이에요. 셰익스피어니 하는 것이요. 아이들이 보기에는 너무 어려울 거예요. 그러면 아이들이 난장판을 치고서 못되게 굴기 시작할 테고, 나는 그곳에 온 사람들 앞에서 망신당하기 십상이죠."

"아 그렇지 않아요. 아이들이 무척 좋아할 겁니다."

키스와나는 계속 우겨 댔다.

"연극이 아주 웃기고 다채로워요. 그런 데다 내용도 현대적으로 바뀌었거든요. 음악과 춤도 있고요. 게다가 배우들이 가운데 세워 놓은 메이폴 기둥을 중심으로 디스코 음악에 맞추어 허슬 춤도 출 거예요. 서로의 손을 탁탁 치는 등 온갖 종류의 재미있는 것들을 보여 줄 거예요. 그리고 요정들도 나와요. 아이들은 모두 요정 같은 것들이 나오는 이야기를 좋아하잖아요. 아이들이 대사를 다 이해하지는 못한다 해도 좋은 경험이 될 거예요. 제발 꼭 좀 같이 와요."

"글쎄, 생각해 볼게요. 나한테는 토요일이 제법 바쁜 날이거든요. 아기 물건들을 깨끗하게 삶아야 하고 빨래도 해야 돼요. 그리고 또 아이들이 많아서 그곳에 갈 준비를 하려면 굉장할 거예요. 모르겠어요, 노력해 볼게요."

"그럼요, 저는 내일 할 일이 그렇게 많지 않거든요. 세입자 모임이 끝난 다음에 제가 일찌감치 여기 들러서 아이들 준비하는 것을 도와줄게요. 그런 다음 우리 모두 다 함께 갈 수 있을 거예요. 어때요, 괜찮죠? 아주 재미있을 거예요."

이런, 미치겠네! 연속극 「의사들」의 시작 음악이 벌써 나오네. 이 아가씨를 얼른 쫓아 버리려면 할 수 없겠어.

"좋아요, 아이들을 데리고 갈게요. 그렇지만 아가씨는 오지 않아도 돼요. 혼자 어떻게든 준비해 놓을게요. 나는 그런 일에 익숙하거든요."

"아니에요, 제가 하고 싶어 그래요. 전혀 문제없어요."

"그래요. 하지만 아가씨가 여기 있으면 아이들이 그저 한층 더 잘난 척하려고 애쓸 거예요. 나 혼자서 준비하는 것이 훨씬 쉬울 거예요."

코라는 문을 열어 놓았다.

"좋아요. 그럼 집에서 기다리고 있다가 가는 길에 들를 게요. 6시 30분이 어떨까요? 그러면 좋은 자리를 잡을 수 있을 거예요."

"그래요. 좋아요. 6시 30분."

코라가 문을 활짝 열었다.

키스와나는 득의만면해서 아기에게 정답게 속삭였다.

"아가야, 너도 잘 들었지? 연극 구경을 하러 갈 거란다."

그녀는 아가의 턱 밑을 간질여 주었다.

"따님이 정말 귀여워요. 이름이 뭐예요?"

키스와나는 아가에게 관심을 보이면서 코라 리의 시간을 몇 분 더 뺏을 수 있었다.

"소냐 마리예요."

코라는 아기의 이름을 말해 주고 키스와나가 아이를 잘 바라볼 수 있도록 자랑스럽게 안아 올렸다.

"아가가 엄마를 꼭 닮았어요."

키스와나가 아기를 받아 안고 머리카락 끝으로 아기의 코를 간지럼 태웠다.

"아가씨에게 아기가 없는 게 안됐네요. 아이들을 아주 잘 다루던데."

"아직 저는 남편도 없는걸요."

아기가 웃는 걸 지켜보던 키스와나가 바로 답했다.

"왜요, 나도 남편이 없어요."

코라가 어깨를 으쓱했다.

키스와나는 올려다보면서 재빨리 덧붙였다.

"글쎄요, 아마 언젠가는 생기겠죠. 그렇지만 지금 당장 저에게는 스튜디오밖에 없어요."

"아기들이 뭐 그렇게 큰 공간을 차지하나요. 그저 유아용 침대하고 조그만 서랍장이나 하나 들여놓으면 되지. 그럼 모든 준비가 끝난다니까요."

코라는 희색이 만면했다.

"그렇지만 아기들은 자라잖아요."

키스와나는 부드럽게 말하고 의아하다는 듯한 미소를 머금고 있는 코라에게 아이를 다시 건네주었다.

코라 리는 문을 닫고 텔레비전 앞으로 도로 와 앉았다. 그렇지만 과테말라에서 걸린 희귀한 백혈병과 싸우고 있는 매기의 투쟁이 눈에 들어오지 않았다. 무릎에 아기를 올려놓고 어루만져도 더는 마음이 편안하지 않았다. 공기 중에 키스와나의 향수 냄새가 퀴퀴한 음식 냄새, 오래된 먼지 냄새와 뒤섞인 채 남아서 그녀를 불안하게 만들었다. 코라는 무엇 때문에 그런지 정확하게 그 이유를 꼬집어 말할 수 없었다. 얼마 동안 안절부절 못하다가 아기를 소파에 뉘어 놓고 코너 장에 쌓아 두었던 앨범 더미로 다가갔다. 코라는 사진관에서 돈을 주고 찍은 아이들의 사진첩을 천천히 뒤적거렸다. 도리안, 브루시, 새미, 메이블린, 디드르와 대프니. (그해에는 한꺼번에 아기가 둘 나오는 바람에 얼마나 신났는지 모른다.) 노랗게 변색한 사진 속에서 굳은 표정의 아기들이 뚫어져라 쳐다보았다. 모두 다 그녀의 아가들이었다. 너무 늦기 전에 소냐의 사진도 찍어야겠다고 코라는 생각했다.

그렇지만 아기들은 자라잖아요.

코라는 거실에 늘어져 있는 커튼 천, 부서진 가구, 쓰레기 더미를 쳐다보았다. 그 아가씨는 아마 나를 나쁜 엄마라고 생각했을지도 몰랐다. 그렇지만 코라는 자기 아이들을 얼마나 사랑하는지 모른다! 내 아기들, 나의…… 코라가 다시 한 번 사진첩을 뒤적거리기 시작했다. 셰익스피어라. 코라는 중학교 다닐 때 셰익스피어 연극을 보러 갔던적이 있다. 그녀는 갈색인 메이블린의 어린 눈을 빤히 들여다보았다. 인간은 꿈을 만들어 내는 그런 존재이고, 우리의짧은 인생은 잠으로 매듭지어진다. 이 말이 어디서 나왔더라. 「폭포」라고 했든가 아니면 「폭풍우」라고 했든가. 여하튼제목이 그와 비슷했던 연극에서 나오는 이 구절을 선생님이 외우라고 했다. 코라는 학교 다니는 것이 좋았다. 그녀는 빠지지 않고 항상 학교에 갔다. 이 아이들과는 달랐다. 무엇 때문에 아이들은 학교에 가지 않는 걸까? 코라는 혼란스럽다는 듯 고개를 좌우로 흔들었다. 아냐, 아기들은학교에 가지 않았다. 소냐는 코라의 아기였고 학교에 가기에는 너무 어렸다. 소냐는 결코 골칫거리가 아니었다. 소냐는…….

그렇지만 아기들은 자라잖아요.

코라는 사진첩을 탁 닫아 버렸다. 그 아가씨는 아마 내가 아이들을 연극 공연에 데리고 가는 것을 싫어한다고 생각했을지도 몰랐다. 무엇 때문에 우리 아이들이 거기 가면 안 된단 말인가? 아이들한테 좋을 수도 있을 텐데. 아이들한테는 셰익스피어 연극 같은 것들이 필요했다. 그렇게 하면 아이들이 학교에 가서 더 잘할지도 모르는 일이고 못된 짓도 안 할지 모른다. 자라서 이모나 외삼촌처럼 될 수도 있을 것이다. 아이들의 외삼촌은 우체국에서 좋은 일자리를 잡았고 이모는 린든힐스에서 살았다. 그런 이야기를 아가씨한테 해 줄 걸 그랬나 보다. 아이들의 이모는 사업을 하는 남자에게 시집가서 린든힐스에 있는 커다란 집에서 살고 있었다. 그렇게 하면 아가씨의 코를 납작하게 눌러 줄 수도 있었을 텐데. 비싼 청바지와 실크 블라우스를 입고 내 집에 나타나서 나보고 나쁜 엄마라고 하던 아가씨한테 말이다. 그래, 좋았어. 내일 아이들을 모두 다 준비해 놓아야지.

코라 리는 텔레비전을 끄고는 아무튼 저녁 식사 준비를 일찍 시작하기로 마음먹었다.

"무엇 때문에 목욕해야 해요? 외할머니가 오세요?"
"아냐, 오늘 연극 구경 갈 거란다."
코라 리는 아이들을 세 그룹으로 나누었다. 이제 세 번째 목욕 조를 씻기려고 통에 물을 새로 받고 있었다.
"나는 연극 구경 가기 싫단 말이에요."
도리안이 떼를 썼다.
"아냐, 너도 가야 돼."
코라는 도리안의 옷을 벗긴 다음 거품이 가득한 물속에

밀어 넣었다.

"어떻게 해야 너한테 이로운 건지 안다면 목욕통 속에 가만히 들어앉아 있어."

코라는 브루시를 찾으려고 문 쪽으로 가 보았다.

"디드르, 그 양말 신지 마라. 양말에 구멍이 났잖아."

"그렇지만 학교 갈 때에도 이런 양말을 신고 가잖아요."

"글쎄, 오늘 밤에는 안 돼. 그 양말 이리 내놓지 못하겠어!"

코라는 디드르에게 양말을 받았다. 그러고는 브루시를 목욕통 속으로 끌어 넣은 다음, 바늘과 실을 찾으러 갔다.

아이들은 얼떨떨한 표정을 지으며 이해할 수 없는 엄마의 지시대로 머리를 빗으로 다시 빗었다. 지금까지 엄마가 이토록 부산 떠는 것을 한 번도 본 적이 없었다. 아침 식사를 하고 난 다음부터 엄마가 이전과는 다르게 움직였다. 식탁에서 그릇들을 모두 다 가져다 설거지해서 차곡차곡 쌓아 놓았고 거실로 이동하기 전에 부엌 마루를 빗자루로 쓸었다. 그런 다음 먼지를 떨어내어 거실도 어느 정도 정돈된 모습을 갖추게 되었다. 그러고 나서 침실로 들어가더니 심지어 침대 천도 갈았다. 뭔가 집 안에 이상한 기운이 감돌았다. 마치 크리스마스 때거나 아니면 외할아버지 외할머니가 방문이라도 할 것 같았다. 그렇지만 이런 일은 아직까지 일어나지 않았다. 그래서 아이들은 걱정스러운 눈길을 서로 주고받았다. 그날 아침 평소와는 다른 엄마의 부산함에 그들은 일찍 잠을 깼다. 아이들은 엄마의 지시를 마지못해 따라하면서 조심스럽게 움직였다.

코라는 쉴 새 없이 아이들 옷을 분류하여 빨래하고 다림질하고 수선했다. 그녀는 아이들이 이런 상태에 있었다는 것을 믿을 수가 없었다. 바지 길이가 발목에 오거나 닳아 빠져 해졌고 드레스는 허리에서부터 찢어지거나 아랫단이 풀려 있었다. 양말은 발가락이나 발꿈치 부분이 통째로 사라지고 없었다. 도대체 언제 이런 일들이 일어났단 말인가? 코라는 단추를 단정하게 채우고 일렬로 늘어선 아이들을 보고 마음이 흡족해질 때까지 야단법석을 떨었다. 옷에 헝겊을 대어 깁고 꿰매고 아이들의 복장을 짝을 맞춰 입혔다. 깨끗이 닦은 얼굴들, 조심스럽게 가르마를 탄 머리, 로션을 바른 팔과 다리. 아이들을 소파에 나란히 앉혀 놓고 움직이지 못하게 했다.

코라가 문을 열었을 때 키스와나는 감동했다. 대충대충 헝겊을 대고 기운 바지, 잘 맞지 않는 셔츠, 고르지 않게 단을 꿰맨 드레스를 만드느라 기울였을 엄청난 노력들을, 이 아줌마는 키스와나에게 자랑스럽게 보여 주고 있었다. 키스와나는 코라 리의 두 눈을 들여다보며 따스한 미소를 지었다.

"갈 준비가 다 됐네요. 자 갑시다."

키스와나가 어린 아이 두 명의 손을 꼭 잡았다. 마침내 그들 모두는 무리를 지어 층계를 걸어 내려갔다.

코라는 성공적인 훈련 담당 하사관같이 아이들 옆에 서서 현관에 서 있거나 아니면 층계 난간에 있는 이웃 사람들에게 일일이 알은척했다. 그녀는 자신들을 보고 깜짝 놀라며 재미있다는 듯 빤히 쳐다보는 시선들을 무시했다. 저 여편네가 아이들을 모두 다 이끌고 도대체 어디를 가는 걸까? 복지후생센터는 지금 시간에 문을 열지 않을 텐데. 여자들은 코라를 대할 때에 계속 아이를 낳아 대는 미혼모들에게 취하는 친절한 듯하면서도 경계하는 듯한 태도를 보였다. 왜냐하면 이런 미혼모들은 남편이 없기 때문에 다른 누구의 남편과 만나 아이를 낳을 가능성이 언제라도 있기 때문이었다.

매티가 장에서 산 물건을 담은 손수레를 끌면서 블록을 걸어 올라오고 있었다.

"안녕하세요, 미스 매티."

코라가 다정하게 알은척했다.

그녀는 매티를 진심으로 좋아했다. 왜냐하면 매티는 다른 사람들과는 달리 남의 일에 대해 배심원과 같은 판결을 내리는 법이 결코 없었기 때문이다.

"아니 이런, 모두들 잘 있었어? 야, 정말로 다들 멋진데. 어디들 가는 거지?"

"공원에요. 셰익스피어 연극을 보러 가요."

코라는 귀를 쫑긋하고 있는 다른 사람들에게도 들리도록 미소를 환하게 지으면서, 특히 셰익스피어라는 말에 힘을 주었다.

"정말로 좋겠구나. 이 갓난쟁이도 간다고? 귀엽기도 하지. 이제 아기는 그만 낳아도 되겠는걸, 코라. 지금 있는 아이들로도 농구 팀 하나는 만들 수 있겠어."

매티가 가볍게 꾸짖었다.

"잘 알고 있어요, 미스 매티."

코라는 한숨을 내쉬었다.

"그렇지만 어떻게 그만 낳아요?"

"아기를 처음 낳기 시작했을 때하고 똑같지 뭐. 단지 그 반대로 하면 되잖아."

세 여자가 큰 소리로 깔깔대고 웃었다.

"새미. 매티 아주머니를 도와서 손수레를 충계 위로 올려 드리고 오렴. 저기 골목 끝에서 기다리고 있을 테니까."

그들은 매티가 사는 건물과 브루스터플레이스 담벼락 사이의 2미터 정도 되는 골목길로 들어가고 있었다.

"아냐, 괜찮아. 나 혼자도 할 수 있다. 새미가 골목길을 혼자서 걸어가게 하고 싶지 않아. 벌써 어두워지고 있잖아. 저긴 늘 C.C.베이커를 위시한 못된 패거리들이 마리화나를 피우면서 어슬렁거리고 있는걸. 그놈들 좀 어떻게 하라고 경찰서에 전화를 수백 번도 더 걸었는데 경찰들은 그런 일로 오려고 하지를 않아."

매티와 키스와나가 잠시 서서 새로운 입주자 모임을 결성하여 골목길에 있는 담벼락을 없애 달라는 청원서를 시에 제출하는 문제에 대해 이야기를 나누었다. 그런 다음 한 떼의 무리는 계속 걸어갔다. 그들은 공원에 도착해 녹색과 검정색 글자로 '한여름 밤의 꿈'이라고 쓰인 포스터 밑에 페인트로 그려 놓은 커다란 빨간색 화살표를 따라 공원 한가운데로 들어갔다. 코라는 만반의 준비를 갖춰서 공원에 왔다. 가방 속에 가죽 끈을 접어 넣어 왔고 자신이 줄 한가운데에 앉은 다음 양 옆으로 아이들을 앉혔다. 그리하여 한 명의 아이도 그녀의 팔이 미치지 않는 곳으로 벗어날 수 없었다. 키스와나가 소녀를 안고 맨 끝에 앉았다. 아이들이 중간에 장난을 쳐 이 많은 사람 앞에서 엄마를 당황하게 할 수는 없었다. 엄마는 등을 후려갈겨서라도 아이들이 가만히 앉아 셰익스피어 연극을 모두 다 보게 할 것이다.

코라는 주변을 두리번거렸다. 브루스터플레이스에서 온 사람은 한 명도 찾아볼 수 없었다. 그러니까 이 자리에 앉아 있는 흑인들은 아마도 린든힐스에 사는 사람들일 터이다. 이곳으로 몰려든 사람들의 반 이상이 백인이었다. 백인들이 많이 온 것을 보니까 분명 이 연극은 정말 괜찮은 것인가 보았다. 코라는 딱딱한 의자에 몸을 곧추세우고 앉아 양옆에 있는 브루시와 도리안을 쿡쿡 찔렀다. 그리고 오른쪽 왼쪽 양옆에 앉아 있는 다른 아이들에게도 남들이 눈치 채지 못하게 위협적인 몸짓을 했다. 몸을 움직거리거나 펄쩍펄쩍 뛰는 일은 절대로 용서받지 못할 행동이었다. 이 사람들에게 이런 곳에 오는 것이 익숙하다는 걸 보여 주어야 했다. 코라는 브루시의 접힌 칼라를 펴 주었고 대프니에게는 두 다리를 모으고 치마를 끌어내리라고 손짓을 했다.

스포트라이트가 켜졌을 때 어스름한 저녁 빛이 색이 바랜 짙은 감색 담요 색깔로 변했다. 코라는 배우들이 하는 말을 이해할 수 없었지만 흑인들이 이토록 멋진 목소리로 말하는 것을 한 번도 들어 본 적이 없었다. 배우들은 지금 자신들이 무슨 말을 하는지 정말 알고 있는 것 같았다. 대사를 잊어버리는 사람은 한 명도 없었다. 코라는 혹시라도 가방에서 가죽 끈을 몰래 꺼내야 할는지 살펴보았지만 도리안을 제외하고는 아이들이 놀랄 정도로 얌전히 앉아 있었다. 그리고 무대 세트가 숲 장면으로 바뀔 때는 도리안마저 경외감에 눌려 조용해졌기 때문에 코라는 단지 두 차례만 찌르면 되었다. 아가씨 말이 맞았다. 무대가 정말 아름다웠다. 번쩍번쩍 빛나는 금속 조각이 뿌려져 있는 나뭇가지나 바위들. 그 사이에 송진이나 기름을 덧입힌 커다란 종이로 만든 나무 잎사귀들이 찬란한 녹색으로 매달려 있었다. 요정 분장을 한 사람들이 입고 있는 옷은 화려했다. 옷은 황금빛과 엷은 자줏빛 가제로 만들었고, 불빛을 받아 번쩍거리는 공단 장식이 달려 있었다. 그리고 합성수지 왕관들은 요정들이 움직일 때마다 가늘고 기다란 마름모꼴 모양으로 춤을 추면서 투광 조명을 분산시켰다.

코라는 처음에는 주변 사람들을 흉내 내어 그들이 웃을 때 따라 웃었다. 그렇지만 연극이 계속 진행되면서 흥이 오르자 상황만 보아도 명확하게 알 수 있었다. 엎치락뒤치락 수선스러운 특질로 인해 연극 나름의 익살이 드러났다. 요정으로 분장한 남자가 사람들의 눈에 무슨 요술을 부렸는지 모든 사람이 다른 사람들을 따라다니고 있는 것 같았다. 우선 갈색 옷을 입은 소녀는 한 남자를 좋아했다. 그 남자는 또 다른 사람과 사랑에 빠져 있는 흰색 옷을 입은 소녀를 쫓아다녔기 때문에 갈색 옷을 입은 여자가 자기를 쫓아다니지 못하게 하려고 그녀를 때리고 발로 찼다. 그런 장면을 보며 코라는 자연스럽게 웃음을 터뜨렸다. 그렇지만 요정으로 분장한 남자가 그들의 눈에 장난을 친 후에는 모든 것이 뒤죽박죽되어 어느 누구도 무슨 일이 벌어지고 있는지 제대로 알지 못했다. 연극 속 인물들도 마찬가지였다.

요정의 여왕은 메이블린과 똑같아 보였다. 메이블린은 언젠가 이런 일을 할 수 있을지도 몰랐다. 예쁜 옷을 입고 무대에 서서 멋있는 말을 할 수도 있을 것이다. 저 소녀는 아마 저런 것을 하기 위해 대학을 다녔으리라. 메이블린도 대학에 갈 수 있을 것이다. 아이가 학교에 다니는 것을 좋아하니까.

"엄마."

브루시가 속삭였다.

"나도 크면 저렇게 보일까요? 어리석은 바보들이 다 자라면 저렇게 보여요?"

바틈 역할을 하는 배우가 당나귀 탈을 쓰고 무대를 이리저리 뛰어다니고 있었다.

함부로 아무 말이나 내뱉었던 코라의 입으로 죄책감이 스멀스멀 스며들더니 커다란 덩어리가 되어 목을 콱 막았다.

"그렇지 않아, 아가야."

코라는 브루시의 머리를 쓰다듬어 주었다.

"엄마는 네가 저렇게 보이도록 내버려 두지 않을 거란다."

"그렇지만 저 남자도 어리석은 바보잖아요, 아네요? 저 사람들은 마치……."

"쉿, 그런 이야기는 나중에 하자."

다음 장면이 코라의 눈앞에서 희미해졌다. 메이블린은 학교에 가는 것을 좋아했다. 무엇 때문에 이제는 학교에 가지 않는 거지? 눈물이 얼굴을 타고 조용히 굴러 떨어졌다. 코라의 눈에 눈물 대신 찢어진 도서관 책들과 회답하지 않았던 무단결석 통지서들의 영상이 들어왔다. 몇 주가 지나면 방학이지만 그때까지라도 말도 안 되는 무단결석 같은 짓은 못하게 해야지. 코라는 만일 해야만 한다면 아침 일찍 일어나 걸어서라도 아이들을 직접 학교에 데려다 줄 것이다. 서머스쿨에도 보내야지. 아이들에게 학업을 보충해 줄 서머스쿨이 필요하다고 선생님들이 얼마나 오래전부터 이야기했던가? 코라는 매일 밤 아이들의 숙제도 봐줄 것이다. 그리고 사친회에도 참석할 것이다. 소냐가 언제까지나 조그맣지는 않을 테니까, 이제 저녁에 만나는 그런 모임에 빠질 수 있는 구실은 더는 없을 것이다. 중학교, 고등학교, 대학교…… 아이들 중 어느 누구도 언제까지나 조그맣지는 않을 것이다. 공부를 마친 다음에는 보험회사나 우체국에서 좋은 일자리를 구할 수 있을 테고 심지어 의사나 변호사도 될 수 있다. 그런 일들이 앞으로 아이들한테 일어날 것이다.

연극이 막바지에 이르고 있었다. 모든 사람은 그들이 한순간 잠을 잤다고 생각하는 것 같았다. '미래에 대한 나의 구상은 남들과는 아주 다른 것이었어요. 나한테는 꿈이 있었고 그 꿈이 어떤 것인지 사람의 머리로는 알 수 없었죠…….' 마지막 장면에서 배우들이 관중에게 무대로 올라와 록 음악에 맞추어 결혼 파티 춤을 함께 추자고 청했다. 아이들은 펄쩍펄쩍 뛰면서 그들과 함께하고 싶어 했지만 코라가 그들을 붙잡았다.

"안 돼, 안 된다니까. 다음번에 하자!"

코라는 아이들의 허름한 옷이 밝은 조명을 받아 드러나는 것이 싫어서 그렇게 말했다. 관중 가운데 무대로 올라간 사람들은 책상다리를 하고 앉았다. 자그마한 요정 역할을 맡은 남자가 그들 사이로 겅중겅중 뛰어다녔다.

만일 우리 그림자들이 여러분의 감정을 상하게 했다면
단지 이것만을 생각하세요
그러면 모든 아픔이 사라질 겁니다
당신은 이곳에 와서 선잠을 잔 것이라고
이런 비전들이 그 모습을 드러낸 동안
그리고 이 미약하고 한가로운 주제는
더 이상 감화를 주기 어려운 꿈에 불과하다고……

코라는 두 손이 얼얼할 때까지 손뼉을 쳤다. 연극이 모두 끝나니까 이상하게도 공허감이 찾아 들었다. 아, 제발 다시 한 번 공연되면 얼마나 좋을까. 아이들이 좌석 주위로 이리저리 뛰어다니며 연극이 끝난 후에도 계속되는 음악에 맞춰 춤추는 것을 그냥 내버려 두었다. 코라는 열을 따라 키스와나에게 다가가 손을 움켜잡았다.

"정말 고마웠어요. 너무너무 훌륭했어요!"

키스와나는 이 여인이 대단히 감격해하는 것을 보고 조금 당황스러웠다.

"아주머니가 좋아하실 줄 알았어요. 그리고 아이들 태도도 정말로 훌륭했어요."

"아, 그래요. 정말 대단했어요. 아이들을 또다시 데리고 올 거예요."

"그러세요. 일이 제대로 풀리면 내 친구는 내년에도 작품을 연출할 계획이니까요."

"불러만 주세요, 꼭 참석할 테니까."

코라가 아기를 받아 안으며 힘주어 말했다.

"아기 보기 너무 힘들었죠?"

"아녜요, 아기가 정말 예뻐요. 있잖아요, 저는 지금 당장은 집으로 돌아가지 못해요. 내 친구 압슈에게 달려가서 축하해 주고 싶거든요. 아주머니 혼자 가셔도 괜찮으시죠?"

"물론이죠. 그리고 남자 친구에게 꼭 좀 전해 주세요. 연극이 정말 멋있었다고."

"그럴게요, 조심해 가세요. 나중에 뵐게요."

코라와 아이들은 축축한 여름밤을 벗 삼아 집으로 걸어왔다. 아이들이 재잘대면서 방금 본 익살스러운 몸짓들을 따라하는 것을 보고 코라는 미소 지었다.

"엄마."

새미가 엄마의 팔을 잡아당겼다.

"셰익스피어가 흑인이에요?"

"아직은 아니란다."

코라는 부드러운 말투로 답변했다. 새미가 욕실 벽에 시를 적어 놓았다고 때렸던 일이 떠올랐다.

한참을 걸어오느라 모두들 지쳐서 얼른 자라는 말에도 불평 한마디 나오지 않았다. 엄마가 스펀지로 닦아 준 다음 아이들에게 뽀뽀를 하며 잠자리로 들여보냈을 때, 어느 누구도 투덜대지 않았다. 오늘은 놀라움과 의아함으로 가득 찬 밤이다. 코라 리는 아이들 옷을 잘 접어서 한쪽에 정돈해 두었다.

그런 다음 집 안을 한 바퀴 돌아보면서 전등불도 끄고 깨끗한 집에 자리 잡은 희망적인 질서와 평온의 속삭임을 들이마셨다. 그녀가 컴컴한 데서 침실로 들어갔을 때 자기 열쇠로 문을 열고 들어와 있던 그림자 같은 남자가 침대에서 몸을 뒤척였다. 그 남자는 이 밤중에 어디 갔다 왔느냐고 묻지도 않았다. 코라도 애써 말하고 싶지 않았다. 그녀는 유아용 침대로 다가가 잠들어 있는 딸아이를 가만히 들여다보고는 기다란 한숨을 내쉬었다. 그런 다음 코라는 되돌아서서 마치 황금빛과 엷은 자줏빛 실로 짠 가제와도 같은 저녁을 꿈의 궁전 깊숙한 곳에 접어 넣었다. 오늘 밤 또 하나의 꿈을 심으리라. 몸에 걸쳤던 옷이 마룻바닥으로 스르르 흘러내렸다.

테레사와 로레인

그 두 사람이 처음에는 아주 좋은 아가씨들 같았다. 그들이 정확하게 언제 브루스터플레이스로 이사 왔는지 기억하는 사람은 한 명도 없었다. 그건 벤이 살해된 해 초였다. 물론 벤이 죽기 전이었다. 그렇지만 두 사람이 이사 온 때가 그해 겨울이었는지, 아니면 봄이었는지 아무도 기억하지 못했다. 사람들은 퇴거 명령 쪽지나 기물 파손에 대한 게시판을 피하기 위하여 캄캄할 때 이삿짐을 들이고 내고 했기 때문에 브루스터플레이스의 세입자들은 종종 잠 못 이루는 밤에 꾸는 꿈과도 같이 들어오고 나갔다. 그리하여 두 사람이 정기적으로 아침에 나가고 저녁에 돌아오는 것이 확실히 각인된 후에야 그곳 사람들은 비로소 이들이 브루스터플레이스를 거처로 삼았다는 사실을 조용히 받아들였다. 젊은 여자들, 더군다나 미혼인 경우에는 전혀 종잡을 수 없기 때문에 두 여자를 주민으로 받아들이는 데는 시간이 걸렸다. 두 여자는 주말에 시끄러운 음악으로 건물을 흔들어 놓는다거나 술에 취한 친구들이 건물 모퉁이에서 비틀거리지 않았다. 또한 특별히 여자만 보면 침을 흘리는 남자들이 아파트 1층에서 서성거리다가 그들의 환심을 사기 위해 심부름을 해 주는 모습도 전혀 없었다. 이쯤 되자 반신반의했던 이곳 여자들은 두 여자가 쓰레기를 내다 버릴 때라든지 쇼핑을 할 때, 혹은 아침에 버스를 타러 뛰어갈 때에 안도의 한숨을 내쉬었다.

브루스터 여자들은 두 여자 중에서도 피부색이 좀 더 엷고 몸이 마른 여자를 더 빨리 받아들였다. 아침저녁으로 아주 열심히 "안녕하세요?" 하고 종소리같이 인사할 때마다 드러나는 뻐드렁니, 소심하게 종종걸음 치는 걸음걸이에는 사람을 경계하게 만드는 요소가 별로 없었다. 피부색이 다소 짙고 키가 작은 여자에 대해서는 좀 더 시간을 두고 지켜보았다. 그녀는 아주 예뻤고 그녀의 커다란 엉덩이는 뭇사람의 눈길을 황홀하게 잡아끌었다. 그런 데다 고집스럽게 하늘하늘한 가이아나 드레스를 즐겨 입었다. 그녀가 기운차게 길을 걸어갈 때 산들산들 불어오는 미풍에도 터질 듯 풍만한 젖가슴이 규칙적으로 세차게 흔들리며 그대로 드러났다. 그녀가 지나갈 때 남편들이 바람이 불어오기를 고대하며 유심히 지켜본다는 것을 동네 여자들은 잘 알았지만 눈을 가느다랗게 뜨고 지켜볼 수밖에 없었다. 그렇지만 이 여자는 남자들의 이런 바람은 안중에도 없는 것 같았다. 그래서 여자들은 그녀에 대해서도 안도의 한숨을 내쉬었다. 좋은 아가씨들이야.

이상한 소문이 퍼지기 전까지 어느 누구도 두 여자가 브루스터플레이스로 정확하게 언제 이사 왔는지 관심을 두지 않았다. 소문이 이 구역에 처음 퍼졌을 때에는 단지 시큼한 냄새처럼 아주 희미하게 느껴져 쉽게 무시되었다. 그렇지만 냄새의 농도가 짙어지면서 그것은 10여 명의 호사가들 사이에서 꾸준히 씹히게 되었다. 냄새는 이제 사방으로 퍼졌다. 모든 사람이 그 냄새 때문에 코를 킁킁댔고 어디에서건 서너 명이 만났다 하면 입술이 터지도록 쑤군거렸다. 그 냄새가 처음 풍겨 나온 시간이나 출처를 정확하게 지적해 낼 수는 없었다. 하지만 소피는 할 수 있었다. 그녀는 현장에 있었던 것이다.

사실 이 소문이 소피로부터 시작된 것은 아니었다. 소문의 진원지가 어디인지는 알 필요가 전혀 없다. 오로지 자발적으로 전달한 사람이 있었는데, 소피가 바로 그런 사람이었다. 소피는 현장에 있었다. 8월의 어느 저녁 시간, 해가 졌다는 사실이 믿기지 않을 정도로 더위가 기승을 부리던 때였다. 열기로 인해 방 안 공기가 어찌나 후텁지근하던지 침대 천 자락도 참기 어려웠다. 잠을 이룰 수 없을 정도로 맨살조차 부담스러웠다. 그리하여 그날 밤 대부분의 주민들이 집 밖에 나와 있었다. 바로 그때 아마도 냉방 시설이 되어 있던 시내 영화관에 갔었는지 두 여자가 함께 귀가하면서 건물 주변에서 서성대던 사람들에게 인사를 했다. 그런 다음 두 여자는 층계를 올라가기 시작했다. 비쩍마른 여자가 어린애가 갖고 놀던 공을 밟고 넘어지려 하자 피부색이 좀 더 짙은 여자는 친구가 넘어지는 것을 막기 위해 팔을 움켜잡고 허리를 감싸 안았다.

"조심해. 벌써부터 너를 잃고 싶진 않으니까."

그러고 나서 두 여자는 서로의 눈을 들여다보며 깔깔대
고 웃더니 건물 안으로 들어갔다.

냄새는 그때부터 시작되었다. 비틀거리던 여자와 넘어지
는 것을 잡아 주던 여자의 영상이 실체를 드러냈다. 소피
와 다른 몇 명의 여자들이 그때 그 자리에서 킁킁대며 냄
새를 맡고는 어찌할 바를 몰라 조용히 서로를 바라다보았
다. 이런 장면을 전에 어디서 보았지? 여자들이 종종 깔깔
대고 웃으며 서로를 만지고는 했다. 기쁘거나 아니면 반대
로 아주 슬플 때 서로 안았다. 그렇지만 '저런' 광경을 전
에 어디서 보았더라? 냄새가 층계를 따라 떠 내려와 입안
으로 들어가기 전에 코끝을 자극했을 때 그들은 무릎을 쳤
다. 저런 광경을 본 적이 있었다. 아니 그런 행동을 자기
남자들하고 한 적이 있었다. 그런 보이지 않는 공감의 순
간은 오로지 두 사람을 위해 유보해 둔 것이었다. 다른 사
람들 모르게 은밀히 나누는 웃음이나 눈물, 촉감 속에 숨
어 있었다. 아기가 생겨나기 전이나 유산을 하기 전, 또
다른 꿈들이 깨어지기 전, 외양간이나 목화 창고에서 은밀
한 포옹을 나눈 후에 맛보는 것이었다. 영원한 반려자로
결정한 남자 아이와 교회에 참석한 후 다정하게 걸어오다
남몰래 키스를 한 다음 순간에 경험하는 것이었다. 이곳
여자들은 입안에서 감도는 냄새를 느낄 수 있었다. 그들은
혓바닥으로 천천히 혼합한 다음 노란 안개와도 같은 냄새
를 공기 중에 발산시켰다. 그것은 브루스터플레이스의 담

벼락에 가서 달라붙기 시작했다.

그리하여 312호에 살고 있는 두 여자는 '그렇고 그렇다'는 소문이 돌고 돌았다. 두 사람은 제법 괜찮은 아가씨들처럼 보였는데 그런 소문이 돌다니. 이 구역을 정해진 시간에 나가고 들어오는 두 여자를 동네 사람들은 편견에 사로잡힌 눈으로 바라보았다. 주말에 두 여자가 살고 있는 집 주변이 고요하면 그것은 온갖 종류의 비밀스러운 의식을 암시하였다. 정답게 보이는 두 여자가 거리에서 남자들에게 무관심하게 대하는 태도도 여자들의 눈에는 자연스럽지 못한 방식을 뻔뻔스럽게 과시하는 모욕적인 행위로 비쳤다.

소피의 아파트 창문이 공기 흡입구를 가로질러서 두 여자가 사는 아파트와 마주 보고 있기 때문에 소피는 이 구역의 공식적 감시인이 되었다. 그리하여 두 여자가 대화에 오를 때마다 그녀의 견해는 아주 중요했다. 소피는 자신의 지위를 진지하게 받아들였고 늘어진 커튼 주위로 기어 나올지도 모를 두 여자의 비밀을 폭로시킬 만한 징후들을 찾아내려고 쉴 새 없이 눈을 부릅떴다. 커튼을 사이에 두고 그녀는 철두철미하게 철야를 계속했다. 한 주 내내 커튼이 드리워진 것도, 어둠이 찾아 들기 시작하자마자 커튼을 내리고 등불을 켜는 것도 소피가 여기저기 바쁘게 돌아다니기에 충분한 증거였다. 뭔지 알겠다는 듯이 여자들은 하나같이 고개를 끄덕거렸다. 분명한 징후였다. 만일 "그렇지만 나도 밤에는 커튼을 내려요." 하며 반신반의하면 "그려, 그렇지만 당신은 '그렇지는' 않잖여." 하고 속삭이듯 대꾸했다. 그러면 사람들의 마음이 충분히 소피 편으로 기울어졌다.

소피는 피부색이 옅은 여자가 쓰레기를 내다 버리는 것을 지켜보다가 쫓아 나가서 뚜껑을 열었다. 두 눈에 불을 켜고 짜부라진 깡통, 야채 껍질, 텅 빈 초콜릿 칩 쿠키 상자를 쏘아보았다. 도대체 저 여자들은 이 많은 초콜릿 칩 쿠키로 무슨 짓을 하지? 이건 분명한 징후지만, 그래도 뭔지 알아내는 데에는 얼마간의 시간이 걸리겠는걸. 소피는 벤이 두 여자네 아파트로 들어가는 것을 보고는 기다렸다가 연장 통을 들고 밖으로 나오는 벤을 가로막았다.

"뭐 좀 보신 게 있수?"

소피가 벤의 팔을 잡더니 그의 얼굴 가까이 다가가 은근히 속삭였다.

벤은 그녀의 사팔눈과 늘어진 입술을 응시하더니 천천히 고개를 가로저었다.

"어, 아주 끔찍합니다."

"그래요?"

소피가 좀 더 가까이 다가갔다.

"내 평생 그렇게 형편없이 부서진 수도꼭지는 처음 봤소."

벤은 소피의 손을 뿌리치고 구역 한가운데에 그녀를 남겨 둔 채 자리를 떠났다.

"저런 빙충맞은 늙은이 같으니라고."

소피는 자기 집 현관으로 돌아가면서 투덜거렸다. 부서진 수도꼭지라고. 냄새가 나는걸. 두 여자가 살면서 뭣 때문에 물을 그토록 많이 써야 해?

그날 소피는 보고할 게 많았다. 벤이 그러는데 집 안이 아주 끔찍하다고 그럽디다. 아니, 소피는 벤이 무엇을 보았는지 정확하게 알지는 못했지만 그래도 상상은 할 수 있었다. 그리고 주민들도 상상했다. 고리타분한 자신들의 세계 속에 불쑥 밀고 들어온 색다른 것과 직면했을 때 주민들은 상상의 날개를 펼쳤고 과거의 예를 활용하여 그런 것이 존재하는 이유를 짜 들어 갔다. 주민들은 필요에 따라 자신들이 알고 있는 비밀스러운 두려움과 어린 시절에 꾸었던 악몽들을 덧붙여 나갔다. 왜냐하면 비록 외면적으로 자기네처럼 보이고 말하고 행동하려고 노력하는 것으로도 충분히 기만적이라고 말할 수 있지만 그래도 무효화하려면 어떤 숨겨진 오점을 찾아야 했다. 양측이 모두 다 옳다는 것은 말이 안 된다. 그래서 숫자상 전적으로 우세한 주민들이 한 걸음 물러나 두 여자가 브루스터플레이스를 드나들면서 끼기 시작한 노란 안개로부터 자신들을 보호하기 위하여 상상의 날개로 이야기의 장막을 짜 냈던 것이다.

로레인이 먼저 브루스터플레이스에 사는 사람들의 태도가 변했다는 것을 알아챘다. 그녀는 수줍음을 타긴 했지만 그래도 아침에 일찍 일어나 조간신문을 읽고 직장에 나가야 할 시간이 되기 전에 윗몸 일으키기를 50번은 하는 천성적으로 다정한 여자였다. 아침에 아파트를 나설 때 로레인은 바깥에 나와 있는 이웃 사람들 누구에게라도 인사를 건네면서 적극적으로 하루를 시작하고 싶었다. 그러나 전에는 그녀에게 말을 하던 사람들 중 일부가 자신이 지나갈 때 노골적으로 빤히 뒤통수를 쳐다보면서도 눈길은 언제나 다른 데로 피한다는 것을 알아차릴 수 있었다. 아직 로레인에게 말을 하는 사람들도 불편할 정도로 주저주저하다가 비로소 말대꾸했다. 그들이 마지못해 인사말을 건네기 전에 잠시 그녀를 뚫어져라 응시하는 것 같았다. 로레인은 전적으로 자기 혼자만 그렇게 생각하는 것이 아닌가 하고 의아해하다가 테레사에게 이야기를 한번 해 봐야겠다고 생각했다. 그렇지만 그녀는 지나칠 정도로 예민하게 굴지 말라는 소리를 또다시 듣고 싶지 않았다. 여하튼 티(테레사)가 어떻게 그런 걸 알아채겠는가? 티는 제멋대로여서 사람들에게 거의 말도 걸지 않았다. 마지막 순간까지 침대에서 뒹굴다가 찌뿌드드하게 심술 난 얼굴로 서둘러 집을 나섰다. 티는 몸매 때문에 다른 사람들이(적어도 남자들이) 빤히 쳐다봐도 그런 데 익숙해져서 아무렇지도 않게 생각했다.

퇴근해 집에 올 때 커다란 종이봉투 하나를 들고 이 구역으로 접어들면서 로레인은 이런 것들을 생각했다. 층층대에 모여 있던 한 무리의 여자들이 조용히 갈라지면서 그녀가 지나가게 해 주었다.

"안녕하세요?"

로레인은 층계를 올라가면서 말했다.

소피는 맨 꼭대기 층계에 서서 로레인이 들고 있는 종이봉투를 살짝 들여다보려고 했다.

"장을 보셨나 보군, 뭘 사셨나?"

말투가 거의 비난조였다.

"식료품이에요."

로레인은 내용물이 보이지 않게 종이봉투 위쪽을 가리고 는 어찌할 바를 몰라 얼굴을 찡그리며 소피 옆으로 서둘러 지나갔다. 소피는 층층대 아래쪽에 서 있는 사람들을 향해 뭔가 알고 있는 듯한 시선을 던졌다. 저 노인네가 왜 저러 지? 제정신이 아닌가?

로레인은 집 안으로 들어갔다. 테레사는 창가에 앉아서 《마드무아젤》 잡지를 읽고 있다가 고개를 들어 로레인을 올려다보았다.

"초콜릿 칩 쿠키 사 왔어?"

"그럼 티, 너도 오늘 괜찮았지? 오늘 어떻게 지냈느냐 고? 그저 황홀했지."

로레인은 종이봉투를 소파에 내려놓았다.

"그 꼬맹이 백스터 녀석이 자랑하고 싶어서 강아지 한 마리를 데리고 왔는데, 글쎄 그 망할 것이 마룻바닥에다 오줌을 싸 대더니 내 신발 뒤꿈치를 물고는 씹어 먹으려고 하잖아. 나는 절룩절룩하면서도 간신히 가게에 들러 네가 먹을 초콜릿 칩 쿠키를 사 가지고 왔지."

이런 또 시작하네. 테레사는 생각했다. '오늘 또 무슨 일이 있었기에 저러지?'

"백스터 부인한테 말해 줘야 한다니까그래. 엄마가 자식 을 제대로 가르쳐야 하잖아."

테레사는 로레인이 깔깔대고 웃는 것을 멈출 때까지 기 다리지 않고 그녀의 기분을 맞춰 주려고 애썼다.

"저리 가 있어. 내가 물건들을 집어넣을 테니까. 내가 저녁 준비할까? 너는 좀 쉬고. 오늘 난 한나절만 일했거든. 그리고 오늘 나한테 일어난 가장 비극적인 일은 손톱이 부러져서 타이프라이터 속에 끼였다는 거야."

로레인은 테레사를 따라서 부엌으로 들어갔다.

"사실 그렇게 피곤하진 않아. 그리고 서로 공평해야지. 어젯밤에 네가 저녁 식사를 준비했잖아. 신경질 낼 생각은 전혀 없었는데. 그저…… 그런데 티, 이전하고 다르게 사람들이 별로 상냥하지 않다는 거 너도 느꼈니?"

테레사의 몸이 뻣뻣해졌다. '아 미치겠어, 또 시작하는군.'

"어떤 사람들이, 로레인? 어떻게 하는 게 상냥한 건데?"

"글쎄, 이 건물에 사는 사람들하고 거리에서 만나는 사람들 있지. 이제는 나한테 말을 거는 사람이 거의 없어. 그러니까 내가 들어오면서 '안녕하세요.' 하고 말을 걸었는데 그저 침묵이 흐르는 거야. 우리가 처음 이사 왔을 때는 그러지 않았거든. 잘 모르겠어, 그저 이상한 생각이 들어서 그래. 그저 그렇단 말이지. 무슨 생각들을 하고 그러는 걸까?"

"난 개인적으로 그 사람들이 무슨 생각을 하든 말든 전혀 관심 없어. 그리고 우리에게 인사하든 안 하든 우리가 먹고 사는 데 아무 관계없잖아."

"그래. 그렇지만 저 밖에서 어떤 여자 하나가 나를 어떤 눈으로 쳐다봤는지 네가 몰라서 그래. 그 사람들이 뭘 알게 되었거나, 아니면 뭔가 느낀 거라니까. 아마도……."

"그 사람들, 그 사람들, 그 사람들!"

테레사가 폭발했다.

"있잖아, 난 또다시 이런 일로 시끄럽게 떠들고 싶지 않

아. 하지만 로레인, 도대체 그 사람들이 누구야? 빌어먹을, 우리가 지금 어디서 살고 있는지 잘 봐. 네가 말하는 그 사람들 때문에 말이야. 목화솜이나 뽑아내던 무식한 검둥이들이 득시글거리고 아무도 돌보지 않는 지역의 다 쓰러져 가는 황폐한 건물에서 살고 있잖아. 린든힐스에서 살 때도 사람들이 뭔가를 알게 되었다고 해서 난 너를 위해 지난 4년간 살았던 아파트를 포기했단 말이야. 그런 다음에는 파크 하이츠에서 사람들이 알게 되었고 그곳에 살면서 네가 어찌나 나를 비참하게 만들었던지 할 수 없이 그곳을 떠나왔잖아. 이제 확실하지도 않은 그놈의 사람들이 브루스터플레이스에도 살고 있단 말이지. 그래 저 창밖을 한번 내다봐, 이 갑갑아. 저기 저 밑 블록에 커다란 담벼락이 보이지. 나한테는 저 담이 끝이야. 더는 이사 가지 않을 테니까. 만일 네가 지금 그 공작을 꾸미고 있는 거라면 제발 그만두란 말이야!"

테레사는 마치 연기를 내며 타오르는 석탄 덩어리와도 같이 불끈불끈 화를 내며 격렬해졌다. 그 때문에 로레인은 매 순간 어쩔 줄 모르고 불안해했다.

"그래 바로 그렇게 나오기 때문에 난 이런 얘기를 하고 싶지 않았던 거야."

로레인은 신경질적으로 손가락을 잡아 빼기 시작했다.

"넌 항상 발끈해서는 속단해 버리잖아. 이사 간다는 말은 꺼낸 적도 없는데. 그리고 날 만난 이후로 네 삶이 그토록 비참했는지 정말 몰랐어. 그렇다면 진짜 미안해."

로레인의 눈에 눈물이 글썽글썽했다.

테레사는 마치 시들어 버린 나뭇잎처럼 부엌문에 서 있는 로레인을 쳐다보았다. 티는 그녀를 향해 뭐라도 던지고 싶었다. 도대체 쟤는 뭣 때문에 반격하지 않는 거지? 자신이 처음 로레인에게 끌리게 된 것은 바로 이 부드러운 태도 때문이었다. 하지만 이제는 오히려 그런 성질 때문에 정말 짜증이 났다. 불에 살짝 그슬린 꿀과 같은 여자. 신청서를 움켜쥐고 사무실에 앉아 있던 로레인을 보았을 때 테레사는 그런 꿀이 연상되었다. 건조한 가을날 조지아 주의 숲에서 꿀벌 집 아래로 짙은 연기가 올라가면 처음에는 황색 꿀이 보이다가 곧바로 나뭇가지가 타면서 가장자리가 살짝 검어졌다. 로레인은 바로 그렇게 테레사의 마음속으로 진하게 흘러 들어와 착 달라붙어 지속적으로 달콤한 맛을 내고 있었다.

그렇지만 테레사는 그때 이런 부드러움이 로레인의 한가운데까지 차 들어가 조금만 건드려도 구부러질 것을 알지 못했다. 또한 끊임없이 모든 사람들의 친절한 위안으로 주변을 감싸려 들 것이며, 조금이라도 찬성하지 않는 것 같은 기미를 느끼면 얼른 움츠러든다는 것을 알지 못했다. 제대로 상황을 알지도 못하는데 이토록 끊임없이 위로나 지원을 해 달라는 요청을 받는다는 것이 얼마나 진 빠지는 일인지 몰랐다. 심지어 꿀조차도 추운 곳에 내다 놓으면 단단해지듯이 테레사는 처음에는 로레인을 사랑하는 마음에서 그녀가 궁극적으로 강해질 거라는 희망을 가지고 지원해 주었다. 그러나 테레사는 그녀가 계속 자신에게 매달리는 것이 점차 싫증 나기 시작했다. 자신이 계속 지탱해

쥐야 하기 때문이었다. 그녀는 어린아이를 원하지 않았다. 자신과 발끝을 맞대고 서서 어떤 때는 끝까지 맹렬하게 싸울 태세를 갖춘 사람을 원했다. 만일 두 사람이 서로 그런 식으로 연습해 놓으면 등을 맞대고 돌아서서 자신들의 영역을 침범하려 드는 세상 사람들을 단단히 혼내 줄 수 있을 터였다. 그렇지만 테레사는 로레인에게서 결코 그런 면을 발견할 수 없었으므로 혼자 싸워야 하는 데서 오는 스트레스가 서서히 나타났다.

"글쎄, 그토록 비참했다면 벌써 오래전에 떠나고 없겠지."

테레사는 이 말을 들은 로레인이 부드럽게 샤워라도 한 것처럼 원기가 되살아나는 것을 지켜보았다.

"아마 넌 내가 무슨 편집증 환자라도 되는 것처럼 생각하는 모양인데 말이야. 하지만 사람들이 우리 교장한테 편지를 보내든가 전화를 걸면 어떻게 해. 알다시피 나는 벌써 디트로이트에서 그렇게 직장을 잃었잖아. 그리고 가르치는 일은 나에게 목숨과도 같아, 티."

"알고 있어."

테레사는 사실 하나도 알지 못해서 한숨을 내쉬었다. 브루스터플레이스에서는 그런 일이 일어날 위험성이 전혀 없었다. 로레인은 이 동네하고는 아주 멀리 떨어진 지역에서 일하고 있기 때문에 여기 사는 사람이 그녀가 그 학교에 다닌다는 것을 알 방법이 없었다. 아니다. 로레인이 이번에 잃을까 봐 두려워하는 것은 직장이 아니라 동네 사람들의 인정이었다. 로레인은 그곳에 탁 버티고 서서 사람들과 함께 수다를 떨고 화장 비결이나 케이크 조리법을 서로 나누고 싶었던 것이다. 로레인은 이 구역의 협의체에서 총무가 되어, 장 보는 동안 아기들이라도 돌봐 달라는 주민들의 요청을 받고 싶었던 것이다. 그러나 주민들이 만일 로레인의 인사조차 받아들일 마음의 자세가 되어 있지 않다면 그런 일은 꿈속에서도 일어날 수 없는 것이었다.

테레사는 아무 말 없이 식료품을 끄집어내어 정돈을 마쳤다.

"무엇 때문에 카티지 치즈를 샀지? 그런 걸 누가 먹는다고?"

"글쎄, 우리도 다이어트를 해야 할 것 같았거든."

"만일 '우리'가 다이어트를 하게 되면 넌 사라지고 말 거야. 머리칼을 빼면 너한테서 빠질 게 뭐가 있다고 그래."

"아, 모르겠어. 그래도 혹시 다이어트를 하게 되면 엉덩이에 붙은 살이라도 빠질지 누가 알아."

로레인은 장난스럽게 어깨를 으쓱했다.

"미안하지만 사양합니다. 우리 엉덩이는 지금 이대로도 아주 좋습니다."

테레사는 치즈를 냉장고 뒤쪽으로 밀어 넣으면서 말했다.

"그런데 난 몸무게가 빠져도 절대로 엉덩이 살이 빠지는 법은 없거든. 가슴이나 팔이 그저 조금 작아질 뿐이야. 그럼 꼭 샐러드드레싱 병처럼 보인단 말이야."

두 여자는 깔깔대고 웃었다. 테레사는 로레인이 저녁 준비하는 것을 자리에 앉아 지켜보았다.

"그러니까 이 엉덩이가 언제나 내 신세를 망쳐 놓는다니까. 조지아 주에서 할머니하고 살 때, 남자 애들이 엉덩이를 만지게 허락해 주면 왕사탕을 사 준다고 약속하곤 했어. 그런데 난 그놈의 딱딱한 사탕이 얼마나 좋았는지 몰라. 그러니까 그놈의 왕사탕은 하루 종일 입에 물고 있어도 될 정도로 아주 단단했고 입안에 들어가면 계속 색깔이 변했거든. 그래서 난 아주 기쁘게 그러라고 했지. 왜냐하면 오후 한나절이면 일주일치 왕사탕을 몽땅 걷어 들일 수 있었거든."

"정말, 그게 그렇게 재밌니? 남자 애들이 온통 네 몸을 만져 대는데."

테레사는 로레인에게 엿이나 먹으라지 하는 마음에서 이를 쭉 빨아들였다.

"우리는 단지 어린아이였는데 뭘 그래, 로레인. 너를 보고 있으면 꼭 우리 할머니를 보는 것 같아. 할머니는 융통성이라고는 전혀 없었던 엄격한 노인네였어. 우리 오빠가 내가 하는 짓을 고자질했을 때 할머니는 노발대발하셨지. 나를 훈제실로 불러들이더니 정말로 무시무시한 목소리로 조그맣게 속삭이더라. 만일 조그만 사내아이들한테 엉덩이를 만지라고 허락하면 임신할 수도 있다는 거야. 그럼 나도 결국 사촌 윌라처럼 되고 말 거라는 거지. 그렇지만 윌라와 나는 이미 한 쌍의 바퀴벌레처럼 무척 사이가 좋았거든. 윌라는 이미 나에게 자기가 어떻게 해서 그런 곤경에 빠지게 되었는지 단계별로 하나하나 설명해 줬어. 그렇지만 나는 그날 밤 그 사연을 다시 한 번 확인하기 위해서 할머니 몰래 윌라의 집으로 갔어. 왜냐하면 할머니가 말씀하시는 게 너무나 진지해 보였거든. '윌라, 확실한 거지?' 나는 윌라의 침실 창문을 통해서 속삭였어. '내가 하는 말을 잘 들어, 티.' 윌라가 말했어. '그저 두 발을 땅에 똑바로 디디고 있으면 되는 거야. 그러면 걱정할 게 없다니까.' 세월이 한참 흐른 다음에야 그런 충고가 생물학적으로 근거 없는 이야기라는 것을 알았어. 그렇지만 시골 촌놈들은 상상력이 별로 없기 때문에 조지아 주에서는 그런 말이 통했거든."

테레사는 웃었지만 로레인은 아무 대꾸 없이 뻣뻣하게 서 있었다. 더 할 말이 없던 테레사가 화가 나서 초콜릿 칩 쿠키 봉지를 뜯었다.

"그래."

테레사는 로레인의 등을 응시하면서 쿠키를 한 입 베어 먹으며 말했다.

"북부 대학에 와서야 난 비로소 알게 되었어. 상상력이 부족한 놈팡이라도 두 발을 땅에 똑바로 디디고 있는 여자에게 할 수 있는 일이 수도 없이 많다는 것을 말이야. 그러니까 월라는 몸을 구부리지 말라거나 아니면 쪼그리고 앉지 말라거나 하는 말을 까먹고 해 주지 않았던 거지."

"꼭 그렇게 해야 해?"

로레인은 이를 악물고서 스토브에서 돌아섰다.

"무슨 말이야, 로레인? 먹고 숨 쉬고 나이를 먹는 것처럼 삶의 중요한 일부분이 되는 그런 것들을 꼭 얘기해야만 하느냐고? 무엇 때문에 넌 항상 섹스나 남자에 대한 말만 나오면 그토록 긴장하니?"

"나는 그런 것 때문에 긴장하지 않아. 그냥 네가 계속해서 그런 얘기를 하면 구역질이 날 것 같단 말이야."

"구역질 날 게 뭐가 있다고 그래, 로레인. 넌 남자하고 한 번도 사귀어 본 적 없지만 난 제법 많은 남자들하고 사귀어 봤거든. 괜찮은 남자들도 있어. 두세 명은 지금까지도 서서히 고통스럽게 죽었으면 하고 바라지만. 그래도 몇 사람은 나한테 아주 친절하게 대해 줬어. 잠자리에서도 그렇고 또 밖에서도 그랬지."

"만일 그 남자들이 그토록 대단하다면, 지금 넌 뭣 때문에 나하고 사는 거야?"

로레인의 입술이 부들부들 떨리고 있었다.

"그건 말이지……."

테레사는 계속해서 로레인의 눈을 쳐다보다가 그녀가 식탁 위에서 빙빙 돌리고 있는 쿠키로 눈길을 돌렸다.

"그건 네가 초콜릿 칩 쿠키에 구멍을 뚫은 다음 귀에 매달고서 귀걸이라고 부르든지 아니면 은줄에 걸어 목에 두르고는 목걸이라고 생각할 수 있기 때문이야. 그렇지만 그건 쿠키일 뿐이잖아. 그러니까 넌 쿠키를 공중에 던지고 그것을 프리스비라고 하든지 기분 좋으면 비행접시라고도 하잖아. 그렇지만 그건 아직도 쿠키에 불과하지. 식탁 위에서 이렇게 빙그르르 돌리면 황옥이나 녹슨 금이나 아니면 오래된 크리스털이라고 상상할 수 있게 황홀한 황갈색으로 변하잖아. 그렇지만 어떤 때는 중력의 법칙이 작용하게 되고 그러면 종종 그냥 주저앉게 되지. 그렇게 되면 회전이건 그런 척 가장하는 것이건 그 모든 법석들이 끝나고 말거든. 그럼 뭐가 남는지 알아?"

"초콜릿 칩 쿠키."

로레인이 대꾸했다.

"아냐, 아냐."

테레사는 쿠키를 입에 넣더니 한쪽 눈을 깜짝였다.

"레즈비언."

테레사가 식탁에서 일어났다.

"식사 준비가 다 되면 불러 줘. 난 다시 책이나 읽을 테니까."

그녀는 부엌문 앞에서 발걸음을 멈췄다.

"그런데 뭣 때문에 닭고기에다 고기 국물을 끼얹는 거지, 로레인? 그렇게 하면 무척 기름질 텐데."

브루스터플레이스 구역 협의회가 키스와나의 아파트에서 모임을 열었다. 사람들은 소파나 커피 테이블에 비집고 걸터앉거나 마룻바닥에 앉아 있었다. 키스와나가 벽에 빨간 깃발을 붙여 놓았다.

"오늘의 브루스터, 내일의 미국!"

그렇지만 그 말이 무슨 뜻인지 이해하는 사람은 거의 없었고 그 구호에 관심을 두는 사람은 더더욱 없었다. 주민들이 이곳에 모인 이유는 그저 이 아가씨가 건물 벽에 난 구멍이라든지 겨울에 아이들의 폐에 울혈이 생기는 것을 막을 수 있도록 난방 부족에 대해 뭔가 조처를 취할 수 있을 거라고 말했기 때문이다. 주민들이 남에게 질세라 경쟁적으로 목소리를 높여 집주인에 대해 길게 불평을 쏟아 내는 바람에 키스와나는 견해를 내놓는 걸 포기했다. 세입자들은 지금까지 살아오면서 처음으로 누군가가 자신들을 진지하게 받아들인다고 생각했다. 그래서 기회가 있었다면 변호사, 정치가, 브로드웨이의 배우가 되었을 주민들은 보기 드문 이런 기회를 이용하여 재능을 발휘했다. 남이 벌써 했던 말을 또다시 반복하건 자신의 이야기가 당면 문제와 상관이 없건 문제될 게 없었다. 각자 다른 사람보다 빛을 더 강하게 비추려고 안간힘을 다했다.

"벤은 여기 있을 이유가 하나도 없잖아요. 저 사람은 집주인을 위해서 일하는 사람인데."

여기저기서 그 말이 맞다는 응답이 몇 차례 산발적으로 터져 나왔다.

"나도 여러분들처럼 여기 이 구역에 살고 있는데."

벤이 느릿느릿 말했다.

"그리고 여러분들 집에 난방이 되지 않으면 우리 집도 안 되는걸. 집주인이 기름 배달을 해 주지 않는 거지 내 잘못은 아니잖여."

"아저씨는 언제나 술에 절어 있으니까 절대로 추위를 느끼지 않잖아요."

"그러니까 하는 말인데, 모든 게 다 집주인의 잘못은 아니란 거여. 그가 공기 흡입구에 쓰레기를 던질 리도 없고 그놈의 문 유리를 깨지도 않잖아."

"맞아요. 복도를 위아래로 마구 뛰어다니는 어린 녀석들은 어떻고요."

"아이들에 대해 아무 말 하지 마요!"

코라 리가 펄쩍 뛰었다.

"당신네들도 자식이 있으면서 뭘 그래. 걔들이 천사라도 된답니까?"

"뭣 때문에 그토록 예민하게 굴어요. 당신에게 뭐라 했어요?"

"타당한 말이면 그냥 순순히 받아들이지 뭘 그래!"

"제발 그만하세요."

키스와나가 두 손을 치켜들었다.

"이러다간 결론이 나지 않겠어요. 오늘 논의해야 할 건, 집세에 대해 시위를 해서라도 집주인을 법정으로 끌어내자는 거예요."

"우리가 논의해야 할 게 또 있지."

소피가 상체를 굽히고서 매티와 에타에게 속삭이듯 말했다.

"이 구역으로 이사 온 사람들 중에서 행실이 좋지 못한 사람이 끼어 있는 것 말이야."

"글쎄, 골목길에서 서성대며 마리화나 담배를 피워 대고 돈이나 빼앗는 C.C. 베이커와 그 패거리 때문에 경찰에 적어도 10여 차례는 전화를 걸었어."

매티가 말했다.

"그 애들에 대해 말하는 게 아냐. 지금 난 우리 집 건너편 312호에 사는 두 여자를 말하는 거라니까."

"그 여자들이 뭐가 어때서?"

"아, 있잖아, 매티."

에타가 소피를 똑바로 쳐다보면서 말했다.

"자기네 일에만 몰두하고 절대로 남들에 대해서는 귀에 거슬리는 말을 한마디도 하지 않는 두 아가씨, 바로 그들을 말하는 거지. 안 그래, 소피?"

"그 여자들이 하는 짓 있잖아. 그렇게 사는 거, 잘못된 거야. 잘 알면서 그래."

소피는 관심을 끌기 위해 매티 쪽으로 몸을 돌렸다.

"당신은 기독교인이잖아. 성경에서 그랬어, 그런 건 주님에게 대적하는 아주 못된 짓이라고. 우리가 살고 있는 여기 브루스터플레이스에서 그런 짓이 용인되면 안 돼. 오늘 회의에서 그 문제를 놓고 뭔가 해야 되겠지."

"내가 가지고 있는 성경의 베드로 전서를 보니까, 다른 사람들의 일에 참견하지 말라고 적혀 있던걸, 소피. 그리고 그 여자들이 내 집에서 일어나는 일에 대해 아무 말도 하지 않잖아. 내가 뭣 때문에 그들의 집에서 일어나는 일을 놓고 왈가왈부해야 하는 거지?"

"두 여자가 주님께 죄를 짓고 있단 말이여!"

번뜩이는 소피의 두 눈이 축축했다.

"그렇다면 주님이 처리하시게 그냥 내버려 둬."

느닷없이 에타가 끼어들었다.

"누가 당신보고 그런 일을 맡으라고 했어?"

"'당신'이 그렇게 말하면 내가 놀랄 줄 아는가 본데, 천만의 말씀이지. 내가 기죽을 줄 알고!"

소피는 에타를 쏘아보더니 자리에서 일어나 자기 말에 귀 기울여 줄 사람을 찾아 방을 이리저리 돌아다녔다.

에타가 소피를 뒤쫓으려고 자리에서 일어났지만 매티가 팔을 꽉 잡았다.

"저 하고 싶은 대로 하게 그냥 내버려 둬. 저 여자의 어리석은 행동을 혼내 주려고 여기 온 게 아니잖아."

"쭈그렁 밤탱이 얼간이 같으니라고."

에타가 이 말을 내뱉었다.

"두 아가씨가 그렇게 사는 걸 고맙다고 해야 할 판이네. 그 덕분에 올해는 최소한 그 집 침대에 지 남편이 들어갈 염려는 없잖아. 뭘 그리 성화람. 지난봄에 지 남편하고 같이 있다 들켜서 흠씬 두들겨 맞은 모빌 시에서 온 그 여자 이야기야. 그때도 저 여편네가 성경에 손 한 번 대는 걸 보지 못했어."

"에타, 소피 앞에서 그런 말은 절대로 꺼내지 않는 게 좋겠어. 왜 그런고 하면 다른 사람 일을 남들이 다 알게 거리로 끌고 나가는 꼴은 보기 싫거든. 그렇지만 그 아가씨들이 하는 짓, 그것은 내 생각에도 옳은 것 같지는 않아. 어떻게 그렇게 되지? 날 때부터 그런 건가?"

"매티, 뭐라고 딱 부러지게 말할 수는 없어. 그렇지만 내가 살던 곳에서는 그런 걸 많이 봤어. 그들은 그저 서로를 좋아한다고 말하던데. 내가 어떻게 알겠어?"

매티는 심각하게 무슨 생각에 골몰했다.

"그런데 나도 여자들을 사랑했던 적이 있어. 미스 이바나 시엘을 무척 사랑했잖아. 심지어 네가 그렇게 성질 고약하게 굴어도 사실 난 너를 평생토록 사랑하잖아."

"그랬지. 하지만 그 아가씨들 경우하고는 달라."

"어떻게 다른데?"

"글쎄……."

에타는 마음이 불편해지기 시작했다.

"저 아가씨들은 네가 남자를 사랑하는 것처럼 또는 남자

가 너를 사랑하는 것처럼 서로 사랑한단 말이지. 내 생각
으론 그래."

"사실 난 어떤 때는 남자보다도 여자들을 더 깊이 사랑
했어."

매티는 곰곰이 생각해 보았다.

"어떤 여자들은 그 어느 남자보다도 나를 더 많이 사랑
해 주고 도와줬어."

"그랬지."

에타는 잠시 생각했다.

"그 말에 동의하고말고. 그렇지만 이거는 좀 달라, 매
티. 정확하게 꼬집어 말할 수는 없지만, 그래도……."

"아마 그렇게 다르지 않을지도 몰라."

매티가 거의 혼잣말처럼 되뇌었다.

"그래서 어떤 여자는 그 문제에 대해 그토록 과민 반응
을 보이는지도 몰라. 마음속 깊은 곳에서는 크게 다르지
않다는 걸 알고 있으니까."

매티는 에타를 쳐다보았다.

"근데 그렇게 생각하려니 뭔가 이상한 느낌이 들긴 해."

"맞아, 그거야."

에타는 매티의 눈을 마주 볼 수 없어 그렇게 대꾸했다.

로레인이 키스와나의 아파트로 통하는 어둡고 좁은 층층
대를 올라오고 있었다. 테레사도 함께 데려오려고 무척 노
력했지만 그녀는 그럴 마음이 조금도 없었다.

"세입자들이 모여서 뭘 한다고 그래? 한심하긴, 이 동네
는 구제할 길이 없어."

테레사는 로레인 때문에 브루스터플레이스 같은 데서 산다고 그녀를 못마땅하게 생각하고 있었다. 그렇지만 로레인은 적어도 주어진 상황을 최대한도로 이용하고 지역 사회에도 참여하려고 노력했다. 자기 일 외에는 관심을 쓰지 않는 게 많은 흑인들의 문제점이었다. 온 세상이 여기저기 머리 위로 무너져 내리고 있는데 흑인들은 그저 팔짱끼고 뒤로 물러앉아 불평만 했다. 수많은 사람이 가난하고 또 교육받지 못했기 때문에 자신이 그래도 그들보다는 더 낫다고 착각하고 허세나 부리고 불평이나 해 대면 아무런 도움이 되지 못할 것이다. 그런 태도를 취하면 그저 남 보기에 거만해 보일 뿐이다. 로레인은 주변 사람들로부터 인정받고 싶었다. 로레인은 티처럼 머리를 항상 책 속에 처박고 살아갈 수는 없었다. 티는 다른 사람이 별로 필요치 않은 것 같았다. 혹시 로레인 자신조차 티가 필요로 하는 사람인지 종종 의문이 들었다.

남들과 교제하기를 회피하면 사람들은 의심을 품기 시작했고 그런 다음 쑤군거리기 시작했다. 로레인은 남들이 자신을 놓고 이러쿵저러쿵 이야기한다고 생각하면 견딜 수가 없었다. 무엇 때문에 티는 그런 걸 이해하지 못할까? 우리가 처음에 어떻게 만나게 되었는지 생각해 보면 잘 알 수 있을 텐데. 서로를 이해한다. 바로 그런 점이 티에게 신청서를 넘겨주었을 때 로레인이 처음 느꼈던 것인데, 정말 우습다. 로레인은 이 여자라면 이야기를 할 수 있겠구나 하고 속으로 생각했었다. 무엇 때문에 디트로이트에서 직장을 잃었는지 말하고, 그러면 그녀가 이해해 줄 거라고 생각했었다. 티는 이해해 주었다. 그렇지만 그 후 서서히 모든 것이 중지되었다. 이제는 로레인이 자신이 느끼는 두려움이나 생각에 대해 어색하고 어리석다고 생각하게 만들었다. 어쩌면 티의 말이 옳고 자기가 너무 과민하게 행동하는지도 몰랐다. 그러나 교육부의 인사 과장과 초등학교 1학년 교사 사이에는 커다란 차이가 있었다. 여하튼 로레인은 학생들에게 위협적인 존재인 반면에 티는 서류나 봉급 명세서에 대해 위협적인 존재가 아니었다. 로레인은 그런 생각을 하면 가슴이 조여 오고 답답했다. 지금까지 교사직을 수행하면서 로레인이 학생에게 정말로 하고 싶었던 최악의 행동은 조그만 백스터라는 녀석이 그녀의 머리칼에 풀을 쏟아 부었을 때 게거품이 나오도록 후려갈기는 것이었다. 심지어 그것도 아주 잠깐 동안의 생각일 뿐이었다. 만일에 로레인이 이 직장을 잃게 되면 다음번에는 이만한 직장도 얻지 못할 수 있다는 사실을 티는 이해하지 못한단 말인가? 그랬다. 티는 그런 사실이나 로레인의 다른 상황들을 이해하지 못했다. 자신이 드나드는 클럽에서 만나는 그런 별난 사람들을 제외하고는 티는 한 번도 귀찮게 다른 사람들과 사귀려 들지 않았다. 로레인은 티가 만나는 사람들이 증오스러웠다. 그들은 세련되지 못했고 증오에 차 있었으며 자기네와 같지 않은 사람들을 조롱했다. 로레인도 그들과 같지 않았다. 무엇 때문에 자신이 함께 어울려 지내는 사람들과 다르다고 느껴야만 하는 걸까? 흑인들은 모두 다 한 배를 타고 있었다. 브루스터플레이스로 이사 온 이후 로레인은 이런 사실을 한층 더 실감하게 되었다. 만일 배를 함께 젓지 않는다면 모두 다 가라앉고 말 것이다.

로레인이 마침내 꼭대기 층에 도달했다. 키스와나의 아파트 문이 열려 있었지만 그녀는 들어가기 전에 인기척을 냈다. 키스와나는 키가 자그마하고 피부색이 연한 남자와, 화분을 집어 들고 던지겠다고 협박하는 여자들 사이에 벌어진 논쟁을 해결하려고 애쓰고 있었다. 대부분의 다른 세입자들은 각기 자기편을 응원하느라 정신이 팔려 로레인이 들어갔을 때 주의를 기울이는 사람은 거의 없었다. 로레인은 집 안으로 들어가 벤의 옆에 섰다.

"의견 차이가 있나 보네요."

로레인은 미소를 지었다.

"그저 흑인들이 소란을 떠는 거여, 아가씨. 저기 있는 로스코는 베티나가 세 달치 집세를 못 냈으니까 서기 노릇할 자격이 없다고 야단이고, 베티나는 로스코가 자기보다 집세를 더 많이 안 냈고 그런 일은 결단코 그가 참견할 바 아니라고 떠드는 거여. 어쩌다가 이런 소란이 벌어졌는지 도통 모르겠다니까. 그런 얘기를 하던 것도 전혀 아닌데. 주택 임대 전문 변호사를 고용할 돈을 마련하려고 구역 파티를 열자는 이야기를 하고 있었는데 말이지."

키스와나가 여자한테서 단발 고사리 화분을 뺏어 들었고 사람들이 두 사람을 방 양쪽 끝으로 끌어내고 있었다. 베티나는 사람들을 밀치고 문을 향해 나가면서 당신네들이 몸뚱이에 붙어 있는 그놈의 조그만 구멍은 제대로 찾는지 모르겠지만 구역 협의체의 서기 노릇은 누구에게 맡기는지 어디 두고 보자며 시끄럽게 떠들었다.

키스와나는 붉어진 얼굴에 숨을 헐떡이면서 자리에 다시 앉았다.

"자 이제 회의록을 받아 적을 사람이 있어야 해요."

"우리 모두 경비라도 서야 하나?"

베티나가 나가면서 내뱉은 독설로 인해 또 한바탕 이야기와 웃음이 이어지는 바람에 5분이 훌쩍 지나갔다.

로레인이 보니 키스와나가 금방이라도 울음을 터뜨릴 것 같았다. 한 걸음 전진 두 걸음 후퇴와 같은 모임의 형국이 키스와나의 얼굴에 역력하게 드러나고 있었다. 로레인이 부끄러움을 무릅쓰고 손을 들었다.

"제가 회의록을 기록할게요."

"어머나, 고마워요."

키스와나가 흩어지고 구겨진 종이들을 주섬주섬 집어서 로레인에게 건네주었다.

"이제 본격적으로 아까 하던 이야기를 해 보죠."

이제 방에 있던 사람들이 로레인의 존재를 인식하게 되었다. 여기저기서 조그맣게 수군수군하는 소리가 들렸다. 소피 같은 사람 몇몇은 드러내 놓고 로레인을 빤히 쳐다보는 반면에 힐끔힐끔 몰래 훔쳐보는 사람들도 있었다. 로레인은 자신을 유심히 쳐다보는 사람들의 눈을 들여다보면서 미소를 지으려고 애썼다. 그렇지만 로레인이 그쪽 방향으로 눈길을 돌리는 순간에 그들은 시선을 다른 데로 돌렸다. 두세 번 부질없는 시도를 해 본 다음 미소는 사라졌다. 그래서 로레인은 손에 쥐고 있던 종이에 불편한 눈길을 둘 수밖에 없었다. 삐뚤삐뚤하고 스펠링도 맞지 않는 베티나의 글씨를 읽어 보는 척하면서 로레인은 부들부들 떨리는 손을 들키지 않으려고 애썼다.

"자, 됐습니다."

키스와나가 말했다.

"그런데 파티를 위해 누가 스테레오를 담당하겠다고 약속했었죠?"

"서기 노릇을 누가 해야 할지 투표로 뽑아야 하는 것 아냐?"

소피의 목소리가 방 안에 무겁게 터져 나왔고 그 바람에 다른 소음은 모두 묻히고 말았다. 앞으로 어떤 일이 벌어질지 아는 것처럼 방 안에 있던 얼굴들이 모두 다 조금은 만족스럽게, 아니면 다소 놀랍다는 듯이 소피 쪽을 조용히 향했다.

"아주 뻔뻔스럽게 자기 멋대로 들어왔는데, 목구멍이 꽉 막힌 사람처럼 우리가 아무 말도 못하고 참고 있어야 한단 말이여?"

"이봐요, 그냥 내가 갈게요."

로레인이 말했다.

"전 단지 도움을 주고 싶어서, 저는……."

"아니에요, 기다리세요."

키스와나는 어찌할 줄 몰랐다.

"투표는 무슨 투표예요? 아무도 하려 들지 않았잖아요. 아주머니가 회의록을 기록하고 싶으셨어요?"

"저 여자가 그런 걸 어떻게 해."

에타가 끼어들었다.

"여기 앉아서 ABCD를 외우고 있는 것도 아니잖아. 그런 것도 너무 빨리 하면 못 따라올걸. 그러니 어서 모임이나 계속합시다."

방 여기저기서 산발적으로 찬성하는 소리가 들렸다.

"잘들 들어 보셔!"

소피는 놓쳐 버린 주도권을 되찾기 위해서 벌떡 일어났다.

"점잖은 여자가 모욕을 당하는데 뭐 때문에 당신네는 저 여자 편을 드는 거여?"

소피의 손가락이 마치 피스톨과도 같이 허공을 가르더니 에타와 로레인 사이에서 분주히 움직였다.

에타가 앉았던 자리에서 일어섰다.

"도대체 누구에게 무슨 말을 하는 거야? 이 늙은 쭈그렁 바가지 같으니. 나도 점잖아. 내 그리로 가서 그걸 증명해 볼까? 그놈의 주둥이를 갈겨 줄까 보다!"

에타가 커피 테이블을 가로질러 발걸음을 떼려 하자 매티는 얼른 그녀의 치맛자락을 붙잡았다. 에타는 뒤돌아서서 매티의 손을 떨치려다 앞에 있는 사람한테 걸려 넘어졌다. 소피는 조각상을 집어 들어 야구 방망이처럼 어깨에 메더니 벽으로 물러섰다. 키스와나는 두 손으로 머리를 감싸고는 신음 소리를 냈다. 에타는 굽이 높은 구두를 벗더니 움직이지 못하게 자신을 붙잡고 있는 사람들의 어깨 너머로 뾰족한 신발 굽을 휘둘러 댔다.

"잘한다! 아주 잘해!"

소피가 악을 썼다.

"자, 날 쳐 보라니까! 그럼, 바로 내가 여기저기 돌아다니며 당신네들 코밑에서 그런 더럽고 요상한 짓을 하는 사람이잖아. 당신네들도 모두 다 알면서 왜 그래. 나뿐 아니고 모두 하나같이 수군댔으면서 뭘 그려!"

소피가 마치 덫에 걸린 짐승과도 같이 머리를 치켜들고 이리저리 두리번거렸다.

"그런 짓거리를 옹호하는 여편네는 우리가 잘 지켜봐야 한다니까. 내가 하고 싶은 말은 이것뿐이여. 아니 땐 굴뚝에 연기 나는 것 본 적 있느냐 이거지, 에타 존슨!"

에타는 자신을 붙들고 있는 팔을 떼어 내려고 버둥거리던 몸짓을 이제 중단했다. 소피를 향해 던지던 증오의 눈길도 약해졌다. 몸을 부르르 떨며 숨을 크게 몰아쉬었다. 에타는 더는 소동을 부리지 않았다. 그리고 두 사람이 서로 한 걸음씩 뒤로 물러날 때 어느 여자도 감히 입을 열지 않았다. 소피는 로레인을 향해 몸을 돌렸다. 로레인이 기록하던 회의록은 비틀리고 갈가리 찢겼다. 로레인은 계속 등을 곧추세우고 있었지만 손과 입이 제멋대로 움직이고 있었다. 그녀는 소피가 마치 십자가라도 되는 것처럼 자신을 가리키고 있는 새까만 조각상 앞에서 꺼져 가는 유령과도 같이 서 있었다.

"추잡한 짓거리를 하는 당신네가 우리 구역으로 이사 오는 바람에 얼마나 골치 아픈지 알아? 여기서 당신네를 좋아할 사람은 하나도 없단 말이여!"

"여러분하고 똑같이 집을 나서서 일하러 가는 것 말고 제가 어떤 나쁜 짓을 하는 것을 보셨나요? 대꾸해 주는 사람이 없는데도 거리에서 만나는 사람에게 말을 거는 게 그렇게 불쾌하세요? 그게 제가 범한 죄인가요?"

로레인의 목소리가 마치 은빛 비수와도 같이 그들의 양심에 들어가 꽂혔다. 방에는 불편한 기운이 감돌았다.

"자기가 무슨 천진한 아가씨라도 되는 것처럼 서 있는 꼴 좀 보라지."

소피가 거친 목소리로 반격했다.

"내가 본 걸 말해 볼까!"

희번덕거리는 소피의 눈이 방 안을 심술궂게 둘러보았다. 다른 사람들은 법정에라도 앉아 있는 것처럼 그녀의 입에서 나올 다음 말을 조용히 기다렸다.

"이런 말은, 너무 더러워서 입에 담지 않으려 했는데, 당신이 그렇게 나오니까 할 수 없이 해야겠어."

소피는 바짝바짝 타 들어가는 입술에 침을 바르고는 눈을 가늘게 뜨고 로레인을 쳐다보았다.

"어젯밤 당신은 깜박 잊고 창에 커튼을 내리지 않았잖아. 그래서 당신네 둘이 하는 짓거리를 다 보았다고!"

침묵이 흐르고 방에 어찌나 팽팽한 긴장감이 감도는지 숨이 막힐 지경이었다.

"거기 당신이 욕실 문 앞에 물을 뚝뚝 흘리면서 서 있었잖아. 옷도 입지 않은 채 부끄러운 줄도 모르고……."

방 분위기가 어찌나 무거운지 고통스러울 정도였다.

"그렇게 서서 같이 사는 여자한테 책 좀 그만 보고 깨끗한 수건 좀 가져다 달라고 소리치데. 벌거벗은 등을 다 내놓고 욕실 문 앞에 선 채로 말이여. 내 다 봤어, 다 봤다고!"

로레인의 대답을 듣기 위해 기다리는 동안 팽팽한 긴장감 때문인지 그곳에 모여 있던 사람들 모두 가슴이 불타는 것 같았다. 로레인이 입을 열고 말하려는 찰나, 벤의 목소리가 나른한 미풍과도 같이 로레인 뒤쪽에서 꿈틀꿈틀 새어 나왔다.

"소피, 그럼 '당신'은 옷을 죄다 입은 채로 욕조에서 나오는감. 당신 남편한테는 그게 더 낫겠어."

배꼽이 빠지도록 한바탕 웃음들을 터뜨리고 나자 모두 한시름 놓았다. 눈에서 눈물이 감돌 정도였다. 아슬아슬 조바심이 감돌던 방에 안도감이 찾아들었고 숨을 다시 편안히 쉴 수 있게 해 준 데 대해 모두 감사하는 마음으로 벤을 보며 껄껄대고 웃었다. 여기저기서 들려오는 씨근덕거리며 숨을 몰아쉬는 소리, 콜록콜록 기침하는 소리, 등을 탁탁 치는 소리에 소피의 호통은 묻혀 버렸다.

로레인은 아파트에서 나와 층층대 난간을 움켜쥐고서 목구멍으로 쓴 물이 올라오는 것을 막으려고 애썼다. 벤은 로레인을 따라 밖으로 나와 부드럽게 그녀의 어깨에 손을 얹었다.

"아가씨, 괜찮겠어?"

로레인은 입술을 앙다물면서 고개를 끄덕였다. 벤의 부드러운 손길을 느끼고 눈물이 쏟아질 것만 같아 두 눈을 질끈 감아 버렸다.

"정말 괜찮겠어? 꼭 쓰러질 것 같은데."

로레인은 경련을 일으키듯 머리를 가로저었고 손을 입으로 가져갔다. 그러면서 손톱으로 손바닥을 꼭 눌렀다. 말을 해선 안 된다고 생각했다. 입을 벌리면 악을 쓸 것 같은걸. 아 미치겠네. 악을 써 버릴까. 아니면 토할 것만 같은데, 바로 여기서 말이야. 맘씨 좋은 이 아저씨 앞에서 말이지. 아침과 점심에 먹어 소화되다 만 음식들이 입에서 쏟아져 나와 벤의 바지 자락으로 튀어 오르는 생각을 하자 갑자기 우습다고 생각됐다. 로레인은 깔깔대고 웃고 싶은 강한 마음을 억누르느라 애썼다. 슬며시 터져 나오는 웃음으로 어쩔 수 없이 입이 벌어졌을 때 그녀의 몸은 부들부들 떨렸다.

연약한 몸으로 저토록 용감하게 자신을 통제하려고 애쓰는 모습을 지켜보면서 벤의 얼굴은 수심으로 가득 찼다.

"자, 어서 갑시다. 집까지 데려다 주지."

벤이 로레인을 층계 아래로 이끌려고 했다.

로레인은 겁에 잔뜩 질려 머리를 가로저었다. 이런 꼴을 티한테 보여 주고 싶지 않았다. 티가 만일 듣기 싫은 말이라도 한마디 던지면 그녀를 죽여 버릴지도 모른다고 로레인은 마음속으로 생각했다. 푸줏간 칼을 집어 얼굴을 찌르고 말겠어. 그런 다음 나도 죽어 버리면 사람들이 와서 우리 두 사람이 죽어 있는 꼴을 보게 되겠지. 아파트에 모였던 사람들이 피를 흘리고 죽어 있는 자신들의 사체를 내려다보며 선 모습을 상상하니 로레인은 이상하게도 위안이 되었고 숨쉬기도 좀 더 쉬워졌다.

"자, 어서 가지."

벤이 차분히 청하며 로레인을 층계 쪽으로 이끌었다.

"집에는 갈 수 없어요."

로레인이 간신히 작은 목소리로 말했다.

"그래, 안 가도 되니까, 어서 내려가자고."

로레인은 벤이 이끄는 대로 층계를 걸어 내려간 다음 늦은 9월의 저녁과 마주했다. 벤은 브루스터플레이스에 있는 담벼락과 가장 가까운 건물로 그녀를 데리고 가서 바깥 층계를 내려간 다음 부서진 더러운 방충망이 달린 문으로 다가갔다. 벤은 문을 열쇠로 열고 습기 찬 자신의 지하방으로 로레인을 데리고 갔다.

벤은 천장에 두꺼운 검은 줄로 매달아 놓은 백열전구를 켠 다음 벽에 기대어 세워 놓은 의자 하나를 끌어다가 로레인을 앉혔다. 그녀는 부들부들 떨리는 무릎으로 간신히 지탱하고 있던 몸을 내려놓을 수 있게 되었다. 벤이 반쯤 담긴 포도주 병과 금이 간 컵을 치우며 이런저런 사과의 말을 늘어놓아도 로레인은 아무 대꾸도 하지 않았다. 젖은 행주에 붙어 있던 바퀴벌레 두 마리가 인기척을 느꼈는지 재빨리 몸을 숨겼다. 벤은 빵 부스러기를 쓸어 버렸다.

"차를 좀 만들어야겠군."

벤은 로레인에게 차를 마시겠느냐고 묻지도 않고 일방적으로 말했다. 조리대 한쪽 모서리에 놓인 전열기에 새까맣게 그을린 물 주전자를 올려놓은 다음 찬장에서 손잡이가 제대로 붙어 있는 컵을 두 개 찾아냈다. 그는 진하게 끓인 홍차를 내왔고 스푼과 구깃구깃한 설탕 봉지도 가지고 나왔다. 로레인은 설탕을 듬뿍듬뿍 세 숟가락이나 집어넣고 차를 휘저으며 김을 얼굴에 쐬었다. 벤은 로레인이 뜨거운 차를 한 잔 마시고 몸을 추스르기를 바랐다.

"아가씨를 처음 보고 대번에 마음에 들었다우."

벤이 수줍게 말했다. 로레인이 미소 짓는 것을 보고 그가 계속 말했다.

"아가씨를 보면 내 딸 생각이 무척 난다우."

벤은 바지 뒤쪽 주머니에서 닳아 빠진 지갑을 꺼내어 조그만 사진 한 장을 건네주었다.

로레인은 사진을 전등 쪽으로 기울였다. 셀룰로이드 종이에 찍혀 있는 얼굴은 자신과 닮은 구석이라고는 하나도 없었다. 계란형 얼굴이 아주 검었으며 커다란 납작코에 입은 아주 조그맣고 둥글었다. 로레인은 사진을 도로 벤에게 건네주었고 혼란스러운 마음을 감추려고 애썼다.

"아가씨가 무슨 생각을 하는지 내 잘 알지."

벤이 두 손으로 들고 있는 사진을 들여다보았다.

"그렇지만 이 아이는 다리를 절었다우. 불쌍한 어린 것. 태어날 때 딸애가 거꾸로 나왔거든. 산파가 애를 받을 때 다리가 부러졌는데 고칠 길이 전혀 없었어. 항상 절뚝거리면서 다녔지만 아주 귀여운 아이였다우."

벤은 얼굴을 잔뜩 찡그리고 사진을 한참 들여다보더니 아무 말 없이 잠시 생각하다가 로레인을 올려다보았다.

"내가 보았을 때 아가씨는 잔뜩 긴장해서 조심스럽게 거리를 따라 걸어가며 사람들에게 친절하게 대하려고 애쓰더군. 몇몇 사람들이 아주 노골적으로 무례하게 대할 때 아가씨 얼굴에 나타난 표정도 보았지. 여기가 무너진 사람처럼 힘이 하나도 없어 보였어."

벤이 손으로 가슴을 가리켰다.

"그러더니 힘없이 건물 안으로 터벅터벅 걸어 들어가더군. 바로 그때 내 딸아이가 생각났다니까."

로레인은 찻잔을 두 손으로 꼭 감쌌다. 팽팽해진 눈 주위의 근육을 비집고 눈물이 새어 나왔다. 아주 천천히 얼굴을 타고 눈물방울이 굴러 떨어졌지만 로레인은 눈물을 닦아 내지 않았다. 컵을 감싸고 있는 손을 풀지 않았다.

　　"우리 아버지는 말이죠."

　　로레인이 갈색 액체를 빤히 내려다보며 입을 열었다.

　　"제가 열일곱 살이었을 때 저를 집에서 내쫓았어요. 제 여자 친구가 저한테 보낸 편지 한 통을 보셨거든요. 그 편지가 뜻하는 걸 제가 거짓말로 해명하려 들지 않자 아버지는 그때까지 사 주신 걸 모두 두고 집을 나가라고 하셨어요. 그것들을 불에 태워 없애겠다고 하셨어요."

　　로레인이 얼굴을 들고 벤의 얼굴에 나타난 표정을 쳐다보았다. 그렇지만 눈물이 그렁그렁한 그녀의 눈 속에서 그 모습은 계속 어른거렸다.

　　"그래서 전 집에서 입고 있던 옷만 걸친 채 나왔어요. 한 사촌의 집으로 들어가 살면서 밤마다 빵집에서 일해 대학을 마쳤죠. 해마다 아버지에게 생일 카드를 보냈어요. 그런데 아버지는 카드를 펴 보지도 않고 항상 되돌려 보냈어요. 그 후부터 봉투에 발신인 주소를 써넣지 않았어요. 그러니까 아버지는 카드를 되돌려 보낼 수 없게 되었죠. 아버지는 아마 그것들도 불에 태웠겠죠."

　　로레인이 콧물을 훌쩍 빨아들였다.

　　"아직도 그렇게 카드를 보내요. 발신인 주소를 쓰지 않죠. 그러면서 이런 믿음이 생기더라고요. 아마 아버지는 돌아가시기 얼마 전에는 제가 보낸 카드들을 펼쳐 보실 거예요."

벤은 자리에서 일어나 코를 풀라고 휴지 한 장을 건네줬다.

"따님은 지금 어디서 살아요, 벤 아저씨?"

"나 말이여?"

벤이 한숨을 깊이 내쉬었다.

"아가씨하고 똑같지. 주소도 없는 이 세상 어딘가에 살고 있지."

아무 말 없이 차를 다 마신 후 로레인이 돌아가려고 자리에서 일어났다.

"감사의 마음을 어떻게 표현해야 할지 모르겠어요."

"그리 말하면 섭섭하지."

벤은 로레인의 팔을 토닥거렸다.

"자, 이젠 아가씨가 오고 싶으면 아무 때라도 찾아와요. 내 가진 것은 아무것도 없지만 언제라도 대환영이야. 요즘 이렇게 관대한 사람 본 적 있어?"

로레인이 미소를 짓고는 상체를 기울여 벤의 뺨에 입맞춤을 했다. 더러운 지하 방의 벽이 환해질 정도로 벤의 얼굴이 밝아졌다. 로레인이 나간 뒤 그는 문을 닫았다. 처음에는 "안녕히 주무세요, 벤 아저씨."로 들리던 로레인의 말이 벤의 마음속에서 맑은 크리스털 종소리처럼 딸랑딸랑 울렸다. 종소리가 점점 더 커지더니 귓속에서 뒤바뀌어 들렸다. "안녕히 주무세요, 아빠." 그게 아니고 "안녕히 주무셨어요? 아빠. 안녕 아빠, 안녕……." 하고 로레인이 말했다고 벤은 믿게 되었다. 양철 깡통 조각이라도 물고 있었던 것처럼 입안이 쌉쌀했다. 그는 떨리는 손으로 짧은 수

염이 숭숭 난 얼굴을 만지다가 포도주 병을 숨겨 둔 모퉁이로 서둘러 갔다. 귓속에서 종소리가 얼마나 크게 울려 대는지 귀가 멍멍할 지경이었다. 그 고통을 덜어 보려고 벤은 머리를 마구 흔들었다. 다음에 어떤 일이 이어질지 잘 알았다. 굳이 와인을 컵에 따라 시간을 낭비할 필요가 없었다. 벤은 술병을 입으로 가져가 세게 빨아들였다. 그러나 벌써 늦었다. '노래하라, 천국 가는 마차여.' 노래는 벌써 시작되었고 휘파람 소리도 시작되었다.

노랫소리는 배 속 깊은 곳에서 낮은 소리로 나오기 시작했다. 하지만 그의 귀에 이르러서는 고음으로 날카롭게 울려 대면서 종을 깨뜨리고 있었다. 이전에 얼마나 많이 찢겼던지 더 흘릴 피도 없을 정도였다. 살이 전혀 붙어 있지 않은 가슴팍으로 깨진 유리 조각들이 날아들어 과거의 상처를 또다시 헤집었다. 언제나 그랬듯이 유리 조각은 아직 건들지 않은 아주 조그만 지점을 찾아내어 가슴팍을 찢어 놓았고 휘파람 소리는 그 속으로 뚫고 들어갔다. 그리하여 벤은 이제 더 빨리 더 오래 술을 들이켜야 했다. 이제는 노랫가락이 암처럼 몸의 혈관을 타고 가다 닿는 곳마다 독을 뿜어낼 것이기 때문이었다. '노래하라, 천국 가는 마차여.' 그것이 벤의 머리에 도달해선 안 되었다. 벤의 머릿속에 스며들어 그를 죽이기 전까지 아직 몇 초가 남아 있었다. 독 기운이 슬며시 목의 근육을 파고들어 입을 지나 머리로 진행되기 전에 술에 취해 버려야 했다. 술에 취해 있으면 벤은 그것을 입 밖으로 토해 낼 수 있었다. 그것이 머리까지 도달하여 아픈 기억을 되살려 내기 전에 노래로 토해 낼 수 있었다. '노래하라, 천국 가는 마차여.' 벤은 동물처럼 땅 밑에서 죽을 수는 없었다. 제발 빨리 취하게 해 주세요. 그런 다음 벤은 약속했다. 두 번 다시 술을 마시지 않고 그렇게 오랫동안 버티지 않겠다고. 그놈의 모임과 아가씨 때문에 벤은 술을 마시지 않고 버텼던 거였다. 그렇지만 이제는 두 번 다시 이런 일이 절대로 일어나지 않도록 조심하겠다고 맹세했다. 그저 제발 하느님, 술 취하게 해 주구려.

술기운이 돌면서 벤의 몸은 따스해졌고 머리가 몽롱하니 묵직해지기 시작했다. 그의 기도로 이렇게 속죄의 응답을 받은 것이 흐느낄 정도로 감사했다. 왜냐하면 휘파람 소리가 목에까지 다다라 벤이 입을 열고 군침을 흘리면서 말을 쏟아 놓게 되었기 때문이다. 숨 쉬는 사이사이에 술을 벌컥벌컥 들이켜야 했으므로 침이 입 가장자리에서 뚝뚝 떨어졌다. 그렇지만 벤은 노래를 부르는 것이 구원이었고 그것이 또한 자신의 핏속에 들어 있는 설움을 뱉어 내는 것이었기에 노래를 불렀다. 노래를 부르는 것은 마음속에서 아내 엘비라에 대한 기억을 털어 내는 거였다. 그리고 딸아이가 노랫소리를 들으며 현관으로 뒤틀린 발을 질질 끌고 걸어오면서 "안녕히 주무셨어요, 아빠."라고 건네던 인사말을 비워 내는 것이었다. 벤은 계속 웅얼웅얼 질질 늘어지게 노래를 불렀다.

노래하라

"안녕히 주무셨어요, 아빠? 안녕히 주무셨어요, 엄마?"

천국 가는 마차여

빨간 소형 트럭이 벤의 집 앞에 멈춰 섰다.

고향으로 나를 데려다 주네

벤의 딸이 조수석에서 내렸고 집을 향해 절뚝거리며 걸어오기 시작했다.

노래하라

엘비라는 입가에 담뱃진이 물든 채로 트럭에 앉아 있는 쭈글쭈글한 백인의 얼굴을 바라다보며 이를 드러내고 히죽 웃었다.

"안녕하슈, 클라이드 씨. 날씨가 좋구먼요. 안 그래요, 나리?"

천국 가는 마차여

벤은 딸아이가 머리를 숙이고 대문으로 들어오는 것을 지켜보았다. 딸애는 천천히 현관으로 올라왔다. 한 번에 한 계단씩. 그녀가 신고 있는 신발이 거친 마룻바닥에 끌리면서 기분 나쁜 소리가 났다. 마침내 딸아이는 패배감이 가득한 두 눈을 아빠의 얼굴 쪽으로 돌렸다. 벤의 영혼에 짓밟힐 부분이 남아 있었다면 엄마 아빠에게 인사를 건네는 종소리 같은 목소리가 달래 주었다.

"안녕히 주무셨어요, 아빠? 안녕히 주무셨어요, 엄마?"

"애야, 잘 잤니?"

벤은 긴장해 뻣뻣하게 굳은 얼굴로 우물우물했다.

노래하라

"요새 일은 잘 되나요?"

엘비라가 물었다.

"어저께 우리 딸이 일을 잘했지요?"

272

천국 가는 마차여

"그럼 잘하고말고. 껍질을 벗겨 놓은 쥐새끼처럼 집을 아주 깨끗하게 청소해 놨어. 올 농사는 잘 될 것 같은가?"

"그저 좋구먼요. 클라이드 씨. 좋고말고요. 나리가 우리에게 빌려 준 여분의 땅에 대해서도 아주 고맙게 생각하고 있어요. 손해는 보지 않을 자신이 있어요. 그래요, 나리. 그저 좋구먼요."

백인 남자는 입을 크게 벌려 담뱃진으로 찌든 치아가 드러나도록 껄껄대고 웃었다.

"그렇다니 기쁘네. 자네는 내 최고의 소작인이로군. 내 사람들이 행복하다니 아주 기쁜걸. 필요한 게 있으면 언제라도 말하게."

"그럼요. 물론 그렇게 하고말고요. 클라이드 씨."

"됐어, 그럼 다음 주에 보세. 자네 딸을 데리러 같은 시간에 오겠네."

"나리, 우리 애가 준비하고 기다릴 거예요."

백인 남자는 트럭의 시동을 걸었다. 트럭이 일으킨 흙먼지가 가라앉고 한참이 지난 후에도 그가 가면서 휘파람으로 불어 대던 노랫가락이 대기 중에 남아 있었다. 빨간 트럭이 지평선 너머로 사라질 때까지 아내 엘비라는 히죽히죽 웃으며 손을 흔들었다. 그러고 나서 팔을 내리자마자 미소를 싹 지우며 딸을 향해 돌아섰다.

"그렇게 얼간이처럼 멍하니 서 있지 말고 어서 집 안으로 들어가거라. 아침 식사를 차려 놓았으니까."

"예, 엄마."

장지문이 쾅 하는 소리를 내며 닫혔고 엘비라가 남편인 벤을 향해 고개를 홱 돌렸다.

"이 노인네야, 머리가 어떻게 된 거 아니야? 도대체 왜 그래? 클라이드 씨가 당신에게 하는 말을 듣지 못해 그렇게 돌덩어리처럼 서 있었던 거야? 그놈의 머리통 까부수고 억지로 집어넣기 전에 제발 정신 좀 차려!"

벤은 두 손을 호주머니에 넣고 흙먼지를 따라 트럭이 남겨 놓은 바퀴자국을 응시하고 있었다. 손톱이 손바닥을 파고들 정도로 벤은 작업복 주머니 속에 넣은 주먹을 계속 쥐고 있었다.

"그건 옳은 게 아냐, 엘비라. 옳지 않다는 걸 잘 알면서 왜 그래."

"뭐가 옳지 않다는 거야?"

엘비라는 얼굴을 남편의 얼굴에 바짝 들이댔고 벤은 몇 발자국 뒤로 물러났다.

"저 계집애가 일을 해서 우리처럼 자기 밥벌이를 한다는 게 옳지 않다 이거야? 쟤는 밭일은 못하지만 그래도 집 청소는 할 수 있으니깐 그런 일을 해야 하잖아! 주둥이만 열면 쓸데없는 소리만 주절대니까 당신은 그저 입 닥치고 있는 게 상책이란 말이야."

엘비라는 고개를 돌리고 마치 파리라도 떨어내듯이 벤을 남겨 둔 채 집 안으로 들어가는 문을 향해 휘적휘적 걸어갔다.

"저 아이가 우리에게 왔잖아, 엘비라."

벤의 목소리에는 답답함이 밴 슬픔이 가득했다.

"저 아이가 오래전에 우리에게 왔잖아."

깡마른 여인네는 공기 하나 통하지 않을 매듭 속에 억지로 뒤틀어서 집어넣은 것 같은 얼굴로 홱 돌아섰다.

"저 애는 클라이드 씨에 대해 거짓말을 한 보따리 꾸며 내 가지고 우리에게 왔던 거라니까. 게을러터져 일하기 싫으니까 그런 거지. 점잖은 홀아비가 쥐뿔도 없는 조그만 검둥이 년한테 뭣 때문에 집적거리고 싶겠어? 아냐, 그저 일하기 싫으니깐 무슨 구실이라도 만들어 내는 거지. 꼭 제 아비 닮아서."

"그럼 왜 밤에도 그곳에 있어야 해?"

벤이 아내 쪽으로 천천히 고개를 돌렸다.

"뭣 때문에 밤에 혼자 있으면서 저 애를 잡아 두는가 말이여?"

"마을로 가는 토요일 아침마다 이 길을 지나가는데 우리 애를 데려다 주려고 일부러 자동차를 끌고 왔다 가야 한다는 거야? 저 애가 발만 절지 않으면 일을 끝낸 다음 혼자 걸어올 수도 있잖아. 그렇지만 저분은 친절하게도 우리 애를 항상 집까지 자동차로 데려다 주잖아? 그런데도 당신은 건방진 저 거짓말쟁이 년하고 짝짜꿍이 돼 가지고 그분을 헐뜯고 싶은 거야."

"저 애가 우리에게 온 날 당신도 기억하고 있지. 내가 토미 보이의 마차를 빌려 타고 금요일 밤에 저 애를 데리러 갔었잖아. 클라이드 씨가 무슨 말을 했는지 말해 줬지. '벤, 당신 딸은 일을 아직 못 끝냈어.' 그냥 그렇게 말했다니까. '당신 딸이 아직 일을 못 끝냈어.' 그래서 내가 하는 수 없이 뒷문으로 나오는데 그는 휘파람을 불며 서 있더라고."

벤의 손톱이 더 깊이 파고들었다.

"그게 어때서!"

엘비라의 목소리가 날카로워졌다.

"그 집 크기는 대단해. 우리가 사는 이런 돼지우리 같을라고. 게다가 저놈의 계집애는 다른 사람보다 일하는 게 굼뜨잖아. 당신도 잘 알면서 뭘 그래. 그런데 뭣 때문에 다른 뜻이 있는 것처럼 그렇게 서 있는 거야?"

"당신 딸은 일을 아직 못 끝냈어, 벤."

벤은 천천히 고개를 좌우로 흔들었다.

"내가 반만이라도 남자 구실을 했다면 아마……."

엘비라는 현관을 가로질러 오더니 벤의 얼굴을 들여다보며 코웃음을 쳤다.

"만일 당신이 반만이라도 남자 구실을 했다면 아기도 더 낳을 수 있었겠지. 우리가 대신 짐을 져야 할 반쪽짜리 계집애 대신에 땅을 일구는 데 도움을 줄 자식을 얻지 않았겠우? 그리고 만일 당신이 4분의 1만이라도 남자 구실을 했다면 남의 땅이나 파 먹고사는 비참한 소작농 신세는 면하지 않았겠냐고. 그렇지만 지금 우리는 소작농으로 살잖아. 게다가 저 계집애가 지껄이는 야비한 거짓말을 당신이 믿어 조금이라도 이득 볼 게 있다면 내 손에 장을 지진다니까! 그러니까 클라이드 씨가 여기 들르면 말을 해. 알았어? 내 말 듣고 별 볼 일 없는 그놈의 몸뚱어리로 표현하란 말이야. 그 사람이 베풀어 준 친절에 대해 얼마나 고마

위하는지."

손톱이 손바닥을 뚫고 들어가자 찢어진 살갗에서 피가
스며 나왔다. 그 때문에 벤은 손이 다소 축축해지는 것을
느꼈다. 벤은 땋아 내린 엘비라의 검은 머리를 쳐다보았
다. 그는 자신이 왜 호주머니에서 손을 끄집어내어 피를
멎게 하지 않는지 의아스러웠다. 그저 엘비라의 두 어깨에
팔꿈치를 올려놓고 그녀의 관자놀이에 한 손씩 대고 피가
멈출 때까지 얼굴을 꽉 짜면 될 것이다. 굳은살이 박인 커
다란 손으로 아내의 머리통을 안쪽으로 누르고 또 누르면
마치 상처를 검은 천으로 덮고 피를 응고시키는 것과 같을
텐데. 아니면 집 안에 있는 엽총을 들고 나와 방아쇠와 총
손잡이를 손바닥에 대고 꾹 눌러서 아내의 늘어진 젖가슴
에 총알을 박아 넣을 수도 있었다. 손바닥에서 스며 나오
는 피를 멈출 수 있을 정도로 오랫동안 손바닥을 누르면
될 텐데 말이다.

그렇지만 아내의 말 속에 들어 있는 진실의 무게는 벤이
호주머니 속에 두 손을 집어넣고 현관의 나무 널빤지 위에
두 발을 딱 붙이고 서 있기에 충분할 정도로 묵직했다. 그
리고 상처는 저절로 아물었다. 벤은 금요일에 밤새도록 술
을 마시면 토요일 아침에 현관에 서서 불구의 딸을 집 앞
에 내려 주고 휘파람을 불던 그 백인 남자를 향해 미소 지
을 수 있었다. 그리고 패배감으로 가득 찬 딸아이의 눈을
들여다보며 그 애가 거짓말을 했다고 믿을 수 있었다.

부모님을 무척 사랑하지만 자기가 그동안 부모에게 부담
스러운 짐이었다는 것을 잘 알고 있고 무엇 때문에 자기보

고 클라이드 씨 집에서 계속 일하라고 했는지 부모님의 마음을 이해한다고 적은 종이쪽지 한 장을 달랑 남겨 놓고 어느 날 딸아이가 사라졌다. 딸아이는 만일 그런 식으로 자기 생활비를 벌어야 한다면 돈을 더 많이 벌 수 있는 멤피스로 가는 편이 좋을 거라고 생각했다.

엘비라는 동네 사람들을 만나면 딸이 지금 멤피스에 있는 부잣집에서 일하고 있다고 뻐겼다. 항상 돈을 많이 보내 주는 것을 보건대 딸은 상당히 많은 돈을 벌고 있었다. 벤은 발신인 주소가 전혀 적혀 있지 않은 편지 봉투를 응시하였다. 그는 편지가 올 때마다 술을 제법 마시고 있으면 "아빠 안녕, 안녕 아빠, 안녕⋯⋯." 하고 펼쳐진 봉투에서 울려 나오는 종소리와도 같은 목소리를 잠재울 수 있다는 것을 알아냈다. 그리고 날마다 술에 취해 있으면 밤에 자기 옆에 누워 있는 아내의 감촉을 견뎌 낼 수 있었다. 또한 아내가 엽총에 맞아 머리가 함몰되고 가슴이 찢긴 채 침대에 누워 있는 영상 때문에 잠을 이루지 못하고 뜬눈으로 밤을 지새우는 일은 일어나지 않았다.

그런데 소작인 계약권을 잃게 되고 심지어 아내 엘비라는 그를 버리고 제방 근처에서 농사를 짓는 남자에게 가 버린 후, 벤은 북쪽으로 올라와 브루스터플레이스에서 일자리를 잡고 나서도 계속 술을 마셨다. 무엇 때문이었는지 그 이유를 기억할 수 있는 날이 한참 지난 후에도 마찬가지였다. 집배원을 볼 때마다 수정 구슬과도 같이 맑고 투명한 종소리가 울리기 시작했다. 그런 다음에는 종소리를 깨트리는 그놈의 이상한 휘파람 소리가 들렸다. 그리고 나면 마음속으로 들어가는 끔찍한 여정을 떠나게 된다는 것을 이제 벤은 잘 알고 있었다.

그런 일이 일요일에 발생하리라고 벤은 꿈에도 생각지 못했다. 집배원이 일요일에는 오지 않았으므로 염려할 필요가 없었다. 오늘 밤 로레인이 벤의 거처를 떠날 때 종소리와도 같은 목소리가 울려 퍼지리라고는 생각지 못했다. 그렇지만 괜찮았다. 벤은 때맞춰 술에 취했고 두 번 다시 그런 큰 위험을 무릅쓰지 않을 것이다. 오 주님, 주님의 은총으로 이번에는 고난을 감당했습니다. 주님께 더는 긍휼을 베풀어 달라고 졸라 대지 않을게요. 목청껏 노래를 부르며 벤은 그늘지고 축축한 자기 방을 비틀거리며 이리저리 돌아다녔다. 낮고 떨리는 목소리로 부르는 '노래하라, 천국 가는 마차여'의 선율이 지저분한 그의 집 창문을 통해 흘러나와 늦은 여름날의 대기 속으로 퍼져 나갔다.

로레인은 천천히 집을 향해 걸어가면서 노인과 절뚝거리는 딸을 생각했다. 층층대에 도달했을 때 그녀는 머리를 꼿꼿이 쳐들고 이웃 사람들 옆으로 지나가면서 말을 억지로 걸려 하지 않았다.

테레사는 업타운으로 가는 버스에서 내려 브루스터플레이스로 들어가는 모퉁이를 돌아섰다. 금요일 저녁이면 사무실에서 급료 지불 명부를 작성해야 했기 때문에 그녀는 항상 예민해져 있었다. 컴퓨터로 셀 수도 없이 많은 봉급 명세서를 찍어 내느라 몸을 굽혀야 했기 때문에 목이 뻣뻣하고 아팠다. 그놈의 빌어먹을 교육부는 무슨 생각을 하는지 모르겠다니까. 회계 부서에 있는 사람들이 자기 친척 이름을 명부에 슬쩍 올리기라도 한단 말인가? 거물들은 그 런 짓을 여러 해 동안 해 왔지. 하지만 바로 그런 사람들 이 잠도 안 자면서 피라미들이 그런 짓으로 돈 버는 걸 막 을 방도를 생각하는 모양이었다. 지난 몇 주 동안 마음이 불편할 정도로 그녀를 혼란스럽게 뒤흔드는 또 다른 일이 생겼다. 그것은 아주 오랫동안 그녀의 마음을 차지하고 있 었지만 바로 오늘에야 그것을 정확하게 집어낼 수 있었다. 로레인이 변하고 있었다. 그녀가 정확하게 뭐라고 말을 했 거나 어떤 행동을 한 것은 아니었지만 테레사는 이전에 볼 수 없었던 단호함을 그녀에게서 감지했다. 로레인은 자기 의사를 좀 더 분명히 밝히고 있었다. 그래, 바로 그거였 다. 주제가 저녁 뉴스이건 버스 시간표이건 치맛단을 꿰매 는 방법이건 마찬가지였다. 로레인은 더 이상 양보하지 않 았다. 그리고 사물을 보는 관점이 테레사와 다를 때에도 사과하지 않았다.

무엇 때문에 그런 일로 이렇게 마음이 괴롭지? 로레인이 자기 자신을 좀 더 담대하게 변호할 수 있기를 원하지 않 았던가? 테레사가 목소리를 높일 때마다 훌쩍거리며 변명 하고 자기 손을 쥐어틀던 그녀의 행동들이 보기 싫지 않았 던가? 지난 5년 동안 이런 식으로 되기를 바라지 않았던 가? 그런 변화보다도 한층 더 테레사를 괴롭히는 것은 자 신이 그걸 염려하고 있다는 사실이었다. 테레사는 실제로 로레인이 얼마나 압박을 참을 수 있는지 알아보고 싶은 마 음에 싸움이라도 걸어 볼까 하고 생각했다. 로레인을 어디로 밀어붙인다는 말이지? 젠장, 내가 미쳤나 봐 하고 테레사는 생각했다. 아냐, 그 노인네 때문이야. 바로 그거였네. 로레인이 무엇 때문에 그런 주정뱅이하고 그토록 많은 시간을 보내는 거지? 두 사람이 무슨 공통점이 있다고. 그놈의 노인네는 로레인에게 무슨 말을 하는 걸까? 무슨 짓을 하기에 로레인이 이런 행동을 하는 거지? 테레사는 정말 온 힘을 다해서 노력해 왔다. 로레인에게 기골이 있다는 것을 드러내게 하기 위해 온갖 노력을 기울여 왔다. 그런데 지금 촌 무지렁이 주정뱅이가 지난 5년 동안 자신이 해낼 수 없었던 일을 단 몇 주 만에 한 것이다.

어린 소녀가 롤러스케이트를 타고 옆으로 쌩하니 지나가다 보도의 갈라진 틈에 부딪쳐 넘어졌다. 그때 테레사는 골똘히 생각에 빠져들어 있었다. 그녀가 옆으로 다가가자 소녀는 눈물이 가득 고인 눈을 들어 올려다보며 짧게 말했다.

"언니, 넘어져서 다쳤어요."

여자 애가 어찌나 경이롭게 실망스러운 어조로 그 말을 하는지 테레사는 미소를 지었다. 아이들은 단절된 세상에 살고 있으므로 사소한 문제가 발생해도 불평을 터트리게 마련이었다. 아, 사랑스러운 귀염둥이. 계속 살다 보면 아주 커다란 문제도 넘어져 까진 무릎 정도라고 여기게 되기를 수없이 바라게 될 거라고 테레사는 생각했다. 그렇지만 이 아이는 아직 어려서 원하지 않은 이번 사고에 맞서 투쟁한 자신의 이야기를 들어 줄 사람이 지금 당장 필요했다.

테레사가 여자 애 옆으로 다가가 몸을 굽히고 앉아 큰

소리로 혀를 찼다.

"어머나, 많이 다쳤니? 어디 보자."

그녀는 아이를 일으켜 주고 다친 무릎에 대해 과장되게 소란을 떨었다.

"피가 나요!"

공포로 아이의 목소리가 높아졌다.

테레사는 흙이 묻은 무릎에서 피가 구슬처럼 아주 조금씩 스며 나오는 것을 내려다보았다.

"이를 어째, 정말 피가 나네."

그녀는 아이의 심각한 말투에 맞추려고 애를 썼다.

"그렇지만 언니 생각에 아직은 수혈을 걱정하지 않아도 될 것 같은데."

테레사는 지갑에서 깨끗한 휴지를 꺼냈다.

"피가 더 나오지 않게 닦아 볼까? 자, 그럼 여기에 침을 조금 묻혀 봐. 그럼 내가 무릎을 닦아 줄게."

소녀는 휴지에 침을 조금 뱉었다.

"아플까요?"

"아니, 하나도 아프지 않을 거야. 우리 할머니가 침을 뭐라고 하셨는지 가르쳐 줄까? 하느님의 소독약. 그리고 뭐든지 낫게 하는 데는 이게 최고의 명약이라고 말씀하셨단다. 부러진 다리만 빼놓고 말이야."

테레사는 소녀의 다리를 꼭 붙잡고서 지저분한 무릎을 부드럽게 문질러 주었다.

"이것 봐, 피가 나오지 않잖아. 이제 너는 안 죽고 살겠는걸."

테레사가 미소를 지었다.

여자 애는 진지한 얼굴로 무릎을 내려다보았다.

"그래도 반창고는 붙여야 할 것 같은데요."

테레사는 깔깔대고 웃었다.

"어쩌면 좋니, 나한테는 없거든. 그러니까 얼른 집에 가
서 엄마에게 반창고가 있는지 여쭤 보렴. 집에 도착해서
어느 쪽 무릎이었는지 기억나면."

"아이한테 뭐 하시는 거죠?"

날카로운 목소리가 아이와 테레사 사이를 뚫고 들려왔
다. 테레사가 올려다보자 한 여자가 성급히 달려들고 있었
다. 그 여자는 아이를 자기 옆으로 끌어당겼다.

"대체 무슨 일이죠?"

그녀의 목소리가 반 옥타브는 올라가 있었다.

테레사는 일어나서 피 묻은 더러운 휴지를 내밀었다.

"따님이 넘어져 무릎이 까졌어요."

말이 입에서 무거운 쇠 덩어리처럼 떨어졌다.

"도대체 당신은 내가 무슨 짓을 하고 있다고 생각한 거죠?"

테레사는 움찔하면서 어쩔 줄 몰라 당황해하는 여인을
순간순간 재미있게 지켜보면서 그 여자가 자기 눈을 피하
지 못하도록 빤히 쳐다보았다.

"엄마, 반창고를 붙여야 해요. 반창고 있어요?"

아이가 엄마 팔을 잡아끌었다.

"그래그래. 얼른 가자."

아이 엄마가 테레사의 눈길을 피할 수 있는 구실을 발견
하고는 아주 기뻐했다.

"정말로 고마워요."

그녀는 서둘러 아이를 데리고 가면서 인사말을 했다.

"아이가 하는 짓마다 되통스러워요. 아이에게 수백 번도 더 말했을 거예요. 롤러스케이트 탈 때에는 조심하라고요. 그런데도……."

"그래요, 맞아요."

테레사는 엄마와 딸이 멀어져 가는 것을 지켜보면서 말했다.

"그럼, 잘 알고말고."

그녀는 휴지를 둥글게 뭉치고 재빨리 건물 안으로 들어갔다. 아파트 문을 거칠게 소리 내 열었을 때 테레사는 로레인이 욕실에서 틀어 놓은 수도꼭지에서 물이 흐르는 소리를 들었다.

"너니, 티?"

"응."

그녀는 큰 소리로 대꾸했지만 속으로는 '아냐, 내가 아냐. 전혀 내가 아니라니까.' 하고 생각했다. 테레사는 부엌과 거실 사이를 오가면서 아직도 손에 휴지가 들려 있는 것을 알았다. 휴지를 쓰레기통에 던져 넣고는 수도를 최대한 세게 틀어 손을 빡빡 씻기 시작했다. 거품이 나도록 계속 비누를 문질러 물로 씻어 냈다. 그렇지만 두 손은 여전히 더럽게 느껴졌다. 아휴, 미치겠네……. 테레사는 중얼거렸다. 그녀는 종이 타월로 손을 대충 닦은 다음 저녁 식사 준비를 일찍 시작했다. 손을 또다시 씻고 싶은 충동을 억지로 누르고 두 손을 재빨리 움직여 필요한 양 이상으로 양파, 셀러리, 파란 고추를 썰었다. 갈아 온 소고기에 마음껏 양념을 뿌리고 나무 숟갈로 반복해 빨간 고기 살을 버무렸다.

테레사는 헐떡이는 숨결을 고르면서 부엌 창문으로 눈길을 주었다. 그때 공기 흡입구를 가로질러 보이는 커튼 자락의 한쪽 모서리에서 빠끔히 내다보고 있는 한 쌍의 검은 사팔눈이 보였다.

"미친……?"

그녀는 숟갈을 내동댕이치며 창문으로 달려갔다.

"내가 뭘 하는지 그렇게 알고 싶어요?"

커튼을 어찌나 세게 잡아당겼던지 창문 꼭대기에 붙어있는 롤러가 계속 흔들렸다. 공기 흡입구를 가로질러 보이는 커튼의 한쪽 모서리에서 내다보던 두 눈은 사라졌다.

"자, 봐요!"

테레사가 창문을 끝까지 위로 올렸다.

"소리도 더 잘 들리게 이것까지 올려 줄까요. 난 지금 떡갈비를 만들고 있어요. 늙은 박쥐 같은 노인네! 떡갈비를!"

그러고는 창문 밖으로 머리를 쑥 내밀었다.

"다른 사람들과 똑같은 방법으로 만든다고요! 자, 여기 보여 줄게요!"

테레사가 식탁으로 달려가 잘게 썬 양파를 한 움큼 집어 들고 와서 소피의 창문을 향해 던졌다.

"옛다, 양파나 먹어라. 그리고 여기 잘게 썬 고추도 있다!"

네모꼴 야채들이 창유리에 가서 부딪쳤다.

"아 그래, 계란도 넣지!"

창밖으로 계란 두 개가 날아가더니 소피의 창유리에 부딪쳐 깨졌다.

로레인이 머리를 타월로 말리면서 욕실에서 나왔다.

"왜 이리 시끄러워? 누구한테 얘기하는 거야?"

테레사는 부엌을 왔다 갔다 하면서 저녁거리를 창밖으로 던지고 있었다.

"너 미쳤어?"

테레사는 올리브 병을 집어 들었다.

"자, 여기 당신이 보면 '소름 끼칠' 물건이 있네. 올리브! 난 떡갈비에 올리브도 넣는다. 그러니까 이리저리 뛰어다니면서 또 떠들고 다니지 그래!"

올리브 병이 소피의 창문을 살짝 비켜 날아가 반대편 건물에 부딪쳐 깨졌다.

"티, 그만해!"

테레사가 창밖으로 머리를 다시 내밀었다.

"이제 올리브를 보면 분명 끔찍할 거요. 그렇지만 그걸 가지고 우리 할머니에게 가 볼래요? 그건 우리 할머니 요리법이니까. 잠깐! 고기를 잊었군. 고기를 넣지 않고 떡갈비를 만든다고 당신이 생각하게 할 순 없지."

테레사가 다시 식탁으로 달려가 고기가 들어 있는 주발을 움켜쥐었다.

"테레사!"

로레인이 부엌으로 달려들었다.

"아냐, 저 노인네가 그렇게 생각하도록 내버려 둘 순 없지!"

테레사는 소피의 창으로 주발을 던지려고 팔을 뒤로 흔

들면서 소리 질렀다.

"아마 당신은 내가 무슨 '괴물'이라도 되는 것처럼 생각하나 본데. 그래 맞아, 당신네 자식들이 근처에 올 수 없을 정도로 끔찍한 괴물이라고!"

테레사가 창밖으로 주발을 던지려 하는 바로 그 찰나 로레인이 팔을 붙잡았다. 로레인은 주발을 움켜쥐고 테레사를 벽으로 밀쳤다.

"제발 정신 좀 차려."

로레인이 버둥거리는 테레사를 벽에다 밀어붙이면서 말했다.

"네가 진저리 칠 정도로 화가 난 것은 잘 알겠어. 하지만 이렇게 갈아서 파는 안심은 450그램에 3달러나 한다니까!"

로레인이 고기가 든 주발을 품에 안고 있을 때 겁에 질린 표정이 얼굴에 나타나는 것을 본 테레사는 킬킬거렸다. 그런 다음 아주 천천히 깔깔대고 웃기 시작했고 로레인도 고개를 끄덕이고는 함께 웃었다. 테레사는 머리를 다시 벽에 기댔고 통통한 목을 통해서 울려 나오는 웃음소리는 점점 더 커졌다. 로레인이 테레사를 잡고 있던 손을 풀고 주발을 식탁에 올려놓았다. 어찌나 웃었던지 옆구리가 아파 오기 시작해 테레사는 부엌에 있는 의자로 가 주저앉았다. 로레인이 식탁 위에 올려놓은 고기 주발을 테레사로부터 더 멀리 밀어 내자 또다시 웃음이 터져 나왔다. 테레사는 의자에서 넘어질 정도로 몸을 흔들며 웃어 댔고 눈물이 뺨을 타고 굴러 떨어졌다. 웃는 듯 우는 듯하더니 이내 그녀는 흐느껴 울기 시작했다. 로레인은 그녀에게 다가가 머리를 품에 안고 어깨를 쓰다듬어 주었다. 무엇 때문에 이런 상황이 벌어졌는지 도무지 알 수 없었지만 그것은 중요하지 않았다. 이제 자신이 위로해 줄 수 있는 위치에 있다는 것이 기분 좋았다.

공기 흡입구를 가로질러 보이는 커튼 자락이 살짝 흔들렸다. 소피는 깨진 계란이 흘러내려 더러워진 창유리에 한쪽 눈을 바짝 갖다 댔다. 두 여자가 서로 껴안고 있는 모습을 바라보며 소피는 고개를 가로저었다.

"흠, 세상에 저럴 수가."

다음 날 로레인이 슈퍼마켓에 들렀다가 돌아오는 길에 키스와나와 마주쳤다. 키스와나는 책을 가득 안고 건물에서 막 나오던 참이었다.

"안녕하세요?"

키스와나가 로레인에게 인사를 했다.

"뭘 그렇게 잔뜩 샀어요?"

"글쎄, 어젯밤에 야채가 똑 떨어졌거든요."

로레인이 미소를 지었다.

"그래서 오늘 장 보러 간 김에 조금 넉넉히 샀어요."

"있잖아요, 최근에는 모임에 전혀 나오지 않았죠? 통 뵐 수 없더군요. 정말로 많은 진전이 있었어요. 다음 주말에는 구역 파티를 열 예정인데, 받을 수 있는 도움은 모두 다 활용하려고 해요."

로레인은 미소를 멈추었다.

"그런 일이 있었는데도 다시 오리라고 생각했단 말이에

요?"

키스와나의 얼굴로 피가 확 몰렸다. 그녀는 불편한 마음에 한가득 안고 있던 책을 응시하였다.

"그 일은 정말 미안하게 생각해요. 제가 뭐라고 말을 했어야 했어요. 여하튼 우리 집이었잖아요. 그렇지만 사태가 걷잡을 수 없이 진행되어 속수무책이었어요. 정말 미안해요. 뭐라고 할 말이 없네요……."

"난 지금 당신이나 그런 소동을 일으킨 여자를 비난하고 있는 게 아니에요. 그 여자는 문제가 심각한 병든 환자거든요. 그게 전부예요. 그 여자가 이리저리 뛰어다니면서 아무런 해도 끼치지 않는 사람들에게 상처를 입히려고 한다면 분명 그 삶은 행복하지 못할 거예요. 그렇지만 난 그저 더는 문제를 일으키고 싶지 않았기 때문에 참석하지 않는 편이 낫겠다고 생각했어요."

"하지만 이번 협의체는 우리 모두를 위한 거예요."

키스와나는 끈덕지게 말을 붙였다.

"그리고 다른 사람들이 모두 다 소피처럼 생각하는 것은 아니에요. 당신이 뭘 하건 그건 당신 자신의 일이잖아요. 여하튼 당신이 무슨 이상한 일을 하는 것도 아니잖아요. 그러니까 제 말은 두 여자나 두 남자가 함께 산다고 해서 다른 사람들이 쑤군거릴 필요는 없다는 거죠. 사촌일 수도, 언니일 수도 있으니까요."

"우리는 친척 관계가 아니에요."

로레인이 조용히 말했다.

"글쎄, 그럼……, 좋은, 친구 사이겠죠."

키스와나는 더듬더듬 말했다.

"맘에 맞는 친구끼리 그저 함께 사는데 다른 사람들이 말할 게 뭐 있어요. 그리고 심지어 두 분이 친구가 아니라 해도요. 심지어…… 글쎄, 여하튼."

뭔가 위안을 주려고 애쓰는 키스와나의 모습이 애처로웠다.

"우리 집에서 그런 일이 일어나서 정말 미안해요. 전……."

로레인은 친절하게도 키스와나를 위해 대화 주제를 바꾸었다.

"당신도 책을 한 아름 들고 있네요. 도서관에 가나 보죠?"

"아니에요."

키스와나는 감사의 미소를 보냈다.

"주말에 강좌를 몇 과목 듣고 있어요. 우리 집 노친네가 학교로 돌아가라고 못살게 굴거든요. 그래서 지역 전문 대학에 등록했어요."

키스와나는 거의 변명투였다.

"하지만 흑인 역사와 혁명 이론만 공부하고 있어요. 그리고 그런 사실을 어머니께 알렸죠. 이 정도로도 충분히 잠잠하게 만들 수 있거든요."

"대단하네요. 사실 나도 디트로이트에서 학교 다닐 때 흑인 역사에 대한 강좌를 꽤 많이 수강했어요."

"아, 그래요. 어떤 강좌를 들었어요?"

두 사람이 이야기를 나누고 있는 동안 C.C. 베이커와 그의 패거리가 블록으로 성큼성큼 걸어 들어왔다. 이 젊은 녀석들은 항상 떼로 몰려다니거나 두세 명씩 무리를 지어 다

넜다. 그들은 항상 다른 사람들이 가까이서 자신의 존재를 확인해 주기를 원했다. 세상 사람들이 세워 놓은 거울 앞에 검은 피부와 중학교 졸업장, 그리고 50단어의 어휘력을 가지고 서면 아무것도 보여 줄 게 없었다. 그래서 그들은 새미 가죽 구두에 선글라스를 쓰고 꽉 달라붙는 청바지 차림으로 자신들이 살아 있음을 내보이려 했다. 언젠가는 그들의 우상인 펑크 가수 샤프트와 슈퍼플라이가 사는 천당으로 갈 수 있다는 그런 기적 같은 꿈도 꾸었다. 그런 변화를 기다리면서 그들은 나이를 한 살 두 살 먹어 갔다. 남들이 봐 주지 않는다 해도 휴대용 카세트 플레이어를 크게 틀고 큰 소리로 떠들었기 때문에 적어도 자신들의 존재를 확실하게 알리면서 이리저리 돌아다녔다. 그들은 언제라도 슈퍼플라이의 천당으로 소환되기 위해 필요하다고 여겨지는 장비를 준비하고 있었고 서로에게 끊임없이 '사나이!'라는 호칭을 불러 주면서 사타구니를 움켜쥐었다.

이 패거리는 키스와나의 남자 친구인 압슈가 시민문화센터 감독이었으므로 그녀를 알아보았다. 그리고 로레인의 경우는 노란 안개 같은 이야기를 퍼뜨리는 데 일조한 그들의 부모나 다른 어른들이 확실하게 지목해 준 터였다. 두 여자가 함께 이야기하는 장면을 포착하고 그들은 C.C.의 신호에 따라 층층대를 지나갈 때 걷는 속도를 늦추었다. C.C. 베이커는 로레인이란 존재를 생각하면 상당히 혼란스러웠다. 어머니가 아닌 다른 여자들을 대하는 방법으로 그가 아는 것은 오직 한 가지였다. 여자들이 출산을 어떻게 하는지 정확하게 알기 전에 그는 벌써 허리띠 아래에 웅크리고 있는 것을 작동시켜 여자들을 즐겁게 해 주거나 혼내 주거나 아니면 그들이 몸을 허락하도록 유도해 내는 방법을 알고 있었다. 그것은 자존심을 지키는 중요한 생명선이었으므로 그런 힘을 발휘할 수 없는 영역에 있는 여자는 하나의 커다란 위협이었다.

"이봐, 키스와나. 저런 더러운 년하고 얘기할 때는 조심하는 게 좋아. 저년이 네 가슴이라도 움켜쥐려 들면 어쩌려고!"

C.C.가 소리를 질렀다.

"그래, 이 사내 같은 년아. 군대에 들어가서 진짜 훈련이나 받지 그래?"

꾸러미를 들고 있는 팔이 떨리며 긴장됐다. 로레인이 키스와나를 밀치고 건물 안으로 들어가려고 했다.

"나중에 또 봐요."

"잠깐, 기다려요."

키스와나는 길을 막고 섰다.

"저 애들이 당신에게 그런 식으로 말하게 내버려 두면 안 돼요. 쟤들은 정말 별 볼 일 없는 놈들이라고요."

키스와나가 대장을 향해 소리쳤다.

"C.C., 먼지나 잔뜩 묻은 그놈의 애송이 엉덩이를 들어 올리고 이곳에서 썩 꺼져 주었으면 좋겠는걸. 여기 너하고 놀 사람은 하나도 없잖아."

황갈색 근육질의 소년이 물고 있던 담배를 뺄고는 버티고 서서 어깨를 폈다.

"뭘 어떻게 했다고 그래! 압슈에게 네가 레즈비언하고

논다고 한바탕 때려 주라고 할 거다."

C.C.는 그 말이 어떤 반응을 일으키는지 주위를 둘러보고는 친구들이 응원하는 모습을 보자 의기양양했다.

"이리 와 봐. 그럼 진짜 남자가 어떤 건지 보여 줄게."

그는 자신의 사타구니를 두 손으로 잡았다.

키스와나의 얼굴이 분노로 빨갛게 달아올랐다.

"C.C., 내가 들은 얘기로는 네 물건이 별 볼 일 없다고 하던데."

C.C.의 친구들이 배꼽을 잡고 웃었다. C.C.가 돌아보니 주눅 들지 않고 세게 치고 나오는 키스와나를 친구들이 대단하게 생각하는 것 같았다. 로레인은 C.C.의 얼굴에 철저하게 패배한 자의 표정이 깃드는 것을 보고 미소 지었다. 그는 입술을 삐죽거리더니 험상궂은 표정을 지었다. 본능이 이끄는 대로 약자인 로레인을 공격해 구겨진 자존심을 회복하려고 시도했다.

"성도착자인 네가 감히 나를 비웃어? 이 더러운 년! 지저분한 네 주둥이에다 주먹이라도 한 방 먹여 줄까!"

"그럼 우선 나부터 해치워야 할걸. 그래 한번 해 보시지."

키스와나가 책을 층층대에 내려놓았다.

"어이 사나이, 가자. 시간 낭비하지 말고."

C.C.의 친구들이 팔을 잡아끌었다.

"기껏 해야 계집애잖아."

"저리 가서 저년의 뺨따귀를 한 대 후려갈겨 줘야겠어. 진짜 매운 맛을 한번 보여 줄까."

"이봐 사나이, 진정해, 진정하라니까."

한 친구가 귀에 대고 속삭였다.

"저 계집애는 압슈의 여자고, 저 껑다리는 한 대 맞아도 개의치 않을 인간이야."

C.C.가 마지못해 물러나는 시늉을 하고 있었지만 키스와나는 벌써 돌아서서 책을 집어 들었다. C.C.가 로레인에게 주먹과 집게손가락을 훽훽 날리는 동작을 여러 차례 해 보였다.

"내 오늘을 꼭 기억해 주마, 이 남자 같은 년아!"

테레사가 창가에 서서 처음부터 끝까지 지켜보고 있었다. 만약 C.C.가 층층대로 다가오면 언제라도 달려 나가 키스와나를 도와줄 준비가 되어 있었다. 자기는 가만히 서 있고 누군가 딴 사람이 대신 싸우게 하는 것이 꼭 로레인 다웠다. 아마도 로레인은 브루스터플레이스에서 살고 있는 별 볼 일 없고 무식한 인간들에 대해 마침내 뭔가 깨달았을 것이다. 앞으로 죽었다 깨어나도 그 인간들은 절대로 로레인과 테레사를 받아들이지 않을 것이다. 아무리 노력하더라도 소용없는 일이었다.

로레인이 들어왔을 때 테레사는 소파에 앉아 크로스워드 퍼즐을 풀고 있는 체했다.

"얼굴이 좀 창백해 보이네. 오늘 가게의 물건 값이 제법 올랐나 보지?"

"아니, 날씨가 하도 뜨거워서 그런지 그냥 힘이 없네. 지금이 10월 초라는 게 믿기지 않아."

로레인은 곧장 부엌으로 들어갔다.

"그래."

테레사는 로레인의 등을 유심히 쳐다보며 말했다.

"봄날같이 화창한 인디언 서머가 다시 오려나 보지."

"음."

로레인이 들고 들어온 짐을 테이블에 쿵 하고 내려놓았다.

"너무 피곤해서 못 치우겠다. 썩을 건 하나도 없으니까 그냥 둬야지. 아스피린 몇 알 먹고 좀 누워야겠어."

"그렇게 해."

테레사는 그렇게 말하고 로레인을 쫓아 침실로 들어갔다.

"나중을 위해 잠시 쉬는 게 좋았어. 새들이 전화했었는데, 바이론하고 같이 클럽에서 생일 파티를 연다네. 그리고 우리보고도 참석했으면 좋겠다고 했어."

로레인은 아스피린을 찾기 위해 화장대 맨 위 서랍을 뒤지고 있었다.

"오늘 밤엔 안 갈래. 그런 파티는 지긋지긋해."

"전에는 한 번도 싫어한 적 없었잖아."

테레사가 팔짱을 끼고 문에 서서 로레인을 빤히 쳐다보았다.

"지금은 뭐가 그렇게 달라진 거지?"

"난 항상 싫었어."

로레인이 위 서랍을 닫더니 다른 서랍을 뒤지기 시작했다.

"난 네가 원하니까 갔던 거였어. 걔네들이 의기양양한 척 날뛰고 위선적으로 행동하는 걸 보면 정말 넌더리가 나. 단지 한 쌍의 동성애자들에 불과하잖아."

"그리고 우린 한 쌍의 레즈비언이지."

테레사가 그 말을 허공에다 내뱉었다.

로레인은 뺨을 한 대 맞은 것처럼 깜짝 놀랐다.

"티, 어떻게 그런 심한 말을 할 수 있어. 원한다면 너는 자신을 그렇게 부를 수 있겠지만 난 그렇지 않아. 내 말 듣고 있어? 난 아니야!"

로레인이 서랍을 쾅 하고 닫았다.

'그러니까 넌 나한테는 싸우자고 덤벼들면서 그런 쓰레기 같은 인간한테는 한마디도 못하잖아.' 테레사는 속으로 생각하며 천천히 로레인을 향해 눈을 가늘게 떴다.

"그래, 내 친구들은 디트로이트에서 오신 공작부인이 사귈 만한 가치는 없지."

테레사는 큰 소리로 말했다.

"넌 남자 친구에게 가서 저녁 시간을 재미있게 보내면 될 것 같군. 지금 당장 말해 줄 게 있어. 네가 이 블록으로 들어오기 직전에 그 친구가 창문 앞으로 지나갔는데, 벌써 곤드레만드레 취해서 그저 노래만 흥얼거리던걸. 어두컴컴한 지하실에서 너희 두 사람은 도대체 뭘 하는 거니? 화음이라도 맞춰 보는 거야? 분명 지루할 텐데. 그 친구는 한 가지 노래밖에 할 줄 모르잖아."

"모르는 소리 좀 하지 마. 적어도 그 사람은 어떤 사람처럼 냉소적인 계집애는 아니니까."

테레사가 로레인을 처음 보는 사람인 양 쳐다보았다.

"지하실에서 무슨 짓을 하는지 말해 줄까? 우리는 대화를 나눴어. 진정으로 마음을 터놓고 이야기를 했단 말이야."

"그러니까 나는 대화 상대가 되지 않는다 이거야?"

테레사는 놀랍다 못해 감정이 무척 상했다.

"우린 5년을 함께 지냈는데, 어떻게 넌 나보다 그놈의 말라비틀어진 알코올중독자하고 대화가 더 잘 된다고 말할 수가 있어?"

"너하고는 대화가 안 되잖아, 티. 너는 말하고 로레인은 들을 뿐이지. 네가 강의를 하면 로레인은 옷은 어떻게 입어야 하고 행동은 어떻게 해야 하고 인생은 어떻게 즐겨야 하는지 받아 적지. 너하고 다르게 상황 판단을 하기라도 하면 너는 소리를 지르잖아. 그럼 로레인은 울고. 내가 꼴사나운 바보처럼 보이는 걸 아주 재미있어 하는 것 같더라."

"로레인, 어떻게 그런 말을 할 수 있어. 너도 잘 알면서 왜 그래. 수없이 내가 말했잖아. 사람들 뒤를 쫓아다니면서 친구 노릇 해 달라고 처량하게 애원하지 말라고. 그들은 네 마음만 아프게 하잖아. 네가 배짱 있게 독립적이기를 난 항상 원했어."

"그래 맞는 말이야, 티! 넌 항상, 내가 다른 사람들로부터 벗어나서 어떤 생각을 해야 하는지 그 방법을 너한테서 구하기를 원했어. 세상 사람들하고 모든 교류를 끊고 네가 가지고 있는 그 이상한 생각을 나도 공유하기를 원했잖아. 그렇지만 벤 아저씨하고 이야기할 때는 내가 이 세상 사람들하고 다르다는 생각이 전혀 들지 않는다고."

"그렇다면 그 사람이 너한테 잘못하고 있는 거야."

테레사가 날카롭게 말했다.

"왜냐하면 우리는 다르니까. 그리고 그런 사실을 빨리 알면 알수록 너의 삶은 편해질 거야."

"그것 봐, 또 시작하고 있잖아. 티는 선생님, 로레인은 학생. 머리 나쁜 학생은 그저 제대로 배우는 게 없다니까. 로레인은 그저 한 인간이고 싶어. 누군가의 딸이나 친구, 아니면 적이 되더라도 빌어먹을 인간이고 싶어. 그렇지만 밖에 나가면 성도착자 취급을 받고 집에 들어오면 네가 그런 생각을 하게 만들잖아. 티, 조금이라도 평안을 느낄 수 있는 곳은 바로 그곳뿐이야. 습기 차고 흉측한 그 지하실. 그곳에 가면 난 다르지 않아."

"로레인."

테레사는 천천히 머리를 가로저었다.

"넌 레즈비언이야. 그 말이 무슨 뜻인지 알아? 호모, 게이, 동성애자. 아까 그 애송이가 소리쳐 대던 것이란 말이지, 나도 그놈이 떠드는 소리를 들었어. 그리고 넌 이 세상 모든 지하실에서 뛰어다닐 수 있겠지. 그런다고 변하는 건 하나도 없어. 그러니까 현실을 받아들이는 편이 좋을 거야."

"벌써 받아들였어!"

로레인이 소리를 질렀다.

"지금까지 살면서 그 사실을 받아들이지 않았던 적은 한 번도 없었어. 그리고 난 그 점이 하나도 부끄럽지 않아. 그걸 부끄럽게 생각하지 않는다고 했다가 아버지를 잃었어. 하지만 그렇다고 세상 사람들하고 '다른' 건 아니잖아."

"진짜 모르겠어? 그렇기 때문에 넌 다르단 말이야!"

"아냐!"

로레인이 화장대 맨 아래 서랍을 홱 잡아당겨 속옷을 한 움큼 꺼냈다.

"이게 보여? 열여섯 살 때부터 내 삶에서 빠지지 않고 항상 있는 것이 두 가지야. 베이지 색 브래지어하고 오트밀. 처음 여자에게 반하게 된 날 하루 전에 나는 잠자리에서 일어나 아침 식사로 오트밀을 먹고 베이지 색 브래지어를 하고 학교에 갔었어. 그 여자를 사랑하게 된 바로 그다음 날에도 오트밀을 먹고 베이지 색 브래지어를 했어. 그 일이 발생하기 전날이나 그다음 날이나 변한 것은 하나도 없었단 말이야, 티."

"그다음 날 학교에 가서 무엇을 했어, 로레인? 사물함 근처에 선 채 네 인생에 새롭게 등장한 그 사랑 이야기를 다른 여자 애들하고 나눴어? 그랬냐니까? 다른 애들이 자기 남자 친구에 대해 과시하고 처녀성을 잃게 된 이런저런 상황들을 자랑할 때 너도 끼어들어 '얘들아, 어젯밤 이 몸을 바친 친구를 너희들도 봤어야 했는데 말이지.' 하고 말해 봤어? 그래, 말했냐고? 그렇게 해 보았냐니까?"

테레사가 로레인 앞에 서서 소리치고 있었다. 로레인의 얼굴이 온통 주름으로 일그러졌다. 그러나 테레사는 계속 그녀를 밀어붙였다.

"그래, 베이지 색 브래지어하고 오트밀이지!"

테레사가 속옷을 낚아채어 로레인의 얼굴 앞에 대고 흔들었다.

"사물함 앞에 서서 네 인생에서 발견한 그 위대한 사랑의 주인공을 사진으로 찍어 돌리지 그랬어? 졸업 무도회에 그 여자 애인을 데리고 가지 그랬어? 응? 무엇 때문에 그렇게 하지 않았지? 대답해 봐."

"사람들이 이해하려고 하지 않을 테니까."

속삭이듯 말하는 로레인의 어깨에 힘이 하나도 없었다.

"바로 그거야! 네가 소중하게 생각하는 '사람들'이 드디어 나오는군. 사람들은 이해하려 들지 않아. 디트로이트, 브루스터플레이스, 그 어디에서도 안 한다고! 그리고 그런 사람들이 세상을 지배하고 있는 한, 그들은 그들이고 우리는 우리야. 그 말은 다르다는 것을 의미한다고!"

로레인이 머리를 두 손으로 감싸고 침대 위에 걸터앉았다. 어깨와 가냘픈 등이 발작이라도 일으키는 것처럼 심하게 흔들렸다. 테레사는 로레인을 내려다보며 마음을 열고 손을 뻗어 위로해 주고 싶었지만 그렇게 하면 안 될 것 같았다. 그래서 약해지려는 마음을 다잡으려 선 채로 두 손을 단단히 움켜쥐었다. 실컷 울도록 내버려 두자. 로레인은 좀 더 담대해질 필요가 있었다. 알코올중독자들하고 이야기를 나누고 금방이라도 무너져 내릴 비현실적인 세상을 지으면서 나머지 인생을 지하실에서 보낼 수는 없었다.

테레사는 침실에서 나와 거실 창가에 놓여 있는 의자에 앉았다. 그리고는 어둑어둑해지는 가을 하늘과 건물 꼭대기 위로 나타나는 저녁 어스름을 지켜보았다. 그녀는 자신이 내놓은 방법이 옳다는 확실한 증거를 제시하며 의기양양하게 정당화할 수 있는 사람처럼 자신감에 차 있었다. 그렇지만 담배를 일곱 대나 피운 후에도 입안에 남아 있는 쓸쓸한 맛을 없앨 수 없었다. 테레사는 로레인이 침실에서 이리저리 움직이다 샤워하러 들어가는 소리를 들었다. 로레인은 말끔하게 차려입은 모습으로 마침내 거실로 나왔다. 그녀는 푸석푸석한 눈 주위를 아주 섬세한 화장으로 감추고 있었다.

"난 파티에 갈 준비가 끝났어. 너도 이제 나갈 채비를 해야 하지 않아?"

테레사는 검정 구두와 검은색 무늬가 들어간 녹색 드레스를 쳐다보았다. 로레인의 몸에 느슨하게 걸쳐 있는 녹색 드레스를 바라보면서 테레사는 왠지 모르게 죄책감을 느꼈다.

"난 마음 바꿨어. 오늘 밤엔 가고 싶지 않아."

마치 뒤죽박죽 돼 버린 그들의 인생에 대한 답이 쓰여 있기라도 한 것처럼 테레사는 머리를 돌려 저녁 하늘을 올려다보았다.

"그럼 나 혼자라도 가야겠네."

로레인의 말투 때문에 테레사는 마지못해 창문에서 얼굴을 돌렸다.

"그곳에 혼자 가면 10분도 견디지 못할 텐데 뭣 때문에 집에 있지 않고 가려고 그래?"

"난 가야 해, 티."

로레인의 말투에서 급박함이 느껴져서 테레사는 깜짝 놀랐다. 로레인은 자신의 감정을 숨기는 데 능숙하지 못했다.

"오늘 밤 너를 두고 이 집에서 걸어 나갈 수 없다면 너를 사랑할 수 있는 힘이 하나도 남지 않게 될 거야. 그리고 난 무척 노력하고 있어, 테레사. 그것을 꼭 붙들고 놓지 않으려 무진 애를 쓰고 있어."

테레사는 노인이 될 때까지 마음속으로 로레인이 남긴 이 말을 수천 번은 되뇔 것이었다. 그리고 녹색 드레스를 입은 키가 커다란 여인이 마지막으로 저 문을 통해 걸어 나가는 것을 막기 위해 자신이 할 수 있었던 말이나 행동도 수천 개나 상상해 낼 것이었다. 그러나 오늘 밤 테레사는 젊은 여인이었고 아직도 삶에 대한 해답을 찾고 있었으므로 많은 젊은 여자들이 저지르는 치명적 실수를 저질렀다. 결코 존재하지 않는 것이 그녀의 손이 미치지 못하는 곳에 숨어 있다고 믿었던 것이다. 그래서 그녀는 그날 밤 로레인에게 아무 말도 하지 않았다. 갈 길을 인도해 달라고 말없이 호소하며 애처롭게도 테레사는 저녁 하늘로 얼굴을 돌려 버렸던 것이다.

로레인은 시끄럽고 연기 자욱한 클럽에서 나와 집에 돌아가는 시간을 늦추기 위해 집까지 걸어가기로 마음먹었다. 클럽에 도착한 순간부터 그녀는 떠날 준비가 되어있었다. 테레사 없이 클럽에 혼자 들어섰을 때 그녀는 사람들의 얼굴에서 실망의 빛을 눈치 챘기 때문에 특히 그랬다. 테레사는 그들과 함께 춤추고 농담하고 장난치기를 좋아해서 파티의 흥을 돋울 수 있었다. 로레인은 구석에 앉아 밤새도록 술 한 잔을 들고서 다가오는 사람들로 인해 잔뜩 겁 먹은 표정을 짓고 있었다. 로레인의 그런 태도 때문에 그 누구도 대화를 나누려는 시도조차 하지 않았다. 로레인은 클럽 안에서 괜히 짜증나고 스스로 조롱당하는 기분이 들었기에 그곳에 있을 이유가 없는 것 같아 도망치듯 나왔다.

로레인은 밖에서 한 시간이나 버텼지만 그 정도로는 충분치 않았다. 티는 아직 자지 않고 창문에 붙어 서서 로레인이 곧바로 되돌아올 것으로 확신하고 있을지도 몰랐다. 로레인은 영화 보러 버스를 타고 시내로 갈 생각도 해 봤지만 정말 혼자 가기는 싫었다. 이 도시에 친구라도 몇 명 있었으면 좋으련만. 바로 그 순간 벤이 떠올랐다. 브루스 터플레이스 뒤편에 있는 거리를 따라 올라가 골목길을 가로질러 벤의 아파트로 들어갈 수 있었다. 티가 아직 창문 앞에 서 있다 하더라도 멀리 떨어진 그곳까지는 볼 수 없을 터였다. 로레인은 벤의 집 문을 가볍게 두드릴 것이다. 만일 벤이 오늘 밤에 술에 취해 그녀의 말을 들어 주지 못한다 해도, 남의 말에 귀 기울이지 못할 정도로 곤드레만드레 상태는 아닐 것이다. 로레인은 누군가에게 말을 해야 할 필요성으로 절절할 만큼 마음이 아팠다.

그늘진 골목길을 2킬로미터도 채 가기 전에 속을 후벼 파는 듯한 마리화나 냄새가 났다. 로레인은 발걸음을 멈추고 어두운 골목길 저쪽 끝까지 쳐다보았지만 아무도 보이지 않았다. 조심스럽게 발걸음을 몇 발자국 떼었고 다시 살피기 위해 발걸음을 멈추었다. 한 사람도 없었다. 이런 식으로 가다가는 결코 브루스터에 도달할 수 없을 것 같았다. 발걸음을 멈출 때마다 바보 같은 두려움은 늘어날 것이고 그러다 보면 골목 저쪽 편에 도달하는 것은 불가능할 것이다. 그곳에는 개미 새끼 한 마리 없었다. 로레인은 두려움을 떨치고자 발걸음을 재빨리 움직여 이곳을 통과해야 할 것이었다.

등 뒤에서 처음으로 발걸음 소리가 가볍게 났다. 하지만 아무도 없으니까 발걸음을 멈춰 뒤돌아보지 않겠다고 로레인은 마음속으로 단단히 다짐했다. 다시 쿵쿵 소리가 들렸다. 그녀는 다시 한 번 마음을 다지면서 발걸음을 좀 더 빨리 떼기 시작했다. 네 번째로 쿵쿵 소리가 들렸을 때 그녀는 뛰기 시작했다. 그러자 그늘진 건물에 몸을 바짝 붙이고 있던 시꺼먼 사람이 어찌나 갑자기 그녀 앞에 나타났던지 로레인은 제때 멈출 수가 없었다. 결국 그 사람과 부딪쳤고 몇 걸음 뒤로 튕겨 나갔다.

"쌍, 더러운 년, 미안하단 말도 못해?"

C.C.베이커는 로레인의 얼굴에 대고 호통을 쳤다. 로레인은 자기 앞에 서 있는 얼굴 뒤로 한 켤레의 섀미 가죽 구두가 내려앉는 것을 보았다. 구둣발이 쿵 하고 둔탁한 소리를 내며 시멘트를 밟고 섰다. 너무 놀란 로레인은 오금이 저려 오기 시작했다. 이전에 분명 들은 적이 있는 목소리라는 것을 깨닫고는 너무 긴장했는지 목으로 소화 안 된 음식물이 올라오는 것 같았다. 그들은 담벼락 위에 숨어 로레인이 뒷길로 올라오는 것을 지켜보면서 기다리고 있었던 것이다. 얼굴을 얼마나 바짝 들이대던지 번득이는 코끝이 들여다보였고 치아에 끼어 있는 음식 찌꺼기에서 나는 퀴퀴한 냄새를 맡을 수 있었다.

"넌 예의라는 것도 없어? 남의 발을 밟아 놓고 미안하단 말도 한마디 못해?"

가까이 다가오는 얼굴을 피하려 천천히 뒤로 물러설 때 로레인의 목이 경련을 일으켰다. 그녀는 뒤돌아서 아무 형

체 없이 쿵 하는 소리만 들렸던 반대 방향을 향해 달려가
려 했다. 로레인은 정말 그들을 보지 못했다. 그러니까 그
들은 그곳에 없었던 것이다. 지금 골목길을 가로질러 죽
늘어서 있는 네 명의 모습이 악마라도 되는 것처럼 로레인
의 의식 속을 파고들었다. 그래서 깜짝 놀라 소리치기 시
작했다. 한 손이 불쑥 다가오더니 그녀의 입을 틀어막았
다. 그녀의 귀에 대고 거슬리는 쉰 목소리로 속삭이며 그
녀의 목덜미를 뒤로 휙 젖혔다.

"그래, 이래도 할 말이 없어, 응? 오늘 길에서 만났을
때 나를 보고 비웃으며 재미있다고 생각했지? 그래 지금도
웃음이 나오나 한번 볼까, 더러운 년!"

젊은이 다섯이 말없이 로레인을 둘러싼 가운데 C.C.는
강제로 그녀를 무릎 꿇게 만들었다.

로레인은 그들이 자기네 영역이라고 주장하는 한 평 땅
으로 발을 들여놓았던 것이다. 브루스터플레이스의 마지막
건물과 벽돌 담벼락 사이에 있는 가로등 하나 없는 골목길
에서 그들은 난쟁이같이 오그라든 투사처럼 군림하고 있었
다. 힘의 근원인 페니스를 달고 이 세상에 태어났지만 사
회에 보탬이 될 중요한 일에는 부름을 받지 못할 위인들이
었다. 그들은 그것을 잘 알고 있었다. 이 젊은이들에게 배
당된 것은 90미터도 되지 않는 이 골목길이었다. 이곳은
그들의 의전실이었고 장갑차였고 사형 집행장이었다. 로레
인은 무릎을 꿇고 앉아 지구상에 존재하는 가장 위험한 족
속에게 둘러싸여 있다는 것을 깨달았다. 너비가 2미터도
되지 않는 세상에서 자신의 존재를 확인하기 위해 발기한

사내들.

"네년은 한 번도 이런 걸 맛보지 못했을 거야. 오늘 내가 보여 주지."

C.C.는 로레인의 머리채를 잡더니 청바지를 입은 자기 사타구니로 가져다 눌러 댔다. 그러고는 앞뒤로 문질러 대자 친구들이 낄낄대고 웃었다.

"어때, 맛이 좋지 않아? 그러니까 네년한테 필요한 것은 바로 이런 거야. 네년에게 제대로 맛을 보여 주면 두 번 다시 계집년하고 키스하고 싶은 생각이 나지 않을 걸."

C.C.가 종지뼈로 로레인의 등골을 내리찍자 그녀의 몸이 둥글게 굽혀졌다. 그 바람에 울음소리가 나지 않게 손으로 막고 있던 그녀의 입술이 C.C.의 손톱에 찢겼다. 로레인의 구부러진 몸이 시멘트 바닥으로 밀려 쓰러졌다. 두 명은 로레인이 꼼짝 못하도록 팔을 붙잡았고 두 명은 다리를 비틀어 벌렸다. C.C.는 무릎을 꿇고 앉아 로레인의 드레스를 끌어올리고 팬티스타킹 위쪽을 찢었다. 로레인이 두려움에 싸여 발작적으로 이리저리 온몸을 뒤틀었다. 그런 몸짓은 저항한다는 오해를 불렀고 결국 C.C.는 주먹으로 그녀의 배를 내리쳤다.

"쌍년아, 가만히 대고 있지 못해. 더러운 년, 안 그러면 확 찢어 놓을 테다."

주먹에 맞아서 그런지 수축되어 있던 목구멍으로 공기가 흘러 들어왔다. 로레인은 아픈 입을 가까스로 움직여 지금까지 속에 담고 있었던 한마디 말을 뱉었다.

"제발."

그러나 간신히 빠져나온 그 말이 미친 짐승처럼 날뛰는 그들 앞에서는 아무런 의미가 없었다. 로레인이 두 눈을 질끈 감고 몸 안에 남은 힘을 모두 짜내어 다시 한 번 애원했다.

"제발."

여섯 번째 청년이 땅 위에 굴러다니는 더러운 종이봉투를 집어 들더니 로레인의 입속에 틀어넣었다. 그녀는 널브러진 자신의 몸 위로 무거운 물체가 압박하는 것을 느꼈다. 자신의 얼굴 위로 포개지는 얼굴을 목격한 두 눈이 악을 쓰고 또 썼다. 쥐어뜯는 것 같은 고통이 그녀의 몸 안으로 들어오고 있었다. 고통스러운 절규가 각막을 뚫고 대기 중에 터져 나오려고 했지만 진동하는 거칠거칠하고 질긴 피부가 보기 싫어 두 눈을 감아 버렸다. 무엇보다 그녀의 기억을 살려 주는 세포들이 무력해졌다. 맛과 냄새를 감지하는 세포들도 무력해졌다. 죽어라 마지막까지 악을 쓰고 있는 것은 사랑하거나 미워하는 능력을 공급하는 세포였다.

로레인은 더는 등뼈나 배 속의 고통을 인식하지 못했다. 거친 시멘트 바닥에 대고 눌러 대는 바람에 피부가 쓸려 나간 팔 부위의 쓰라림도 느끼지 못했다. 머릿속에 남은 것은 오로지 창자를 찢어 놓을 듯이 마구 두들겨 대던 어떤 움직임뿐이었다. 그들이 언제 자리를 바꾸었는지 알 수도 없었다. 두 번째로 어떤 무거운 물체가 짓눌렀고 그런 다음 세 번째, 네 번째 물체가 그녀를 위에서 짓눌러 댔다. 그 모든 것이 쇠톱으로 켜는 것 같은 격통의 연속이었다. 로레인은 단지 두 눈으로 계속 한마디 절규만을 내뱉을 뿐이었다. 그 한마디 절규를 로레인은 죽을 때까지 반복해서 내뱉어야 할 운명에 처해 있었던 것이다.

"제발, 제발, 제발……."

로레인의 넓적다리와 복부는 흘러내린 피와 C.C. 패거리들이 싸 놓은 정액으로 어찌나 끈적거리는지 나머지 두 놈은 그녀를 건드리고 싶어 하지 않았다. 그래서 그놈들은 로레인을 뒤집어 담벼락에 기대어 놓고는 뒤에서 끌어안았다. 모든 것을 끝내고 붙잡고 있던 손을 놓자 로레인의 몸은 마치 줄 끊어진 꼭두각시처럼 픽 쓰러졌다. 그녀는 직장이 찢어진 것도, 머리가 벽돌에 쓸려 여기저기 머리카락이 뜯겨 나간 아픔도 느낄 수 없었다. 로레인은 골목길에 드러누운 채 몸 안에서 멈추지 않고 계속되는 고통으로 신음할 뿐이었다.

"이봐 C.C., 혹시라도 저년이 우리였다는 것을 기억해 내면 어떻게 하지?"

"사나이, 저 여자가 그런 걸 어떻게 증명하겠어? 네놈 것에는 지문이라도 붙어 있냐?"

그들은 껄껄대며 웃었고 그녀를 밟고 넘어가 골목에서 도망쳤다.

로레인이 두 눈으로 하늘을 똑바로 쳐다보며 차가운 담벼락에 기대 앉아 있었다. 태양이 대기 중에 따스한 온기를 불어넣기 시작했고 지평선은 밝아 오는데 그녀는 아직도 그곳에 앉아 있었다. 입안 가득 종이봉투가 물려 있었고 드레스는 가슴까지 올려져 있었으며 피로 물든 팬티스타킹은 넓적다리에 붙어 있었다. 주위에 움직이는 것이 하나도 없었더라면, 로레인은 언제까지라도 그곳에 머물러 앉아 굶어 죽거나 추위로 얼어 죽었을 것이다. 그날 아침은 바람 한 점 불지 않아서 깡통도 페트병도 흐트러진 종잇조각도 움직이지 않고 정지해 있었다. 심지어 먹을 것을 찾아 쓰레기통을 뒤지는 도둑고양이나 강아지도 보이지 않았다. 10월 초의 아침에 움직이는 것이라고는 개미 새끼 한 마리 없었다. 벤을 제외하고는.

벤은 지하실 방에서 나와 담벼락에 붙여 놓은 낡은 쓰레기통 위에 늘 그렇듯이 앉아 있었다. 그는 바지 뒷주머니에서 술병을 꺼내 술을 홀짝홀짝 한 모금씩 마시면서 노래를 부르며 몸을 흔들어 대고 있었다. 로레인이 이쪽 골목을 올려다보다가 벽 옆에서 움직이는 물체를 보았다. 좌우로, 좌우로 움직이는 물체. 그녀의 몸 안에서 계속 움직이는, 톱으로 켜는 듯한 고통과 거의 완벽하게 조화를 이루고 있었다. 그녀는 상처 입은 짐승처럼 조그맣게 끙끙대며 무릎으로 기어갔다. 골목을 따라 기어갈 때 느슨하게 튀어나온 벽돌 하나가 손에 걸렸다. 로레인은 손가락을 오므려 벽돌을 움켜쥐었다. 그러고는 브루스터플레이스에서 움직이고 있는 물체를 향해 벽돌을 끌며 땅을 기어갔다. 좌우로, 좌우로 움직이는 물체를 향해.

매티는 잠자리에서 일어나 욕실로 갔다. 그런 다음 찻주전자를 불에 올려놓았다. 그녀는 항상 일찍 일어났는데 다름 아닌 습관 때문이었다. 농장에 살 때 몸에 밴 심리적인 타이밍 장치는 도시에 사는 지금도 변하지 않고 작동했다.

커피 물이 데워지는 동안 화초에 물을 주기 위해 통에 물을 가득 받았다. 아파트 한쪽 옆에 놓아둔 화분 위로 몸을 굽혔을 때 매티는 몸뚱이가 느릿느릿 골목길을 기어가는 걸 보게 되었다. 그녀는 혹시 아침 햇살 때문에 헛것을 본 것은 아닌지 확인하려고 창문 밖으로 몸을 내밀었다.

"오, 이런 세상에, 어쩌면 저럴 수가!"

매티는 잠옷 위에 코트를 걸쳐 입고 신발을 급히 찾아 신었다. 관절염을 앓고 있었지만 층계를 서둘러 내려가기 위해 두 다리를 부지런히 움직였다.

로레인은 움직이는 물체에 더 가깝게 다가가고 있었다. 이제 그녀는 뻣뻣해진 상처투성이 무릎으로 버티고 상체를 일으켰다. 입에 들어 있던 종이봉투가 떨어졌다. 그녀는 쓰러질 듯 담벼락에 기대어 버텨 서더니 벽돌을 움켜쥐고서 조그맣게 무슨 소리를 내뱉었다. 그러고는 움직이는 물체를 향하여 골목길을 따라 절룩절룩 걸어갔다. 좌우로, 좌우로. 로레인은 마침내 쓰레기통 위에서 움직이는 물체에 도달했다. 포도주를 마셔 눈앞이 흐릿한 벤은 천천히 그녀에게 초점을 맞추기 시작했다. 그런 다음 머릿속에서 만들어진 "이런 세상에, 무슨 일이 있었어?"라는 말을 하기 위해 입을 여는 순간, 벽돌이 그의 입을 내리쳤다. 이빨이 부서져 목으로 밀려 들어갔고 그의 몸은 흔들거리더니 담벼락에 부딪쳤다. 로레인은 움직이는 머리를 정지시키기 위해 또다시 벽돌을 내리쳤다. 벤의 귀에서 피가 솟구쳐 나와 쓰레기통과 아래쪽 담벼락으로 튀었다. 매티의 비명이 로레인을 향해 날아들었고 로레인도 절규로 응수하며 또다시 벽돌을 내리쳤다. 벤의 앞이마가 파열되고 관자놀이가 깨지면서 로레인보다도 더 흉측한 모습이 되고 말았다.

로레인의 허리를 두 팔로 잡아끌자 그녀의 손에서 벽돌이 떨어졌다. 사방이 움직이고 있었다. 로레인은 악을 쓰면서 세상천지 사방에서 이리저리 달리고 소리치며 움직이는 물체들을 움켜쥐려고 손을 내뻗었다. 피로 물든 녹색 드레스를 입은 키가 크고 피부색이 누런 여인은 허공을 향해 두 팔을 버둥거리며 울부짖었다.

"제발, 제발……."

구역 파티

추적추적 비가 내렸다. 벤이 죽은 날 오후부터 내리기 시작한 비는 일주일 내내 밤낮으로 쏟아졌다. 그리하여 브루스터플레이스 주민들은 담벼락 주위에 함께 모일 수가 없었고 벤이 무엇 때문에, 그리고 어떻게 죽었는지 함께 애도할 길이 없었다. 어쩔 수 없이 주민들은 그저 두세 사람씩 모여서 의견을 교환할 뿐이었다. 담벼락에 가깝게 갈 수 있는 방법은 거리에 접해 있는 아파트의 앞쪽 방 창문을 통하는 것이었다. 침침한 검은 구름 속에 묻혀 버린 대낮의 하늘과 밤하늘을 구분한다는 것이 어렵게 되자 주민들은 집 안에 틀어박혀 자기만의 생각에 몰두했다. 땅거미가 내려앉은 다음 비는 폭우로 변했다. 빗물이 회색 벽돌을 뱀처럼 타고 내려 유황색 가로등 아래 꽉 막힌 도랑으로 혼탁한 검은색 액체처럼 흘러들었다. 기름진 음식 냄새가 축축한 아파트 담으로 스며들었고 케이크는 부풀어 오르지 않았으며 침대 시트는 눅눅했다. 아이들은 생기를 잃고 나른해졌다. 남자들은 밤이면 더 오랜 시간 밖에서 맴돌았고 집에 들어와서는 밖으로 나갈 수밖에 없는 그럴 듯한 이유를 만들려고 싸움을 걸었다. 그 주에 길모퉁이 술집은 기록적인 매상을 올렸다. 브루스터플레이스 주민들이 어떻게든 빛과 온기를 만들어 내려고 필사적으로 노력하면서 밤낮으로 틀어 놓은 히터, 텔레비전, 램프 때문에 전기 요금은 급격하게 상승했다. 수요일쯤 되자 구역 파티에 대한 희망은 사라지기 시작했다. 여러 주에 걸쳐 이루어진 계획이 도랑에 쌓인 잔해들과 함께 녹슨 하수구를 통해 씻겨 내려갈 판이었다.

비록 그런 사실을 인정한 사람은 소수에 불과했지만, 사실 브루스터플레이스에 살고 있는 여자들은 누구나 다 비가 내리던 그 주에 피 묻은 녹색 드레스를 입은 여자 꿈을 꾸었다. 그녀는 식은땀이 줄줄 흐르는 악몽을 꾸는 중에 나타났거나 아니면 자다 깨다 하는 단속적인 잠의 끄트머리에 어슬렁거렸다. 어린 소녀들이 악을 쓰며 잠에서 깨어났고 당황한 엄마들은 딸들을 달래 줄 수 없었다. 엄마는 딸이 무엇 때문에 잠까지 빼앗기는지 그 까닭을 알 것도 같았지만 사실 알지 못했다. 여자들은 시무룩해졌고 신경 과민증에 시달리기 시작했다. 미신적인 여자들은 비를 어떤 신호로 생각하기 시작했다. 그렇지만 그들은 '어떻게' '무엇 때문에'와 같은 질문을 던지기가 두려웠다. 그래서 컴컴할 때 슬며시 마음속으로 파고드는 대답들을 물리치기 위해 밤이면 침대 머리맡에 성경을 펴 놓았다. 심지어 매티조차 제대로 잠을 이룰 수 없었다. 그녀도 어지러운 꿈을 꾸었다.

"미스 존슨, 춤추시겠어요?"

잘생긴 10대 소년이 감히 용기를 내어 에타 앞에 유혹하는 자세를 취하고 서 있었다. 에타는 한 손으로 머리 한쪽을 매만지며 앞치마를 벗었다.

"그럼요, 기꺼이 하죠."

에타는 테이블을 돌아서 껑충거리며 뛰어나갔다.

"이 여자야, 얼른 이리 오지 못해. 나잇값을 해야지."

매티는 갈비 덩어리를 창으로 찔러 석쇠에서 집어냈다.

"지금 하고 있잖아. 서른다섯 살 나잇값을!"

"흥, 그보다 많아서 '원통' 하겠네."

잘생긴 소년은 에타를 자기 팔 아래로 빙그르르 돌렸다.

"자, 조심해요, 총각. 아직은 순조롭게 작동하지만 그래도 조금은 속도를 늦추는 게 좋을 것 같군."

에타는 매티를 향해 눈웃음을 보내고는 거리 한가운데로 춤을 추며 들어갔다.

매티가 좌우로 고개를 흔들었다.

"주여, 우리 에타가 제정신을 차리게 못하실 바에야 그녀를 안전하게 지켜 주소서."

매티는 거리를 내려다보면서 씰룩거리는 엉덩이, 소스가 묻은 손가락, 이를 드러내고 웃는 입에서 샘솟는 희망을 들이마셨다. 또 한편으로는 미소를 지으며 음악 리듬에 따라 테이블 밑에서 발로 가볍게 장단을 맞추었다.

수척한 갈색 피부의 여자가 비옷에 작은 여행 가방을 들고 천천히 이 블록으로 접어들고 있었다. 그녀는 이따금 발걸음을 멈추고 돌아서서, "어머나, 시엘! 정말 반갑구나." 하고 소리치는 사람들에게 답했다.

시엘. 매티의 가슴 밑바닥이 싸해지는 이름이었다. 그녀는 움찔하고 숨을 들이켰다.

"이런 세상에, 설마."

시엘이 매티에게 다가와 머뭇거리며 그녀 앞에 섰다.

"안녕하셨어요, 매티 아주머니. 오랜만이에요."

"이게 꿈이야 생시야."

매티는 고개를 천천히 좌우로 흔들었다.

"저 때문에 화 많이 나셨죠. 미리 편지를 쓰든지 아니면 전화를 걸었어야 했는데."

"얘야."

매티가 시엘의 한쪽 얼굴을 부드럽게 어루만졌다.

"아주머니를 잊은 적은 한순간도 없었어요. 정말이에요, 매티 아주머니."

"그래, 알고말고."

매티는 두 손으로 시엘의 얼굴을 어루만졌다.

"그때는 떠나야 했어요. 아주머니도 잘 아시죠. 브루스터플레이스에서 되도록 멀리멀리 떠나가야 했어요. 고속도로가 끊어질 때까지 가고 또 갔지요. 그러다가 고개를 들고 올려다보니 그곳은 샌프란시스코였어요. 앞에는 오로지 바다밖에 없었죠. 전 수영을 할 줄 몰랐으니까 그냥 그곳에 머물렀어요."

"그래 알았다, 애야."

매티가 시엘을 자기 쪽으로 끌어당겼다.

"편지 한 줄 쓰지 않다니. 정말 못됐죠. 그 정도는 저도 알아요."

시엘이 울기 시작했다.

"언젠가 상처를 모두 다 떨어내고 그동안 일어났던 안 좋은 일들을 모두 다 극복하고 정말 건강해져 아주머니 보시기에 흡족한 모습이 되면 그때 편지를 쓰겠다고 속으로 다짐했어요."

"그래 애야, 잘했다."

매티는 시엘을 꼭 끌어안고는 천천히 살살 흔들어 주었다.

"하지만 그런 날은 결코 오지 않았어요, 아주머니."

시엘이 안겼을 때 굵은 눈물이 매티의 가슴으로 떨어졌다.

"그러고 나서 저는 그런 날이 오리라는 것을 믿지 않게 되었죠."

"감사해라. 이제 그런 날을 찾았구나."

매티가 팔을 풀고 그녀의 어깨를 살며시 잡았다.

"그러지 않았다면 이런 기쁨을 맛보기 위해 죽는 날까지 기다려야 했을지도 모르겠구나."

매티가 코를 풀라며 휴지를 건네주었다.

"샌프란시스코라고 그랬지? 정말 먼 길을 왔구나. 분명 거기서는 이런 걸 한 번도 먹어 보지 못했을 거야. 그렇지?"

매티는 테이블 위에 있는 에인절 케이크를 커다랗게 한 조각 잘라서 시엘에게 주었다.

"아, 매티 아주머니, 정말 맛있게 생겼어요."

시엘이 한입 먹었다.

"할머니가 만들어 주시던 것하고 맛이 정말 똑같아요."

"그래야지. 네 할머니의 조리법인걸. 네 할머니 집에 처음 갔던 날 밤에 이 케이크 한 조각을 나에게 주셨어. 그때까지 난 뭣 때문에 이걸 에인절 케이크라고 부르는지 전혀 몰랐단다. 케이크를 한입 먹고는 이제 죽어도 여한이 없다고 생각했지."

시엘이 깔깔대고 웃었다.

"맞아요. 할머니는 정말로 요리를 잘하셨어요. 그 집에 살 때는 정말로 좋았어요. 제가 바질과 얼마나 싸웠던지 지금도 생각나요. 밤에 잠자리에 들면 이렇게 기도하곤 했어요. 하느님, 제발 우리 할머니와 매티 아주머니를 축복해 주세요. 그렇지만 바질은 내 크레용을 부러뜨리지 않으면 축복해 주세요. 바질한테서는 무슨 소식 못 들으셨어요, 아주머니?"

매티가 얼굴을 찡그리며 돌아서더니 굽고 있던 갈비에 양념장을 발랐다.

"없었어, 시엘. 아마 그 앤 아직은 너만큼 운이 좋지 못한가 봐. 고속도로를 달리는 일이 끝나지 않았나 보다. 그게 끝나야 멈춰 서서 이런저런 생각을 할 텐데."

에타가 숨이 차 헐떡거리며 테이블로 돌아왔다.

"아이고, 도대체 이게 누구여!"

에타는 시엘을 와락 끌어안고는 입맞춤을 쉬지 않고 했다.

"정말 좋아 보이네. 그동안 어디 숨어 있었니?"

"지금 샌프란시스코에 살고 있어요, 에타 아주머니. 보험 회사에서 일하고 있어요."

"아 샌프란시스코, 정말 좋은 도시지. 전에 그곳을 지나간 적이 있었어. 네 얼굴에서 그렇게 빛이 나는 것이 소금물 때문이라고는 말하지 마라."

에타는 시엘의 뺨을 토닥거렸다.

"분명 좋은 사람을 만났을 거야."

시엘이 얼굴을 붉혔다.

"그래요, 어떤 사람을 만났고 지금 결혼에 대해 생각하는 중이에요."

시엘이 매티를 올려다보았다.

"이제는 새로운 가정을 꾸밀 준비가 된 것 같아요."

"오, 하느님 감사합니다!"

매티의 얼굴에 희색이 만면했다.

"그 사람은 흑인이 아니에요."

시엘은 머뭇거리며 에타와 매티를 번갈아 쳐다보았다.

"분명 그 사람은 키가 2미터도 되지 '못하고' 빌리 디윌리엄스만큼 잘생기지도 '않았을' 거야. 그리고 그 사람은 유고슬라비아의 대통령도 '아닐' 거고. 내 말이 맞지?"

에타가 말했다.

"이런, 우리는 지금 그 사람에게 '없는' 거만 따지고 있잖아. 중요한 건, 그 사람이 어떤 사람이냐 하는 거야. 애야, 그 사람이 너에게 잘 대해 주니?"

"그리고 너하고 잘 맞는 사람이야?"

매티가 부드럽게 덧붙였다.

"과분할 정도예요."

시엘이 미소 지었다.

"그럼 내가 웨딩 케이크를 구워 줘야겠네."

매티가 싱긋이 웃었다.

"난 네 결혼 피로연에 참석해 춤이나 실컷 춰야지."

에타는 딱 하고 손가락을 튕겨 소리를 냈다.

매티가 에타에게로 몸을 돌렸다.

"이 여자야, 오늘 벌써 평생 출 춤을 다 추지 않았어?"

"쉿, 입 다물어. 시엘, 지금 우리는 여기서 파티를 열고 있고 또 재미있게 놀아야 하는 거라고 이 여자에게 말 좀 해 주겠니?"

"그리고 얘야, 저 여자에게 이런 말을 해 주렴."

매티가 맞받았다.

"엉덩이는 젊은이들이나 흔드는 거라고. 이 여자한테 말해 주련? 우리 같은 노인네들은 이런 테이블 뒤에 서서 음식이나 파는 거라고 말이야."

"두 분은 조금도 변하지 않으셨어요."

시엘이 깔깔대고 웃었다.

"어떻게 때 맞춰 휴가를 얻을 수 있었니? 정말로 운이 좋았네."

에타가 앞치마를 다시 두르면서 말했다.

"네가 이 파티에 참석하지 못했다면 얼마나 아쉬워했겠니."

"아니, 휴가로 온 게 아니에요."

시엘은 주변을 천천히 둘러보았다.

"있잖아요, 정말 이상한 일이었어요. 지난 주 내내 비가 왔는데 문득 어느 날 밤에 이 거리가 꿈에 나타났어요. 그리고 웬일인지 자꾸 오늘 여기에 와야 한다는 생각이 드는 거예요. 그래서 며칠 나가지 못한다고 회사에 말하고 온 거예요. 그냥 충동적으로요. 우습지 않아요?"

매티와 에타는 서로 쳐다보지 않으려고 무진 애를 썼다.

"무슨 꿈이었는데, 시엘?"

매티가 손에 들고 있던 양념장 솔을 다시 움켜쥐었다.

"아, 잘 모르겠어요. 머릿속에서 온통 뒤죽박죽되어 제대로 생각나지 않는 그런 꿈 있잖아요. 저 담벼락도 보이고 벤 아저씨도 보였어요. 그리고 아마 나일지도 모르는 어떤 여자가 보였어요. 그 여자는 생긴 게 꼭 나 같지는 않았지만 마음속에서 꼭 나 같다는 생각이 들었어요. 꿈이란 게 얼마나 허무맹랑한지 아시잖아요."

에타는 앞치마에 달린 주머니에 손을 넣고 돈을 만지작거렸다.

"그 여자가 어떻게 생겼던데?"

시엘이 어깨를 으쓱해 보였다.

"모르겠어요. 나같이 생겼던 것 같아요. 키가 크고 바싹 마르고."

시엘은 잠시 얼굴을 찡그렸다.

"그런데 피부색이 옅었던 것 같아요. 머리 모양도 달랐어요. 그래요, 머리가 나보다 길고 여하튼 머리를 위로 올려서 핀으로 꽂았어요."

시엘의 입에서 말이 술술 흘러나오기 시작했다.

"그 여자는 밑에 검은색 주름 장식이 달려 있는 것 같은 녹색 드레스를 입고 있었어요. 드레스 앞쪽에는 빨간색 무늬인지 아니면 빨간색 꽃 같은 것이 달려 있었고요."

시엘의 눈에 수심이 가득 고이기 시작했다.

"그런데 담벼락 옆에서 나에게 뭔가 좋지 않은 일이 일어났어요. 아니, 그 여자한테요. 뭔가 좋지 않은 일이 일어났어요. 그리고 벤 아저씨도 그곳에 있었어요."

시엘은 담벼락을 빤히 쳐다보면서 몸서리쳤다.

"무슨 그런 꿈이 다 있죠. 개꿈인 것 같아요. 그게 다예요."

시엘은 에타와 매티를 쳐다보면서 미소를 지었다. 그렇지만 그들의 얼굴에 나타난 표정을 보고 나자 웃음이 싹 가셨다.

"왜 그런 표정으로 쳐다보세요? 뭐가 잘못되기라도 했어요?"

매티는 굽고 있던 쇠갈비에 양념장을 열심히 발랐다. 그러자 에타가 대답했다.

"일은 무슨, 아무 일도 없었단다, 애야. 난 그냥 네 꿈에는 어떤 숫자일까 하고 궁리하던 중이었어. 그러니까 뱀은 436이고 푸른색 캐딜락은 224거든. 그렇지만 담벼락은 어떤 숫자인지 해몽 책을 들여다봐야겠다. 매티, 담벼락은 숫자가 뭐지?"

매티는 계속해서 석쇠만 내려다보고 있었다.

"이 여편네야, 난 그런 시시한 것에는 관심 없는 걸 잘 알잖아. 돈을 없애고 싶다면 그저 창문 밖으로 뿌리면 그만이지. 숫자 가지고 장난치는 사람에게 돈을 갖다 줄 필요가 어디 있어? 시엘, 이제 이 갈비 좀 먹어 보렴. 잘 익었단다. 샌드위치가 모두 다 없어지기 전에 하나 먹으련? 오늘은 사람들이 엄청 먹는구나. 집채라도 집어삼키겠다."

"조금 있다 먹을게요. 케이크 먹은 걸로도 배가 부르네요."

시엘이 거리를 둘러보더니 손가락을 탁 하고 튕겼다.

"이제 뭐가 없는지 알겠네요. 벤 아저씨는 어디 계셔요? 지하실 방에서 술에 취해 주무시나 보죠?"

매티는 갑자기 고기에 양념장을 더 발라야 한다고 마음먹고는 소스를 찾으려 두리번거렸다.

"애야, 벤 아저씨는 지난 토요일에 돌아가셨단다."

"어머, 그런 일이 있었다니 정말 안됐어요. 그동안 포도주를 너무 많이 드셨나 보군요."

"그렇다고 말할 수 있겠지."

에타의 턱 주위가 긴장감으로 뻣뻣해졌다.

매티의 귀에 들리던 음악 소리와 소음이 점점 멀어져 갔다. 그와 동시에 활기 없는 공간에서 미끄러지고 뒤틀리며 서로 부딪치는 모습이 눈에 들어왔다. 사람들 사이로 이리저리 날뛰고 다니면서 느슨히 쌓여 있는 종이나 빈 병을 발길로 차 대는 아이들 때문에 금방이라도 악쓰는 소리가 들릴 것 같았다. 하지만 사람들은 고기를 뜯고 알루미늄 캔 음료를 벌컥벌컥 마시고 있었다. 검은 얼굴들이 즐거움, 놀람, 결심, 만족의 표정을 드러내고 있었다. 10월의 태양이 선사하는 온기가 충실하게 한몫하고 있었다.

"아, 하느님."

매티는 하늘을 올려다보며 조용히 기원했다.

"제발 비가 내리지 않게 하소서."

매티가 곁눈으로 보니 에타 역시 하늘을 보고 있었다. 지금까지 봐 온 것 중에 가장 기도다운 기도를 하는 것 같았다.

빨강 노랑 비치볼이 석쇠 한가운데로 날아들었다. 거리의 소음도 다시 밀려들었다.

"아니, 이게 뭐야."

매티가 숯불에 떨어진 비치볼이 눌어붙기 전에 얼른 끄집어냈다.

"미안해요, 매티 아주머니."

키스와나가 테이블로 달려왔다.

"공놀이를 하고 있었는데 브루시가 던진 공이 너무 멀리 날아왔네요."

"괜찮아, 신경 쓰지 마. 바비큐 한 고무를 누가 먹고 싶어 할까 했어."

키스와나는 비치볼을 집어 들고 코라 리네 층층대로 돌아갔다.

"내가 전에도 말했지?"

볼록 튀어나온 배에 두 손을 올려놓고 층계에 앉아 있던 코라가 말했다.

"저 녀석은 제대로 할 수 있는 게 하나도 없다니까."

코라가 소리쳐 브루시를 불렀다.

"이리 와서 가만히 앉아 있어. 공놀이는 그만해."

"앉아 있기 싫어. 케이크 먹고 싶어요."

"케이크 살 돈이 어디 있다고 그래."

"도리안에게는 케이크 사 줬잖아. 나도 케이크 먹고 싶단 말이야!"

브루시가 층층대 난간을 발로 차기 시작했다.

"그래, 그래 봐라, 네 발만 아프지. 팔이 부러진 거 가지곤 성에 안 차지? 이젠 발도 부러지고 싶냐."

"제가 한 조각 사 줄게요."

키스와나가 끼어들었다.

"그러지 마요, 벌써 먹었다니까요. 여기서 그만두지 않고 사 달라는 대로 다 사 주면 저 녀석 이는 남아나지 않을 거예요."

코라는 층층대에서 무거운 몸을 일으키려고 안간힘을 썼다.

"엄마는 배불뚝이 돼지!"

브루시가 소리를 지르고는 거리로 달려 나갔다.

코라는 한숨을 쉬면서 다시 주저앉았다.

"불쌍하다니까. 그저 나만 불쌍한 년이지. 엄마 몸이 이렇다고 저놈들이 조금이라도 딱하게 여기는 줄 알아요? 눈곱만치도 없어요. 지난주에는 저놈들 때문에 미칠 지경인데도 비가 그렇게 와 대니 밖으로 내보낼 수 있어야죠. 잠시도 눈을 붙일 수 없었어요. 아기를 가져 봐요, 밤에 잠을 제대로 잘 수 있나. 밤새도록 온갖 뒤숭숭한 꿈에 시달려요."

"그럼요."

키스와나는 고개를 끄덕였다.

"오늘 있을 파티를 위해 비가 그치기를 얼마나 바랐는지 몰라요. 정말 대단하지 않아요? 벌써 100달러도 넘게 모였어요."

"그렇게나 많이?"

근처에 앉아 있던 다른 여자가 끼어들었다.

"변호사를 구한 다음, 그놈의 집주인을 법정으로 끌어내면 아마 올해는 난방 좀 해 주겠다고 하겠는걸."

또 다른 여인이 말했다.

"어쩜 그럴 수가 있어요? 글쎄 작년 겨울 내내 기름을 두 번밖에 채워 주지 않았잖아요."

"맞아요."

코라가 맞장구를 쳤다.

"오븐을 계속 켜 놓고 있어야 했어요. 그랬더니 가스 값이 장난 아니었다니까."

"검둥이들은 난방이 전혀 필요 없다고 생각하나 보지."

"그런가 봐. 여하튼 우리가 아프리카에서 왔다고 생각하잖아. 그곳은 날이 아주 뜨거우니까 사람들이 기름이 뭔지 알겠어?"

키스와나만 제외하고 모두 깔깔대고 웃었다.

"사실 그건 틀린 말이에요. 아프리카에도 눈이 오는 곳이 있으니까. 나이지리아는 세계에서 석유 수출국으로 중요한 나라예요."

여자들은 웃음을 그치고는 설명이 전혀 필요 없는 농담인데 '무슨 말인지도 모르고 저렇게 사오정 같은 소리를 하나.' 하는 표정으로 키스와나를 쳐다보았다.

테레사가 옆 건물에서 나와 쓰레기통 위에 상자 몇 개를 올려놓더니 다시 집 안으로 들어갔다.

"벌써 이사 간 줄 알았더니."

누군가가 속삭였다.

"아냐, 오늘 떠난다는 것 같던데."

불안한 적막감이 층층대에 앉아 있는 여인네들에게 내려 앉았다.

"그건 그렇고, 변호사 한 사람을 구하는 데 드는 돈을 마련하려면 얼마나 더 모아야 해요?"

코라 리가 키스와나에게 물었다.

"뭐라고요?"

키스와나는 마치 생각나지 않는 어떤 중요한 걸 기억해 내려고 머리를 쥐어짜는 사람처럼 담벼락을 빤히 쳐다보았다.

"아 예, 아마 100달러는 더 모아야 할 거예요. 그렇지만 지금 모이는 속도로 볼 때 그 정도는 전혀 문제가 안 될 것 같아요."

키스와나가 재빨리 하늘을 올려다보았다.

"날씨만 우리 편이 돼 주면요."

"그럼, 그렇고말고."

엄마들이 중얼거렸다.

"우리도 다시 나가서 물건들이 좀 더 많이 팔릴 수 있게 힘 좀 써야겠어."

"맞아. 냉동고에서 얼음을 더 많이 가지고 나와야겠어. 미적지근한 음료를 마시고 싶은 사람은 없을 테니까."

"누구 소냐 본 사람 있어요?"

코라 리는 갑자기 아기가 사라진 것을 알아차렸다. 코라

리가 층계에서 그 무거운 몸을 끌어올렸다.

"에구, 요 계집애가 발걸음을 떼기 시작한 날이 나한테는 최악의 날이라니깐."

큰 소리로 아이 이름을 불러 대며 코라 리가 사람들 사이를 이리저리 헤치면서 돌아다니기 시작했다.

"소냐! 소냐!"

키스와나는 한숨을 쉬었다.

"나도 가서 돈을 좀 더 모아야겠어요."

두 건물 사이로 보이는 푸른 하늘 조각을 구름이 벌써 뒤덮고 있었다. 차가운 바람이 불어오자 풍선을 달고 있는 가느다란 줄이 팽팽해졌고 층층대 난간에 휘감겨 있는 주름 종이들이 펄럭거리기 시작했다. 브루스터플레이스의 온갖 색깔들이 건물 벽돌 색깔과 잘 어울리는 한 덩어리의 납빛 회색으로 변해 갔다. 근처에 있는 거리에서 구경 온 사람들이 아이를 불러 서둘러 집으로 돌아가기 시작하면서 사람들의 수가 급속히 줄어들었다.

키스와나가 한 테이블로 다가갔다.

"지금 같아서는 얼른 치우는 게 좋을 것 같은데요. 비가 올 것 같아요."

여자는 새로 꺼낸 코코넛 케이크에서 플라스틱 랩을 막 떼어 내고 있었다.

"오긴 무슨 비가 온다고 그래."

그녀는 케이크를 먹기 좋게 잘라 종이 접시 위에 올려놓기 시작했다.

"그러지 마세요, 젖는단 말이에요! 나중에 먹을 수 있게 그냥 두세요."

그 여자가 케이크 한가운데에 칼을 올려놓고 키스와나의 눈을 똑바로 쳐다보았다.

"안 와. 무슨 비가 온다고 그렇게 호들갑을 떨고 그래."

테이블에 칼을 탁 하고 내려놓는 바람에 키스와나는 소스라치게 놀라 얼른 뒤로 물러났다.

네모 모양으로 생긴 커다란 스피커에서는 아직도 음악이 흘러나와 온 거리로 흘러넘쳤다. 그렇지만 무거운 공기가 스피커를 둘러싸며 소리를 끌어내리고 있었다. 브루스터플레이스에 살고 있는 사람들만 아직까지 춤을 추고 있었다. 그들은 빠르게 컴컴해지고 있는 하늘을 올려다보지도 않았다. 찍찍거리는 소음이 음악을 압도할 때에도 멈추지 않고 계속 춤을 춰 댔다. 율동적인 음악이 또다시 흘러나올 때까지 그들은 박자를 더듬으며 춤추었다.

키스와나는 춤을 추고 있는 사람들을 지나 음악 담당 소년에게 다가갔다.

"비에 젖어 고장 나기 전에 스테레오 전축을 얼른 치우는 게 좋겠어."

"사람들이 아직 춤을 추고 있는걸요."

"아직 사람들이 춤춘다는 것은 내 눈에도 보여."

키스와나가 소리쳤다.

"그렇지만 비가 곧 쏟아질 것 같잖아!"

검은 구름들이 벌써 주먹만 한 크기의 침침한 덩어리로 뭉쳐져 있었다. 바람은 세차게 불어 땋은 머리가 키스와나의 얼굴을 때리고 있었다.

"사람들이 춤추고 싶어 하면 계속 음악을 틀어 놓아야 해요."

소년이 또 다른 앨범으로 손을 뻗었다.

키스와나는 바람에 날려 눈으로 들어가는 머리카락을 한쪽으로 제쳤다.

"모두 미쳤어!"

키스와나가 매티의 테이블로 달려갔다.

"이제 닭고기는 그냥 두세요."

또 다른 거리에서 온 남자가 혼잣말을 하고 있었다.

"집으로 돌아가는 편이 낫겠어. 억수같이 쏟아지는 비를 맞고 싶지 않으니까."

에타는 샌드위치를 계속 만들었다.

"지금 이 파티는 우리 구역을 돕기 위한 행사예요. 샌드위치를 주문했으니까 여기 서서 먹도록 해요."

"아주머니, 1달러를 그냥 드릴게요. 여기 있다 감기라도 걸리면 어떻게 해요?"

그 남자는 테이블에 돈을 올려놓고 걸어가기 시작했다.

"아니, 가지 말고 기다려요. 돈 낼 필요는 없어요. 그냥 여기서 이걸 먹고 가요. 제발!"

남자는 어리둥절한 듯 어깨 너머로 에타를 슬쩍 보더니 뛰다시피 저쪽으로 가 버렸다.

"저 남자 혹시 바보 아냐?"

키스와나에게 이렇게 말한 에타는 화가 났는지 치킨 샌드위치를 테이블 위에 세게 내려놓았다.

키스와나는 에타 옆을 천천히 지나 두근두근 뛰는 가슴

을 안고 매티에게 갔다.

"매티 아주머니, 비가 올 것 같아요."

키스와나는 애가 타서 말했다.

"이제는 돈을 한곳으로 모아야겠어요. 이제는 그만……."

곧이어 그녀의 목소리가 울음으로 바뀌었다.

"왜 그래. 그렇게 속 태우지 마라, 애야."

매티가 천천히 움직여 석쇠 위에 있는 갈비를 뒤집어서 가지런히 놓았다.

"그러니까 넌 영락없이 도시 아가씨인 거야. 내가 자란 곳에서는 구름이 끼었다고 해서 항상 비가 오는 것은 아니었어. 그렇지 않아, 에타?"

"물론이지. 허구한 날 들판에서 일하다 구름이 낀 걸 보게 되면, 제발 비가 내려 나 좀 쉬게 해 달라고 얼마나 기도했는지 아니? 하지만 십중팔구는 헛된 기도였어."

두 사람 모두 키스와나에게 몸을 돌리고는 미소를 지었다. 키스와나는 못 말리겠다는 듯이 머리를 가로저었다. 그런 다음 두 사람 옆에 비옷을 입고 서 있는 젊은 여자에게 무기력하게 호소해 보았다.

"비가 올 것 같지 않아요?"

키스와나의 얼굴로 눈물이 흐르고 있었다.

"그럴 것 같네요."

시엘이 속삭였다. 그러고 나서 그녀는 옷깃을 세우고 코트 자락을 당겨 몸을 잘 감싸더니 천천히 거리를 이쪽저쪽 살폈다. 부서진 층층대 난간에 맥 풀린 주름 종이가 매달려 있었다. 매듭이 풀린 풍선은 다 썩은 창틀과 부식된 비상계단을 지나 빌딩 전면을 타고 올라가고 있었다. 한 바퀴 빙 돌아 축 늘어진 벽돌 담장으로 눈길을 돌리면서 시엘은 몸을 부르르 떨었다.

코라 리가 미친 듯이 그들 앞에서 소리치는데, 바람 속에 섞여 온 빗방울이 키스와나의 팔에 가볍게 떨어졌다.

"소냐! 소냐를 본 사람 없어요?"

어린 소녀는 담장 앞에 쪼그리고 앉아 더러운 아이스케이크 막대기로 땅바닥을 긁고 있었다. 남산만 한 배를 이끌고 코라가 아이를 향해 재빠르게 다가갔다.

"요것아, 너를 찾는다고 한참 헤맸잖아. 그것 놓지 못해! 네가 길에서 그런 더러운 걸 가지고 놀지 않아도 이 에미한텐 걱정거리가 태산 같이 쌓여 있어."

코라가 아이를 세우려고 몸을 구부리더니 아기 손을 탁 쳤다.

마치 차가운 침 덩어리가 떨어지는 것처럼 굵은 빗방울이 키스와나의 얼굴을 때렸다.

코라가 담벼락에서 소녀의 손을 떼어 내자 딸아이가 파내던 벽돌 모서리에 붙어 있던 검은 얼룩이 드러났다. 얼룩은 넓어지고 깊어지기 시작했다.

"피잖아. 아직도 담벼락에 피가 묻어 있네."

코라가 속삭이면서 어정쩡하게 주저앉았다. 그러고는 아이스케이크 막대기를 집어 들고 벽돌 근처에 떨어져 있는 회반죽 주변을 파내기 시작했다.

"어떻게 이럴 수가, 세상에 어쩜 이럴 수가 있담. 아직 이곳에 남아 있다니."

막대기가 부러지자 코라는 손으로 땅을 팠다. 자갈이 들어 있는 흙 때문에 손가락 마디에 상처가 났다.

"피가 아직도 여기에 남아 있다니, 말도 안 돼."

코라가 벽돌을 힘껏 잡아 빼 버렸다. 그때 스테레오 전축을 담당한 소년이 스피커 하나를 두 팔로 들고 그녀 옆으로 달려갔다. 그 뒤로 두 사람이 더 다른 부품을 들고 서둘러 달려갔다. 또 한 사람이 소냐를 안아 올리더니 건물 처마 밑으로 데려갔다. 이제 남자들과 아이들은 모두 출입구에 옹기종기 모여 서 있었다. 코라가 매티의 테이블로 달려가 벽돌을 내밀었다.

"매티 아주머니, 이것 좀 봐요! 저 담벼락에 아직도 피가 묻어 있단 말이에요."

"아주 끔찍한 일이야."

뜨거운 숯불 위로 빗방울이 튀어 김이 올라가는 것을 지켜보던 매티가 말했다. 빗방울이 어깨와 등으로 떨어져 내리고, 얼굴과 코끝으로 튀며 종이로 된 테이블보를 적셨다. 그리고 케이크와 파이를 퉁퉁 불려 빵가루와 과일 덩어리로 바꾸어 놓았다.

"이것 좀 저리 치워!"

매티가 벽돌을 움켜쥐더니 에타에게 넘겨주었다. 벽돌을 받아 든 에타는 옆에 있는 테이블에 올려놓았다. 그리고 그것은 또다시 여자들의 손에서 손으로, 테이블에서 테이블로 옮겨져 마침내 브루스터플레이스에서 쫓겨나 저쪽 대로로 굴러 떨어졌다.

매티가 코라의 팔을 움켜쥐었다.

"이리 좀 와 봐. 그거 하나뿐인지 다시 가서 살펴보자고."

두 사람은 다시 담벼락으로 다가갔고 얼룩진 벽돌이 또 있는지 살펴보기 시작했다. 매티는 갖고 있던 포크로 부서져 있는 회반죽을 파 보았다. 마침내 또 다른 벽돌을 찾아내 등 뒤로 던졌다. 에타는 그것을 집어 들었다. 벽돌은 또다시 거리를 따라 다음 사람에게 넘겨지기 시작했다.

"여기도 묻어 있네!"

코라도 또 다른 벽돌을 떼어 내기 시작했다.

"여기 좀 와서 도와줘야 되겠어."

매티가 소리쳤다.

"사방에 온통 퍼져 있어!"

여자들이 담벼락으로 달려들어 칼, 플라스틱 포크, 뾰족한 구두 굽, 심지어 맨손으로 벽돌을 파내기 시작했다. 턱으로 빗물이 흘러 내렸고 블라우스와 드레스가 몸에 착 달라붙어 몸 윤곽이 다 드러났다. 여자들 등 뒤로 벽돌이 쌓였다. 그것들은 하나하나 들려 뒤집어진 테이블, 흩어진 동전들, 구겨진 지폐 더미를 지나 옆 사람에게 전달되었고 결국엔 브루스터플레이스에서 쫓겨났다. 여자들이 의자와 바비큐 석쇠를 집어 들어 담벼락에 내동댕이쳤다. '오늘은 브루스터, 내일은 미국'이라고 쓴 깃발도 빨간 끈이 되어 비에 젖은 여자들의 팔과 얼굴에 달라붙었다.

시엘의 코트가 젖혀졌고 끈적끈적한 진흙이 블라우스 앞자락에 달라붙었다. 그녀가 키스와나에게 벽돌을 넘겨주려 했지만 키스와나는 무슨 악몽이라도 꾸고 있는 사람처럼 멍한 표정으로 서 있었다.

"이 벽돌에는 피가 전혀 묻어 있지 않아요!"

키스와나가 시엘의 팔을 붙잡았다.

"피가 묻어 있지 않다는 건 잘 알아요. 비가 오고 있어요. 비가 오기 시작했어요."

시엘이 벽돌을 키스와나의 손에 놓고는 억지로 그것을 움켜쥐게 만들었다.

"그게 문제예요? 비 오는 게 무슨 대수냐고요?"

키스와나가 젖은 돌을 내려다보았다. 비에 흠뻑 젖은 머리에서 물방울이 벽돌 표면으로 흘러내리자 얼룩이 번졌다. 그녀는 엉엉 울면서 피로 얼룩진 벽돌을 대로에 내던지려고 달려갔다.

자동차들이 브루스터플레이스에서 날아오는 벽돌을 피하려다 끽끽 소리를 내며 빙그르르 미끄러졌다. 옆 창문이 거미집 모양으로 깨져 유리가 쏟아져 내린 스테이션왜건이 검은색 닷선 자동차 뒤로 미끄러졌다. 거리에서 밀려난 닷선은 전신주를 들이받았다.

테레사가 여행 가방을 들고 아파트 건물에서 나왔다.

"택시!"

택시가 멈춰 섰고 그녀는 자동차 뒷문을 열었다.

"집에 가방이 하나 더 있어요. 우산 때문에 못 가져 왔어요. 잠깐 기다리세요."

"아가씨, 제정신이야? 이 거리에 폭동이 일어났어."

운전사가 부리나케 차를 몰고 달아났다. 벽돌 하나가 자동차 앞에 떨어졌기 때문이다.

"미친 놈."

테레사가 택시 뒤에 대고 욕을 했다.

"차 안에 내 여행 가방이 들어 있어!"

그녀는 돌아서서 거리를 내려다보았다. 여자들이 아파트에서 가구를 끌어내 담벼락에 내던지기 시작했다.

"바보 같은 기사야. 보잘것없는 구역 파티가 열린 것뿐인데. 난 초대도 받지 못했고."

코라 리가 벽돌을 집어 들고 헐떡거리며 다가왔다. 배가 들썩거리는 모습이 젖은 치마 밑으로 비칠 지경이었다.

"자, 자, 이걸 좀 받아요. 피곤해 죽겠어."

테레사는 코라에게서 몸을 돌렸다.

"제발, 좀 받아요."

코라가 피 묻은 벽돌을 내밀었다.

"제발이란 말은 하지 마세요!"

테레사는 악을 썼다.

"두 번 다시 그 말은 하지 말라고요!"

테레사는 코라에게서 벽돌을 받아 들고는 길을 향해 내던졌고 그것은 깨지면서 녹색 연기 구름을 일으켰다.

"몇 장 더 가져다 줘요. 그렇지만 '제발'이라는 말은 다시 하지 마요. 누구에게도 하지 말라고요!"

복잡한 거리를 뚫고 브루스터플레이스를 향해 달려오는 순찰차에서 퉁명스럽게 왱왱거리는 사이렌 소리가 들렸다. 벽돌을 날라다 주는 다른 여인들을 돕기 위해 테레사는 두 손을 자유롭게 쓸 수 있게 우산을 저쪽으로 내던져 버렸다. 비가 억수같이 쏟아져 여자들의 발을 흥건히 적셨고 차가운 빗물이 그들의 머리를 두들겨 댔다. 떨어지는 빗방울과 심장 박동 소리가 거의 완벽한 조화를 이루고 있었다.

매티는 잠자리에서 돌아누웠다. 가슴으로 땀이 흘러내려 팔과 등에 잠옷이 달라붙었다. 그녀는 진땀이 흐르는 이마에 손을 대면서 방이 왜 이렇게 무더운지 이상하게 생각했다.

억지로 눈을 떴다. 그녀는 태양이 솟아올랐는데도 전기 온풍기가 아직 고온으로 설정돼 작동하고 있는 것을 알았다.

"오 주여, 감사합니다. 오늘은 이게 필요치 않을 것 같군요."

매티가 온풍기 스위치를 끄고 앞에 있는 방으로 가 블라인드를 올렸다.

한 주 내내 비가 내린 브루스터플레이스는 이제 내리쬐는 햇볕에 온몸을 내맡겼다. 사람들은 신이 나서 벌써 거리로 나와 있었다. 바스락거리는 기다란 주름 종이들이 가닥가닥 펼쳐졌고 풍선들은 현관 입구 층층대 난간에 매달려 있었다. 키스와나가 담벼락 위쪽에 높다랗게 깃발을 설치했다. 황금색 글자는 햇빛으로 번쩍번쩍 빛이 나서 보기만 해도 좋아 미칠 지경이었다.

"정말 기적 같은 일이야."

매티가 창문을 열었다.

"연일 내리던 비가 오늘 딱 그친 게 생각하면 할수록 신기해."

이제 태양이 비치지 않는 곳이 없었다. 키스와나의 금

귀걸이, 길에 널린 깨진 유리 조각, 시내에 있는 시청 건물들, 심지어 지평선 위에서 형성돼 브루스터플레이스 쪽으로 조용히 움직이는 폭풍우 구름 위에도 태양은 비치고 있었다.

에타가 현관 입구 층층대에 나와 창가에 붙어 서 있는 매티를 올려다보았다.

"이 여편네야, 지금껏 잠자리에 있었단 말이야? 오늘이 무슨 날인지 몰라? 오늘 구역 파티가 있잖아."

석양

거리가 죽어 가는데 눈물을 흘리는 사람은 하나도 없다. 하늘을 덮개로 삼고 떠나가는 관을 따라 애도하며 걷는 이도 없다. 파이프 오르간에서 흘러나오는 장송곡 하나 없고 입속으로 중얼거리는 기도 소리도, 고인을 기리는 송덕문도 없다. 거리는 죽어 가는데 그 자리를 지키는 사람이 한 명도 없다. 마지막 문에 자물쇠가 채워지고 마지못해 길모퉁이를 돌아 또 다른 현실로 들어가는 발소리가 메아리칠 때 거리는 죽은 것이 아니다. 희망, 절망, 욕망, 돌봄의 냄새가 계절풍에 날려 사라질 때 거리는 죽어 간다. 틈새나 홈집이 먼지로 메워져 색깔도 깊이도 구분할 수 없을 때 거리는 죽어 간다. 유령이 누군가의 기억 속에 갇혀 서서히 잊힐 때 거리는 죽어 간다. 그리하여 브루스터플레이스가 눈을 감을 때 그것은 홀로 죽어 갈 것이다.

브루스터플레이스의 마지막 세대 자녀들이 법정 명령과 퇴거 통지서를 받고 쫓겨났다. 그리고 부모는 이제 너무 지치고 병들어 자녀들을 도울 방도가 없었다. 아주아주 먼 옛날 브루스터플레이스를 탄

생시켰던 사람들이 이제는 그곳을 수용하여 폐기해야 한다는 명령을 내려 보냈다. 전기도 가스도 없어 겨울이면 수도관이 꽁꽁 얼어 터졌다. 봄이 온 지도 한참인데 건물에는 관절염을 일으키는 추위가 떠나지 않았다. 복도는 출구 없는 함정이었고 부슬부슬 떨어진 회반죽이 갈라진 틈을 메웠다. 수거되지 않은 쓰레기 더미에 벌레들이 득시글거렸고 담을 타고 퍼져 나갔다. 브루스터플레이스는 '아프리카계' 자녀들에게 줄 수 있는 것은 모두 다 주었기에 더는 줄 것이 없었다. 그리하여 브루스터플레이스는 죽음을 눈앞에 두고 거칠게 숨을 몰아쉬면서 흑인 자녀들이 가슴에 남아 있는 꿈을 찾아 떠나가는 것을 지켜볼 수밖에 없었다. 어떤 이는 자신의 위치를 확보하기 위해 남들과 치열하게 경쟁해야 하는 그런 세상을 향해 떠났지만 대부분의 자녀들은 나이 든 또 다른 거리를 이어받아 무너져 내리는 현실에 안주하는 특권을 향해 떠나갔다.

브루스터플레이스는 모두에게 버림받은 채 병상에 누워 있다. 계절풍이 불어와 사람이 살던 냄새도 사라지고 먼지나 그을음이 무명의 수의가 되어 감싸고 있다. 오로지 죽음만을 기다리고 있다. 이제 브루스터 자녀들의 마음속에 살아 있는 그 유령이 마지막 숨을 내쉬기만을. 그렇지만 시간이라는 무대 위로 널리 흩어진 브루스터의 흑인 딸들은 아직도 희망을 품는다. 잠에서 깨어나며 그들은 한쪽 모서리에 남아 있는 꿈 자락을 잔뜩 움켜쥔다. 잠자리에서 일어나 젖은 빨래를 내다 널면서 꿈도 함께 널고 있다. 꿈은 수프 냄비로 소금과 함께 섞여 들어가고, 아기들의 기저귀에도 맴돌고 있다. 꿈은 썰물과 밀물, 썰물과 밀물이 될 뿐 결코 사라지지 않는다. 그리하여 브루스터플레이스는 아직도 죽을 날을 기다리고 있다.

소수 민족 흑인 여성들의 다양한 삶의 행렬

내 안에 있는 어떤 불가항력에 이끌려 글을 쓰기 시작했지만 내가 실제로 작가가 될 수 있다는 자신감을 갖기까지는 꽤 오랜 시간이 걸렸다. 내가 애장할 수밖에 없었던 명작들은 대체로 백인이나 남성이 쓴 것이었는데 어떻게 내가 감히 랠프 엘리슨, 제인 오스틴, 찰스 디킨스, 브론테 자매, 제임스 볼드윈, 윌리엄 포크너가 대가가 아니라고 반박할 수 있었겠는가? 그들은 실로 문학계의 거장들임에 틀림없다. 하지만 내 안에서는 여전히 나지막한 속삭임이 울려 나왔다. 어째서 아무도 내 이야기를 해 주지 않는 걸까? 아무도 하지 않는 이야기를 내가 하는 게 주제넘은 짓은 아닐까? 그러던 중 토니 모리슨의 『가장 푸른 눈』을 만난 것이 내 인생에 중요한 전환점이 되었다. 모리슨의 소설은 이 사회에서 자신의 가치를 찾고자 고군분투하는 젊은 흑인 여성에게 너의 이야기는 널리 알릴 가치가 있고 또 마음에 사무

칠 만큼 아름다운 언어로 표현되어 하나의 노래가 될 수 있
다는 점을 깨닫게 해 주었다
—글로리아 네일러, 「토니 모리슨과의 대화」 중

1

2008년은 미합중국의 대전환의 해였다. 미국 정치사상
최초로, '백인'이 아닌 버락 후세인 오바마가 제44대 대통
령으로 선출되었다. 지금까지와는 매우 다른 미래의 시작
이다. 미국은 유럽의 백인들이 16세기부터 몰려와 토착 미
국인(이른바 인디언)들을 멸절, 희생시키고 아프리카에서
강제로 데려온 흑인들을 노예로 부리면서 만든 나라다.
'노예'로 시작된 흑인들의 위상은 '검둥이(negro, nigger)'와
'흑인(black)'을 지나 1980년대부터 시작된 '정치적 정의
(political correctness)'에 따라 '아프리카계 미국인(African-
American)'에 이르렀다. 토착 인디언을 제외하면 미국 역
사상 가장 착취되고 억압되고 차별됐던 미국 흑인들의 지
위가 날로 새로워지고 있음을 알 수 있다. 이번의 오바마
대통령 당선은 전 세계 주변부 타자들에 대한 상징적 사건
으로 볼 수 있으리라.
　미국의 흑인 여성 작가 글로리아 네일러(Gloria Naylor)
의 첫 번째 소설 『브루스터플레이스의 여자들(The Women
of Brewster Place)』(1982)은 위와 같은 맥락에서 볼 때 소수
자 담론이고 타자의 서사이다. 타자 중에서도 인종차별주

의와 성차별주의라는 이중고를 겪는 흑인 여성들의 이야기이다. 1960년대 흑인 인권 운동이 시작된 직후 미국 북부의 어느 도심 막다른 빈민가의 한 거주지에서 일어나는 서로 다른 흑인 여성들의 이야기가 가족 해체, 가난, 성차별, 인종차별, 정체성 혼란 등과 같은 사회적 문제들을 심도 있게 다루며 '사회적 리얼리즘'의 기법으로 전개된다.

2

글로리아 네일러는 1950년 1월 미국 뉴욕 시에서 태어났다. 미국에서 가장 큰 도시 뉴욕에서 유년기를 보냈지만, 미시시피 주에서 북부로 이주한 전직 소작농 부모를 통해 미국 남부 문화에서도 많은 영향을 받았다. 전화 교환원 어머니 앨버타와 이주 노동자 아버지 루스벨트는 비록 자신들은 교육을 제대로 받지 못했지만 장녀인 네일러에게는 자립심과 자신감을 갖도록 장려했다. 내성적이고 조용한 성격인 어머니 앨버타를 많이 닮은 네일러는 어린 시절부터 도서관에 다니면서 독서에 깊은 애정을 보였다.

네일러가 10대였을 때 그녀의 가족은 뉴욕 퀸스로 이사했고 어머니는 비슷한 시기에 '여호와의 증인'에 입교하였다. 고등학교를 졸업한 해에 네일러도 어머니를 따라 여호와의 증인에 입교하였고 향후 7년 동안 뉴욕, 노스캐롤라이나, 플로리다 등 미국 동부 등지에서 선교사로 일하며 종교 활동에 헌신하였다. 선교 활동은 도시 소녀 네일러가 세상에 대한 시야를 넓히고 소극적 성격을 바꾸는 계기가 되었다. 뿐만 아니라 교회 공동체의 지원하에 풍요로운 상상력과 창의력을 한층 더 키울 수 있었고 삶의 원동력을 발견하였으며 글과 문자의 중요성에 대한 믿음을 확인할 수 있었다. 그리하여 선교사로 일한 7년은 네일러가 작가로서의 소양을 배양할 수 있는 좋은 밑거름이 되었다. 그러나 다른 한편으로 네일러는 종교 생활로 인해 1960년대 당시 폭발적으로 발전한 흑인 문학과 흑인 문화로부터 고립된 생활을 영위할 수밖에 없었다.

여호와의 증인을 떠난 1970년대 중반에서 1980년대 초반까지를 네일러의 과도기로 볼 수 있다. 이 시기에 네일러는 전화 교환원으로 일하며 메드가 에버스 칼리지에서 간호학을 공부하다가 뉴욕 시립대학 부속인 브루클린 칼리지 영문과로 편입하였고 이곳에서 처음으로 페미니즘과 흑인 문학을 접하게 되었다. 그동안 단절됐던 흑인 문학의 전통을 발견하게 된 네일러는 인종차별과 성차별이라는 가혹한 이중 억압의 대상으로 전락한 흑인 여성의 사회적 입지에 대해 숙고하며 자신의 정체성을 더욱 굳게 확립시켰다. 특히 상상력의 원천과 작가로서의 목소리를 낼 수 있는 자신감을 발견하는 데에는 1977년에 읽은 토니 모리슨의 『가장 푸른 눈(The Bluest Eye)』의 역할이 컸다. 1981년 브루클린 칼리지를 졸업한 네일러는 1983년에는 예일대에서 흑인 문학으로 석사 학위를 취득하였다. 지난 20년간 소설 여러 편과 영화 시나리오, 에세이, 회고록을 발표했으며, 『브루스터플레이스의 여자들』로 미국 도서상을 받는 등 다양한 문학상을 수상했다. 여러 명문 대학에서 강의를 전담하게 되었으며 미국 문학 전반에 걸쳐 거장으로 자리 매김했다.

　스스로를 이야기꾼이라고 말하는 네일러의 작품들은 지극히 사적인 내러티브 속에 아프리카계 미국인들이 감내해 온 역사의 발자취를 고스란히 반영하고 있다. 네일러는 자신의 작품들을 의도적으로 연작의 성향을 띠게 하여, 인종차별 및 성차별의 원리가 지배하는 사회에서 생존과 성공을 위해 전력을 다하는 흑인 남녀의 모습을 구체적으로 그려 낸다. 정전(canon) 작품과 성경의 재해석을 바탕으로 복잡다단한 인물들로 가득한 독특한 문학적 풍경을 창조함으로써 네일러는 현대 흑인 사회에 대한 자신만의 독창적 시각을 제시한다.

　네일러는 조라 닐 허스튼, 넬라 라슨, 앨리스 워커, 엔토자케 샹게, 토니 모리슨 등의 맥을 잇는 흑인 여성 문학의 대표 작가로 인정받고 있다. 이 작가들은 미국 사회 전체에서뿐 아니라 흑인 사회 내에서조차 억압받았던 흑인 여성들의 삶의 질곡을 고찰하였고 이런 의지가 네일러의 작품에서도 뚜렷이 반영되었다. 흑인 여성 작가들은 미국 사회에서 주변화된 존재로 살아가는 경험에 대해 남성 작가들과는 차별화된 시각을 제시하며, 특히 여성들 간의 우정, 사랑, 결속력이 그들의 생존과 성장 그리고 정체성 확립에 얼마나 필수적인 요건인가에 초점을 맞춘다. 다시 말해, 이들의 작품은 대체로 다양한 주체적 위치를 차지하는 흑인 여성들 사이의 유대 관계를 조명하여 더욱 생생하고 포괄적으로 흑인 여성 고유의 경험을 재현하고자 한다. 이들 작품 대부분은 남성 작가들이 등한시하였던 흑인 가족의 역학 관계나 흑인 여성의 정신세계, 성 정체성 등 사적 영역에 집중하였다. 이렇게 재현된 사적 영역에서 왜곡된 부분을 바로잡는 것을 과제로 삼았으며 사회적 부조리를 표면화하여 궁극적으로 흑인 문학 전통의 재해석 및 재확립에 대한 필요성을 부각하고자 했다.

네일러는 자신의 다섯 작품을 통해 지난 20년간 흑인 문학의 추이를 결정하는 데 크게 공헌하였다. 그녀의 소설은 하나의 단편적 카테고리 안에 인간을 가두기보다는 그 경계선을 초월하여 다양하고 활력 넘치는 사회로 독자를 초대한다. 출판되었을 당시 대중과 학계의 관심을 동시에 사로잡은 『브루스터플레이스의 여자들』은 일곱 흑인 여성들의 삶과 그들의 끈끈한 우정을 통해 흑인 여성의 다양한 경험들을 추적한다. 이 작품은 1989년 유명 방송인 오프라 윈프리가 감독, 주연한 TV 미니시리즈로 개작되어 방영되기도 하였다. 석사 졸업 과제를 발전시킨 두 번째 소설 『린든힐스(Linden Hills)』(1985)에서는 저항과 부활의 소재를 다룬다. '린든힐스'는 브루스터플레이스로부터 그리 멀지 않은 곳에 조성된 흑인 중산층 동네이다. 백인의 질서에 순응해 살아가는 이곳의 흑인들이 흑인 고유문화, 즉 그들의 '영혼'을 상실하게 되는 과정을 파헤친다. 단테의 『신곡』 중 '지옥 편'에 빗대어 쓰인 이 작품은, 단테의 도덕적 지형과 서술 기법을 차용하여 아프리카계 미국인들에게 경고와 교훈의 메시지를 전달하고자 한 일종의 알레고리로 간주된다. 『마마 데이(Mama Day)』(1988)에서는 윌리엄 포크너의 문체를 떠올리게 하는 다양한 화자를 통해 한동안 잊혔던 흑인의 과거를 말하고, 『베일리의 카페(Bailey's Café)』(1992)에서는 흑인의 성 정체성에 대해 다룬다. 그리고 『브루스터플레이스의 남자들(The Men of Brewster Place)』(1998)에서는 다시 브루스터플레이스로 돌아가 도심 빈민가에서 생존하기 위해 전력투구하는 흑인 남성들의 삶을 유머와 연민으로 관망한다. 최근에는 각색된 회고록 『1996』(2007)을 발표했고, 현재 여섯 번째 소설 『새파이라 웨이드(Saphhira Wade)』를 집필 중이다.

3

『브루스터플레이스의 여자들』은 다양한 이유로 도시 빈민가 '브루스터플레이스'에 종착하게 된, 20대에서 60대에 이르는 일곱 흑인 여성들의 삶을 다룬 소설이다. 브루스터플레이스라는 쇠락한 공간에서 자신들의 삶을 실험하고 연습하는 다양한 흑인 여성들의 이야기가 옴니버스 형식으로 펼쳐진다. 네일러는 자신의 소설을 "생활의 단면을 사실적으로 보여주는 이야기(slice of life tales)"라고 표현했다. 실제로 『브루스터플레이스의 여자들』은 상흔으로 얼룩진 자신의 인생사를 독자에게 솔직하게 털어놓는 형식을 취하며, 아프리카계 미국인의 민속 문화와 역사적 전통을 엮어 독립적이면서도 서로 맞물린 일곱 주인공의 삶을 조명한다.

플롯의 중심부에 있는 '매티 마이클'이라는 흑인 여성은 브루스터플레이스 여자들의 구심점이라 할 수 있다. 20대에 미혼모가 된 매티는 격노한 아버지를 피해 고향인 테네시 주의 록베일을 떠나 홀로 북부로 올라와 '이바'라는 나이 든 흑인 여성의 도움을 받으면서 어렵사리 아들을 키운다. 그런데 '금쪽같은 내 새끼' 바질은 불의에 살인 미수 혐의로 체포된다. 매티는 천신만고 끝에 얻은 집까지 저당 잡혀 가며 보석금을 마련해 주었건만 아들은 그런 엄마의 희생적 사랑도 배신하고 영영 사라져 버린다. 모든 꿈과 희망을 상실한 채 브루스터플레이스로 오게 된 매티는 자신의 불행에도 불구하고 다른 사람을 받아들이고 돌보며 치유하는 '어머니 역할'을 기꺼이 담당하여, 나머지 여섯에게 어머니 같은 존재로서 무조건적 사랑과 위안, 보호를 베풀어 준다. 하지만 억압적인 아버지와 배신하는 아들 바질과의 갈등에서 짐작할 수 있듯이 매티도 남성 가해자의 피해로부터 예외는 아니다.

매티 마이클 외에 등장하는 여성들은 20대에서 60대, 보수주의자와 진보주의자, 어머니와 딸, 그리고 이성애자와 동성애자 등을 대변한다. 이들은 남자들의 가부장적 억압과 착취가 무겁게 드리워져 있는 가운데 경제적, 사회적, 정서적 어려움 속에서도 각자의 여성적 '힘'과 서로의 '돌봄'으로 살아간다. 자유로운 영혼을 지닌, 매티의 어린 시절 친구 에타 메이 존슨은 금전적 지원과 자신의 주체를 정의하는 데 있어 남성에게 전적으로 기대지만 이들은 그녀에게 실망만을 안겨 준다. 순진한 이상주의자 키스와나 브라운은 흑인으로서의 인종적 자부심을 표방하여 이름도 부모가 지어 준 멜라니에서 아프리카계 이름의 키스와나로 개명하지만 결국 어머니의 중산층 사고방식을 수용하게 된다. 브루스터플레이스 주민들 사이에서 '그들 둘'로 통하는 로레인과 테레사는 서로 연인 관계인데 동성애를 혐오하는 깡패들에게 로레인이 충격적 윤간을 당한다. 이외에도 정부의 생활 보호 대상인 미혼모 코라 리는 출산에 중독된 나머지 여러 남자들과 연루되어 일곱이나 되는 아이를 낳고 아기에게 과도하게 집착하는 어머니로 그려진다. 또한 강제적 낙태와 어린 딸 세레나의 죽음 등 연속적 비극으로 타격을 받아 자기 파멸의 길을 걷는 루시엘리아 루이즈 터너도 등장한다.

서로 다른 라이프스타일, 나이, 사회적 지위, 교육 수준, 성장 배경을 가진 이들의 유일한 연결고리는 성차별, 인종차별, 빈곤의 희생양으로 전락한 흑인 여성이라는 점과 막다른 골목처럼 희망과 비전이 부재한 브루스터플레이스에 감금되었다는 점이다. 가난하고 소외된 피압박 흑인 여성들이 집단으로 거주하는 브루스터플레이스는 하나의 연옥과도 같은 공간을 연상시킨다. 하지만 네일러는 흑인 여성으로서의 '정체성(identity)'을 추구하면서 서로를 돕고 돌보고 사랑하는 '자매애(sisterhood)'를 토대로 한 새로운 공동체를 이룰 가능성을 보여 주는 긍정적 메시지로 결말을 맺는다.

4

　「새벽」으로 시작한 『브루스터플레이스의 여자들』은 세입자들이 모두 모여 벌이는 「구역 파티」라는 공동체 의식을 거쳐 「석양」이라는 장으로 마무리된다. 희망의 새벽에서 종말적인 석양으로 끝나며 임종을 앞둔 브루스터플레이스의 모습 앞에서 우리는 절망을 생각해야 하는가? 백인이 주류인 사회에서 흑인 여성으로 살아간다는 것이 정녕 순진하게 낙관적으로 말할 수 있는 문제는 아니리라. 그럼에도 브루스터플레이스의 일곱 여인들은 궁극적으로 어머니와 딸, 자매, 친구, 연인으로 발전하는 서로와의 관계 속에서 위로와 구원을 얻는다. 이들이 함께 거대한 벽을 허무는 데서 돌봄과 사랑의 공동체로 연대를 이루는 희망의 미래를 암시했다.

　이 소설에서 주목되는 또 다른 주제는 극적으로 다루어진 동성애 문제이다. 동성애 문제는 지난 세기말부터 가부장제 문명사회에서 성 정체성 문제나 성의 취향 문제와 함께 뜨거운 감자로 떠올랐다. 앞서도 설명했듯 테레사와 로레인은 연인 관계이다. 이 둘은 이성애 사회를 피하여 안전과 평온을 찾아 이곳으로 왔다. 그러나 그들은 가부장제 사회의 이성애 이데올로기에 침윤된 이웃들의 편견과 불관용으로 성적 취향을 전혀 이해받지 못하는 상황에서 조롱과 경멸의 대상으로 힘들게 살아간다. 흑인 여성들의 거주 구역이지만 동성애 흑인 여성은 용납되지 못했다. 로레인과 테레사는 인종차별과 성차별로 이중고를 당하는 타자

중에서도 동성애자로서 또 다른 압박을 당하는 삼중고의 타자로 소외된 삶을 살아가다가 결국 비극을 맞게 된다. 로레인은 혼자 외출했다 돌아오던 중 그녀가 동성애자인 것을 못마땅하게 여기는 동네 깡패들로부터 성폭행을 당하고 추운 길바닥에 내팽개쳐진다. 동틀 무렵 거의 실신한 로레인은 정신 착란 상태에서 아이러니컬하게도 브루스터 플레이스에서 유일하게 그녀의 입장을 이해하고 지지해 주는 건물 관리인 벤을 벽돌로 살해한다. 이 비극적 사건은 이성애를 토대로 한 가부장제 사회의 절대 금기인 동성애를 결코 용납하지 못하고 단죄하는 모습을 상징하는지도 모른다.

이렇듯 소설의 초점을 분산시켜 다양한 주인공을 기용한 이유를, 네일러는 다음과 같이 설명한다. "한 인물만이 미국 흑인 여성을 대표할 수 없다고 생각했다. 그래서 나는 흑인 여성의 다양성과 복잡성을 포괄적으로 제시하기 위해 서로 다른 피부색에서부터 종교적, 정치적, 성적 취향이 상이한 일곱 명의 흑인 여성들을 주인공으로 삼았다." 결국 이 소설은 "외강내유하고 까다로운 듯 보이면서도 쉽게 만족하는" 네일러의 일곱 여주인공이 협력을 통해 적대적 세상에 저항하는 모습을 추적하면서 모성애, 사랑, 성, 죽음, 상실 등의 다양한 주제를 다룬다. 이 작품은 20세기 초 흑인문학의 첫 번째 전성기로 간주되는 할렘 르네상스 시대에 강조된 자기 정체성 실현의 전통을 이어 가고 있다고 평가받는다.

네일러는 왜 이 소설에 일곱 명의 흑인 여성을 등장시켰을까? '7'이라는 숫자를 일주일이라는 시간의 반복 구조로 볼 때, 날마다 '새벽'에서 '석양'에 이르듯이 일곱 명의 흑인 여성은 일주일이라는 일상의 또 다른 반복 구조는 아닐까? 우리의 일상적 삶은 7일이라는 수레바퀴를 따라 돌고 있다고 말할 수 있다. 이것은 일상성과 보편성을 모두 담보해 내는 장치이다. 다시 말해 브루스터플레이스라는 연옥적 삶의 주기가 영원히 반복될 것이라는 말이다. 가난, 억압, 욕망, 편견, 폭력은 타자라는 인간 존재의 구성요소다. 그렇지만 일곱 명의 흑인 여인들은 그런 고단하고 비극적인 삶 속에서도 돌봄, 나눔, 베풂, 관용을 통해 희망, 기쁨, 사랑이 가능할 수 있음을 보여 준다. 결국 '7'이라는 행운의 숫자를 통해, 일곱 빛깔 무지개처럼 다양한 무리가 하나의 공동체를 이루어 나갈 수 있다는 희망의 전주곡을 상징적으로 연주한 것이리라.

네일러는 이 소설이 "미국 흑인 여성을 향한 연애편지"로서 사회의 지배원리에 의해 짓밟힌 여인들이 자신들이 처한 난관을 헤쳐 나가는 끈기와 강인함을 보여 주고, 특히 흑인 여성에 대한 스테레오타입을 타파하여 백인만큼이나 흑인 여성의 경험도 다양할 수 있다는 것을 부각시키려 했다고 말한 바 있다. 문학이 작고 소소한 이야기를 통해 구체적 보편을 추구한다는 점에서, 이 소설은 특정 지역 안 흑인 여성들의 작은 이야기들을 통해 인간의 삶을 논하는 프리즘의 역할을 담당한다고 말할 수 있다. 이 작품은 새로운 역사적 상황이 전개되는 이때 더욱 의미 있는 중요한 소설로서, 앞으로도 계속해서 현대 흑인 문학과 여성학 분야에서 꾸준한 사랑과 관심을 받을 것이다.

2009년 봄
이소영

작가 연보

1950년 1월 25일 미국 뉴욕 시 할렘에서 루스벨트 네일러
와 앨버타 맥앨핀의 3녀 중 장녀로 태어남.

1963년 가족과 함께 뉴욕 시 동부의 퀸스로 이사하였고
네일러의 어머니가 '여호와의 증인'에 입교함.

1968년 고등학교를 졸업한 후 마틴 루터 킹 목사의 암살
에 충격을 받아 대학 진학을 뒤로 미루고, 세상을
변혁시키기 위한 노력의 일환으로 어머니를 따라
'여호와의 증인'에 입교하여 전화교환원으로 일하
며 7년간 뉴욕, 노스캐롤라이나, 플로리다에서 선
교사로 활동함.

1975년 '여호와의 증인'에서 탈퇴한 후 여러 호텔에서 전
화교환원으로 일하며 메드가 에버스 칼리지에서
간호학 공부. 뉴욕 시립 대학교 부속인 브루클린
칼리지 영문과로 편입.

1977년 토니 모리슨의 『가장 푸른 눈』을 읽고 소설 창작의
　　　 용기를 얻음.
1979년 잡지 《에센스(Essence)》에 단편 원고를 보냈고 편
　　　 집자의 권유로 창작 활동을 계속하게 됨.
1980년 단 열흘 간의 결혼 생활을 청산하고 작품 활동을
　　　 위해 두 번 다시 결혼하지 않기로 작정함. 《에센
　　　 스》에 첫 번째 단편 「비크먼플레이스의 삶(Life on
　　　 Beekman Place)」이 발표되었고 이것이 후에 『브루
　　　 스터플레이스의 여자들』로 발전됨.
1981년 브루클린 칼리지 영문과 졸업.
1982년 『브루스터플레이스의 여자들』 출간.
1983년 예일 대학교에서 흑인 문학으로 석사 학위 취득.
　　　 『브루스터플레이스의 여자들』로 전미 도서상을 수
　　　 상하였고 이후 이 작품은 12개 이상의 언어로 번
　　　 역됨.
　　　 '중부 대서양 작가협회'로부터 그해의 최우수작가
　　　 상 수상.
　　　 여름에 매사추세츠에 있는 커밍튼 예술 공동체의
　　　 우수 작가로 선정됨.
　　　 조지 워싱턴 대학교 방문 교수 역임.
1984년 《칼라루(Callaloo)》의 편집 위원을 지냄.
1985년 두 번째 소설 『린든힐스』 출간.
　　　 미국 연방 정부 산하기관인 '미국의 예술가를 위
　　　 한 국가 기금'의 장학금 수상자로 선정됨.
　　　 《서던 리뷰(Southern Review)》 여름호에 「토니 모리

승과의 대화」 기고. 미국 해외 공보처가 후원하는
교환 교수로 인도에서 근무(가을).

1986년 논픽션 『센테니얼(Centennial)』 출간.

전미 흑인 여성 협회에서 주는 캔디스 상 수상.

《뉴욕 타임스》 칼럼니스트로 활동.

뉴욕 대학교(봄 학기)과 펜실베이니아 대학교에서
방문 교수 역임. 프린스턴 대학교 방문 교수 역임.

1987년 보스턴 대학교 방문 교수 역임.

1988년 작가에게 수여하는 구겐하임 장학금 수상.

『마마 데이』 출간.

《예일 리뷰》에 「흑인 소설에 나타나는 사랑과 성
(Love and Sex in the Afro-American Novel)」 발표.

매사추세츠 주의 브랜다이스 대학교 방문 교수와
코넬 대학교 석좌 교수 역임.

1989년 『브루스터플레이스의 여자들』이 유명 방송인 오프
라 윈프리의 하포 프로덕션에 의해 ABC TV 미니
시리즈로 개작되어 방영됨.

릴리언 스미스 상 수상.

1990년 독립 영화사 '원웨이 프로덕션' 설립. 이후 『마마
데이』를 비롯한 여러 작품들을 영화화함.

1991년 뉴욕 문예 진흥 기금 수상.

1992년 『베일리의 카페』 출간.

1993년 브루클린 대학교 총장상 수상.

1994년 『베일리의 카페』를 희곡으로 각색하여 무대에 올림.

1995년 『밤의 아이들: 1967년 이후 흑인 작가들의 최고 단

편선(Children of the Night: The Best Short Stories by Black Writers 1967 to the Present)』편집.

1996년 사우스캐롤라이나 주 연안에 있는 세인트헬레나 섬의 주택을 구매하였고 이곳에서 경험한 수많은 억압적 상황들이 『1996』에 재연됨.

1998년 『브루스터플레이스의 남자들』 출간. 이 작품으로 뉴 콜럼버스 재단이 수여하는 미국 도서상 수상.

2005년 허구화된 회고록 『1996』 발표.

2009년 여섯 번째 소설 『새파이라 웨이드』 집필 중.

세계문학전집 **207**

브루스터 플레이스의 여자들

1판 1쇄 펴냄 2009년 4월 20일
1판 14쇄 펴냄 2023년 3월 14일

지은이 글로리아 네일러
옮긴이 이소영
발행인 박근섭, 박상준
펴낸곳 (주)민음사

출판등록 1966. 5. 19. (제 16-490호)
서울특별시 강남구 도산대로1길 62(신사동) 강남출판문화센터 5층 (우편번호 06027)
대표전화 02-515-2000 팩시밀리 02-515-2007
www.minumsa.com

한국어 판 ⓒ (주)민음사, 2009. Printed in Seoul, Korea

ISBN 978-89-374-6207-8 04800
ISBN 978-89-374-6000-5 (세트)

* 잘못 만들어진 책은 구입처에서 교환해 드립니다.

세계문학전집 목록

세계문학전집은 계속 간행됩니다.